Amie Jordan
All the Hidden Monsters

AMIE JORDAN

ALL THE HIDDEN MONSTERS

Aus dem Englischen von Ann Lecker

*Für mein zwanzigjähriges Ich – ich habe dir doch gesagt,
dass du es ihnen beweisen wirst.*

*Ob schnell er kommt, ob lang er weilt,
Am End' uns doch der Tod ereilt.*

Sir Walter Scott, Marmion (1808)

OREN

»Ein Opfer. Weiblich ... Mitte zwanzig. Aufgeschlitzte Kehle. Abwehrverletzungen an Armen und Oberkörper. Keine Verwandlung.«

Oren ging um die Leiche herum und betrachtete sie von allen Seiten.

Die tote Frau lag in menschlicher Gestalt auf dem Wohnzimmerboden ihrer Wohnung im Oben und blutete einen kleinen Teppich voll, an dem es sonst nichts auszusetzen gab. Ihr schulterlanges blondes Haar war an den Spitzen rot verklebt, und ihre noch offenen Augen starrten ausdruckslos auf die Erinnerung dessen, was sie als Letztes erblickt hatten.

Er ging in die Hocke, hielt eine Hand knapp über ihr verstummtes Herz und schloss die Augen. »Körperkerntemperatur fallend, aber noch nicht kalt. Opfer seit weniger als einer Stunde tot.«

Seufzend richtete er sich wieder auf.

»Den Blutspritzern an den Wänden nach zu urteilen, wurde ihr die Kehle aufgeschlitzt, ehe sie auf den Boden fiel ...« Oren unterbrach sich und warf einen Blick auf sein Notizbuch, das aufgeschlagen auf dem Couchtisch lag. »Oder ... als sie von ihrem Mörder wegtaumelte.«

Seine laut ausgesprochenen Gedanken erschienen in blauer Tinte auf dem Papier, verblassten und änderten sich bei jeder neuen Äußerung.

»Teil eines blutigen Fußabdrucks. Eine Tasse Kaffee, fast ausgetrunken. Wohnung in gutem Zustand. Schlafzimmer unangetastet. Pinnwand – nichts von Interesse.«

Zumindest nicht für ihn.

Oren trat zurück in den Flur. Auf einem niedrigen Tisch neben der Tür lagen Schlüssel in einer Schale, daneben ein kleiner Stapel Postwurfsendungen. Er musterte sie von beiden Seiten und warf sie dann wieder auf den Tisch.

»Du hattest schon bessere Tage, Lucinda Hague.« Mit einer Handbewegung ließ er sein Notizbuch auf dem Tisch erscheinen. »Haustür unbeschädigt. Keine Einbruchsspuren.«

Dann kehrte er ins Wohnzimmer zurück und stand eine Weile einfach nur da.

Irgendetwas … kam ihm merkwürdig vor.

Er drehte sich auf der Stelle, schnupperte.

Nichts.

Er zog noch einmal die Luft ein.

Immer noch nichts.

Interessant.

Was störte ihn? Oren konnte es sich nicht erklären. Auf den ersten Blick wirkte das hier durchaus wie ein menschliches Verbrechen, als wäre es ein bloßer Zufall, dass das Opfer aus dem Unten stammte. Auch gab es am Tatort nichts, was irgendwelche übernatürlichen Geheimnisse verriet. Er sollte von hier verschwinden und die Aufklärung des Falls den Menschen überlassen. Sie würden nie erfahren, dass die unglückliche Lucinda Hague eine Werwölfin war – die einzige Spezies aus der Unterwelt, die dauerhaft im Oben leben konnte. Er bemitleidete diese Werwölfe. Ihr Wunsch, ein menschliches Leben zu führen, kam für ihn einer Weigerung gleich, ihre wahre Natur zu akzeptieren.

Oren legte die Stirn in Falten. Er konnte es nicht ausstehen, wenn er sich einer Sache nicht sicher war. Doch ohne eine konkrete Spur würde Roderick – sein sogenannter Captain im

Arcānum, der Eliteeinheit von Hexenmeistern und Hexenmeisterinnen, die in der übernatürlichen Welt für Ordnung sorgten – die Sache sofort zu den Akten legen.

Genervt schnalzte er mit der Zunge. Roderick hatte ihm eine Stunde gegeben, ehe er die menschlichen Behörden darüber informieren würde, dass sich unter dieser Adresse ein Zwischenfall ereignet hatte, und die war fast um.

Zeit zu gehen.

Oren warf Lucinda Hague einen letzten ungerührten Blick zu, verließ mit einem Schulterzucken das Zimmer und …

… hörte einen flatternden Herzschlag, wie die Flügel eines gefangenen Vogels.

Er hielt inne.

Normalerweise blendete er Gefühle aus. Und er hatte über viele Jahre hinweg gelernt, seine höchst empfindlichen Sinne zu kontrollieren, daher wäre es ihm fast entgangen.

Er riss so ruckartig die Wohnungstür auf, dass sie vor Schreck ihren Regenschirm fallen ließ.

Ein wegen der Kälte eingemummeltes Mädchen, dessen dicker Mantel bis über ihren Schal hochgeknöpft war, starrte ihn an. Ihr schwarzes, windgepeitschtes Haar fiel aus einem unordentlichen Dutt, wild und ungezähmt und genauso wirr wie der ängstliche Blick in ihren braunen Augen.

SAGE

Der Blutgeruch war so überwältigend, dass Sage befürchtete, sie würde sich gleich übergeben. Oder ohnmächtig werden. Oder beides.

Und dann flog Lucys Wohnungstür auf, und ein hochgewachsener junger Mann in einem dunklen Mantel über einem grauen T-Shirt und Jeans sah mit einem finsteren Blick auf sie herab – eigentlich kein Mann, sondern ein Hexenmeister, und definitiv nicht die Freundin, die sie hatte besuchen wollen.

»Ich wollte zu …« Sie verstummte.

Lucy, die erste Freundin, die sie bei ihrer Ankunft im Unten gefunden hatte. Als Sage noch ein achtjähriges und gerade verwaistes Mädchen gewesen war, direkt nachdem ihre Eltern und ihr kleiner Bruder bei einem Werwolf-Angriff ums Leben gekommen waren.

Lucy, die Weinen gehört hatte und in Sages Zimmer geschlichen war, um ihre vielen Fragen über diese verrückte, neue Wirklichkeit zu beantworten, in die sie von einem Moment zum nächsten geworfen worden war.

Lucy, die am Morgen ihres achtzehnten Geburtstags dem Unten den Rücken gekehrt hatte und nie wieder zurückgekommen war.

Lucy, die ihr keine andere Wahl gelassen hatte, als unangekündigt bei ihr aufzutauchen, um herauszufinden, warum ihre alte Freundin ständig Verabredungen absagte und sie aus ihrem Leben auszuschließen schien.

Lucy ...

Oh Gott, das Blut!

Eine Mischung aus Salz und Eisen mit einer Spur Kiefernnadeln. Absolut, definitiv und hundertprozentig Werwolf-Blut. Sie konnte es schmecken – so warm, frisch und streng, dass ihr die Galle in die Kehle stieg.

Sage sah den Flur hinunter ... aber es regte sich nichts. Natürlich konnte niemand anderes das Blut riechen. In allen anderen Wohnungen lebten einfache Menschen, mit abgestumpften Sinnen und ohne die geringste Ahnung, was sich hinter dieser Tür befand.

»Ich kann ... Blut riechen«, brachte sie schließlich heraus, während ihr das Herz in den Ohren pochte.

»Wie nicht anders zu erwarten.« Er schnupperte demonstrativ in der Luft, witterte sie und identifizierte auch sie als Werwölfin. »Du kanntest sie?«

Wen? Lucy?

Kanntest?

Jäh rauschte aller Atem aus ihrem Körper, als das Wort über ihr zusammenschlug.

Sie spürte etwas in ihrem Haar, noch ehe ihr Hirn registrierte, dass sie sich selbst die Strähnen aus dem Gesicht strich und ihren Dutt festzog, sich auf jedwede Art ablenkte, nur um sich der Wahrheit nicht zu stellen: Eine weitere wichtige Person in ihrem Leben war tot.

Bilder blitzten vor ihren Augen auf – die Gesichter ihrer leblosen Eltern, ihr kleiner Bruder, der über den Schlafsack hinweg die Hand nach ihr ausstreckte, das Geräusch letzter, röchelnder Atemzüge ...

Die weißen Wände und Holztüren gerieten ins Wanken.

Dann schaute sie wieder zu ihm auf und bemerkte seine leuchtenden blaugrünen Augen und sein teils schwarzes, teils grau meliertes Haar, als hätte sein Alterungsprozess schon viel zu früh begonnen. Das Arcānum hatte ihn anscheinend zum Tatort eines übernatürlichen Verbrechens geschickt …

Tatort.

Lucy …

Sage hätte beinahe laut aufgelacht. Ein wahnsinniges, hysterisches Lachen, das sich der Wirklichkeit verweigerte.

Lucy konnte doch nicht tot sein … Das konnte nicht sein …

Plötzlich stürmte sie an ihm vorbei und in die Wohnung.

Sie war erst ein Mal hier gewesen, aber es sah alles immer noch genau so aus, wie sie es in Erinnerung hatte. Ein weißer Flur mit ein paar gerahmten Bildern an den Wänden und einigen Kleiderhaken – doch davon nahm sie kaum etwas wahr, als sie mit großen Schritten auf die Wohnzimmertür zumarschierte.

»Das würde ich lassen, wenn ich du wäre.«

Sage stieß die Tür auf und starrte auf die Leiche am Boden.

Einen Moment lang herrschte in ihrem Hirn Totenstille.

Völlige Leere. Unfähigkeit zu begreifen.

Die Haare an ihren Armen stellten sich auf und drückten gegen das Innere ihrer Ärmel. Als würde Elektrizität über ihre Haut laufen. Oder versuchte *es*, herauszukommen? Das Monster in ihr?

Nein.

Nein, diese gottverdammte Wölfin würde auf keinen Fall zum Vorschein kommen. Nicht heute.

Sie legte sich eine Hand vor den Mund und merkte, dass sie zitterte.

Plötzlich konnte sie kaum mehr atmen.

Die Luft war stickig und wie aufgeladen, und mit jedem Atemzug wurde ihr schwindliger. Sie wollte sich vorbeugen und auf ihre Füße kotzen.

Alles triefte vor Blut. Der Boden, die Wände, die Decke … Die Leiche ihrer Freundin ertrank regelrecht darin. In dem ganzen Blut zeichnete sich ein einziger halber Fußabdruck ab. Sie wollte auf dem Absatz kehrtmachen und vor dem furchtbaren Anblick davonlaufen. Glasige Augen. Nicht mehr da.

Sage blickte auf und stellte fest, dass er ihr gefolgt war. Seine Turnschuhe sahen zu weiß aus. Zu sauber. Im ganzen Raum waren nur sie nicht rot besudelt.

Dieses ganze Grauen um sie herum schien ihn kein bisschen zu berühren. Er packte sie am Ellbogen und führte sie zurück auf den Flur und aus der Wohnung. Sie spürte eine pulsierende Macht den Gang entlangrauschen und beobachtete, wie sich ein feiner magischer Dunstschleier auf Wände und Türen legte – eine zusätzliche Maßnahme, damit die Menschen sie nicht hören konnten.

»Ich habe dir eine Frage gestellt.«

Sie blinzelte. Welche Frage?

»Kanntest du sie?«, wiederholte er ungeduldig. »Sag schon.«

Sein autoritärer Tonfall erschreckte sie. »Früher mal.« Vermutlich kannte sie Lucy gar nicht mehr besonders gut.

»Wir waren im Unten im selben Waisenhaus, bis vor etwa sieben Jahren. Seitdem habe ich sie kaum gesehen. Alle paar Jahre vielleicht.«

»Du wirkst nicht sonderlich erschüttert. Wie kommt das?«

Mit dieser Frage hatte sie nicht gerechnet … Vielleicht war es der Schock, oder sie hatte schon Schlimmeres gesehen. Weitere Erinnerungen blitzten auf.

Aufgerissene und zerfetzte Haut. Blut und Knochen. Helles Haar, rot verklebt.

»Ich glaube«, fuhr er leise fort, »dass viele Mörder zum Tatort ihres Verbrechens zurückkehren. Sie haben Spaß daran.«

Von dieser Anschuldigung völlig entsetzt fuhr Sage zusammen und bekam nicht mit, wie er eine Hand, die im Glanz des goldenen Dunstschleiers leicht schimmerte, nach vorne schnellen ließ. Aus der anderen schoss wie aus dem Nichts eine Klinge hervor.

Seine Finger legten sich wie ein Schraubstock um ihr Handgelenk, und sie schrie verängstigt auf. Plötzlich war sein perfekt geschnittenes Gesicht nur Zentimeter von ihrem entfernt, die makellosen Zähne entblößt, während er die stählerne Klinge an ihre Kehle drückte. »Warum hast du sie umgebracht?«

»Hab ich nicht!«, keuchte sie. »Ich schwör's, bitte, ich …«

»Warst du eifersüchtig?« Die scharfe Schneide drückte sich fester in ihren Hals. »Weil sie sich hier ein Leben aufgebaut und dich zurückgelassen hat?«

Sage brach in Tränen aus. »Nein …«

»Wer war es dann?«

»Ich weiß es nicht!«, schrie sie jetzt und versuchte verzweifelt, sich aus seinem eisernen Griff zu lösen, aber es hatte keinen Sinn. Die Magie, die seine und ihre Hände umhüllte, gab ihr das Gefühl, an Glas zu kratzen. Nicht einmal Wolfskrallen könnten seinen Griff durchbrechen. In dem Moment wurde ihr klar, dass genau das seine Absicht war. »Ich kenne niemanden, der sie würde verletzen wollen!«

»Sie hatte keine Feinde?«

»Keinen einzigen!«, schrie sie. »Sie war Journalistin. In ihrer Freizeit hat sie sich ehrenamtlich engagiert. Hat Leuten geholfen. Sie war freundlich und liebenswürdig und …«

Er ließ ihre Hand los und trat von ihr weg.

Fassungslos starrte sie ihn an und rieb sich das Handgelenk.

»Ich weiß, dass du es nicht warst.«

Was?

Was?

Er zuckte mit den Schultern. »Angst und Schrecken bringen die Wahrheit in den meisten Fällen ans Licht. Und zwar schneller. Ich wollte bloß Antworten.«

Sage sah ihn mit großen Augen an.

So ein Scheißkerl. So ein absoluter Scheißkerl.

Wäre sie nicht so schockiert gewesen, dass ihre Knie beinahe unter ihr wegknickten, hätte sie ihm das an den Kopf geworfen.

»Die Polizei der Menschen wird bald eintreffen und den Fall übernehmen. Du solltest gehen.«

»Menschen?«, wiederholte sie schwach. »Du glaubst also nicht, dass es ein übernatürlicher Mord war?«

»Das geht dich nichts an«, gab er zurück. »Komm morgen um zwölf zum Hauptquartier des Arcānum, damit ich deine Aussage aufnehmen kann. Ich habe ein paar Fragen zu ihrer Vergangenheit. Sowie zu ihrer Arbeit als Journalistin und ihrer ehrenamtlichen Tätigkeit und all dem.« Er steckte die Hände in seine Manteltaschen. »Geh jetzt.«

Sage blickte an ihm vorbei zur Leiche ihrer Freundin, im vollen Bewusstsein, dass in diesem Moment zum letzten Mal jemand, der Lucy lebend gekannt hatte, ihr Gesicht sah.

SAGE

Sage konnte sich an den Rückweg nach Hause kaum erinnern.

Sie war aus der Wohnung geeilt, um vor alldem zu fliehen. Vor dem Hexenmeister. Vor Lucy. Draußen in den Cafés, dem Restaurant und dem Pub hatte niemand auch nur die geringste Ahnung, was sie gerade gesehen hatte.

Ohne auf ihre Umgebung zu achten, rannte sie um Ecken und über Straßen und nahm kaum das aufgebrachte Hupen der Autos wahr, vor die sie sprang, oder das verärgerte Murren der Passanten, mit denen sie zusammenprallte. Es regnete wieder in Strömen, als hätten die Wettergötter den ganzen Tag lang nur auf sie gewartet.

Im Stadtzentrum war immer viel los. Aber jetzt, da im Oben Weihnachten schon fast vor der Tür stand, drängten sich überall Menschen, die letzte Einkäufe machten und sich nicht darum scherten, wie dringend sie *ihr aus dem Weg gehen* sollten. Sie wollte einfach nur nach Hause. Wo es sicher und warm war und kein Blut an den Wänden klebte.

Doch dann kam es endlich in Sicht – wie ein sehnsuchtsvoll erwarteter Leuchtturm, der verschollenen Seeleuten Land signalisiert. Sie stolperte auf das neonblaue Licht der Dive Bar zu, das ihr Schutz und Sicherheit versprach, vorbei an Afflecks Palace und dem alten Gebäude mit dem berühmten Mosaik: *AND ON THE SIXTH DAY GOD CREATED MANchester*. Sie verzog grimmig das Gesicht. Falls es einen Gott gab, hatte er verdammt viel mehr als das erschaffen.

In der Dive Bar polierte Big John gerade Gläser hinter der Theke und winkte ihr mit einem schmuddeligen Lappen zu. Sonst hatte niemand ihre Ankunft bemerkt. Aus den Lautsprechern dröhnte Musik, und in der Ecke fand gerade ein Poolbillard-Turnier statt, sodass Sage ohne anzügliche Zurufe durch die Bar schlüpfen konnte. Ein seltenes Vergnügen. Der Boden klebte von abgestandenem Ale, und die Luft stank nach Zigaretten, die drinnen eigentlich verboten waren.

Im feuchten Fassraum dahinter schlängelten sich mit bernsteinfarbener Flüssigkeit gefüllte Rohre über die Wände, und die wummernden Beats brachten die Metallkanister zum Klappern. Die schwere, uralte Falltür aus rauem, zersplittertem Holz quietschte in ihren rostigen Angeln, als sie sie aufzog. Über ihrer Oberfläche kräuselte sich der schwach schimmernde Glanz der Magie, die verhinderte, dass die Pforte zur Unterwelt von Menschen geöffnet werden konnte.

Sage stieg die Wendeltreppe in die Dunkelheit hinab. Ihre Lungen brannten, ihr Hals war heiser von der eiskalten Luft. Sie war klatschnass, und Tränen liefen ihr übers Gesicht. Die Kälte war ihr bereits in die Knochen gekrochen, und ihre Seele fühlte sich wie erfroren an. Auf ihren Wangen kribbelte die Scham, als sie sich an die Angst erinnerte, die sie in der Gewalt des Hexenmeisters empfunden hatte. In ihr lauerte ein Monster, warum hatte sie nicht einmal versucht, sich mit seiner Hilfe zu verteidigen?

»Alles klar, Sage?« Stellan, der Wächter, zwinkerte ihr unten aus den Schatten zu. Wie immer saß er im Schein einer einsamen flackernden Kerze pflichtbewusst neben der Treppe. Er war der Geist eines mittelalterlichen Ritters und trug weiter das Gewand, in dem er gestorben war. Das zerfetzte Kettenhemd, das ihm vom Oberkörper hing, klirrte durch die Finsternis. Hinter ihm erstreckte sich ein düsterer Tunnel, gesäumt von einer Vielzahl elektrischer Kabel, die Strom aus dem Oben abzapften.

Sage schüttelte den Kopf, unfähig zu sprechen. Sie hatte es bis ins Unten geschafft – in die unterirdische, vor Menschen verborgene und von Magie gestaltete Stadt.

Sie war zu Hause.

»P?« Sage trat durch die Tür ihrer gemeinsamen Wohnung in den Flur.

Ihre beste Freundin glitt mit einem Lächeln durch die Küchenwand.

Ps hellblondes Haar war hinten zu einem Zopf geflochten. Wie Stellan trug sie noch dieselbe zerrissene und blutbefleckte Kleidung wie zum Zeitpunkt ihres Todes. Sie wirkte ... fahl, als wären ihre Farben ausgewaschen und verblasst, und ihre Erscheinung war so fließend, dass Sage durch sie hindurchsehen konnte, wenn sie sich bewegte.

Doch P schwebte heiter und mit warmem Blick den Flur hinunter in Richtung des gemütlichen Wohnzimmers. Lichterketten hingen über Bilderrahmen und überall standen Vasen voller Blumen, deren süßer Duft Sage in die Nase stieg. Sie ließ den Blick auf einem kleinen Rahmen in der oberen Ecke des Regals ruhen. Es war ein Bild von ihr als kleinem fröhlichem Mädchen zusammen mit einem kleinen Jungen, jünger als sie, aber mit dem gleichen dunklen Haar.

»Auf dem Herd ist Minestrone«, sagte P. »Ich bring dir eine Schüssel.«

Sage starrte auf das Sofa und den kleinen Teppich davor. Wenn sie ihre durchnässten Turnschuhe auszog und feuchte Fußspuren darauf hinterließ, würde P austicken. Aber wenigstens war es kein blutiger Fußabdruck.

Die Wucht dieses Gedankens haute sie fast um.

»Sage?« Ps Stimme kam wieder näher, und als sie aufsah, schwebte ihre Geisterfreundin mit einer Suppenkelle in der

Hand und einem besorgten Gesichtsausdruck im Kücheneingang.

Auch wenn Lucy eine von Sages ersten übernatürlichen Freundinnen gewesen war, kannte sie niemand so gut wie P.

Und so brach endlich alles aus ihr heraus – zwischen Tränen, Rotz und den kurzen Momenten, in denen sie Luft holen musste, beschrieb sie, was sie in Lucys Wohnung vorgefunden hatte. Hätte sie das alles irgendeiner anderen Person erzählt, wäre diese davon ausgegangen, sie würde nur um Lucy weinen. Doch P verstand, dass es ebenso sehr um die anderen blutigen Leichen ging. Um einen noch größeren und noch schmerzlicheren Verlust, den Sage in ihrem jungen Leben erfahren hatte. Der Verlust, der überhaupt erst der Grund dafür war, dass sie im Waisenhaus gelandet war. Und dann in dieser Wohnung mit P.

P verstand, dass Lucys Tod nur die Spitze eines schon gewaltigen Eisbergs war, mit dem Sage jeden Tag zu kämpfen hatte.

An manchen Tagen konnte Sage ihre Schuldgefühle nur mit Mühe in Schach halten. Konnte nur mit Mühe aufstehen und ihrem Alltag nachgehen, während sie zu verdrängen versuchte, dass diese schrecklichen Erinnerungen sie in ihren Albträumen heimgesucht und neue Fragen darüber aufgeworfen hatten, warum sie überlebt hatte und ihre Familie gestorben war. Ihre Eltern, ihr kleiner Bruder. War es Glück, Schicksal oder Bestrafung? An manchen Tagen sah sie keinen Sinn darin, auch nur aufzustehen.

Es war P und nur P, die sich geweigert hatte, Sage in ihrem Kummer ertrinken zu lassen.

Und eben das tat sie jetzt auch. Sie wusste genau, welche beruhigenden Dinge sie ihr im richtigen Moment sagen musste. Bis Sages Tränen verbraucht waren und sie wieder so etwas wie inneren Frieden empfand.

Dann ließ Sage ihrer Wut über den Hexenmeister freien Lauf.

Mit großen Augen hörte P ihr zu und nickte. »Zeig ihn an!«,

sagte sie bestimmt. »Auch wenn sie bestenfalls arrogante Arschlöcher sind, können sie andere nicht einfach so behandeln, Sage! Nicht, nachdem du gerade eine Freundin ... ähm ...« Sie schüttelte seufzend den Kopf und bot Sage ein weiteres Taschentuch aus der Schachtel an, die sie von irgendwo hervorgeholt hatte. »Geh duschen, du bist klatschnass. Ich bring dir die Minestrone und eine knusprige Scheibe Brot zum Tunken. Und dann schauen wir uns schlechte menschliche Rom-Coms an, bis es uns besser geht.«

Als Sage am nächsten Morgen aufwachte, dauerte es ein paar Minuten, bis ihr das gestrige Grauen wieder in den Sinn kam. Erneut stieg Panik in ihr auf, die jedoch nachließ, sobald sie sich daran erinnerte, wie P und sie beim Anblick eines jungen Patrick Dempsey verträumt gekichert hatten, und sich schließlich ganz auflöste.

»Es gibt Würstchen zum Frühstück«, begrüßte P sie, als sie aus ihrem Schlafzimmer schlurfte. »Und Toast. Oder ich kann dir noch Speck braten, wenn du willst?«

P war eine ausgezeichnete Köchin. Niemand kam an ihre Kochkünste heran. Weil sie rastlos war und unendlich viel Zeit hatte, bereitete sie jeden Tag so viel Essen zu, dass sie das meiste weggeben mussten. Wenn sie mit entschiedener Miene ihre Tupperdosen schwenkte, wagte niemand abzulehnen. Aber ihre Freundinnen und Freunde Juniper und Willow, Rhen, Danny, Harland und Cypress tauchten freiwillig in regelmäßigen Abständen bei ihnen auf, um milde Gaben entgegenzunehmen.

»Oder Eier ...«

»Toast reicht«, erwiderte Sage gähnend und ließ sich auf das Sofa fallen, um ihre Turnschuhe anzuziehen, insgeheim dankbar dafür, dass P sie zum Trocknen unter die Heizung gestellt hatte. »Ich esse auf dem Weg.«

P schwieg dazu.

Sage stand auf und ging zur Küchentür.

Wie immer war die Küche blitzblank. Alle Oberflächen und Wasserhähne glänzten. P putzte fast ebenso besessen, wie sie kochte. Eigentlich war alles wie sonst auch ... P schwebte neben dem Herd ein paar Zentimeter über dem Boden, während sie in einer Pfanne brutzelnde Würstchen hin und her schob. Dampfschwaden schlängelten sich wie Ranken durch sie hindurch und ließen ihre transparenten Arme milchig erscheinen.

»Was ist los?«

»Was meinst du?«

»Ich habe ›nur Toast‹ gesagt, und du hast nicht darauf bestanden, dass ich noch was dazu esse.«

P setzte eine Unschuldsmiene auf, als würde sie so etwas nie sagen. Dabei wussten sie beide, dass sie das sehr wohl tat.

»P?«

»Na schön.« Aufgebracht ließ sie den Bratenwender in die Pfanne fallen. »Danny hat vor einer Stunde angerufen.« Sie verzog das Gesicht. »Das mit Lucy spricht sich gerade herum. Alle Werwölfe reden darüber. Er wollte wissen, ob du davon gehört hättest und ob du es für wahr hältst, dass sie ermordet wurde.«

Sage schluckte. »Ich kann das nicht.«

»Ich weiß.« P nickte. »Ich hab ihm gesagt, du hättest mir gegenüber nichts erwähnt. Und dass ich es dir erzählen würde, wenn du aufwachst.«

»Hast du irgendwas gehört ...«, setzte Sage verlegen an, »von deinen ...« Sie verstummte. Obwohl sie beste Freundinnen waren, wusste sie nicht, wie sie es ausdrücken sollte. »Ich meine, ist sie ...« Sie seufzte hilflos. »Du weißt schon.«

P schüttelte den Kopf. »Niemand hat sie gesehen. Sie glauben nicht, dass sie geblieben ist. Alle glauben, dass sie sich entschieden hat zu gehen.«

Wenn die Zeit gekommen war, hatte jeder die Wahl, entweder ein Geist zu bleiben oder ganz auf die andere Seite zu wechseln. Die Entscheidung war endgültig, und sobald man sie getroffen hatte, gab es kein Zurück. Auch P hatte diese Wahl treffen müssen. Und sie war geblieben.

Sage nickte. Sie hatte nichts anderes erwartet. Lucy hatte dem Unten und dem übernatürlichen Leben unbedingt entkommen wollen, da würde sie sich wohl kaum für die Ewigkeit als Geist entscheiden.

Mit einem freudlosen Lächeln reichte ihr P ein in Alu gewickeltes Päckchen. »Wenn du jetzt losgehst, kommst du zu früh. Es ist erst elf.«

»Ich will noch beim Büro des Captains vorbei, bevor ich diesen Hexenmeister aufsuche ...«

»Ach, Sage«, jammerte P. Diesen mitleidigen Blick ihrer Freundin kannte sie nur zu gut. »Ist das wirklich die Sache wert, ausgerechnet heute?«

Aber in den frühen Morgenstunden, in denen die quälende Erinnerung an Lucys leeren Blick sie wach gehalten hatte, hatte ihr eine Sache keine Ruhe gelassen. Als sie von Grauen gepackt inmitten des Blutbads stand, hatte sie es nicht genau benennen können, doch in dem Zimmer hatte sich etwas ... merkwürdig angefühlt.

Sage zog eine Grimasse. Tatsächlich war sie bekannt dafür, unangekündigt im Büro des Arcānum-Captains aufzutauchen, daher hatte Roderick es ihr sogar ausdrücklich verboten. Aber diesmal war ihr die Sache wirklich ernst. Lucy war tot, und sie war sich ziemlich sicher, dass sie bei der Suche nach ihrem Mörder helfen konnte. Diesmal würde er auf sie hören müssen.

Das neue Hauptquartier des Arcānum war erst kürzlich in ihr Viertel gezogen und befand sich in einem hohen, modernen

Gebäude. Der Umzug war Teil irgendeines Programms, um das Image der Hexenmeister und Hexenmeisterinnen aufzupolieren. Ha.

Wer das glaubte, der kannte Roderick nicht.

Der Himmel, ein Feen-Trugzauber des echten Himmels im Oben, war wässrig-blass. Es war noch so früh, dass das Unten zwar nicht mehr schlief, aber noch sehr schläfrig wirkte. Die Geschäfte hatten ihre Rollläden hochgezogen und bereiteten sich auf einen weiteren nachmittäglichen Massenandrang vor dem Julfest vor, doch bisher war nicht viel los.

In den Wohngebieten fühlte sich die Zeit vor den Feiertagen festlicher an. Nicht wie die in den Schaufenstern künstlich geschaffene Stimmung, die einen nur dazu verleiten sollte, Geld für irgendwelchen nutzlosen Kram auszugeben. Die übernatürliche Welt feierte statt Weihnachten das Julfest: ein weitaus älteres Fest zur Wintersonnenwende, umwoben von Götterlegenden aus grauer Vorzeit und uralten Bräuchen, aus denen viele neuere menschliche Traditionen hervorgegangen waren.

Das Unten verehrte weiterhin Odin, einen alten Mann mit Bart, der auf Sleipnir, einem achtbeinigen Pferd, durch den Himmel ritt – das klang doch vertraut, oder? Manche Bewohnerinnen und Bewohner des Unten lebten schon lange genug, um sich an Zeiten zu erinnern, als Odin noch der einzige alte Knacker war, der Geschenke brachte.

In den Wohnblöcken und Häusern um sie herum regte sich Leben, und Glühwürmchen flimmerten in den Fenstern. Der Tradition nach wurden zum Julfest Bäume mit Früchten und Kerzen geschmückt, aber aufgrund eines Gewerkschaftsstreiks der Wassernymphen, die im Unten für den Notdienst zuständig waren, hatte man sich nach ein paar Kerzenfeuern zu viel auf einen Kompromiss geeinigt. Jetzt wurden stattdessen Glühwürmchen benutzt.

Stechpalmen- und Mistelzweige waren ein wichtiger Bestandteil der Julfest-Dekorationen, weshalb die Stadt von Kopf bis Fuß mit ihnen eingedeckt war. Außerdem wurde zu dieser Jahreszeit viel gesungen. Sage liebte alles, was damit zu tun hatte. Im Unten stellten Kinder mit Heu und Karotten gefüllte Stiefel für Sleipnir vor die Haustür und auf die Fensterstimse, und Odin brachte ihnen dafür Geschenke. Selbst hier in der Unterwelt erinnerte sich ihr Herz an ihre eigene Kindheit im Oben, an ihren Weihnachtsbaum, an die Strümpfe am Kaminsims, an einen kleinen quengelnden Bruder, der endlich Geschenke aufmachen wollte, und an eine Mum und einen Dad, die …

Nein.

Daran durfte sie jetzt nicht denken.

Sage überquerte die Straße und ging gerade an einem in den Trughimmel ragenden Wohnblock vorbei, als sie jemanden ihren Namen rufen hörte. Sie hob den Blick und sah in einem offenen Fenster drei Stockwerke über ihr das Gesicht eines Mädchens mit langen, ins Freie heraushängenden dunklen Zöpfen. Es winkte ihr mit einer riesigen goldenen Pfote zu. Sofort rutschte Sage das Herz in die Hose. Wenn Danny P angerufen hatte, wusste dann auch ihr ganzer Freundeskreis über Lucy Bescheid?

»Das Thema für das Pub-Quiz morgen lautet *Pokémon der ersten Generation*.« Juniper zog eine Grimasse. »Sorg dafür, dass Harland kommt, sonst sind wir erledigt.« Offenbar hatte sich die Sache bisher nur unter den Werwölfen herumgesprochen. Sage schluckte dankbar den Kloß in ihrem Hals hinunter.

Juniper hatte recht. Ihr Teilzeitmitbewohner war ihre einzige Hoffnung auf den Sieg, und den Quizabend im *Faunenkopf* nahmen sie alle sehr ernst.

Sage konnte nicht sprechen, ohne auch ihren Gefühlszustand zu verraten, der wie ein totes Gewicht auf ihrer Brust lastete. Daher nickte sie nur und schenkte der Sphinx ein kleines Lächeln.

Juniper sprang daraufhin aus dem Fenster und flog mit Adlerflügeln davon.

Das Hauptquartier des Arcānum, das sich durch abgerundete Ecken und eine glänzende Fassade auszeichnete, kam in Sicht. Schon aus der Ferne konnte Sage erkennen, wie sich der düstere Himmel darin widerspiegelte. Vor ihr öffnete sich ein riesiger Hof mit makellos beschnittenen Hecken, um die sich gerade der alte Minotaurus der *Labyrinth-Landschaftsgärtnerei* kümmerte, des seit Jahrzehnten führenden Gartenbauunternehmens im Unten. Im Zentrum zog ein riesiger erleuchteter Springbrunnen alle Aufmerksamkeit auf sich. Wunderschöne, anmutige Meerjungfrauen mit langen Haaren bliesen durch Trompeten Wasser über das gigantische goldene A, das sich in der Mitte erhob.

Sage ging um den Springbrunnen herum und steuerte mit einem Seufzen die breiten Türen an, in der Hoffnung, dass Roderick wenigstens diesmal die Klappe halten und sich anhören würde, was sie zu sagen hatte.

SAGE

Der Captain des Arcānum warf ein paar Papiere auf seinen Schreibtisch und verschränkte die Arme über seiner breiten Brust.

»Wieso wusste ich, dass du heute hier auftauchen würdest?«

Sage räusperte sich. »Ich bin hier wegen …«

»Lucinda Hague«, beendete Roderick ihren Satz und deutete mit dem Kinn hinter sie. »Oren hat mich informiert. Das warst also du am Tatort?«

Sie wirbelte herum. An der Wand hinter ihr, die Hände in den Taschen, lehnte der Hexenmeister. Er trug dieselben weißen Turnschuhe, die sie schon in Lucys Wohnung so irritiert hatten.

Ihre Sinne waren viel empfindlicher als die eines jeden Hexenmeisters – und doch hatte sie nicht bemerkt, dass noch jemand anderes im Raum war? Dass ihn seine Magie so tarnen konnte, war … beängstigend. Er grinste. Offenbar war ihm das vollkommen bewusst.

Sie wurde rot. »Das war ich, ja.«

»Was willst du, Sage?«, fragte Roderick barsch. Sein dunkelblondes Haar war zurückgebunden und sein Blick hart – als wüsste er bereits, dass er einen langen Tag vor sich hatte, und wäre nicht sonderlich erfreut darüber. Und dass sie aufgetaucht war, um ihn noch länger zu machen, verbesserte seine Stimmung auch nicht gerade. »Eigentlich warst du erst um zwölf in Orens Büro bestellt.« Er blickte demonstrativ auf die Uhr an der Wand, die ihr mitteilte, dass sie vierzig Minuten zu früh war.

Oren stieß sich von der Wand ab und setzte sich mit erwartungsvoll hochgezogenen Augenbrauen auf den Stuhl Roderick gegenüber.

Jetzt, da kein Blutgeruch ihre Sinne benebelte, konnte sie sein Aftershave riechen. Es duftete teuer, nach einem Hauch Zedernholz und …

Salbei! Ihr Namensvetter.

Ihre Wangen hatten sowieso schon geglüht, aber nun standen sie regelrecht in Flammen.

»Hören Sie mir nur einen Moment zu«, setzte sie an, doch Roderick schnitt ihr das Wort ab.

»Wie oft muss ich dir noch erklären, dass du keine verdammte Hexenmeisterin bist!«

Oren schnaubte. »Ach, *sie* ist das?« Sein leichter Akzent verriet ihr, dass der Hexenmeister von weit herkam. »Die Werwölfin, die ständig um einen Job bettelt?«

Ihr Magen zog sich zusammen.

Das Arcānum war eine Hexenmeister-Institution, und ihre Magie war mächtig genug, um in allen übernatürlichen Städten der Welt für Recht und Ordnung zu sorgen. Obwohl Roderick sich geweigert hatte, sie in den Kader aufzunehmen, hatte sie nie aufgegeben. Schon als menschliches Kind, noch vor der Nacht im Moor, in der sie zur Werwölfin wurde, hatte sie sich nichts sehnlicher gewünscht, als Polizistin zu werden, wenn sie groß war. Und vielleicht einen Polizeihund zu haben. Na ja, okay, eigentlich war der Hund der größte Anreiz gewesen, aber den Wunsch, Bösewichte zu jagen, hatte sie nie wirklich aufgegeben. Zumal der Mörder ihrer eigenen Familie nie gefasst worden war.

»Nirgends steht, dass ich dafür Hexenmeisterin sein muss«, schoss sie zurück. »Ich habe in alten Aufzeichnungen nachgeschlagen …«

Roderick sah aus, als würde er jeden Augenblick aus der Haut fahren. »Du hast *was* gemacht?«

Sage hatte ihm ihre Argumente schon so oft dargelegt, dass sie ihm seinen wütenden Blick nicht wirklich übel nahm. Aber sie war verzweifelt. Wenn sie schon für den Rest ihres Lebens im Unten feststeckte, wollte sie zumindest etwas Sinnvolles tun. *Dann geh doch und schließ dich der Menschenpolizei im Oben an* war alles, was Roderick jedes Mal erwidert hatte. Doch sie konnte P nicht zurücklassen.

»Es gibt keine Vorschrift, die besagt, dass das Arcānum magisch sein muss«, fuhr Sage fort. »Generationen von Hexenmeistern und Hexenmeisterinnen haben dieses Konzept nur jahrhundertelang übernommen.«

Oren lachte leise, aber es klang nicht freundlich.

»Weil ihr alle viel zu früh sterbt!« Roderick stand auf und drückte die Hände flach auf den Schreibtisch. »Es ist einfach viel zu zeitaufwendig, Leute wie dich auszubilden, wenn ihr kaum mehr als ein halbes Jahrhundert im Dienst bleibt!«

Erschrocken stellte sie fest, dass sie einen Kloß im Hals hatte, doch sie würde auf keinen Fall weinen. »Lucy war meine Freundin«, erwiderte sie leise. »Ich will einfach nur bei der Suche nach ihrem Mörder helfen. Darum bin ich hier.«

Roderick schloss die Augen, kurz davor, endgültig die Geduld zu verlieren. »Welche Suche? Am Tatort gab es keine eindeutigen Beweise. Der Fall erfüllt keins der Kriterien, um als übernatürliches Verbrechen klassifiziert zu werden, deshalb werden die Menschen …«

»Sie haben unrecht!« Eigentlich hatte sie nicht schreien wollen und erstarrte. Aber in ihrer Panik, dass sie die entscheidende Information übersehen würden, wegen der sie gekommen war, fiel es ihr extrem schwer, ruhig zu bleiben.

»Wie bitte?« Oren hob langsam den Kopf, als hätte sie ihn persönlich gekränkt.

Sage schluckte. Sie öffnete den Mund, doch es kam nichts heraus. Dann räusperte sie sich und setzte noch einmal an. »Mir ist es anfangs nicht aufgefallen. Ich dachte ... weil Lucy ... das Blut ...« Sie holte tief Luft. Unter ihrer Zunge sammelte sich Spucke, als würde ihr gleich Galle in die Kehle steigen. Sie konnte die Worte kaum aussprechen. »In dem Zimmer war Silber.«

Silber war das Einzige, wovor Werwölfe sich fürchteten. Wegen seiner extrem schädlichen Wirkung war es im Unten sogar gänzlich verboten. Jedes Mal, wenn sie jemandem im Oben die Hand schüttelte, der Silberringe trug, hatte sie danach Brandblasen an den Fingern. Werwölfe wussten, was Silber mit ihnen anstellte, und mieden es um jeden Preis.

Es trat kurz Stille ein.

Dann verdrehte Roderick die Augen, bereit, ihr wieder eine Abfuhr zu erteilen.

Aber Oren beugte sich mit einem Stirnrunzeln vor. »Was willst du damit sagen?«

Roderick starrte seinen Arcānas an, völlig entgeistert, dass Oren sie überhaupt ernst nahm.

Überrascht sah sie zwischen beiden hin und her. Dann atmete sie tief durch.

»Ich kann im Oben nicht mal in die Nähe eines Juwelierladens gehen, ohne dass ich seine Wirkung spüre.« Sie hatte nur diese eine Chance – sie musste die beiden überzeugen, ihr zuzuhören. »Ich hatte kaum einen Fuß in das Zimmer gesetzt, als die Luft so stickig wurde, dass ich kaum atmen konnte. Ich stand unter Schock. Deshalb habe ich nicht sofort begriffen, was ich da genau gespürt habe. Es muss ... eine winzige Menge gewesen sein ...« Sie runzelte die Stirn. Auch wenn sie die ganze Sache selbst noch nicht ganz verstanden hatte, wusste sie, dass sie richtiglag. »Jeder Werwolf, jede Werwölfin weiß, wie sich seine Wirkung anfühlt. Die Atemlosigkeit. Der Schwindel. Es ist ein ganz spezielles Gefühl. Glaubt mir. Wer auch immer sie getötet hat, wusste, was sie war, und hat Silber dafür benutzt. Das war kein menschlicher Mörder.«

»Schwachsinn.« Roderick winkte ungeduldig ab, als könnte er sie so endgültig aus seinem Büro verscheuchen. »Das Zimmer war das reinste Blutbad. Das ist dir ja wohl auch aufgefallen?«

»Das Silber wurde vielleicht dazu benutzt, ihre Reaktion zu verlangsamen«, wandte sie ein. »Um zu verhindern, dass sie sich verteidigt ...«

»Hör auf, Sage!«

»Nein«, brüllte sie.

Und da wusste sie, dass sie zu weit gegangen war. Seine Miene ließ keinen Zweifel daran: Nichts, was sie noch sagen konnte, würde ihn umstimmen.

Sage starrte auf ihre Fußspitzen. »Ich wollte einfach ... dass es jemand weiß.«

Die Tränen, die sie bis dahin zurückgehalten hatte, waren kurz davor, ihr über die Wangen zu laufen.

Sie wandte sich zur Tür.

Als ihre Hand auf das kalte Metall der Türklinke traf, meldete sich Oren zu Wort. »Ich übernehme den Fall.«

»Was?«

Sage wirbelte herum, überzeugt, dass das nur ein weiterer Scherz auf ihre Kosten war. Aber ... nein. Der Hexenmeister sah sie nicht einmal an und wirkte alles andere als begeistert. »Ich habe dir doch gesagt, dass mir da irgendwas merkwürdig vorgekommen ist, Roderick.«

»Ich kann helfen«, platzte sie heraus. »Ich kann ... «

»Oh, nein.« Oren gab wieder dieses grausame Lachen von sich. »Das glaube ich kaum.«

Sie wandte sich Roderick zu. »Betrachten Sie es als einen Probelauf.« Wieder schlich sich ein Flehen in ihre Stimme. »Sie war meine Freundin. Wenn ich irgendetwas herausfinde, wenn ich zur Lösung des Falls beitrage, dann verdiene ich doch wenigstens eine Probezeit ...«

»*Wenn ich zur Lösung des Falls beitrage*«, wiederholte Oren mit einem sarkastischen Prusten.

Doch Roderick kniff die Augen zusammen.

»Na schön.« Er blickte zwischen ihnen hin und her. »Du willst diesen Fall übernehmen, Oren.« Ein hämisches Grinsen breitete sich auf seinem Gesicht aus. »Und sie hat dir deine einzige ›Spur‹ beschert. Die Götter wissen, dass sie keine Ruhe geben wird, bis sie die Möglichkeit bekommt, diesen Fall zu lösen. Ihr zwei könnt zusammenarbeiten. Haltet mich auf dem Laufenden, wie ihr mit euren Ermittlungen vorankommt.« Damit war das Thema für ihn beendet.

Oren hob einen Finger. »Wir haben einen Deal, Roderick. Ich arbeite allein.«

»Der Deal ist vom Tisch.«

»Auf keinen Fall.«

»Oh doch, es sei denn ...«

»Sei bloß vorsichtig« – Oren stieß ein so heftiges Fauchen aus, dass Roderick verstummte –, »womit du mir drohst.«

Zwischen den beiden war etwas passiert, das sie nicht mitbekommen hatte. Aber beim Klang von Orens Warnung zog sich ihr Magen zusammen. Sie ließ den Blick zwischen ihnen hin und her schnellen.

»Warte draußen, Sage. Er wird gleich nachkommen.«

Sie verschluckte sich fast an der bloßen Luft. »... Wirklich?«

»Wirklich.« Rodericks Lächeln spiegelte sich nicht in seinen Augen wider, und sofort funkelte er Oren wieder böse an.

Weil sie sich nicht traute, zu bleiben und vielleicht ihren kleinen Erfolg aufs Spiel zu setzen, verließ sie fluchtartig das Büro.

Draußen versuchte sie nicht einmal zu lauschen, wollte gar nicht wissen, was sich hinter dieser Tür für eine wütende Auseinandersetzung abspielte. Ihr Herz schlug wie wild, als wäre sie gerade fünfmal um die ganze Stadt gerannt. Unglaublich! Sie hatte tatsächlich ihre Chance bekommen! Wenn nicht das leblose Gesicht ihrer alten Freundin in ihre Augenlider eingebrannt gewesen wäre, hätte sie vor Freude geschrien.

Dann flog die Tür auf, und Oren stand mit einer so fuchsteufelswilden Miene vor ihr, dass sich ihre Begeisterung sofort in Luft auflöste. Bevor er die Tür zuknallte, erhaschte sie einen kurzen Blick auf einen lächelnden Roderick, der sich wieder den Papieren auf seinem Schreibtisch zuwandte.

»Ähm«, sagte Sage leise mit puterrotem Gesicht. Sie wusste zwar nicht, was sie erwartet hatte, aber bestimmt nicht, dass Roderick einlenken würde.

Ihr gesamter Körper spannte sich an.

»Also …« Oren schüttelte den Kopf, und sie konnte sehen, wie er die Zähne zusammenbiss. »Komm einfach mit.«

Sie bewerkstelligte ein Nicken. Mit großen Schritten eilte er den langen Korridor hinunter, und zwei Hexenmeister drückten sich regelrecht an die Wand, um ihm auf seinem Kriegspfad nicht in die Quere zu kommen.

Draußen auf dem perfekt gepflegten Hof wirbelte er wieder zu ihr herum. Sie überlegte angestrengt, was sie sagen könnte, um sich zu entschuldigen. Da streckte er ohne Vorwarnung eine Hand aus. Bei der Erinnerung an den Dolch, der aus ebendieser Hand hervorgeschossen war, als er sich ihr das letzte Mal genähert hatte, fuhr sie zusammen.

Bitterkeit flackerte in seinem Blick auf. »Ich werde dir nichts tun.«

Seine Miene verriet jedoch, dass er sich diesbezüglich noch nicht endgültig entschieden hatte.

Er berührte nur leicht ihre Hand, und schon wurde sie in eine erdrückende Dunkelheit gezogen.

SAGE

Sie verlor fast das Gleichgewicht.

Kaum war ihr der Boden unter den Füßen weggezogen worden, als sie auch schon wieder auf festem Untergrund stand. Sie befanden sich nicht mehr vor dem Hauptquartier.

Oh Gott, sie standen vor Lucys Wohnung, und es stank immer noch nach Werwolf-Blut.

Diesmal war es nicht mal frisch. Sondern ... abgestanden. Trocken. Ihr Rachen fing an zu jucken.

»Was zum Teufel war *das* denn?«

»Shiften.« Dass er gerade etwas so Wahnwitziges bewerkstelligt hatte, wie alle Gesetze der Physik außer Kraft zu setzen, ließ ihn offenbar kalt.

Sage räusperte sich. »Ich wusste gar nicht, dass Hexenmeister das können.«

»Können sie auch nicht«, erwiderte er. »Zumindest die meisten.«

»Du aber schon?«

Fast unmerklich verdrehte er die Augen. »Ich bin sehr mächtig.«

Aber natürlich war er das.

Auch wenn diese Art von Hexenmeister-Magie ungewöhnlich war, versuchte sie, sich nicht davon einschüchtern zu lassen. Im Unten besaßen sehr viele ihre ganz eigenen magischen Fähigkeiten und nutzten diese offen und auf eine Weise, die das Leben aller leichter machte: ein Tisch, der sich in einem Café von selbst wischte, oder ein Besen mit Schaufel, der den Boden von allein fegte. Doch bei seiner Magie lief ihr ein nervöser Schauer über den Rücken.

Gelb-schwarz gestreiftes Polizeiabsperrband mit dem Aufdruck BETRETEN VERBOTEN war kreuzweise über den Türeingang gespannt. Sage schluckte.

»Warum sind wir hier?«

»Wie gut hast du sie wirklich gekannt?«

»Nicht sonderlich gut«, gab sie zu. Sie wusste, dass er ihre Reaktion genau beobachtete. »Jedenfalls nicht mehr.«

»Kommst du damit klar, noch einmal reinzugehen?«

Noch einmal reingehen? Sie blinzelte.

Oh Mann.

Er meinte es tatsächlich ernst.

Nun ja, sie hatte gelernt, sich von allen Dingen abzuschotten, die ihr Schmerz bereiteten. Nur so hatte sie überleben können.

»Kein Problem.«

Das war nur zum Teil gelogen.

Er nickte und löste mit einer einfachen Handbewegung das Absperrband vom Eingang, woraufhin sich die Tür mit einem Klicken von allein öffnete.

An der Schwelle zum Wohnzimmer blieb sie stehen und betrachtete noch einmal den blutgetränkten kleinen Teppich. Diesmal ohne Lucys Leiche – sie war von den Menschen weggebracht worden, in dem Glauben, sie hätten sie als Erste gefunden. Überall, wo das Spurensicherungsteam potenzielle Beweismittel fotografiert hatte, klebten kleine nummerierte Sticker.

Und da war wieder dieses Gefühl: Übelkeit und Schwindel. Auf eine sadistische Art und Weise hätte sie in Triumphgeschrei ausbrechen können.

Sie hatte recht gehabt. Auch wenn es nur ganz schwach war. Sie konnte es selbst kaum glauben … Für gewöhnlich kippte sie schon bei einem schlichten Paar Silberohrringe um. Warum stand sie dann noch? Was genau war es?

Sage betrachtete die mit Blut bespritzten Wände.

Lass es nicht an dich rankommen. Blende es aus. Es ist nur ein Mordopfer. Eine Fremde.

»Na los.« Oren schritt in die Mitte des Zimmers und breitete die Arme aus, als würden sie gleich irgendein Spiel spielen. »Du wolltest dich dem Arcānum anschließen. Was verrät dir dieser Tatort? Nur zu deiner Information, ich schätze den Zeitpunkt des Todes auf drei, vielleicht drei Uhr fünfzehn, und du bist hier um vier aufgekreuzt.« Er beobachtete sie kühl. Sie hatte so lange auf diese Chance gewartet, auf diese eine Gelegenheit, sich zu beweisen. »Soll ich dir auf die Sprünge helfen?«

»Nein.« Sie hielt die Luft an und trat in den Raum. »Also, sie lag hier.«

»Oh, brillant.«

Sie biss die Zähne zusammen. Das Schlimmste war, dass sie es ihm nicht gänzlich übel nehmen konnte. »Hör mal, es tut mir leid, okay? Ich wollte nicht ... dass es dazu kommt.«

»Dafür ist es jetzt ein bisschen spät, meinst du nicht? Jetzt hab ich dich am Hals.«

»Da bist du selbst dran schuld.« Bei seinem verächtlichen Tonfall stieg ihre Verlegenheit ins Unermessliche. »Ganz schön dumm von dir, wenn du Roderick einen Grund gegeben hast, dich zu erpressen! Ich versteh ja, dass dieses Arrangement alles andere als ideal ist, aber deine beschissene Nummer mit dem Dolch gestern habe ich brav für mich behalten. Dabei hätte ich genauso das Recht, deswegen angefressen zu sein. Aber ich kriege es trotzdem hin, höflich zu sein ...«

Sie verstummte. Er hatte wieder diesen Ausdruck im Gesicht, wie als er aus Rodericks Büro gestürmt war ... nur schlimmer.

»Lass mich mal eine Sache klarstellen«, sagte er leise. Oh

Mann ... wurden seine Zähne etwa länger? Zwar nur ein wenig, aber, jep ... das waren definitiv Reißzähne! Und da wurde ihr klar: Wie in ihr verbarg sich auch in ihm ein Monster. »Roderick ist ein Riesenarschloch, und er hat die Schnauze voll von dir. Das ist der einzige Grund, warum ich diese Farce überhaupt mitmache. Sein Gesicht zu sehen, wenn er dir in seiner Abteilung eine Probezeit gewähren muss, wird mir eine höllische Freude machen. Aber ich arbeite allein, aus Gründen, die du offensichtlich nicht verstehst.« Er ging mit dem Gesicht wieder ganz nah an sie heran. »Denn würdest du es verstehen, würdest du nicht so mit mir sprechen. Das ist meine einzige und letzte Warnung.«

Sie hatte nicht den blassesten Schimmer, was das alles bedeutete. Ihr Herz pochte wie wild. Sie empfand eine Mischung aus Wut und Beklemmung, denn er hatte recht. Das Ganze war die reinste Farce. Wem wollte sie eigentlich etwas vormachen? Sie war diesem Job nicht gewachsen.

Aber wenn sie jetzt aufgab, würde Lucy nur eine weitere Fallakte werden. Eine weitere Nummer. Wer sie war, was sie gewesen war, als sie noch lebte ... das alles würde verschwinden, zusammen mit der Zukunft, die sie hätte haben sollen.

Sage würde das nicht zulassen.

Das konnte sie nicht.

Sie schluckte. »Wölfe sind Rudeltiere«, erwiderte sie ruhig. Das war wohl die einzige Erklärung, die sie ihm geben konnte. Dass ein Leben als Einzelgängerin nicht in ihrer Natur, nicht in ihrem Blut lag, auch wenn er es vorzog, allein zu arbeiten. Dass sie ihn, auch wenn er ihr Hilfsangebot nicht wollte, um Toleranz bat. Um einen einstweiligen Waffenstillstand.

Er schwieg kurz.

Und grinste ihr dann hämisch ins Gesicht. »Rudelmentalität ist keine Stärke, Sage. Es ist eine Schwäche. Du machst dich nur lächerlich.«

So ein Scheißkerl. Sie hasste ihn.

Dennoch weigerte sie sich, auch nur eine Träne zu vergießen. Und so reckte sie das Kinn, wandte ihm den Rücken zu und drehte eine Runde durchs Zimmer.

Damit sie der Schwindel, der ihren Verstand benebelte, nicht überwältigte, sondern führen konnte, atmete sie langsam ein und aus.

Sage schritt durchs Zimmer, um das Sofa herum und am Couchtisch vorbei. Alle Oberflächen und eine leere Tasse mit ein wenig Bodensatz waren von einer dünnen Staubschicht bedeckt – noch von der Suche der menschlichen Polizei nach Fingerabdrücken. Auf einem Regal über dem Fernseher lagen Plastikblumen neben mehreren Kerzen und dem gerahmten Schwarz-Weiß-Foto eines jungen Paars, das inzwischen vermutlich uralt war. Großeltern vielleicht. Sie schaute auf den Fernsehtisch hinunter – Lucy hatte achtlos die Fernbedienung daraufgeworfen, ohne zu ahnen, dass sie es zum letzten Mal tat. Sage wusste nicht so recht, warum ihr das so ins Auge fiel, doch bei dem Anblick zog sich ihre Brust zusammen. Wenn Lucy gewusst hätte, dass dies der allerletzte Nachmittag ihres Lebens sein würde, hätte sie ihre Sachen dann sorgsamer zurückgelassen? Sage war sich nicht sicher.

Sie ging in die Küche weiter, öffnete die Schranktüren und schob die Übelkeit und den Schwindel beiseite. Grundnahrungsmittel. Im Kühlschrank auch.

Hm.

Die Arme über der Brust verschränkt stand Oren einfach nur da und wartete. Die Reißzähne hatte er wieder eingefahren, und seine Miene war gewollt ausdruckslos.

Sage überprüfte das Bad und das Schlafzimmer, steckte bei beiden den Kopf durch die Tür und atmete tief ein.

Nichts.

»Es ist hier drin.« Sie unterdrückte ein Schaudern, als sie zurück ins Wohnzimmer ging und innehielt. »Das Silber.«

Oren blickte sich um. »Bist du sicher?«

»Du ... kannst es nicht spüren?«, fragte sie verwirrt. »Ich dachte, ich würde nur bestätigen, was du selbst schon vermutet hast?«

Er schüttelte den Kopf. »Ich kann Silber überhaupt nicht spüren.«

»Aber du hast doch gesagt, dass sich etwas merkwürdig anfühlen würde ...«

»Was riechst du sonst noch?«

»Nichts. Na ja, außer Werwolf, Hexenmeister und Blut. Damit sind wir zwei abgehakt. Aber ...« Sie riss die Augen auf.

Er nickte. »Kein Geruch eines menschlichen Angreifers. Das hat mich gestört. Es reichte nur nicht, damit Roderick es als einen übernatürlichen Fall einstuft.«

»Aber wie ist das möglich?«

»Es gibt Zauber, mit denen man Gerüche verbergen kann.«

»Willst du damit sagen, dass der Killer magisch begabt gewesen sein muss? Ein Übernatürlicher?«

Er zuckte mit den Schultern. »Genau genommen braucht der Killer dafür nur einen magischen Komplizen. Aber hier ist definitiv Magie im Spiel. Deshalb werden die Menschen auch garantiert keine DNA-Spuren finden.«

Sie starrte ihn an, als die Wirklichkeit über sie hereinbrach. Eine unmögliche Aufgabe. »Wahrscheinlich könnte mich deine Magie umbringen, ohne so eine Schweinerei zu hinterlassen, oder?«

Darauf antwortete er nicht.

Ihr gingen alle Möglichkeiten durch den Kopf. Manche sprach sie laut aus, in dem Versuch, sich einen Reim auf das Ganze zu machen.

»Schon eine Halskette« – sie ging langsam in die Ecken des Raums und achtete darauf, wie ihr Körper reagierte – »würde ausreichen ... um sie außer Gefecht zu setzen ... um sie ersticken zu lassen.«

Sie zog die Stirn in Falten. Doch sie kam einfach nicht darauf ...

Ihr Blick fiel auf die Tasse auf dem Tisch.

Oh Gott.

Sie stieß einen schwachen Laut aus und hielt sich eine Hand an den Hals. »Das kann nicht ...«

»Was?« Oren ließ den Kopf in ihre Richtung schnellen. »Was ist los?«

Aber sie würgte bereits und wandte sich mit einer Hand auf dem Mund rasch ab.

Lucy hätte es nicht wissentlich zu sich genommen. Auf keinen Fall.

»Die Tasse«, krächzte sie. »Im Kaffee.« Allein der Gedanke, dass Silber Lucys Kehle hinuntergelaufen war und ihre Eingeweide verbrannt hatte ... Sie hatte das Gefühl, sie könnte jeden Augenblick ohnmächtig werden, sich übergeben, umkippen und sterben.

Plötzlich stand Oren neben ihr und hielt ihr einen aus dem Nichts herbeigezauberten Eimer vors Gesicht, als sie sich explosionsartig erbrach. Sie packte den Eimer und sank auf die Knie.

Bilder von dem Moment, in dem Lucy gemerkt haben musste, dass sie Silber zu sich genommen hatte, jagten durch ihre Gedanken. Herz, Kopf, Magen, Hals – alles verkrampfte sich vor Schmerz. Diese letzten Minuten, in denen sie qualvoll sterbend am Boden lag und der Mörder ihr schließlich die Kehle durchschnitt ...

Aus dem Augenwinkel beobachtete sie, wie Oren an der Tasse

schnupperte. Dann verschwanden die Tasse und ihr Inhalt in einer goldenen Dunstwolke. Schlagartig ließ ihre Übelkeit nach.

Sage wischte sich über den Mund, und der Eimer in ihrer Hand verschwand ebenfalls.

Sie erwartete, grausame Belustigung in seiner Miene zu entdecken, doch sogar Oren hatte einen grimmigen Ausdruck im Gesicht.

»Es wurde vermutlich dazu benutzt, ihre Verwandlung zu verhindern«, sagte sie leise. »Dabei hätte das Silber allein gereicht, um sie umzubringen.«

Er nickte langsam. »Wozu dann diese ganze Sauerei?« Er ließ den Blick wieder durch das blutige Zimmer schweifen und runzelte die Stirn.

»Silber, um sie außer Gefecht zu setzen, und Magie, um die Beweise zu tarnen, aber nichts von beidem wurde verwendet, um sie direkt umzubringen. Das alles, um einen Werwolf zu töten«, fuhr sie leise fort, mehr zu sich selbst als zu Oren, »ein Mord, der mühelos als ein menschliches Verbrechen hingestellt werden könnte ... Das alles ergibt keinen Sinn. Es sei denn ... der Killer wollte, dass dieser Mord heraussticht.« Sage sah zu ihm auf. »Es geht gar nicht ... um sie.«

Endlich umspielte der Anflug eines Lächelns seine Lippen. »Sprich weiter.«

»Sie ist eine Botschaft. Eine Warnung. Aber für wen?«

SAGE

Sage bestellte eine Flasche Cider und nahm sie mit in die Ecke, in der ihr Quiz-Team für gewöhnlich jeden Freitagabend saß.

Am anderen Ende des Raums stritt sich eine Gruppe laut, aber freundschaftlich darüber, ob es fair war, dass die Fee in ihrer Mitte ihre Flügel benutzte, um aus der Schwebeposition einen besseren Winkel zur Dartscheibe zu haben.

Normalerweise hätte Sage gelacht. Ihrer Meinung nach war es alles andere als fair. Stattdessen betrachtete sie geistesabwesend die aufsteigenden Bläschen in ihrer Flasche. Ihre Gedanken überschlugen sich. Das Silber in Lucys Kaffee … Der Killer musste es mit Magie getarnt haben, damit sie es nicht spürte. Mehr als ein paar Körnchen konnten es nicht gewesen sein, weniger als eine Messerspitze. Aber dennoch genug, um sie zu töten.

Der Schmerz.

Das Brennen.

Sie wischte sich eine Träne von der Wange. Ihr war immer noch schlecht.

»Alles in Ordnung, Liebes?«, fragte Elaine, die Gastwirtin. Hinter der Theke sah sie einfach wie eine Frau mittleren Alters aus. Erst wenn sie hinter der Theke hervorkam und ihre Ziegenbeine zu sehen waren, klickte es: Alle Angestellten im *Faunenkopf* waren natürlich Faune. Sie schenkte Sage ein trauriges, mitfühlendes Lächeln. »Wir haben von der jungen Werwölfin im Oben gehört.«

Es war keine Aufforderung, darüber zu reden, sondern lediglich eine Versicherung, dass sie mit ihr fühlte.

Sage wusste nicht, was sie sagen sollte. Wenn sie den Mund aufmachte, würde sie weinen.

Wie zu ihrer Rettung kam etwas Perlmuttfarbenes und Fließendes hereingerauscht. Elaine seufzte und entfernte sich mit leise über den Steinboden trappelnden Hufen; vielleicht war sie erleichtert, dass jemand Sage Gesellschaft leistete.

Ps Blick war ein wenig wild.

»Hast du den Bericht gefunden?«

P nickte. »Sage ...«

»Warte.« Sie hob eine Hand. Sie wusste, dass sie es Oren ohnehin würde erzählen müssen.

Beim Verlassen von Lucys Wohnung hatte er etwas von Autopsie-Berichten gemurmelt, weil Roderick sich weigern würde, allein auf ihr Wort hin das Silber im Kaffee zu akzeptieren – auch wenn Oren zur Bestätigung den Inhalt der Tasse zur Untersuchung weggeschickt hatte. Bei der Aussicht, irgendwie an den menschlichen Bericht gelangen zu müssen, hatte er leise geflucht. Und als sie nachfragte, ob Roderick Kontakte hatte, hatte Oren es zwar bejaht, aber hinterhergeschoben, dass so etwas dauern könnte.

Sie hatte sich nicht getraut, es ihm direkt vorzuschlagen, weil sie unsicher war, wie er auf nicht hundertprozentig legale Methoden reagieren würde. Doch sobald sie im Unten angekommen waren und er davongestiefelt war, hatte sie die einzige Person angerufen, die besorgen könnte, was sie brauchten, ohne entdeckt zu werden.

Und P hatte es geschafft.

Mit gerunzelter Stirn scrollte Sage nach dem neuen Kontakt, den er in ihrem Handy gespeichert hatte.

»Das ist der totale Wahnsinn«, flüsterte P. Aber ihre weit aufgerissenen Augen strahlten. »Ich glaub's nicht, Sage, das ist deine Chance, endlich ...«

»Mach dir keine allzu großen Hoffnungen«, seufzte Sage und hielt sich das Handy ans Ohr.

»Was?« Er sagte nicht mal Hallo. Stoffel.

»Werd jetzt nicht sauer ...«

»Ich dachte, du wärst im Pub ...« Sie war sich nicht sicher, wieso es wie eine Drohung klang, aber es fühlte sich definitiv so an.

»Bin ich auch. Aber ich habe meine Mitbewohnerin gebeten ... den Autopsie-Bericht im Oben zu finden. Also, ich stelle dich mal auf Lautsprecher ...«

»Nicht nötig.« Eine vertraute Stimme ließ beide aufschrecken. Sie wirbelte herum und entdeckte den Hexenmeister neben sich. Er wirkte stinksauer.

P stieß ein kleines, schockiertes Kreischen aus. Und der ganze Raum verstummte.

Bis zu diesem Nachmittag hatte Sage auch noch nie vom Shiften gehört, weshalb sie nachvollziehen konnte, dass nicht viele im Unten an den Anblick eines aus dem Nichts auftauchenden Hexenmeisters gewöhnt waren.

»Du wohnst mit einem Geist zusammen?«, fragte er und schaute P an.

Sage zeigte auf einen Stuhl und bemühte sich, es nicht zu sehr wie eine verzweifelte Bitte aussehen zu lassen. Der ganze Raum starrte herüber. »Das ist P. Da sie kein Schlafzimmer braucht, können wir einander Gesellschaft leisten und gleichzeitig Miete sparen. Außerdem kocht sie. Win-win.«

»Sie kocht?«

»Poltergeist«, trällerte P fröhlich, wenn auch etwas aufgesetzt, wie Sage bemerkte. Die einzige Art Geist, die irgendetwas berühren konnte.

Oren schaute auf ihre blutverschmierte Kleidung hinunter, die bezeugte, dass sie bei einem besonders traumatischen Vorfall ums Leben gekommen war. »Ah.« Er nickte. »Rastlose Seele. Verstehe.«

P sah Sage an, als wollte sie sagen: »So ein Arschloch.« Sage stimmte ihr von ganzem Herzen zu.

»Du lebst allein?«, fragte P kühl.

»Ich mache alles am liebsten allein.« Er warf Sage einen vielsagenden Blick zu, setzte sich aber auf den angebotenen Platz. Der Raum kehrte zu seinem geschäftigen Treiben zurück. »Roderick hat mir Sage zugeteilt, um sicherzugehen, dass sie ein für alle Mal aufgibt.« Ihr fiel auf, dass er mit keinem Wort die Erpressung erwähnte.

»Und du willst sie dazu bringen aufzugeben, nur damit er recht behält?« P war darüber so sauer, dass sie sich fast einen halben Meter über ihren Stuhl erhob.

Oren verdrehte die Augen. »Ich werde den Killer mit oder ohne Sages Hilfe finden, ob sie dabeibleibt, ist allein ihre Entscheidung.« P öffnete den Mund, um etwas zu erwidern.

»Wofür steht eigentlich ›P‹? Poltergeist?«

»Patricia«, grummelte sie und ließ die Schultern hängen. »Nach meiner Großmutter.«

»Schrecklicher Name.«

Definitiv ein Arschloch.

»Was hast du im Oben gefunden, P?«, warf Sage ein.

Ps Miene veränderte sich schlagartig.

»Die Autopsie wurde heute am frühen Morgen durchgeführt«, erklärte sie leise. »Als ich dort ankam, redeten sie gerade darüber. Ich bin direkt ins Büro und hab mir die Notizen durchgesehen, während sie im Besprechungsraum saßen. Es wurde nachgewiesen. Der Pathologe hat es in Magen und Nieren gefunden. Es gibt eine seltene Erkrankung namens Argyrie, eine körperliche Reaktion auf chronische Silberbelastung. Bei Menschen passiert es sehr langsam. Da sie nicht wissen, wie Werwölfe darauf reagieren, halten sie es bei ihrem Tod für irrelevant ...« Sie schüttelte den Kopf. »Aber der Punkt ist, dass du recht hattest, Sage. Sie hat vor ihrem Tod Silber zu sich genommen. Und das hätte sie auch ohne alles andere umgebracht.«

Sage seufzte. Sie war zwar nicht erleichtert, aber dankbar für diese zusätzliche Bestätigung.

Ihr zog sich wieder der Magen zusammen.

»Ich kann heute Abend noch mal hingehen«, schob P hinterher. »Sobald die Polizeiwache leer ist. Um Kopien von allem zu machen.«

Sage sah Oren an. Sie konnte ihm anmerken, dass er sich alle Mühe gab, nicht erfreut zu wirken. Der Knoten in ihrer Brust löste sich ein wenig. »Dann ... stecke ich nicht in Schwierigkeiten?«

»Wenn nichts dabei herausgekommen wäre, würdest du jetzt in gewaltigen Schwierigkeiten stecken, Sage.« Er funkelte sie böse an. »Mach das nicht noch mal, ohne mir vorher Bescheid zu sagen.«

Sie lächelte.

Er lächelte nicht zurück.

Hinter ihm öffnete sich die Tür, und ihr Kumpel Harland marschierte herein und nahm seinen schlecht gestrickten Schal ab – eines von Ps neuesten vorübergehenden Hobbys.

Sein Gesicht war rot, und er gab Elaine einen hochgereckten Daumen, als sie eine Flasche mit der dunklen Flüssigkeit hochhob, die er üblicherweise trank: Wolfsky Whisky.

»Das Oben wird keine Ruhe geben, bis wir alle erfrieren.« Er zog seinen Mantel aus, unter dem ein lindgrüner Kapuzenpulli mit einer Manga-Figur vorne drauf zum Vorschein kam. »Oben hat es angefangen zu schneien ...«

Bei Orens Anblick hielt er abrupt inne.

Harland ging im Oben auf eine menschliche Uni. Er erzählte seinen Menschenfreunden, an den Wochenenden würde er seine Familie in Südengland besuchen, und verbrachte die zwei Tage bei ihnen im Unten. Er war achtzehn und ebenfalls ein Werwolf, wirkte aber mit seinem weichen Milchgesicht jünger. Alle ihre männlichen Kumpels sahen so aus – hochgewachsen und schlaksig, voller Pickel und mit langen Gliedmaßen, die viel zu schnell gewachsen waren, weshalb sie noch nicht gelernt hatten, sie geschmeidig zu bewegen.

Im Vergleich zu Oren – na ja, neben ihm sahen sie alle wie kleine Jungs aus. Nervös schob sich Harland mit einem Finger die Brille hoch. Sage wusste, dass jemand wie Oren sein bisschen Selbstvertrauen völlig auslöschte.

»Dann geh ich mal.« Oren stand auf und betrachtete Harlands Outfit, ohne auch nur zu versuchen, seine Verachtung zu verbergen. »Komm morgen um Punkt neun zum Arcānum-Hauptquartier. Ich kann es nicht leiden, wenn man mich warten lässt.«

»Morgen ist Samstag«, wandte P überrascht ein.

Oren sah sie ungerührt an. »Na und?«

Dann verschwand er ohne ein weiteres Wort hinaus in die Nacht. Zumindest war es diesmal ein normaler Abgang.

Harland starrte seine Freundinnen an. »Was habt ihr angestellt?«

SAGE

Sie zuckte zusammen. Beschuldigte sie jetzt noch jemand, Lucy umgebracht zu haben?

»Was willst du damit sagen?«, fragte Sage. »Nur weil ein Arcānas hier war, heißt das nicht, dass ich irgendwas angestellt habe.«

Harland bedachte sie mit einem Blick, als wäre sie schwer von Begriff. »Du weißt aber schon, wer das ist, oder?«

Sie sah P an, die mit den Schultern zuckte.

»Oren Rinallis?« Er zeigte auf die Tür. »Von der *Rinallis-Familie*?«

P schaute ihn weiter verständnislos an. Aber bei Sage klickte etwas. Die Erinnerung an irgendeine lang vergessene Geschichtsstunde in der Highschool im Unten.

»Hilf mir auf die Sprünge«, sagte sie langsam.

Harland warf seinen Rucksack unter den Tisch und setzte sich auf Orens Platz. »Seine Familie ist auf der anderen Seite der Welt eine große Nummer. Er ist das schwarze Schaf. Er hat sich verdrückt, oder sie haben ihn rausgeworfen. Keine Ahnung. Aber es heißt, er wäre ein Profikiller, Sage!«

Sage blinzelte und wartete. Doch sein ernster Gesichtsausdruck veränderte sich nicht. Sie fing an zu lachen. »Harland«, sagte sie. »Er hat ein beschissen arrogantes Auftreten und ein Riesenego, aber ...«

Er schüttelte heftig den Kopf und schob wieder seine Brille hoch. »Weißt du noch, diese Geschichte vor ein paar Wochen mit dem Hexenzirkel in Irland?«

Die war wirklich übel gewesen. Sie hatte sich mindestens eine Woche lang auf den Titelseiten des *Unterwelt-Kuriers* gehalten.

Dreizehn Hexen, alle getötet. Ein ganzer Hexenzirkel ausgelöscht. Der Artikel hatte angedeutet, dass die Bestrafung dem Verbrechen angemessen gewesen wäre, aber trotzdem ...

Sie schluckte. »Irland hat seine eigene Arcānum-Abteilung.«

»Sie haben jemanden aus England hingeschickt, um sich darum zu kümmern. Zumindest habe ich das gehört.«

»Das bedeutet nicht, dass er es war, Harland.« P bemühte sich, nicht zu skeptisch zu klingen, weil sich Harland so leicht verunsichern ließ.

»Und dann ist da noch dieser berühmte Fall von einem Chupacabra-Rudel, das Amok gelaufen ist und menschliche Viehherden getötet hat. Rinallis hat sie alle zur Strecke gebracht. Das kann man buchstäblich in Schulbüchern nachlesen. Und vor etwa zehn Jahren hat er *im Alleingang* ein halbes Wolfsrudel erledigt ...«

»Woher weißt du das alles?«

»Ich studiere Geschichte«, erinnerte er sie pikiert. »Und ...« Er hielt inne und lief knallrot an, als wüsste er, dass er gleich wieder ausgelacht werden würde. »Du weißt ja, was man sich erzählt.«

Diesmal prustete P. Sie hatten ihn diese Theorie schon zu oft verbreiten hören. »Die Cariva gibt es nicht, Harland. Jeder weiß das.«

»Das wissen wir überhaupt nicht!«, stieß er hervor. »Deshalb ist es ja eine Geheimgesellschaft!«

»Die Cariva ist keine Geheimgesellschaft, sie existiert nicht. Mit dieser Geschichte will man nur Kinder erschrecken und dazu bringen, dass sie gehorchen.«

Angeblich handelte es sich bei der Cariva um eine Vereinigung der schlimmsten Hexenmeister und Hexenmeisterinnen, die diese Welt je gesehen hat. Sage vermutete, dass sie dadurch für Harland quasi bezahlte Attentäter waren. Oren war so einiges, aber ein Profikiller? Quatsch.

Das würde ja seine Frisur zerstören.

Harland wirkte nicht sonderlich überzeugt. Doch er gab sich mit einem Schulterzucken geschlagen. »Warum war er denn dann hier?«

Sage erzählte ihm alles. Wie sie Oren kennengelernt hatte. Was Lucy zugestoßen war. Wie sie dort auf dem Boden gelegen hatte.

»Oh, Sage.« Er stellte schnell seinen Drink ab.

»Es ist alles in Ordnung«, sagte sie rasch und schüttelte seine Umarmung ab. »Mach dir deswegen keine Sorgen.«

Sie mochte Harland sehr, aber nur als guten Freund. Er war ausgehungert nach der Aufmerksamkeit eines Mädchens, und sobald ihm eines ein wenig Zuwendung schenkte, würde er bestimmt nicht mehr lockerlassen.

»Weiß er, wer es war?«, fragte er.

Sie schüttelte den Kopf und holte ihr Handy heraus. Bevor sie vom Tatort verschwunden waren, hatte sie ein paar Schnappschüsse von dem blutigen Fußabdruck gemacht – die einzige Verbindung zu Lucys Mörder, die sie hatten.

P nahm ihr das Handy ab und betrachtete finster das kleine Display.

»Bäh, nein.« Harland hatte sich vorgebeugt, um auch einen Blick darauf zu werfen, und wich ruckartig mit der Hand über dem Mund zurück. Er würgte, als müsste er sich gleich übergeben. »Beim Anblick von Blut … wird mir ganz komisch.«

P gab Sage das Handy zurück. Kurz darauf öffnete sich wieder die Tür, und der Rest ihrer Clique marschierte herein.

Vorneweg Cypress, die ihr langes schwarzes Haar schüttelte. Sie war eine Kelpie, und ihre Mähne hatte dieselbe satte Farbe, wenn sie sich in ihre wahre Gestalt, ein Wasserpferd, verwandelte. Gleich hinter ihr kam Rhen herein. Dass ein Selkie in der Unterwelt lebte, war von grausamer Ironie. Er sah ebenso menschlich aus wie sie oder Harland, doch wenn Wasser seine Haut berührte, wurde er zu einer Robbe. Deshalb konnte er nicht oft ins Oben gehen – in eine Stadt, in der er es mehr als die Hälfte des Jahres regnete.

Aber Sage hatte nur Augen für Danny. Er war groß und ebenso schlaksig und voller Pickel wie Harland. Sein von etwas zu langem Haar eingerahmtes Gesicht war blass und müde. Mit ihm war Sage schon am längsten befreundet, sie hatten zusammen im selben Werwolf-Waisenheim gelebt, wo sie auch Lucy kennengelernt hatte. Danny hatte sie auch gekannt. Juniper und Willow, die auf ihren goldenen Löwenbeinen hereingetrottet kamen, bemerkte sie kaum. Als Danny sie ansah, traten ihm Tränen in die Augen und ihr auch.

Sie stand auf und streckte die Arme nach ihm aus. Ihre Umarmung war lang und wortlos, drückte aber alles aus, was gesagt werden musste. Die anderen warteten, bis sie sich voneinander lösten, weil sie den stummen Austausch nicht unterbrechen wollten. Elaine erschien mit einem Tablett voller Drinks, die keiner von ihnen bestellt hatte.

»Ein Toast«, sagte sie. »Auf uns. Auf verlorene Freundinnen und Freunde.«

Sage hauchte ein *Danke*; sie konnte sich nicht dazu bringen, es laut auszusprechen.

Mit einem Nicken ließ die Wirtin sie wieder allein.

Harland bedeutete Rhen und Cypress, ihre Gläser zu nehmen, und schob die Drinks mit Strohhalmen den Sphinxen zu. Selbst P hatte ihr eigenes leeres Glas, mit dem sie anstoßen konnte. Sage und Danny nahmen die Drinks entgegen, die Harland ihnen hinhielt.

Dann hob Harland sein Glas. Er hatte begriffen, dass er der einzige Werwolf in der Runde war, der ein Wort herausbekam. »Auf verlorene Freundinnen und Freunde«, sagte er, und die anderen folgten seinem Beispiel.

»Auf verlorene Freundinnen und Freunde.«

Sage führte ihr Glas an die Lippen und hielt inne. »Auf Lucy«, flüsterte sie, bevor sie einen Schluck trank.

Sie hörte, wie Danny es neben ihr zurückflüsterte.

OREN

Oren stand neben dem abscheulichen goldenen Springbrunnen, der vor dem Hauptquartier des Arcānum im Hof aufragte, und wartete auf sie.

Wieso er diesen Schwachsinn mitmachte, war ihm ein Rätsel.

Sie hatte noch fünf Minuten, ehe sie zu spät war. Insgeheim hoffte er darauf, damit er ohne sie losziehen konnte.

Fast wäre er zurückgegangen, um die ganze Sache mit Roderick auszufechten und zu verlangen, dass sich jemand anderes um das Mädchen kümmerte, aber …

Bei dem Gedanken an die subtilen Drohungen, die sein Captain leise ausgestoßen hatte, nachdem sie sein Büro fluchtartig verlassen hatte, schäumte er vor Wut. Eines Tages, wenn er dieser Stadt ein für alle Mal den Rücken kehrte, würde er dafür sorgen, dass Roderick nicht mehr hämisch grinste. Und atmete. Und existierte.

Doch so wütend er auch über die ganze Situation war, das war nichts im Vergleich dazu, wie Roderick toben würde, wenn er nach Abschluss dieses Falls dem Mädchen einen Job geben müsste. Fürs Erste betrachtete er das als eine angemessene Rache.

Er würde sich heute sehr zusammenreißen müssen, auch wenn ihm seine schlechte Laune wohl deutlich im Gesicht geschrieben stand. Der kleine gebeugte Pukwudgie, den er vor dessen Scherzartikelladen mit nur einem finsteren Blick gewarnt hatte, dass er ihm bloß nicht in die Quere kommen sollte, war leichenblass geworden. Das hatte ihn mit einer gewissen Genugtuung erfüllt.

Dann sah Oren sie die Straße entlang auf ihn zueilen und zwang sich, seinen Ärger hinunterzuschlucken.

Ihr dunkles Haar war zu einem Pferdeschwanz gebunden, der beim Gehen auf und ab wippte, und ihre Stirn war vor Konzentration und Entschlossenheit gerunzelt.

Sofort war er genervt.

Gestern Abend hatte er nicht zugeben wollen, wie sehr ihn das kleine Meisterstück des Poltergeists beeindruckt hatte. Auch das hatte ihn genervt.

»Wo hast du gesteckt?«, blaffte er sie an.

Und dann hatte sie auch noch die Frechheit, demonstrativ auf die alte Wanduhr an einem nahe gelegenen Gebäude zu blicken.

»Es ist zwei vor neun. Genau genommen bin ich zu früh.«

»Genau genommen bist du eine Nervensäge. Hat der Poltergeist den vollständigen Bericht besorgt?«

Sie nickte und hob die Schulter, über der ein Rucksack hing. Ihre Wangen waren gerötet, und an ihren Nasenflügeln konnte er winzig kleine Schweißperlen erkennen. Offenbar hatte sie sich beeilt, um pünktlich hier zu sein.

»Ich habe noch einen Job für sie im Oben«, sagte er schroff. Er konnte es nicht ausstehen, um Hilfe zu bitten. Aber so würde diese ganze qualvolle Erfahrung zu einem schnelleren Ende kommen.

Das Mädchen blinzelte. »Ähm … bist du sicher?«

»Würde ich es sonst sagen?«

Sie spannte den Kiefer an und verkniff sich sichtlich eine scharfe Erwiderung.

Was ihn absolut nicht juckte. »Du hast gesagt, Lucy war Journalistin?«

»Du willst, dass P in ihr Redaktionsbüro im Oben geht?«

Er nickte. »Die Menschen haben es gestern bestimmt schon auf den Kopf gestellt. Aber es ist Wochenende, in der Redaktion dürfte es also ruhig sein. Für uns wäre es schwieriger, dort aufzukreuzen und noch mal genau dieselben Fragen zu stellen, ohne Verdacht zu erregen. Woran auch immer sie gearbeitet hat, könnte irgendwelchen Leuten gegen den Strich gegangen sein. Vielleicht hat sie sich Feinde gemacht. Wir müssen irgendwo anfangen. Quellen, Klienten, Informanten. Was auch immer sie finden kann. Sag ihr, dass sie danach hierherkommen soll.«

Sage nickte und rief ihre tote Mitbewohnerin an. Was für eine seltsame Wohngemeinschaft.

Er beobachtete, wie sie seine Anweisungen übers Handy weitergab, und hörte Ps Stimme, die ihn übel beleidigte.

»Wusstest du, dass Hexenmeister fast genauso gut hören können wie Werwölfe?«, bemerkte er laut.

»Was will er denn machen? Mich in eine Gefängniszelle sperren, aus der ich herausgeistern kann?«, spottete P. »Ich schau mal, was ich so finde. Aber nur damit das klar ist: Ich mach das für dich, Sage, nicht für ihn.« Dann beendete sie den Anruf. Sage war sich bewusst, dass er alles gehört hatte, und hatte sichtlich Mühe, keine Miene zu verziehen.

»Alsoooo …« Sie zog das Wort verlegen in die Länge. »Wohin gehen wir heute?«

»Ins Archiv des Arcānum.«

»Welches Archiv? Was wird da gesammelt?«

Er konnte seine Ungeduld kaum zügeln. »Das Arcānum besitzt Akten über die gesamte übernatürliche Bevölkerung der Stadt – im Oben und im Unten. Wir haben Glück, dass Lucy im Oben gelebt hat. Vor allem über die Werwölfe oben sammeln wir so viele Informationen wie möglich. Das ist in solchen Fällen sehr hilfreich.«

Anscheinend war ihr das Ausmaß der Überwachung überhaupt nicht bewusst gewesen, so erschrocken, wie sie ihn ansah.

»Wir können schließlich keine Übernatürlichen im Oben

herumlaufen lassen, ohne zu wissen, was sie dort treiben.« Er zuckte mit den Schultern. »Was hast du denn erwartet?«

Ihre Antwort interessierte ihn nur mäßig. »Komm mit.«

Sage folgte ihm um den Springbrunnen herum in Richtung der riesigen Hauptquartiertüren des Arcānum.

»Wir haben übrigens gestern Abend verloren«, sagte sie. »Das Pub-Quiz.«

Ihr Plauderton war aufgesetzt. Sie wollte wohl einschätzen, ob er heute für ihre Anwesenheit schon offener war. Hatte sie etwa gedacht, er würde über Nacht seine Meinung ändern, dass er sie nicht dabeihaben wollte? Ha. Er blickte sich zu ihr um und konnte sich ein hämisches Grinsen nicht verkneifen. Ihre von der Kälte rosigen Wangen waren jetzt knallrot.

Wie peinlich.

»Das interessiert mich nicht.«

»Dann werde ich dich zum nächsten erst gar nicht einladen«, murmelte sie.

»Gut«, erwiderte er mit einem Schnauben. Dann zog er die hohen Holztüren auf und trat zur Seite, um sie vorgehen zu lassen. »Ich hab gehört, dass ihr Werwölfe eure kleinen Grüppchen habt. So eine Art Minirudel, in dem ihr Zeit miteinander verbringt und euch Filme anseht oder lest oder sonst was treibt. Wie Quizabende anscheinend.«

Einfach nur mitleiderregend. Allein der Gedanke an die ganze gespielte Fröhlichkeit und das falsche Gelächter. Betrunkene Teenager waren nicht lustig.

Er führte sie durch die weitläufige Eingangshalle, ohne sich zu vergewissern, ob sie ihm folgte.

»Ein Buchclub ist ja wohl kaum was Lächerliches«, blaffte sie. Dass sie es überhaupt wagte, ihn anzublaffen, war erstaunlich, doch es gefiel ihm, stellte er fest. Offenbar machte er sie wütend.

»Und so was machen nicht nur Werwölfe. Ich weiß zum Beispiel, dass die Hydras auch einen Buchclub auf der anderen Seite der Stadt haben, und die Hexen haben ihren eigenen Gartenclub und treffen sich alle zwei Wochen zum Gärtnern. So was nennt man einfach *einen Freundeskreis haben*.«

»Sage, dieser Gartenclub ist nur ein Deckmantel, um illegale Kräuter für Zaubertränke anzubauen.«

Als Oren ein weiteres Mal über die Schulter blickte, konnte er ihr ansehen, dass sie das schon gewusst hatte. Ihr war nur nicht klar gewesen, dass ihm das auch bekannt war.

»Wenn ihr davon wisst, warum tut das Arcānum dann nichts dagegen?«

»Das werden wir, wenn sie anfangen, Leuten zu schaden.« Er zuckte mit den Schultern. »Momentan verkaufen sie ihre Zaubertränke als Partydroge und als Elixier gegen Kopfschmerzen. Keins ihrer Gebräue macht süchtig. Würden sie damit irgendjemanden vergiften, würden wir eingreifen.«

»Wie bitte?«, stieß sie ungläubig hervor. Ihre auf dem Marmor hallenden Schritte verstummten, als sie kurz stehen blieb. »Ihr wisst, dass die Hexen ein unterirdisches Drogenkartell leiten, und überwacht es bloß aus der Ferne?«

Er blickte gleichgültig und winkte sie weiter. »Solange niemand dabei zu Schaden kommt, wäre es ein viel zu großer Aufwand, da einzugreifen.«

Sie war völlig entgeistert.

Er verkniff sich ein Lachen und bog links in einen langen, abfallenden Flur ab, der von ein paar Türen gesäumt wurde. Hier waren es aber nicht so viele wie in den hell erleuchteten Korridoren darüber. Anders als im Rest des Hauptquartiers hatte man hier an Modernisierungsmaßnahmen gespart.

Hinter einer Tür drangen Schreie und lautes Ächzen hervor, und er konnte der Versuchung nicht widerstehen, einen Blick auf ihre beunruhigte Miene zu werfen. Das Mädchen war so dermaßen überfordert, dass es wehtat. Wenn er sie in einen dieser Trainingsräume mitnehmen würde, würde sie innerhalb von Minuten heulend zusammenbrechen.

Oren trat durch eine weitere Doppeltür ins Archiv. Der Raum war leer, niemand saß an den Tischen und sah Akten durch. Gut. So früh am Morgen hatte er keine Lust auf schreckhafte Hexenmeister und komische Blicke.

Hier drin war es kalt. Staub hing schwer in der Luft. Selbst ein Mensch würde das merken – er spürte es deutlich und sie mit ihren Werwolf-Sinnen bestimmt erst recht. Er konnte die Beschaffenheit der dicken, uralten Papiere hinten im Raum schmecken, ebenso die Ledereinbände jahrhunderteralter Register. Wonach schmeckte die Luft wohl für sie?

Er marschierte tiefer ins Archiv hinein, vorbei an Bücherschränken und Regalen, prall gefüllt mit weiß der Geier was für Akten und Schriftrollen aus vergilbtem Pergament.

Obwohl er gute Augen hatte, konnte er in der Dunkelheit nicht sehen und kniff im schummrigen Schein der Wandleuchten die Augen zusammen. Normalerweise würde er sich den Weg mit einer magischen Lichtkugel erleuchten, aber ... Oren runzelte die Stirn. Das würde ihn schwach aussehen lassen. Als Werwölfin konnte sie sicher selbst in pechschwarzer Finsternis ausgezeichnet sehen.

»Ich habe die Kaffeetasse unserem Kriminaltechniker geschickt ...«, sagte er, während sie weitergingen. »Sein Büro befindet sich am Ende des Archivs.«

»Na toll«, antwortete sie sarkastisch, als nicht nur eine, sondern gleich zwei geschlossene Türen in Sicht kamen. »Noch mehr charmante Hexenmeister.«

»Oh, der hier ist die totale Ausnahme«, erwiderte er. »Du wirst ihn viel lieber mögen als mich.«

SAGE

»Verdammt, Oren!«, sagte jemand mit einem Lachen.

Sage folgte ihm in ein überraschend helles Büro, in dem ein Hexenmeister mit kurzem weißem Haar und vollkommen weißen Augen ausgestreckt auf einem marineblauen Samtdiwan lag. Er trug einen knallroten Cordanzug, und hätte ihr das nicht schon genug über seine exzentrische Persönlichkeit verraten, dann ließ der gerüschte Kragen seines Seidenhemds keinen Zweifel mehr daran.

»Dann stimmt es also!« Er stand auf, um sie zu begrüßen. »Es hat sich wie ein Lauffeuer herumgesprochen, aber ich wollte es nicht glauben. Was hast du diese Woche wieder angestellt, um Roderick auf die Palme zu bringen?«

»Ich habe ihm gesagt, dass er ihr eine Chance geben soll.«

Der fremde Hexenmeister fing an zu lachen. »Ja, klar … ach so?« Ihm ging auf, dass Oren das keineswegs sarkastisch gemeint hatte. Er sah zwischen beiden hin und her. »Im Ernst?«

»Na ja, sie hat ihre Sache überzeugend vorgetragen. Das ist Sage. Sage, darf ich vorstellen, Berion.« Oren machte eine halbherzige Geste. »Ich hatte nicht erwartet, dass er sie mir zuteilen würde, aber hier sind wir nun.«

»Sage?«

»Das bin ich.« Sie bemühte sich, nicht zu verlegen zu wirken.

»Hm.« Er schlenderte zu einem weiteren Samtmöbelstück hinüber, einem üppigen muschelförmigen Sessel in Lachsfarbe, der vor einem Regal mit filigranen und teuer aussehenden Schmuckstücken stand. Dann zog er seine Anzugjacke aus und warf sie über die Lehne. Während er das Novum einer Werwölfin in Augenschein nahm, spielte er mit einem der Ringe an seinen mit Juwelen geschmückten Fingern. »Du hättest es um einiges schlimmer treffen können.«

Ihr stieg schlagartig die Hitze ins Gesicht.

Aber Berion grinste nur breit. »Schätzchen.« Er beugte sich vor und wedelte mit einer Hand. »Ich mach doch nur Witze. Damit wollte ich *ihn* in Verlegenheit bringen, nicht dich. Schau nicht so ängstlich!«

»Lass den Blödsinn, Berion.«

Berion gab einen missbilligenden Laut von sich, als würde Oren ihm den Spaß verderben. »Also, wie läuft es?«

»Sag du's mir!«, erwiderte Oren.

Berion blickte noch einmal kurz zwischen beiden hin und her ... zumindest kam es ihr so vor. Mit seinen farblosen Augen konnte sie nur schwer einschätzen, wann er sie überhaupt ansah. Dann lächelte er und zeigte auf eine weitere Tür in der hinteren Ecke des Raums.

»Sage, mein Schatz«, gurrte er, während er sie durch den Raum führte und Oren nicht weiter beachtete. »Willkommen in meinem Reich.« Berion drückte die Tür auf, und ein Licht ging flackernd von allein an.

Der Raum war doppelt so groß wie sein ohnehin schon geräumiges Büro und sah genau so aus, wie sie sich ein menschliches Labor vorstellte. Nur dass auf den schmalen Regalen, die eine ganze Wand bedeckten, übernatürliche Zutaten neben menschlichen in aufgereihten Flaschen wild durcheinanderstanden. Einhorn-Haar neben Formaldehyd. Basilisk-Gift neben Natriumchlorid. An einer anderen Wand befand sich ein Arbeitstisch mit Miniaturkesseln. Obwohl sie keine Flammen sah, die sie erhitzten, konnte Sage sie vor sich hin blubbern hören, und gelegentlich spritzte etwas farbig Leuchtendes über den Rand.

»Was ist das alles?«, fragte sie, während sie sich umblickte. Vor der Insel in der Mitte des Raums blieb sie stehen und musterte die vielen durchsichtigen Beutel mit den unterschiedlichsten Inhalten, die mit beschrifteten Etiketten versehen waren.

»Nur damit du es weißt« – mit einem Löffel, den er eben noch nicht in der Hand gehabt hatte, rührte Berion eine dunkle Flüssigkeit in einem Kessel um –, »vor Orens Ankunft im Unten waren meine Partnerin Hozier und ich die besten Agenten in Rodericks Team.« Er lächelte sie wieder an. In seinen weißen Augen blitzte der Schalk. »Aber ich habe noch andere Talente.« Der Hexenmeister zeigte auf seine Kessel. »Ich bin recht gut darin, Beweise zu entdecken, wenn alle anderen nicht die nötige Geduld für die Suche aufbringen. Also schickt man sie mir.« Er beugte sich über den Tisch mit den Kesseln. »So bin ich schließlich auch auf das hier gestoßen.« Berion hob einen durchsichtigen Plastikbeutel mit Lucys Tasse darin sowie einer kleinen Phiole mit Drehverschluss, die offenbar die letzten paar Kaffeetropfen vom Boden der Tasse beinhalteten. »Du hast doch vermutet, dass in der Tasse Silber war, richtig?«

Sage nickte.

Berion hatte den Anstand, sie einen Moment lang mitfühlend anzuschauen. »Du hattest recht. Mir ist es noch gerade so gelungen, die winzige Menge Kaffee am Boden der Tasse herauszudestillieren und alle Komponenten voneinander zu trennen. Deine Sinne sind ausgesprochen scharf, selbst für eine Werwölfin. Die verbliebene Menge Silber ist verschwindend gering. Selbst mit recht schwacher Magie hätte man euer Opfer daran hindern können, das Silber zu spüren.«

Sie starrte den Beutel in seiner Hand an. Und dann wieder ihn.

Er nickte. »Ich gebe mir wirklich so gut wie keine Mühe.«

Bis er sie darauf hingewiesen hatte, war ihr gar nicht bewusst gewesen, dass ihr kein bisschen schlecht war. Mit den Fingerspitzen schob Berion ihr über die Insel ein Blatt Papier zu. Ordentliche, handgeschriebene Notizen, die Spuren von pulverisiertem Silber in der getesteten Kaffeeprobe bestätigten. Mit Datum und Berions Unterschrift in der Ecke.

Sie warf einen Blick zurück zu Oren, der mit verschränkten Armen am Türrahmen lehnte. »Reicht das, um Roderick endgültig zu überzeugen, dass ich recht habe?«

Berion lachte. »Schick Roderick ruhig zu mir, falls er noch Zweifel hat.«

Sage lächelte ihn an, ausgesprochen erleichtert, dass er nicht wie Oren war. Mit noch einem von seiner Sorte wäre sie wahrscheinlich nicht klargekommen.

Berion setzte den Beutel mit der Kaffeetasse ab und lotste beide zurück in sein gemütlicheres Büro.

»Dann bearbeiten Sie keine Fälle mehr?«, fragte sie, als Berion die Tür zum Labor schloss und seine Jacke von dem muschelförmigen Sessel holte.

»Oh, doch, und du kannst mich ruhig duzen.« Er zuckte mit den Schultern. »Manchmal. Wenn Oren nicht da ist und Roderick verzweifelt ist, aber« – er seufzte melodramatisch, während er sein Revers richtete – »ich bin viel zu teuer, um mir ständig die Kleider dreckig zu machen.«

Sie grinste ihn an.

Und dann flog ohne ein vorheriges Klopfen die Tür auf.

»Donuts waren aus, deshalb habe ich … oh, Entschuldigung.« In der Tür stand eine kleine rothaarige Hexenmeisterin mit zwei Kaffeebechern in einer Hand und einer nach Zimtschnecken duftenden Papiertüte in der anderen. Als sie Oren erblickte, zuckte sie fast unmerklich zusammen.

»Das ist Hozier, meine Partnerin«, stellte Berion sie vor. »Sie gebietet über das Archiv da draußen, während die Beweismittel hier drin mein Bereich sind. Ihr Büro ist nebenan, solltest du jemals irgendetwas brauchen.«

»Ich habe gehört, dass ein Werwolf im Gebäude sein soll«, flüsterte sie mit einem verschwörerischen Grinsen. Ihr Akzent, wenn auch nicht ganz so stark wie der Orens, verlieh ihr etwas Mysteriöses. »Du sorgst für einiges Aufsehen.«

Sage spürte, wie sie wieder rot wurde.

»Bei Hozier treffen die Benachrichtigungen ein, wenn Übernatürliche im Oben sterben«, erklärte Berion ihr mit einem demonstrativ missbilligenden Blick auf Oren, der offensichtlich nicht vorhatte, ihr etwas zu erklären.

»Benachrichtigungen?«

»Wenn Personen aus dem Unten, wie euer Opfer, im Oben leben möchten, müssen sie uns darüber informieren.« Hozier stellte die Kaffeebecher auf einen kleinen Tisch neben dem Diwan. Sie war sehr klein, kaum größer als eine Zehnjährige. Ihre mit schwarzem Eyeliner umrandeten Augen erinnerten Sage an eine ägyptische Pharaonin. »Ihre Lebenskraft wird dann mit einem Alarmzauber belegt, damit wir in einer Situation wie dieser, also wenn sie sterben, gewarnt werden. Das gibt uns gerade genug Zeit, um sicherzustellen, dass vor Ort nichts auf die übernatürliche Unterwelt hinweist.«

Sage hatte davon nicht die geringste Ahnung gehabt. Woher hätte sie das auch wissen sollen? Aber es ergab durchaus einen Sinn. Daher wunderte sie sich, warum sie ständig über alles überrascht war.

Vielleicht hatte sie einfach unterschätzt, wie viel Arbeit es war, in ihrer Stadt für Recht und Ordnung zu sorgen.

»Zeit zu gehen«, sagte Oren barsch.

»Wir treffen uns heute Abend alle auf ein paar Drinks im *He-*

xerumhang, falls ihr Lust habt, vorbeizukommen«, rief Berion ihnen hinterher, als sie wieder hinaus ins Archiv traten.

»Wann hatte ich da schon jemals Lust drauf?«

Berion seufzte. Offensichtlich hatte er nichts anderes erwartet. Sage hätte zu gerne gewusst, seit wie vielen Jahrzehnten er Oren dieses Angebot schon machte. »Lass von dir hören, Sage.«

Oren schloss die Bürotür, ehe sie antworten konnte.

»Ich mag ihn.« Sie nickte. »Ich verstehe, was du meinst, du und Roderick seid einfach nur sehr ätzende Beispiele von Hexenmeistern.«

SAGE

Oren antwortete nicht, und Sage folgte ihm eilig den langen Gang voller Bücherschränke hinunter, zurück in Richtung der Aktenschränke im vorderen Teil des Archivs.

»Warte bei den Tischen. Ich suche Lucys Akte heraus.«

Sie nickte, ging um den letzten Schrank herum und stellte fest, dass sie nicht mehr allein waren. Eine blauhaarige Hexenmeisterin mit Zopf saß an einem Tisch, und an einem anderen arbeiteten zwei Hexenmeister. Die drei blickten auf.

Die Frau erhob sich sofort, sammelte ihre Akten ein und machte sich aus dem Staub.

Die beiden Männer – der eine hatte rote Augen und der andere ein Muttermal, das die Hälfte seines Gesichts bedeckte – beobachteten, wie Oren um die Ecke verschwand, um den Schrank mit Lucys Akte zu suchen.

»Wir gehen.« Einer der Hexenmeister stand auf.

Sie hob überrascht die Hände. »Das ist nicht nötig, wir ... «

Aber er schüttelte den Kopf. »Wir gehen.«

Die Tür war kaum hinter ihnen zugefallen, als Oren mit einem braunen Aktenordner unter dem Arm wiederauftauchte und sich einen Fussel vom Ärmel zupfte, als hätte er nicht bemerkt, dass seine Anwesenheit gerade den Raum geleert hatte.

»Was war das denn?«, fragte Sage.

Der Blick, mit dem er sie bedachte, verriet ihr, dass es ihm durchaus aufgefallen war und sie aufmerksamer sein sollte.

»Mein Ruf eilt mir voraus.« Er warf den Ordner auf einen der verlassenen Tische, woraufhin ein zweites Exemplar für sie erschien. »Wobei das auf manche mehr zutrifft als auf andere, wie es aussieht.«

Sie starrte ihn an, als er sich hinsetzte und ihr die Kopie der Akte zuschob.

Oh.

Wieder spürte sie im Innern ihres Pullovers ein Kribbeln auf den Armen.

Doch dann setzte sie sich schweigend auf ihren Platz, in dem beunruhigenden Wissen, dass sie allein im Archiv waren.

Sie holte den Autopsie-Bericht, den P besorgt hatte, aus ihrem Rucksack und reichte ihn Oren. Ohne ein Wort des Dankes nahm er ihn entgegen und schlug ihn auf.

»Erzähl mir von ihr«, sagte er und blickte von den Notizen auf.

Sage setzte sich aufrechter hin. Sie hatte ganz vergessen, dass er sie befragen wollte.

»Sie hat für eine Zeitung im Oben als Journalistin gearbeitet. Für die *Manchester Evening News*. Das Letzte, was ich von ihr gehört habe, war, dass sie am Wochenende ehrenamtlich abwechselnd in zwei verschiedenen Suppenküchen tätig war und für ihre örtliche Kirchengemeinde bei Ferienclubs für Kinder ausgeholfen hat.«

»Und es gibt nichts, was darauf hinweisen würde, dass sie Feinde hatte?«

Sage schüttelte den Kopf. »Eher das Gegenteil. Sie hat der Gemeinde geholfen, so gut sie konnte.« Über Lucy in der Vergangenheitsform zu sprechen, versetzte ihr einen Stich. Das Ganze kam ihr so unwirklich vor. »Ich wüsste wirklich nicht, wie sie sich hätte Feinde machen können.«

»Verschmähter Liebhaber?«

»Sie war Single.«

Oren verzog das Gesicht. »In der Akte hier steht, dass ihr letzter fester Freund, ein Mensch, vor ein paar Monaten für einen Job ins Ausland gegangen ist.«

Sie versuchte, das flaue Gefühl in ihrem Magen zu ignorieren, als ihr klar wurde, dass sie das nicht gewusst hatte. Dass Lucy es ihr nicht erzählt hatte.

»Allem Anschein nach war es eine einvernehmliche Trennung.«

»Ich wusste nicht mal, dass sie einen festen Freund hatte«, gab sie leise zu.

Er sah wieder zu ihr auf, schwieg aber. Mit einem Stirnrunzeln lehnte er sich auf seinem Stuhl zurück und rieb sich nachdenklich übers Kinn.

Sie beschloss, die Pause zu nutzen, um ihre unbeantworteten Fragen anzusprechen. »Hozier …«

»Was ist mit ihr?«

»… und die Hexenmeister, die hier saßen, als wir aus Berions Büro gekommen sind …«

Er biss genervt die Zähne zusammen, weil er sich wiederholen musste. »Was ist mit ihnen, Sage?«

»Sie haben alle Angst vor dir«, flüsterte sie fast.

»Sollten sie auch.«

Sie verdrehte weder die Augen noch lächelte sie, sie reagierte gar nicht. Die Haare auf ihren Armen waren immer noch aufgestellt. »Berion hatte keine Angst.«

»Berion ist ein Dickschädel und so arrogant, dass er lieber mit erhobenem Haupt sterben würde, als zuzugeben, dass er vor irgendetwas Angst hat.« Dass ausgerechnet Oren jemanden als arrogant bezeichnete, fand sie unglaublich. »Neben mir und danach Roderick ist Berion einer der mächtigsten Hexenmeister in dieser Stadt. Und mit Sicherheit einer der besten Kämpfer, dem ich je in den Trainingsräumen begegnet bin.«

Trainingsräume? Dieses Zimmer, aus dem vorhin Schreie und Ächzen gedrungen war, ergab auf einmal viel mehr Sinn.

»Und das ... « – er machte ein betont teilnahmsloses Gesicht – »gibt Berion ein falsches Gefühl der Sicherheit.«

Sie verstand die versteckte Drohung. »Und er ist damit zufrieden, in diesem Büro zu sitzen?«

Da lächelte er, und zu ihrer großen Überraschung erhellte dieses Lächeln sein ganzes Gesicht. »Ich glaube, er meint es ernst, dass er seine Kleidung nicht ruinieren will. Dieses Outfit war noch zurückhaltend. Glaub mir.«

»Was genau hast du denn getan, dass sie dich alle so fürchten?«

»Was hast du gehört?«

Harlands Worte hallten durch ihre Gedanken. Chupacabras. Hexenzirkel. Werwolf-Rudel. Ps ungläubige Blicke, als sie hörte, dass Oren sie alle im Alleingang umgebracht hatte. Ihre Bemühungen, ihren Freund nicht auszulachen. Aber jetzt ... hier an diesem Tisch ... war sie sich auf einmal nicht mehr so sicher.

Er beobachtete sie, und sie begriff, dass ihre Antwort von Bedeutung war. Dass sie ihm verraten würde, was sie wusste und was nicht. Es war eine Art Test.

Sage schluckte und streckte den Rücken durch. »Ich würde lieber die Wahrheit von dir hören.«

Ihm huschte ein Zucken übers Gesicht. Interessant. Offenbar hatte er nicht mit dieser Antwort gerechnet. Aber sicher hatte sie ihm trotzdem genug verraten, dachte sie.

Ihr Telefon vibrierte und leuchtete auf dem Tisch auf. Eine Nachricht von P.

Bin auf dem Weg.

Er sah auf das Display, dann wieder zu ihr, und klappte die Akte vor ihm zu. Anscheinend war die Unterhaltung damit beendet.

»Geheimnisse sind aus gutem Grund geheim.« Er schnaubte. »Warte hier.«

Seine schroffe Art ging ihr gegen den Strich. Aber plötzlich begriff sie, dass sie schon längst bei einer sorgfältig ausgeklügelten Partie Schach mitspielte.

»Du traust mir also nicht.« Auch wenn sie wusste, dass das nicht unbedingt der Grund dafür war, dass er nicht jede Einzelheit seiner Vergangenheit preisgab, versuchte sie auszuloten, wo sie beide standen. »Du willst also nicht mit den blutrünstigen Details rausrücken?«

Ihr war sofort klar, dass sie es falsch angegangen war.

Er versteifte sich. Die Temperatur im Raum fiel um mehrere Grad, und das bildete sie sich nicht nur ein.

Sein finsterer Blick verschwand so schnell wieder, dass er ihr vielleicht nicht einmal aufgefallen wäre, hätte sie ihn nicht genau fixiert. Langsam beugte er sich über den Tisch zwischen ihnen, bis sein Gesicht fast auf ihrer Höhe war. Da merkte sie erst, wie klein dieser Tisch war.

»Glaubst du wirklich, du hättest die Nerven für meine Geheimnisse?«, knurrte er. »Die Werwölfin, die Gerüchten zufolge zu große Angst davor hat, sich auch zu anderen Zeitpunkten als an Vollmond zu verwandeln? Dann hör mir mal gut zu: Über meine Hände ist genügend heißes Blut geströmt, um einen ganzen Fluss zu füllen. Ich habe in die verzweifelten Augen derjenigen geblickt, die ich zum Tode verurteilt habe. Ich habe Scheiterhaufen entfacht, verbranntes Fleisch gerochen und eine Menge Leute getötet, die es *verdient hatten*. Und ich habe mich noch nie lebendiger gefühlt als in dem Augenblick, wenn der Tod sie ereilte. Ist es das, was du hören willst?« Kopfschüttelnd richtete er sich wieder auf und betrachtete sie angewidert. »Das sind keine *blutrünstigen Details* zur Belustigung anderer, Sage. Das sind echte Leute. Echte Monster.«

Ihre Wangen brannten.

Ihr kleiner Bruder und ihre Eltern im Zelt, mitten in der Nacht von einem Werwolf angefallen. Alle tot. Umgebracht. Während sie als Einzige überlebt hatte. Sie hatte weitergelebt. Und sie hatte nichts weiter vorzuweisen als eine breite Narbe an ihrer linken Hüfte.

War in ihrer Erinnerung der Tod ihrer Familie lediglich zu einem blutrünstigen Detail geworden?

Nein, Sage, hör auf. Wein jetzt nicht.

Oren wusste nichts über ihre Vergangenheit – über die traumatischen Erlebnisse, mit denen sie konfrontiert gewesen war. In jener Nacht, und in anderen. Auch wenn flammende Scheiterhaufen und verbrannte Haut darin nicht vorkamen, litt sie weiterhin darunter. Und jetzt hatte sie ein schlechtes Gewissen, weil sie die Erlebnisse verharmlost hatte.

»Na, hier sieht's ja echt unheimlich aus.« Das war P. Sie schwebte herüber und sah sich in dem verdunkelten Archiv um. *Was ist los?*, fragte sie lautlos.

Sage schüttelte den Kopf. *Später.*

»Also?«, wollte Oren wissen und ließ sich wieder auf seinen Stuhl fallen. »Hast du irgendwas Nützliches gefunden?«

»Natürlich.« P legte ihre Unterlagen auf den Tisch und setzte sich. »Sonst hätte ich meine Zeit nicht damit verschwendet, um Ecken zu schleichen und kilometerweit durch die Luft zu fliegen, damit im Oben niemand die wie von Zauberhand schwebenden Papiere bemerkt.«

Er seufzte ungeduldig.

»Lucys Redaktionsbüro war geschlossen. Ich konnte also zügig arbeiten, ohne dass irgendwer mitbekommen hat, dass sich Sachen von allein bewegen. Davor war ich aber noch mal in der Polizeiwache, um herauszufinden, ob es seit gestern irgendwelche neuen Entwicklungen gegeben hat. Ein paar der Ermittler waren im Büro, also habe ich einfach« – sie setzte eine Unschuldsmiene auf – »gelauscht. Sie haben keine einzige Spur. Und keine DNA. Sie sind ziemlich ratlos. Die einzige interessante Info ist, dass sie den halben Schuhabdruck gemessen haben – Schuhgröße 45.«

»Das schränkt es auf die Hälfte der Bevölkerung ein«, sagte Sage. »Es ist also eher unwahrscheinlich, dass der Angreifer weiblich war.«

»Es sei denn, es war eine Riesin ... Aber die würde im Oben nicht unbemerkt bleiben.« P runzelte die Stirn. »Sie hatten bereits damit angefangen, Lucys Schreibtisch zu räumen, aber die Festplatte ihres Desktop-Computers hatten sie noch nicht gelöscht, und der Inhalt ihrer Schubladen war im Büro des Chefredakteurs.« Sie zeigte auf die Sachen, die sie zusammengetragen hatte. »Die Dateien auf dem Computer habe ich ausgedruckt und alles andere kopiert.«

Oren runzelte die Stirn. »Du warst an all diesen Orten, als du noch gelebt hast?«

»Poltergeist«, erwiderte sie, als würde das alles erklären. »Geister binden sich an Orte und können nur dorthin gehen, wo sie in ihrem Leben schon einmal waren. Poltergeister hingegen binden sich an Personen, weshalb sie hingehen können, wo sie wollen.«

»Okay ... Und du bist gebunden an ... ?«

»Sage, du hast mir erzählt, dass Lucy im Waisenhaus über jeden Klatsch und Tratsch Bescheid wusste«, schnitt P ihm das Wort ab. »Kein Wunder, dass sie eine gute Enthüllungsjournalistin geworden ist. Einige ihrer Artikel sind richtig gut. Auf ihrem Schreibtisch war ein Kalender voller Termine – den habe ich auch kopiert.« Sie zeigte auf ein weiteres Blatt Papier. »Themen für Artikel, Quellen und so weiter – mit ein bisschen mehr Zeit können wir heute Nachmittag wahrscheinlich einige der Namen im Kalender mit noch nicht abgeschlossenen Artikeln abgleichen, an denen sie gearbeitet hat.«

»Enthüllungsjournalismus?«, wiederholte Sage langsam.

»Vielleicht hat sie sich durch ihre Nachforschungen Feinde gemacht, weil sie ihre Nase in die Angelegenheiten anderer Leute gesteckt hat«, sagte Oren.

»Es würde sich wahrscheinlich auch lohnen, uns die kürzlich veröffentlichten Artikel anzusehen«, stimmte P zu. »Ich kann euch heute Nachmittag helfen, bis du gehst, Sage.«

Oren sah ruckartig von den Kopien auf.

»Wohin gehst du?«

Sage verzog das Gesicht. Sie hatte es ihm noch nicht gesagt.

»Ich bin ein paar Tage weg.«

»Und wo wirst du sein?«

»Heute Abend ist Vollmond. Ich gehe heute Nachmittag und bin übermorgen wieder zurück.«

Ihm fiel die Kinnlade herunter. »Meinst du das ernst?«

»Ja? Das passiert jeden Monat, Oren. Ich dachte, du wüsstest das?«

Er breitete die Hände aus. »Du hast alles dafür getan, um Teil dieser Ermittlungen zu werden, Sage, du hast Roderick praktisch keine Wahl gelassen.« Er klang vorwurfsvoll. »Und jetzt, da ich dich am Hals habe, erzählst du mir, dass du dich einfach aus dem Staub machst? Das kommt verdammt ungelegen, weißt du das?«

»Und für mich etwa nicht? Glaubst du, ich will jeden Monat drei Tage meines Lebens auf diesen Scheiß vergeuden?«

Oren schüttelte den Kopf. »Ich kann nicht warten, bis du zurück bist. Wir können nicht einfach einen Fall auf Eis legen, während du irgendwo in der Landschaft herumturnst ...«

P schnappte laut nach Luft.

»Stimmt doch!«, platzte er wütend heraus. »Genau das meinte Roderick, als er sagte, dass wir keine Werwölfe brauchen. Ein nicht einsatzfähiger Arcānas ist völlig nutzlos.«

Es fühlte sich an wie ein harter Schlag gegen die Brust. Noch nie hatte sie sich so gebrandmarkt gefühlt. Als hätte sie eine Krankheit, eine Seuche, die alle anderen um sie herum in Angst und Schrecken versetzte. Es half auch nicht, dass sie von sich selbst ebenso angewidert war. Wenn nicht noch angewiderter.

Sie schob ihren Stuhl zurück. »Ich gehe jetzt.«

»Was?«

»Sage«, flüsterte P leise und machte große Augen.

Sie schüttelte den Kopf. »In ein paar Tagen bin ich zurück. Tu, was immer du musst. Feuer mich, wenn du willst.«

OREN

In dem wässrigen Morgenlicht des Oben konnte Oren sie kaum ausmachen. Doch als er sie schließlich sah, entfuhr ihm ein Stöhnen.
Er hatte den Rest des Tages vor Wut gekocht ... und die ganze Nacht.
Sage war aus dem Archiv gestürmt. Sie war *tatsächlich* hinausgestürmt. Und dann hatte P stumm alles auf dem Tisch eingesammelt und war ebenfalls gegangen.
Ihn brachte selten etwas aus der Fassung, aber dieses Zickentheater hatte ihn so sprachlos gemacht, dass er nicht mal versucht hatte, sie aufzuhalten.
Dann hatte er gestern Abend von P eine Nachricht aufs Handy erhalten. Mehrere Fotos von ordentlich handgeschriebenen Notizen. Sobald die beiden zu Hause angekommen waren, hatten sie sich trotz allem hingesetzt und akribisch durch Lucinda Hagues Zeitungsartikel und ihre letzten Kontakte gearbeitet, um dann alles zusammenzupuzzeln. Jetzt hatte er eine Liste mit den Namen von fünf Personen, deren Adressen sie über das Wahlverzeichnis gefunden hatten.
Und hier stand er nun: in einem menschlichen Wohngebiet im Oben, ein paar Kilometer vom Stadtzentrum entfernt, in einer Sackgasse voll identisch aussehender einstöckiger Wohnhäuser.
Und da saß P auf der Mauer eines Hauses, dem er einen Besuch abstatten wollte.
»Sie hat mich gebeten, ihre Augen und Ohren zu sein«, sagte

der Poltergeist. »Niemand sonst wird mich sehen. Und wir wissen beide, dass ich ihr den besseren Bericht liefern werde. Außerdem mache ich bestimmt auch deutlich nützlichere Notizen als du.«

Er biss die Zähne zusammen.

Ein ganzes Jahrhundert lang hatte er es vermieden, mit einem Partner oder einer Partnerin zusammenzuarbeiten und die Meinung anderer berücksichtigen zu müssen. Und jetzt hatte er gleich zwei an der Backe!

Dieses neuartige Gefühl, jemandem Rechenschaft ablegen zu müssen, gefiel ihm überhaupt nicht.

Es war unter seiner Würde.

»Komm mir bloß nicht in die Quere.«

»Jawohl, Sir.« Sie salutierte ihm spöttisch.

»Zucker, mein Lieber?«, rief eine Stimme aus der Küche.

»Mein Lieber«, prustete P. Oren war sich nicht sicher, was den Poltergeist daran störte, dass diese Frau eine gute Gastgeberin sein wollte.

»Nur ein Löffel«, antwortete er, als ein blonder Kopf in der Tür erschien.

Die Frau, etwa Mitte vierzig mit einem unnatürlich weißen Lächeln, zwinkerte ihm zu.

»Hat sie gerade gezwinkert?«

Er konnte darauf nicht antworten, weil Cheryl es sonst gehört hätte. Der Mensch, der den Poltergeist im Zimmer definitiv nicht sehen konnte.

Cheryl Wentworth, eine Frau, über die Lucy gerade an einem Artikel gearbeitet hatte. *Wie eine Frau durch Beharrlichkeit ihre lang verloren geglaubte kleine Schwester fand.* Sie hatte ihm ganze fünfzehn Minuten lang erklärt, dass in ihrer Erinnerung immer wieder Bilder von einem Baby aufgeblitzt waren. Ihre Mutter hatte ihr jedes Mal versichert, es sei nur ein Traum gewesen oder etwas, das sie im Fernsehen gesehen hatte. Aber sie wusste – *wusste* einfach –, dass mehr dahintersteckte. Dann war ihre Mutter vor zwei Jahren gestorben, und sie hatte zwischen anderen Sachen eine Geburtsurkunde und Adoptionspapiere gefunden und sich vorgenommen, ihre kleine Schwester aufzuspüren. Dank einer Online-Suchkampagne, die in der Gegend so viel Interesse geweckt hatte, dass Lucys Zeitung darauf aufmerksam geworden war, hatte sie sie schließlich gefunden. Charlotte. Auch wenn sie jetzt ihren Adoptivnamen trug. Sie war inzwischen erwachsen, hatte einen stillen, aber netten Freund und arbeitete als Sporttherapeutin. Sie war nicht mehr das Baby aus Cheryls Erinnerungen.

Oren hatte so getan, als ob ihn das alles interessierte.

Dieses ganze Getue um Familie konnte er nicht nachvollziehen. Seine eigene war eine große Enttäuschung.

Sie saßen in einem kitschig eingerichteten Wohnzimmer, in dem die Vorhänge und Kissen alle gerüscht und die Vitrinen mit einer beunruhigenden Menge an Porzellantierfiguren gefüllt waren. Als P durch die Wand geglitten war und sich umschaute, hatte sie einen Laut von sich gegeben, der an eine sterbende Katze erinnerte.

»Ich meine ... «, sagte Cheryl und kam mit zwei Tassen wieder ins Zimmer.

»Nicht einmal ein Tablett«, murmelte der Poltergeist in der Ecke.

» ... wir waren völlig entsetzt, als wir davon gehört haben. Meine Schwester wohnt momentan bei mir – On-off-Beziehung mit ihrem Freund.« Sie verdrehte die Augen. »Jedenfalls, auf einmal tauchte Lucys Gesicht in den Nachrichten auf. Das hat uns glatt den Appetit auf unsere Fish and Chips verdorben. Dass sie einfach so in ihrer eigenen Wohnung ermordet wurde. Da kriegt man schon Angst, wissen Sie?«

»Ihre Schwester ist nicht zu Hause?«

»Sie arbeitet auswärts.« Cheryl lächelte breit. Von ihrem starken Parfüm wurde ihm ganz schwindlig. »Sie müssen leider mit mir vorliebnehmen.«

Mit einem höflichen Nicken nahm er die Tasse entgegen und achtete nicht auf Ps erneutes Prusten, als Cheryl sich fast anstößig nah neben ihn aufs Sofa setzte. Er machte eine kaum merkliche Handbewegung, und sein Notizbuch erschien aufgeschlagen und bereit auf dem Regal hinter ihr.

»Wann haben Sie Lucy das letzte Mal gesehen?« Er nippte an seinem Tee. Zu süß.

»Etwa vier oder fünf Tage vor ihrem Tod.« Cheryl zuckte mit den Schultern. »In dem Costa-Café auf der Market Street. Wir haben uns dort auf einen Kaffee getroffen, um ein paar Einzelheiten für ihren Artikel zu besprechen.«

»Frag sie, ob sie je über jemand anderen gesprochen hat«, sagte P und schwebte herüber, um einen neugierigen Blick auf sein Notizbuch zu werfen.

Er biss die Zähne zusammen. Natürlich war das die nächste Frage auf seiner Liste. »Hat sie vielleicht mal irgendjemanden erwähnt, Familie, einen Lebensgefährten?«

Cheryl dachte nach. »Sie sagte mal, dass ihr Ex ins Ausland gezogen sei. Ich hatte eigentlich den Eindruck, sie hätte keine Familie.«

Das war keine Überraschung. In ihrer Arcānum-Akte stand, dass Lucy, nicht lange nachdem sie von einem Werwolf angegriffen worden war, den Kontakt zu ihrer menschlichen Familie verloren hatte. Sie war eine Ausreißerin gewesen, was auf viele neue Werwolf-Kinder zutraf: Verängstigt und verwirrt rannten sie weg, weil sie sich davor fürchteten, zurückgewiesen zu werden. Kurz darauf war sie gefunden und ins Unten gebracht worden.

»Aber«, sagte Cheryl langsam, »nach mir hat sie sich noch

mit jemand anderem im Café getroffen. Mit einem Freund. Rob, sagte sie, glaube ich.« Sie zuckte mit den Schultern, als würde so etwas Wichtiges wie ein Name keine Rolle spielen. »Er muss reingekommen sein, kurz nachdem ich gegangen war. Durch das Fenster habe ich gesehen, wie sie sich begrüßten. Ihr Umgang war, na, Sie wissen schon, *vertraut*.«

»Vertraut?«

Cheryls Augen funkelten. »Er hat sie auf die Wange geküsst, und ich habe sie kichern sehen, und dann haben sie sich ein wenig zu lange umarmt ... aber sie hat ihn nur als Freund bezeichnet, von daher ... Er war aber attraktiv. Fast so attraktiv wie Sie.«

P prustete zum dritten Mal. Oren lächelte gezwungen. Er wusste, dass er gut aussah. Jahrzehntelang war er mit den verwirrten Reaktionen von Leuten konfrontiert gewesen, die sich fragten, wie sie sich so vor ihm fürchten und gleichzeitig so extrem von ihm angezogen sein konnten.

»Ihr Haar«, sagte Cheryl plötzlich und beugte sich vor. »Färben Sie es oder ist das Ihre natürliche Haarfarbe?«

»Natürlich«, antwortete er neutral, während er ihre Brust ignorierte, die sie ihm regelrecht unter die Nase schob.

»Sehr *Tan France*.«

»Wer?«

P prustete ein viertes Mal. »Bitte sie, den Freund zu beschreiben.«

»Wie sah dieser Freund denn aus? Außer dass er fast so attraktiv war wie ich.«

Cheryl kicherte. P schnalzte missbilligend mit der Zunge.

»Sehr gepflegt. Zurückgekämmtes dunkles Haar. Mitte zwanzig vielleicht? Er trug einen marineblauen Anzug, glaube ich, und hatte eine Lederaktentasche bei sich. Wirkte alles sehr teuer. Ein bisschen so, als käme er gerade von der Bank. Sie sahen gut zusammen aus. Jung, modisch, voller Ehrgeiz.« Sie wurde wieder ernst und ließ sich nach hinten fallen. »So eine Schande.«

»Das ist das erste Mal, dass wir von einem potenziellen Verehrer hören.« P nickte ihm von der anderen Seite des Raums zu.

»Jep«, antwortete er, ehe er es sich verkneifen konnte.

»Wie bitte?« Cheryl blickte verwirrt.

»Ich denke nur laut«, sagte er rasch und setzte ein Lächeln auf. Dann stand er auf und reichte ihr eine Visitenkarte. Er hatte einen ganzen Vorrat davon in seiner Tasche. Die Karte war unbedruckt, aber seine Magie schimmerte über die Oberfläche und ließ Cheryl sehen, was sie sehen wollte: Heute war er Inspector Robert Hanforth von der Polizei Manchester. »Ich habe Sie lange genug aufgehalten. Sollte Ihnen noch etwas einfallen, das wichtig sein könnte, das hier ist meine Nummer. Hinterlassen Sie eine Nachricht.«

»Ooh.« Cheryls Gesicht erhellte sich wieder. »Ich werde Ihnen ganz bestimmt eine hinterlassen.« P verdrehte die Augen und sauste durch das Fenster, um draußen zu warten.

Doch er hatte das Funkeln in Cheryls Blick auch gesehen und überlegte es sich noch einmal. Sie hatten von ihr bereits alle Informationen, die nützlich sein könnten. Mit einem leichten goldenen Schimmern verfälschte er die Nummer auf der Visitenkarte. Er würde dieser Frau auf keinen Fall eine direkte Durchwahl zu ihm geben.

Dann winkte er sein Notizbuch weg und erfreute sich daran, dass P genervt ausgesehen hatte. Das würde ihr eine Lehre sein, uneingeladen aufzukreuzen.

»Lassen Sie von sich hören.« Cheryl lächelte breit, als sie die Eingangstür öffnete und ihn ein wenig widerwillig durchwinkte.

»Du mochtest sie nicht besonders, was?«, raunte er aus dem Mundwinkel. Sie waren schon wieder auf dem Weg aus der Sackgasse.

»Sie hat den Tee nicht mal in einer Kanne gebracht. Von einem Tablett ganz zu schweigen! Und hat sie dir wirklich einen Keks auf einer Serviette angeboten?«

Jetzt musste er prusten. Im Sonnenschein konnte er Ps Umrisse kaum erkennen, nur einen Schimmer aus dem Augenwinkel.

Dann lachte sie wieder. »Wenn sie dir noch mal zugezwinkert hätte, hätte ich mich übergeben. Ich kann es kaum erwarten, Sage davon zu erzählen.«

OREN

Er hatte ihr gestern unmissverständlich klargemacht, dass er nicht in ihre Wohnung kommen wollte. Das war ihm einfach zu ... vertraut.

»Sei nicht unhöflich«, hatte P ihn angeraunzt, als er es vorm Hauptquartier des Arcānum laut ausgesprochen hatte.

»Ihr braucht mich doch gar nicht. Du kannst Sage auf den neuesten Stand bringen, wenn sie morgen nach Hause kommt. Deshalb bist du doch heute dort aufgekreuzt, oder?«

Aber ihr Blick duldete keinen Widerspruch. »Wir müssen dir etwas zeigen. Komm so gegen sechs vorbei.«

Und dann war sie davongeschwebt und hatte ihn mitten im Unten stehen lassen, während er ihren perlmuttartigen Körper in der Masse von Julfest-Shoppern verschwinden sah.

Jetzt war es sechs Uhr abends, und Oren war gekommen, wenn auch widerwillig. Er stand vor einem überraschend ansehnlichen Wohnblock in einem netten Teil der Stadt und fragte sich, wie sich die beiden das überhaupt leisten konnten. Die eine vermied es ganz offensichtlich, einen Job zu finden, der ihren Fähigkeiten entsprach, und die andere war tot. Vielleicht hatten sie geerbt?

Mit einem Seufzen klopfte er an die Tür.

Das Schloss klickte fast sofort und P öffnete schwungvoll die Tür. Das kleine Grinsen, das ihre Lippen umspielte, ignorierte er.

In dieser Wohnung befanden sich Kopien ihrer gesamten Unterlagen ... und insgeheim vertraute er darauf, dass sie ihre besser geordnet hatten als er seine. Er drückte sich um jede Art von Papierkram, es sei denn, es ging überhaupt kein Weg daran vorbei. Eigentlich hatte er alles auf seinen Schreibtisch geschmissen und seitdem keinen Blick mehr darauf geworfen.

Er war immer noch schlecht gelaunt.

In seiner freien Zeit hatte es wegen seiner Auseinandersetzung mit Sage weiter in ihm gebrodelt. Wie konnte sie es wagen, so mit ihm zu sprechen?

Er war selbst schuld. In seinem Bestreben, ein abgeschiedenes Leben zu führen, hatte er schon seit Langem mit niemandem mehr so viel geredet wie in den letzten paar Tagen mit ihr und ihrer Mitbewohnerin. Zumindest mit niemandem, der nicht selbst auch Hexenmeister war. Zudem war er nicht daran gewöhnt, mit jemandem zu tun zu haben, der keine Ahnung zu haben schien, wer er war.

Mittlerweile kam das eher selten vor.

Der andere Werwolf wusste über ihn Bescheid – der ungeschickte, schlaksige Junge, der im Pub aufgetaucht war. Bei Orens Anblick war er leichenblass geworden. Seiner Miene nach zu urteilen, hatte der Junge die Schulbücher gelesen, die man Kindern inzwischen unter die Nase hielt. Bücher, in denen Orens Name genannt und seine Geschichte erzählt wurde. Ohne sein Einverständnis.

P bewegte sich nicht von der Schwelle, und er hatte keine andere Wahl, als ebenfalls dort herumzustehen, wenn er nicht durch sie hindurchmarschieren wollte. Und das wollte er auf keinen Fall. Durch einen Geist zu gehen, war ein widerliches Gefühl.

Sie musterte ihn und nahm seine Kleidung bis hinunter zu den Schuhen in Augenschein. »Hast du schon gegessen?«

Er nickte verwirrt. Sie konnte doch gar nicht essen.

P schnaubte genervt, als wäre das ein Problem. »Ich probiere gerade ein neues Rezept aus.«

Schließlich trat sie zur Seite und ließ ihn herein. Die Wohnung war unerwartet groß. Und gemütlich. Seine Wohnung erfüllte alle praktischen Anforderungen eines Dachs über dem Kopf, aber das hier fühlte sich an wie ein Zuhause, mit all den warmen Decken, flackernden Kerzen und gerahmten Bildern von lächelnden Gesichtern. Sein Unbehagen verstärkte sich.

»Einen scharfen Eintopf mit Fleischklößchen.«

»Klingt … gut.« Zu seiner eigenen Überraschung meinte er es sogar ehrlich.

Dann blieb er wieder stehen.

Ihm fiel die Kinnlade herunter.

»Was ist das denn?« Er ging weiter in den Raum hinein, den Blick fest auf eine Wand gerichtet.

Die Akte aus dem Archiv, die Informationen, die sie nach dem Besuch bei Cheryl Wentworth zusammengetragen hatten, der Autopsie-Bericht der menschlichen Polizei, die ganzen Unterlagen aus der Zeitungsredaktion, die Tatortfotos, die Sage geschossen hatte – das alles war an die Wand gepinnt und in verschiedene Bereiche angeordnet. Manche Infos waren durch farbige Schnüre miteinander verbunden und mit handgeschriebenen Zetteln versehen, die sie und Sage vor ihrer Abreise verfasst haben mussten. In der Mitte hing eine Karte vom Oben. Eine rote Stecknadel steckte wohl dort, wo Lucy gelebt hatte und gestorben war. Und eine weitere Schnur verlief zu dem Foto einer lächelnden jungen Frau – einer Frau, deren blondes Haar nicht blutverschmiert war. Und deren Augen nicht ausdruckslos und leer waren.

Es sah aus wie etwas aus einer Krimiserie. Etwas, worauf keine Mordkommission, die er kannte, ihre Zeit verschwendete.

»Sage und ich haben vor ihrer Abreise damit angefangen, alles in Bereiche zu unterteilen. Ich habe die Sachen dann an die Wand gepinnt, weil ich dachte, dass man es so leichter visualisieren kann.«

Dieser Poltergeist war irre.

»Sage wird gleich zurück sein.« P schwebte ins Wohnzimmer, als wäre das alles völlig normal. »Komm, probier mal.«

»Du kochst, selbst wenn sie nicht hier ist?« Er folgte ihr in eine kleine, aber blitzblanke Küche mit einem Tisch in der Ecke.

»Bryce, der Satyr zwei Türen weiter, hat letzten Sommer seine Frau verloren. Ich sorge dafür, dass er mindestens eine warme Mahlzeit am Tag isst. Er gibt sich Mühe, aber er ist einsam. Und ein paar Etagen weiter oben wohnt ein Elfenpaar mit Drillingen, das immer gerne neue Gerichte probiert. Ich glaube, an manchen Abenden sind sie einfach zu müde, um zu kochen, also ...« Sie plauderte weiter vor sich hin, während sie in Töpfen rührte und in Schränken kramte.

Oren kniff nachdenklich die Augen zusammen.

Irgendwas bezweckte sie damit. Er war sich nur nicht sicher, was.

Und so tat er, was er immer tat. Er schwieg, schaltete seine Sinne ein und beobachtete.

Es war ein seltsames Gefühl. Wahrscheinlich hatte er vergessen, wie es sich anfühlte, einfach dazusitzen und jemandem beim Kochen zuzusehen. Die letzten Erinnerungen an seine Mutter, wie sie für ihn kochte, lagen bereits so weit in der Vergangenheit, dass sie fast gänzlich verblasst waren. Mehr als einhundertvierzig Jahre. Zwang er sich wirklich schon so lange, nicht mehr an sie zu denken?

»Du machst eine Menge für andere.«

»Der Tod verändert die Prioritäten.« Mit einem Schulterzucken rührte sie im Eintopf und beugte sich vor, als würde sie ... gleich davon kosten?

Verwundert beobachtete er, wie sie sich ein gefaltetes Stück Küchenrolle unters Kinn hielt und genau das tat, ja sogar versuchte, in das Essen auf ihrem Löffel zu beißen. Es fiel geradewegs durch ihr Kinn und in das aufgehaltene Papiertuch.

»Du kannst das schmecken?«

Sie nickte, während sie ein wenig nachsalzte. »Ich hatte es so satt, nie irgendetwas essen zu können, dass ich es irgendwann mal ausprobiert habe. Es muss wohl so ein Poltergeist-Ding sein, denn meine Geisterfreunde und Geisterfreundinnen können gar nichts schmecken.«

»Kannst du die Dinge spüren, die du anfasst?« Er betrachtete den Holzlöffel, mit dem sie rührte.

Sie zog eine Augenbraue hoch, als wäre das eine dämliche Frage. »Klar, alles fühlt sich noch genauso an wie im Leben.«

»Was ist mit Leuten?«

»Ihr fühlt euch alle an, als würde ich die Hände in einen Beutel mit heißem Gelee stecken.« Sie erschauderte. »Geister dagegen fühlen sich wie Nebelschwaden an. Kalt und klamm. Angeblich können zwei Poltergeister einander berühren wie Lebende, aber ich habe noch keinen anderen getroffen. Wir sind so selten. Ich bin die Einzige hier.« Sie verzog das Gesicht. »Die zwei Dinge, die man zum Überleben braucht, kann ich also nicht haben. Nahrung und Nähe zu denen, die ich liebe. Manchmal frage ich mich, ob es eine Art Bestrafung ist. Ein Fluch der Poltergeister.«

Er antwortete nicht. Ihre Behauptung, man bräuchte zum Überleben die Nähe zu Leuten, die man liebte, ließ ihn stutzen. Dem stimmte er nicht zu. Er hatte den Großteil seines Erwachsenenlebens niemandem aus seiner verbliebenen Familie nahegestanden, und es war ihm gut damit ergangen.

P schien zu wissen, was er gerade dachte, denn sie schüttelte den Kopf und stellte eine Schüssel auf den Tisch. »Nur ehrliche Bewertungen.«

Er hatte kaum einen Bissen genommen, da breitete sich in seinem Mund ein kräftiges Aroma aus. Er konnte nicht widerstehen und nahm gleich einen zweiten. Sie beobachtete ihn schweigend. Was ihm, ehrlich gesagt, lieber war.

Dann fragte sie etwas Unerwartetes. »Magst du lieber Hunde oder Katzen?«

»Was?«

»Was magst du lieber? Hunde oder Katzen?«

Er dachte darüber nach. »Wahrscheinlich Hunde.«

P nickte nachdenklich. »Hmm. Ja, das passt. Weißt du, die Sache mit Hunden ist, dass sie sich unterordnen. Das ist es, was Hundeliebhaber wirklich meinen, wenn sie sagen, sie würden die ›Loyalität‹ ihres Hundes lieben.« Sie machte mit den Fingern Anführungszeichen in der Luft. »Ein Hund ist der Person, die ihn füttert, treu ergeben, weil er ohne sie nicht überleben kann.«

»Und was willst du damit sagen?«

»Sage würde alles für diese Chance tun, dafür, dass du ihr auch nur den kleinsten Knochen hinwirfst, und deshalb lässt sie zu, dass du sie mit Füßen trittst«, erklärte P geradeheraus. »Sie selbst wird es dir nicht sagen, aber wie du gestern mit ihr geredet hast, war nicht in Ordnung.«

»Und du hast kein Problem damit, mir das zu sagen?«, fragte er höhnisch.

Sie lächelte angespannt. »Wenn du Hundepersonen fragst, warum sie keine Katzen mögen, antworten sie: weil Katzen unnahbar sind. Aber Katzen sind einfach nur unabhängig. Sie *brauchen* niemanden, um zu überleben. Was sie also eigentlich damit meinen, ist, dass es ihnen nicht passt, sich Respekt verdienen zu müssen.«

Er verstand, was sie ihm damit sagen wollte. Es war höflich formuliert und ihre Analogie war taktvoll. Er verlangte aufgrund der Macht, die er besaß, Respekt. Er erfuhr Loyalität, ohne sie zu verdienen. P war etwas Besonderes. Sie hatte kein Leben mehr, das er beschützen könnte. Er konnte sie weder durch Einschüchterung noch durch Manipulation gefügig machen. Wem gegenüber sie sich loyal zeigte, war ihre freie Entscheidung.

»Solange du mit Sage zusammenarbeitest, bist du hier willkommen«, sagte sie leise. »Aber nur, wenn du uns, wenn du sie mit Respekt behandelst.«

Ob er in dieser Wohnung willkommen war oder nicht, scherte ihn nicht. Er wollte ohnehin nicht hier sein. Aber dieser Poltergeist hatte irgendetwas an sich. Normalerweise hatte er mit Leuten zu tun, die in seiner Gegenwart um ihr Leben fürchteten, also wusste er nicht, wie er mit jemandem umgehen sollte, der völlig furchtlos war.

Und nicht nur das.

Wie sie sich nicht nur um Sage, sondern anscheinend auch um alle anderen kümmerte, ihn eingeschlossen, berührte ihn zutiefst und weckte ein Gefühl, das er schon vor langer Zeit gelernt hatte zu ignorieren. Auf eine seltsame Art und Weise gab sie ihm das Gefühl ... menschlicher zu sein.

Auch wenn er wusste, war er jetzt sagen sollte, würde er es nicht tun.

Er entschuldigte sich bei niemandem. Genauso wenig, wie er irgendwen anlächelte. Oder mit irgendjemandem zusammenarbeitete.

Er war einfach nur wütend.

Auf alles und jeden.

Auf die Welt.

Andauernd.

Oh, Oren. Eine Stimme, auf die er seit so vielen Jahren nicht mehr gehört hatte, hallte in seinem Kopf wider. *Du kannst nicht immer deinen Willen durchsetzen. So wirst du keine Freunde gewinnen.*

Manchmal fragte er sich, ob sein Mantra, das Leben eines Einzelgängers zu führen, nur auf Gehässigkeit beruhte. Auf seinem Wunsch, sich zu rächen. Beim Tod seiner Mutter hatte er gegen alles gewütet, wofür sie stand, gegen alles, was sie je gesagt hatte, und gegen alles, woran er sich erinnerte. Nur so konnte er sie dafür bestrafen, dass sie ihn verlassen hatte. Ein verbitterter, kleinlicher, rachsüchtiger Sohn. Genau das war er.

»Wo ist sie gewesen?«

Er ging davon aus, dass sie sich weigern würde, es ihm zu sagen.

»Im Lake District.«

Guter Ort. Viele Felder, kleine Klippen, hohe Hügel. Dort konnte ein Wolf mühelos untertauchen. Ausreichend Vieh, mit dem er sich den Bauch vollschlagen konnte.

Bah. Tat sie das wirklich?

»Sie hat dort eine Hütte, die sie den Rest des Monats vermietet. Sie gibt sich als Wanderin aus, macht sich am Nachmittag auf den Weg, um weit genug wegzukommen, und wartet.«

»Warum bleibt sie so lange dort?« Eigentlich interessierte ihn das nicht sonderlich, aber … P blickte einen Moment lang nachdenklich und öffnete den Mund, um zu antworten.

Das Geräusch der Eingangstür unterbrach sie.

SAGE

»P?« Sage schob sich durch die Wohnungstür. Es war bereits Abend, und sie hoffte inständig auf etwas zu essen. Zugverspätungen im Oben. Schreckliches Wetter. Sie hatte mächtig Kohldampf.
Außerdem fühlte sie sich beschissen. Ihr tat noch alles von der Verwandlung weh, und diesmal …
»Sage!« P keuchte erschrocken, als sie durch die geschlossene Zimmertür auftauchte. »Was ist passiert?«
Dann öffnete sich zu Sages Überraschung die Tür, und Oren stand auch da.
»Was ist passiert?«, wiederholte er.
»Nichts.« Sie zwängte sich an ihm vorbei.
»Deine Lippe ist geschwollen, und du hast gleich zwei Veilchen. Hast du dich geprügelt?«
»Also, falls ich mich geprügelt haben sollte, bin ich offensichtlich auch darin eine *Niete*«, blaffte sie ihn an und kickte sich die Turnschuhe von den Füßen.
»Sage.« Sie war überrascht, dass ausgerechnet P sie drängte, keinen Streit anzufangen. Schockiert schluckte sie hinunter, was ihr auf der Zunge lag. Mit wildem Blick wirbelte sie herum, aber P streckte nur beschwichtigend die Hände aus.
»Oh, *Entschuldigung*!« Es fehlte nicht mehr viel, und Sage würde in die Luft gehen. »Du verteidigst ihn also?«
»Sage.« Diesmal war es Oren.
»Jetzt mal ehrlich, wenn du noch einmal die Augen verdrehst, verpasse ich *dir* ein Veilchen …«

»Eher unwahrscheinlich.«

Sage stürzte sich auf ihn.

Die Wölfin regte sich noch immer in ihr, es war noch zu früh, um sie vollkommen unter Kontrolle zu haben. Sie hatte Kopfschmerzen, ihre Augen pochten und ihre Lippe ebenso. Sie hatte die Nase gestrichen voll und wollte nur noch ins Bett und weinen, bis alles aufhörte wehzutun. Und dann ...

Im nächsten Augenblick legten sich zwei Arme wie Stahlringe um sie. Sie schrie, aber Oren war einfach zu stark. »Hör auf, Sage!«

Aus reinem Trotz wehrte sie sich noch ein wenig weiter. Ihr tat alles weh. Sie hörte sich selbst winseln und gab schließlich auf.

Sie wollte ihn umbringen.

Er ließ sie los, nahm ihr Kinn in die Hand und musterte ihre Lippe und ihre Augen. »Du weißt nicht mehr, woher du diese Verletzungen hast?«

»Natürlich nicht«, blaffte sie. »Ich war verwandelt. Ich bin so aufgewacht.«

Nur nach einer Verwandlung bei Vollmond wussten Werwölfe nicht mehr, was sie getan hatten. Sie wurden vollständig zum Wolf – Körper, Geist und Seele – und erinnerten sich danach an nichts. Tatsächlich durfte ihre Spezies nur auf diese Weise überhaupt erschaffen werden – versehentlich, wenn sich der Angreifer nicht an den Angriff erinnern konnte. Im Waisenhaus hatte Lucy sich mit einem Mondkalender mit ihr hingesetzt und es ausgerechnet: Es war Vollmond gewesen, als sie zur Werwölfin geworden war.

Falls sie herausfand, wer ihr Erzeuger war, und den Verdacht hatte, dass dieser Werwolf nicht die nötigen Maßnahmen getroffen hatte, um sich von Menschen fernzuhalten, ehe er sich verwandelte, konnte sie beim Arcānum offiziell Beschwerde einlegen. Aber sie hatte sich nie die Mühe gemacht. Nachdem sie selbst Verwandlungen an Vollmond erlebt hatte, verstand sie vollkommen, dass ihr Angreifer keine Kontrolle darüber gehabt hatte, was er ihr und ihrer Familie angetan hatte.

Oren nickte.

Es fiel ihr schwer, seinem Blick auszuweichen.

Mit einer schwach leuchtenden Hand fuhr er über ihr Gesicht. Die Hand an ihrem Kinn war warm, sehr warm, und Hitze stieg von der unteren Hälfte ihres Gesichts auf. Sie breitete sich über ihre Lippen und in Richtung ihrer Augen aus. Dann wanderte sie tropfenweise auch ihren Hals hinunter, als würde eine Flüssigkeit ihr Inneres zum Schmelzen bringen. Sie stolperte nach hinten und starrte an sich hinunter.

»Was hast du getan?«

»Den Schmerz betäubt, aber es ist besser, die Wunden natürlich heilen zu lassen. Meine Mutter war Heilerin. Als Kind hat sie mir beigebracht, auch andere mit Magie zu heilen. Nicht viele Hexenmeister und Hexenmeisterinnen versuchen, überhaupt zu lernen, nicht nur sich selbst zu heilen.« Er klang ein wenig genervt. Warum gab er sich so viel Mühe, nur um seinen Captain auf die Palme zu bringen? »Gern geschehen.«

»Ich bringe dich auf den neuesten Stand«, durchbrach P die angespannte Stimmung. »Ich setze nur erst noch Wasser auf. Mach's dir bequem.«

»Wer ist dieser Mann?«, fragte Sage. »Der im Café.«

Erst nachdem sie sich hingesetzt hatte, war ihr das Meisterwerk aufgefallen, das P in ihrer Abwesenheit an der Wand geschaffen hatte. Es war …

»P hat's ein wenig übertrieben.« Orens gemurmelte Erklärung hatte es recht gut zusammengefasst. Vor ihrer Abreise hatte Sage alles fein säuberlich in Stapeln auf dem Couchtisch sortiert, in der Hoffnung, dass sie so später bei Bedarf einzelne Notizen leichter wiederfinden konnten, aber das hier war ... ein ganz neues Level von organisiert.

Oren schüttelte den Kopf. »Keine Ahnung. Cheryl wusste nicht viel, das meiste, was sie uns über ihn sagen konnte, hat sie durch ein Fenster beobachtet.«

»Oh, übrigens«, warf P ein. »Er und Cheryl reden sich schon mit Vornamen an, sie ist nämlich voll auf ihn abgefahren. Stimmt's, *mein Lieber?*«

»P ärgert sich bloß darüber, dass ich eine Tasse Tee genossen habe, die nicht sie zubereitet hat.«

»Sie hat Servietten statt kleiner Teller benutzt«, lästerte P.

»Wir müssen ihn finden«, ging Sage dazwischen. »Er könnte Antworten haben.«

P zeigte auf die Wand. Als Sage verwirrt blinzelte, zischte P missbilligend, schwebte nach oben und zeigte auf eine Notiz, die sie unter einer neuen Überschrift hinzugefügt hatte: *Personen von besonderem Interesse.*

Klar. Wie dumm von ihr, dass sie diesen kleinen Bereich inmitten der überwältigenden Menge von Informationen an der Wand übersehen hatte.

»Die anderen auf unserer Liste waren fast alle Menschen. Sie hatten nicht viel zu sagen.« P schwebte zurück zu ihrem Platz auf dem Sofa. »Alle haben sie als professionell und höflich beschrieben, aber keiner hatte auch nur die geringste Ahnung, wer sie hätte umbringen wollen. Einer von ihnen, ein Thomas Richard, schien für gerade mal zwei Sekunden interessant.«

»Warum?«

»Er ist auch ein Werwolf. Wir haben mit seinem Lebensgefährten gesprochen. Er wusste genau, was sein Partner war, und meinte, er hätte damit gerechnet, dass das Arcānum ihnen einen Besuch abstatten würde. Tom hatte von Lucys Tod gehört und ihn vorgewarnt, dass wir aufkreuzen könnten, während er an Vollmond weg war.«

»Er wusste Bescheid?«, wiederholte Sage überrascht. »Über uns? Über … alles?«

Oren verzog das Gesicht. »Streng genommen ist das zwar nicht erlaubt, aber das Arcānum weiß, dass es nicht immer möglich ist, die Wahrheit zu verbergen. Wir machen Ausnahmen, wenn Leute aus dem Unten Menschen heiraten, aber nur dann. Er war von der ganzen Situation sichtlich gestresst …«

»Äh, nein, Oren.« P winkte ungeduldig ab. »Du hast vor seinen Augen mit mir geredet. Und weil er dann natürlich geglaubt hat, du hättest sie nicht alle, hast du ihm erzählt, dass ein Poltergeist im Raum ist. *Das* hat ihn gestresst.«

»Du hast *was* gemacht?«

»Ich dachte, er wüsste alles über die übernatürliche Welt!«

»Menschen betrachten Werwölfe nicht als eine realistische Gefahr«, erwiderte Sage. »Geister hingegen jagen ihnen eine Heidenangst ein!«

Er verdrehte die Augen. »Wie auch immer. Am Tag, als Lucy ermordet wurde, waren sie verreist. Er hatte Fotos und Quittungen, um es zu beweisen.«

Sage seufzte. Eine weitere Sackgasse. »Sonst noch was?«

P gab nur ein *Hmm* von sich, als wollte sie sagen: *Eigentlich nicht.* »Der hier klebte auf der Innenseite ihres Notizbuchs.« Sie hielt ein Post-it mit einem einzigen Wort darauf hoch. »MacAllister. Das ist ein Nachname, aber das bringt uns auch nicht weiter. Er kommt in keinem der Artikel vor, an denen sie gearbeitet hat, und es gibt keine Verbindung zu irgendeinem ihrer Termine.« P zuckte mit den Schultern. »Im Arcānum-Archiv tauchen drei MacAllisters auf. Oren hat alle nachgeschlagen. Bei einem handelt es sich um einen Selkie, der schon lange tot ist, der zweite hat sich vor zwanzig Jahren einem Werwolf-Rudel angeschlossen und ist von der Bildfläche verschwunden. Und der dritte ist ein zwölfjähriger Faun.«

»Aber einer von ihnen *ist* ein Werwolf?«

Oren zuckte mit den Schultern. »In dieser Stadt gibt es im Oben nur ein echtes registriertes Werwolf-Rudel, und das hat sich erst vor neun Jahren gebildet. Welchem Rudel sich MacAllister auch immer angeschlossen hat, es ist nicht dieses hier vor Ort. Es ist also eher unwahrscheinlich, dass es sich um diesen MacAllister handelt. Nicht, wenn sie nur über Leute von hier und über lokale Themen geschrieben hat.«

»Ich wusste nicht mal, dass es in dieser Stadt ein richtiges Werwolf-Rudel gibt«, meinte P.

»Im Gegensatz zu einem falschen?«, fragte Oren sarkastisch.

Sage wusste, dass P das Thema interessant fand und so viel wie möglich über Werwölfe herauszufinden versucht hatte, nachdem sie mit einer Werwölfin zusammengezogen war. Und das schätzte sie an P.

Dass es ein Rudel in der Stadt gab, war ihr nicht neu – sie war ja auch schon viel länger übernatürlich als P. Doch im Gegensatz zu ihrer Geisterfreundin fühlte sie sich bei dem Gedanken unwohl. Den Großteil des Monats, wenn sie nicht gerade gezwungen war, sich an Vollmond unfreiwillig zu verwandeln, tat sie so, als wäre sie keine Werwölfin. Werwolf-Rudel waren dafür bekannt, *speziell* zu sein. Sie lebten draußen in der freien Wildbahn als Kommunen, schotteten sich fast gänzlich sowohl von der menschlichen als auch von der übernatürlichen Gesellschaft ab und ... wolften einfach herum.

So stellte Sage sich die Hölle vor.

P warf Oren einen bösen Blick zu. »Es fasziniert mich einfach. Ich würde zu gerne mal ein Rudel in seinem natürlichen Lebensraum sehen.«

Sage schnaubte. »Seinem natürlichen Lebensraum?«

»Du weißt schon! Ein echter Werwolf-Alpha? Die Rudeldynamik? Die Loyalitätsbande?«

»Rudelloyalität ist nicht immer etwas Gutes«, sagte Oren leise.

»Was meinst du damit?« P sah ihn neugierig an.

Er schien darüber nachzudenken, ob er es ihr sagen sollte oder nicht. Dann seufzte er. »Vor nicht allzu langer Zeit gab es einen Fall von einem Werwolf-Rudel, das zu loyal war. Obwohl ihr Alpha, Amhuinn, das Gesetz brach, wollten sie nicht gegen ihn aussagen. Sie nahmen alle sogar die Schuld auf sich. Ein *Ich bin Spartacus*-Moment, wenn man so will.«

»Was ist dann passiert?«, fragte P.

»Gegen alle, die ihm treu blieben, wurden Hinrichtungsbefehle ausgestellt. Etwa die Hälfte des Rudels.«

P riss entsetzt die Augen auf. Und trotz Sages Meinung über Rudel fiel selbst ihr die Kinnlade herunter.

»War das fair? Sie haben ihren Alpha verteidigt. Werwölfe tun das nun mal.«

Er zuckte bloß mit den Schultern, offenbar juckte ihn das nicht.

Dann klingelte ein Handy.

SAGE

Es kam aus Orens Hosentasche. Er stand auf, um das Klingeln aus seiner Jeans zu befreien, und verzog das Gesicht. Sie wusste sofort, wer dran war. Er tippte darauf herum und hielt das Handy hoch, aus dessen Lautsprecher eine Stimme dröhnte.

»Wir haben noch einen Mord.« Roderick klang verärgert. Als könnte er nicht fassen, dass diese Nachricht die Frechheit besaß, ihm den Tag zu versauen. »Eine Werwölfin.«

Ihr wurde flau im Magen.

»Wo?« Orens finsterer Blick begegnete ihrem. »Wir machen uns sofort auf den Weg.«

»Zu spät. Die Menschen sind schon dort.« Ihr war speiübel. »Die Wölfin ist außerhalb unserer Stadtgrenzen gestorben. Deshalb ist die Lebenskraft-Benachrichtigung bei der Arcānum-Abteilung eingegangen, die dem Tatort am nächsten ist. Sie haben ein paar Stunden gebraucht, um ihre Unterlagen zu überprüfen und herauszufinden, dass sie nicht aus der Gegend war. Als sie mit Hozier Kontakt aufgenommen haben, hatten die Enkel des Bauern, auf dessen Land sie lag, sie bereits am anderen Ende einer Koppel gefunden. In menschlicher Gestalt, aber übel zugerichtet. Der Bauer glaubte zuerst, seine Hunde hätten eins seiner Schafe gerissen.«

P hielt sich die Hand vor den Mund.

»Das kommt mir wie eine ernsthafte Schwachstelle im Benachrichtigungsverfahren vor, Roderick«, knurrte Oren wütend. »Warum hat das so lange gedauert?«

»Keine Ahnung.« Sage konnte regelrecht hören, wie der Captain am anderen Ende der Leitung mit den Schultern zuckte. »Es war gerade Vollmond, oder? Das erklärt vermutlich, warum sie draußen auf dem Land war. Könnte gut sein, dass sie irgendwann in der Nacht auf einen anderen Werwolf getroffen ist und sie miteinander gekämpft haben.«

Sage erstarrte.

Alle drei erstarrten.

»In welcher Gegend haben sie sie denn gefunden?«, fragte Oren ruhig.

Roderick hielt inne – vielleicht, um einen Blick auf seine Notizen zu werfen. »Cumbria.« Dann stieß er ein kleines, lautes Lachen aus, als ginge es gar nicht um einen Todesfall. »Ein Ort namens Cockermouth. Wie auch immer, ich hab ihre Akte schon mal rausgesucht. Salina Gourlay. Ich schick euch ihre Adresse im Oben, ihr könnt stattdessen dorthin gehen. Vergewissert euch, dass dort nichts Übernatürliches herumliegt.«

Er legte auf.

Wie benommen stand sie auf.

»Sage?« Ps Stimme klang weit entfernt, als Sage um das Sofa herumstolperte. Sie hatte kein Ziel, keinen Plan, aber einfach nur *herumsitzen* konnte sie auch nicht. Trotz ihres wild pochenden Herzens breitete sich in ihrer Brust eine große Leere aus.

Sie hielt sich die Finger an die Lippe, wo sie den Riss noch spürte, der kaum zu heilen begonnen hatte. Woher er rührte, wusste sie nicht mehr. Dann betastete sie die geprellte und geschwollene Haut um ihre Augen.

Ihr schlimmster Albtraum. Der schlimmste Albtraum eines jeden Werwolfs: an Vollmond jemandem den Tod zu bringen und sich nicht daran zu erinnern.

War diese Werwölfin im Moor umgekommen, genau wie ihre Familie …?

Nein.

Sie konnte nicht einmal daran denken.

Ihre Atmung wurde panisch. Die Knie knickten unter ihr weg und sie griff nach der Sofalehne, um nicht umzufallen. Und dann stand Oren neben ihr und verlangte, dass sie ihn ansah.

»Wo? Wo genau warst du?«

Sie öffnete und schloss den Mund, doch nichts kam heraus.

Er schüttelte sie unsanft am Ellbogen. »Sag's mir«, beharrte er. »Ich kann dir nicht helfen, wenn du es mir nicht sagst.«

»Windermere«, sagte P hinter ihm. »Die Hütte ist in Windermere.«

»Such eine Karte, P. Schnell«, befahl er. »Schau mich an, Sage.« Seine blaugrünen Augen blickten fest in ihre. »Als du aufgewacht bist, warst du da voller Blut?«

Nein. War sie nicht. Sie blinzelte wieder. Da war doch kein Blut gewesen, oder? Ihr Atem war zittrig, aber sie schüttelte den Kopf. »Da war nicht viel Blut«, röchelte sie. »Ich meine, ich hatte welches im Gesicht, aber ich dachte, das wäre von meiner Lippe.«

»Bist du noch irgendwo anders verletzt?«

»Nein«, antwortete sie leise. Ihr war schwindlig. »Nur im Gesicht.«

»Die Orte sind kilometerweit voneinander entfernt!«, rief P.

Oren zerrte Sage zum Laptop hinüber, der offen auf dem Couchtisch stand.

Dann zeigte er auf die Karte. »Das ist gut. Das macht es weniger wahrscheinlich. Und bei einem Kampf um Leben und Tod hättest du ebenfalls am ganzen Körper Verletzungen. Du wärst übel zugerichtet. Ich bezweifle stark, dass du dafür verantwortlich bist.«

Eine Welle der Erleichterung brach mit solcher Wucht über ihr zusammen, dass sie kaum Luft bekam. Sie wusste, dass die Hand auf ihrem Rücken Orens sein musste. Oh Mann, sie wünschte, es wäre Ps. Wünschte, P könnte sie umarmen, nur dieses eine Mal.

Sie sah auf, und Tränen schimmerten in Ps Augen. Ihre Freundin nickte nur einmal, aber das reichte, um ihr zu sagen, dass sie ebenso empfand. Dass sie verstand.

Dann ein Krachen.

Das Geräusch kam aus dem Flur. Sie wirbelten herum, und ein scharfer Dolch, der ihr bekannt vorkam, erschien wie aus dem Nichts in Orens linker Hand. Um die Klinge schimmerte das goldene Licht seiner Magie.

»Verdammt noch mal, Jungs!«, schrie P fast, als Harland, Danny und Rhen ins Zimmer stürmten. »Ihr habt uns total erschreckt. Was macht ihr hier?«

Alle drei keuchten, als wären sie den ganzen Weg von der anderen Seite der Stadt hierher gerannt. Harland hielt sich die Brust und rang nach Luft – sein Haar war vom Regen klatschnass und geschwitzt hatte er allem Anschein nach auch. Seine Brillengläser waren beschlagen und das Gesicht knallrot. Er sah erst P und dann sie an. Oren ignorierte er komplett.

Der Hexenmeister fluchte leise und ließ den Dolch zu Nebel verdunsten.

»Hab ich dir doch gesagt«, presste Rhen atemlos hervor und schlug Danny auf den Rücken. Dabei klang er ausgesprochen erleichtert, als hätte er selbst Zweifel daran gehabt, was er gesagt hatte. »Sie war's nicht.«

»Alle sagen, gestern Abend wäre in Cumbria ein Wolf regelrecht zerfetzt worden«, sagte Danny. »Wir wissen ja, dass du … wir dachten …«

Harland beugte sich vor, die Hände auf den Knien. »Wir sind sofort hergerannt. Aber du warst es nicht. Du warst es nicht.« Es klang wie ein Gebet. Dann richtete er sich auf und hielt überrascht inne. »Was hast du mit deinem Gesicht angestellt?«

»Ich versuche noch, dahinterzukommen.« Sage schluckte.

»Ihre Verletzungen sind nicht schwer genug, als dass sie in einen Kampf um Leben und Tod verwickelt gewesen sein könnte. Wir glauben nicht, dass sie etwas damit zu tun hatte«, erklärte P.

»Okay«, meinte Harland und verzog daraufhin das Gesicht, als würde er erst jetzt verstehen, was P damit sagen wollte. »Was?« Er sah wieder zu Sage. »Du hast wirklich geglaubt, du hättest jemanden angegriffen und getötet? Komm schon, Sage ...«

Oren gab einen ungeduldigen Laut von sich. »Ein Werwolf wurde umgebracht, und sie kommt mit einem zerschundenen Gesicht zurück und kann sich nicht daran erinnern, wie das passiert ist. Was hätten wir da sonst glauben sollen?«

Danny warf Oren einen komischen Blick zu. »Dass der Killer auch sie angegriffen hat?«

Alle im Raum standen schweigend da.

In ihrer Panik hatte sie das nicht mal in Betracht gezogen.

Und P genauso wenig. Ihr stand der Mund offen.

Sage schluckte. Sie konnte sich an nichts erinnern. Könnte sie auf genau die Person gestoßen sein, die sie gerade jagten? Auf das Monster, das bei Vollmond einsamen Werwölfen an abgeschiedenen Orten nachstellte?

»Andere werden genau dasselbe glauben, wenn sie mein Gesicht sehen«, sagte sie leise.

»Na ja, das kann er doch verstecken, oder nicht?« Harland nickte Oren zu. »Beleg doch ihre Verletzungen mit einem Trugzauber.«

Sie sah forschend zu Oren, ob das stimmte, und bemerkte, dass er den Kiefer anspannte. »Was du nicht alles über Hexenmeister-Magie weißt.«

»Oren«, warnte sie ihn müde, weil Harlands Gesicht knallrot anlief.

Oren schnaubte. »Feen benutzen Trugzauber. Wir *tarnen*.

Aber das wird ohnehin nicht nötig sein. Ihr Wolfsblut wird die Heilung beschleunigen. Bis morgen ist ihr Gesicht wieder so gut wie neu.«

»Äh, was ist das?«, fragte Danny im Flüsterton, als er Ps Ermittlungswand bemerkte. »Das ist … das ist Lucy, oder?«

Sage schluckte schwer. »Schau nicht hin.« Sie ging zu ihrem Freund und drehte seine Wange weg, damit er nicht hinsah, doch er befreite sich aus ihrem Griff und starrte entsetzt die Bilder an. Rhen und Harland drehten sich auch zur Wand um.

Harland erschauderte. »Heißt das, ihr habt eine Spur?«

»Eine *Spur*«, murmelte Oren. »Ich wusste gar nicht, dass du Sherlock Holmes bist.«

Der junge Werwolf lief erneut rot an. Sage schüttelte den Kopf, fest entschlossen, Orens Anwesenheit zu ignorieren. »Wir haben noch nichts, außer einem Drittel eines Fußabdrucks.«

»Du meinst den hier?« Mit hochgezogenen Schultern zeigte er auf eine Nahaufnahme und schob seine Brille hoch. »Das ist ein Converse …«

»Woher weißt du das?«, fragte P überrascht.

Harland sah sie an, als wäre das völlig offensichtlich. »Na, das Muster auf der Sohle?«

»Erklärs uns«, verlangte Oren mit kaum verhohlener Ungeduld.

»Alle Chucks haben dieses Diamantenmuster auf der Sohle. Limitierte Auflagen könnten möglicherweise eine andere …«

»Bist du dir absolut sicher?«

Harland nickte und schob sich wieder die Brille hoch. »Schau.«

Er hob einen seiner Füße an, die in ramponierten grünen Chucks steckten. Und tatsächlich, die Sohle war zwar abgenutzt, aber das Diamantenmuster noch immer gut sichtbar.

»Rhen.« Harland stellte den Fuß wieder ab und verlor fast das Gleichgewicht. »Zeig ihnen deine.«

Rhen hob einen senffarbenen Chuck an, bei dem dasselbe Muster zu sehen war.

»Na ja, praktisch alle Nerds der Welt tragen die Dinger«, meinte Oren mit Blick auf die drei Teenager, »das wird die Suche also nicht sonderlich einengen. Trotzdem gut zu wissen.«

»Eine Menge modebewusster ...«, setzte Danny an.

»Wenn irgendwas davon online oder in den Zeitungen landet« – mit einem strengen Blick auf ihre Freunde zeigte Oren auf die Wand –, »weiß ich, wer dafür verantwortlich ist.«

Sein Handy pingte erneut. Mit einem Stirnrunzeln blickte er auf das Display. »*Nur eine Geschäftsadresse. Kürzlich umgezogen, hatte ihre Wohnadresse noch nicht aktualisiert.*«

Oren warf Sage einen fragenden Blick zu. Und damit entschuldigte er sich endlich richtig bei ihr. Er wusste einfach nicht, wie man sich anderen gegenüber öffnete, wie man mit Menschen redete. Wie auch? Er hatte niemanden, an dem er das üben konnte. Stattdessen gab er Macht an sie ab, die einzige Sprache, die er wirklich verstand. Jetzt lag die Entscheidung ganz bei ihr, ob sie sofort loszogen oder erst morgen, und er würde sie nicht dafür verurteilen, ganz gleich, was sie entschied.

Sie nickte.

Weiße Zähne blitzten auf. Sie hatte nicht bemerkt, dass es ein Test gewesen war, bis sie erkannte, dass sie die richtige Antwort gegeben hatte.

SAGE

Im Oben, auf der zweiten Etage eines Gebäudes im Stadtzentrum, hatte Salina Gourlay ein geräumiges Zimmer gemietet, in dem sie eine professionell aussehende Praxis eingerichtet hatte. Auf der Etage darunter befand sich ein 24-Stunden-Fitnessstudio, und Sage konnte die dumpfen, monotonen Schritte von jemandem hören, der auf einem Laufband trainierte.

Oren zog in der Mitte des Raums einen Vorhang zurück. Ein schmales Bett erschien sowie eine Auswahl von Übungsgeräten, die man vermutlich in jeder Physiotherapiepraxis finden würde.

Vor einem kleinen Waschbecken ging er in die Hocke, öffnete die Türen des Unterschranks und kramte darin herum. Sie schlenderte währenddessen zum Schreibtisch in der Ecke hinüber und rüttelte kurz an den Griffen der Schränke daneben, die jedoch abgeschlossen waren. Das Regal an der Wand darüber sah aus, als könnte es jeden Moment unter dem Gewicht der dort aufgestapelten Ordner zusammenbrechen, aber sonst fiel ihr nichts Besonderes ins Auge.

Nicht wie in Lucys Wohnung. Was wohl an der Abwesenheit von Blutspuren lag.

Hm.

Sie drehte eine Runde durch den Raum. Auch wenn sie hier nur schwach Werwolf witterte, hatte das nicht viel zu bedeuten. Es waren so viele verschiedene Personen durch dieses Zimmer gekommen, dass ihr das Gewirr verschiedener Gerüche Kopfschmerzen bereitete. Dieser Ort war nicht wie ein Zuhause mit seinem ganz eigenen Geruch.

An den Wänden hingen Salinas Diplome. Auf einmal wurde ihr bewusst, wie endlich das Leben doch war. Alles, was man gelernt hatte, jegliche Gedanken und Erinnerungen ... Eine Person konnte ihr ganzes Leben lang damit verbringen, sich im Kopf eine Enzyklopädie aufzubauen, eine Wissensbibliothek, einen Erfahrungsschatz. Und dann *puff*. Alles löste sich in nichts auf, sobald der Tod sie mit sich nahm. Als ob nichts davon je da gewesen wäre.

In ihrer Brust breitete sich eine überwältigende Traurigkeit aus. Sie betrachtete Orens Rücken. Er war groß. Nicht sonderlich breit gebaut, aber ihr war aufgefallen, wie sich die Muskeln unter dem Stoff seiner Kleidung anspannten, wenn er sich bewegte. Bis in alle Ewigkeit jung. Er hatte ihr erzählt, dass er fast hundertfünfzig Jahre alt war. Dennoch wirkte er kaum ein halbes Jahrzehnt älter als sie. Wie würde er in weiteren hundertfünfzig Jahren aussehen? Da wäre sie schon lange tot. Sie fragte sich, wie er sie in Erinnerung behalten würde, wenn ihre Knochen zu Staub zerfallen und ihre gemeinsame Zeit schon längst in Vergessenheit geraten war. Eine vorübergehende, unbedeutende Erscheinung? Ein verschwommenes Gesicht, ein Name, an den er sich nicht mehr erinnern konnte?

Sage sprach den Gedanken laut aus.

»Wenn alles nach Plan läuft, wirst du die erste Werwölfin in der Geschichte des Arcānum sein. Als die werde ich dich in Erinnerung behalten.« Er hob kaum den Blick.

»So viel Gefühl«, murmelte sie. »Was für eine Ehre.«

»Macht das Leben leichter.« Oren zuckte mit den Schultern. »Solltest du mal ausprobieren.«

»Ein Eisschrank wie du zu sein, meinst du?«

»Genau.«

Sage gab einen missbilligenden Laut von sich. »Kannst du die hier öffnen?« Sie rüttelte noch einmal an der obersten Schublade des Schranks. Er antwortete nicht, aber das Schloss schimmerte auf einmal golden und öffnete sich mit einem Klicken.

»Ich habe sie noch nie in Gold gesehen.« Sie zog die Schublade auf und sah den Stapel Akten darin durch. Auf der obersten stand *H. Compton*. Sie nahm sie heraus.

»Was hast du noch nie in Gold gesehen?«

»Magie.«

Patientenaufzeichnungen, eine kurze Krankengeschichte. H. Compton war ein Mensch. Sie legte die Akte auf den Schreibtisch.

»Die Magie der Hexenmeister, die ich aus dem Unten kenne, hat alle möglichen Farben, aber nie Gold.«

»Die Farbe repräsentiert die Stärke.«

»Lass mich raten, Gold ist die mächtigste Magie.«

Er warf ihr einen amüsierten Blick zu. »Darum sieht man sie nicht oft. Sie ist selten.«

»Trotzdem.« Sie ließ kurz hintereinander *D. Nuttall*, *D. Bennett* und *D. Court* auf den Schreibtisch fallen. Auch alles Menschen. »Es muss doch außer dir noch andere geben. Wo sind die alle?«

Ein paar Sekunden lang antwortete er nicht. »Unter den Hexenmeistern gibt es gewisse Berufe, die eine stärkere Magie erfordern ... Gold ist sehr gefragt.«

Sie zog eine Augenbraue hoch. »Aber du bist hier ... und machst *das*?«

Da ihn der Inhalt des Schranks nicht weiter interessierte, richtete er sich auf und knallte die Türen zu. »Ich bin in den Vorruhestand gegangen.«

Sie wusste nicht mal, was das genau heißen sollte. Gerade als sie nachhaken wollte, fuhr er fort: »Blau kommt als Nächstes, ebenfalls relativ selten, aber im Unten gibt es ein paar davon – im

Arcānum ist Roderick der Einzige. Dann kommt Violett. Die gibt es schon häufiger. Berion zum Beispiel. Dann Rot, Grün, Orange, Gelb. Das sind die verbreitetsten Farben. Auch allesamt sehr mächtig. Die schwächste Farbe ist immer noch stärker als beispielsweise Feenstaub und die meisten Hexenzauber. Ausgenommen die von Hexenmüttern. Sie sind unsere größten Rivalinnen. Würde es mehr von ihnen geben, würden sie wahrscheinlich versuchen, uns unseren Sitz streitig zu machen.«

Den Sitz der Macht.

Die übernatürliche Welt war nicht direkt eine Monarchie. Doch irgendwo auf der anderen Seite lebten die Ältesten – eine Gruppe der ältesten bekannten Hexenmeister und Hexenmeisterinnen. Sage war sich zwar nicht vollkommen sicher, wer ihnen das Recht verliehen hatte, über alle anderen zu herrschen, aber egal. Sie stellten die Regeln auf, und auf ihr Geheiß besaß jede übernatürliche Stadt der Welt ein Arcānum, welches Recht und Ordnung wahrte und dafür sorgte, dass die Gesetze der Ältesten befolgt wurden. Eine magische Polizei für eine übernatürliche Regierung. So war es schon immer gewesen.

»Hast du sie schon mal getroffen?«, fragte Sage ihn und machte sich an die zweite Schublade, die mit Flugblättern gefüllt war, während Oren hinüber zum Schreibtisch schlenderte und einen Terminkalender durchblätterte.

»Was glaubst du denn?« Als sie nicht antwortete, sah er auf und bemerkte, dass sie ihn beobachtete. Er seufzte. »Das ist schon sehr lange her. Seit ich Al-Khazneh vor fast hundertdreißig Jahren verlassen habe, bin ich nicht mehr dorthin zurückgekehrt.«

»Du bist sehr weit weg von zu Hause«, sagte sie und bückte sich, um die unterste Schublade aufzuziehen. Dieses Thema war ihm offenbar unangenehm. Sein Rücken war stocksteif. Ob er wusste, dass er so leicht zu durchschauen war?

»Ich bin eines Morgens gegangen und habe nie zurückgeblickt. Ich habe mir selbst versprochen, dass ich nie wieder die Sonne über der Stadt der Steine aufgehen sehen würde.« So leise, wie er sprach, war ihr klar, dass er nicht mit ihr redete. »Es ist schon seit Langem nicht mehr mein Zuhause.«

»Warum?«, fragte sie dennoch.

»Olly Heywood.«

Sie blinzelte. »Wer?«

»Da.« Er zeigte auf eine Seite in Salinas Terminplan.

Gekonnt ausgewichen.

Sage beugte sich vor. Unter demselben Datum, an dem sie das Unten wegen des Vollmonds verlassen hatte, stand sein Name. Und nicht nur das – ein Pfeil zog sich von seinem Namen über die nächsten beiden Kästen. Mit dieser Person hatte Salina also an genau diesen Tagen einen Termin gehabt.

»Wollten sie zusammen wegfahren?«

»Keine Ahnung.« Er zog langsam die Stirn in Falten. »Aber ein romantischer Kurzurlaub ausgerechnet an Vollmond wäre komisch, oder?«

Sie schüttelte den Kopf. »Es sei denn, er wusste Bescheid? Du hast ja gesagt, dass Lebensgefährten eingeweiht werden dürfen …«

Oren machte ein Gesicht, als wollte er sagen: *Vielleicht*. Dann klappte er den Terminkalender zu und steckte ihn in die Tasche. Ein Geschenk für P. »Wir sehen im Archiv nach, ob Olly Heywood als übernatürlich gelistet ist.«

Und da war noch etwas.

»Ich weiß, warum sie unter keiner neuen Wohnadresse gemeldet war.« Sie zeigte auf die unterste Schublade, die neben ihren Füßen offen stand – darin lagen ein Kissen und eine Decke. »Sie hat hier wohl auch geschlafen.«

Er schnitt eine Grimasse. »Warum?«

»Nicht alle sind so reich wie du, Oren. Wahrscheinlich hatte sie finanzielle Schwierigkeiten.« Mit einem Tritt stieß sie die Schublade zu und seufzte. Abgesehen von dem Terminkalender gab es hier sonst nichts von Interesse.

»Wer sagt, dass ich reich bin?« Er folgte ihr hinaus auf den Korridor.

»Du hast keine Freunde und kein Sozialleben. Wofür gibst du sonst ein ganzes Jahrhundert an Gehältern aus?«, fragte sie und schaltete das Licht aus.

»Dafür, gut auszusehen«, sagte er mit einem Schnauben, und mit einer schnellen Bewegung seiner goldenen Magie schloss sich die Tür hinter ihnen.

OREN

»Schmeckt besser als erwartet.« Er musterte das Stück Salami-Hack-Pizza in seiner Hand. Eigentlich hatte er keinen Hunger, aber er hatte in Salinas Praxis ihren Magen knurren hören. »Diese Spelunke sieht aus, als würde sie bei einer Lebensmittelkontrolle gnadenlos durchfallen.«

Sie hätten auch im Unten zu einer Menge Imbissbuden gehen können, doch er hatte Sage beobachtet und wusste, dass sie das Getuschel und die verstohlenen Blicke bemerkt hatte, mit denen sie unten seinetwegen bedacht wurde. Und so hatte er in den sauren Apfel gebissen, als sie auf diese menschliche Pizzeria im Oben in der Nähe der Dive Bar gezeigt hatte. Obwohl es alles andere als ein kulinarisches Fünf-Sterne-Erlebnis war, hatten sie damit vorliebgenommen, statt weiterzusuchen, weil es wie aus Kübeln schüttete.

»Da draußen bringt jemand Werwölfe um«, sagte er nach ein paar Bissen. »Ich hätte erwartet, dass dir das etwas mehr Angst macht.«

»Von Fremden habe ich nichts zu befürchten, Oren. Nichts ist furchterregender als du«, erwiderte sie. Doch ihrer Beleidigung fehlte es an der üblichen Schärfe. Wenn sie auch nur die geringste Ahnung hätte, wie viel Geduld er aufbringen musste, um ihre kleinen spitzen Bemerkungen hinzunehmen. »Lucy ist verängstigt gestorben«, erklärte sie. »Das Wichtigste ist, ihren Mörder zu finden, da kann ich mir nicht erlauben, Angst zu haben.«

Seine Augenbraue zuckte, doch er schwieg. Offensichtlich beschäftigte sie noch etwas anderes. Es lag ihr auf der Zunge. Er musste nur warten …

»Du hast gesagt, dass du mir helfen würdest.« Na bitte. »Als ich dachte, ich hätte Salina getötet. Du hast gesagt, du könntest mir nicht helfen, wenn ich es dir nicht sage.«

»Worauf willst du hinaus?«

»Hättest du mich nicht verhaften müssen?«

Er nahm noch ein paar Bissen von seiner Pizza, während er darüber nachdachte, was sie damit andeuten wollte. »Wäre dir das lieber gewesen?«

Sage senkte den Blick auf ihren Teller, um ihn nicht ansehen zu müssen. »Keine Ahnung«, gab sie zurück. »Vielleicht. Ich hätte es verdient.«

Ah.

Darum ging es also.

»Du hättest dich nicht mal daran erinnert, dass du es getan hast, Sage.«

»Dennoch wäre ein Leben ausgelöscht worden.«

Oren musste sich davon abhalten, den Kopf zu neigen, als er dieses Mädchen vor sich betrachtete, das regelrecht darum bettelte, bestraft zu werden. Nur wofür? Sie hatte diese Werwölfin nicht getötet. Anscheinend war sie nie über die Schicksalsschläge hinweggekommen, die ihr das Leben immer wieder zugemutet hatte. Ihre Familie. Jetzt Lucy. Sie quälte sich selbst damit. Er hatte das Gefühl, dass sie sich eigentlich dafür bestrafen wollte, als Einzige überlebt zu haben.

Er verstand das besser, als sie je erfahren würde.

»Ich habe dein Gesicht gesehen«, sagte er schließlich. »Die Schuldgefühle wären Strafe genug. Und du weißt, dass es für Zwischenfälle mit Werwölfen an Vollmond Ausnahmeregelungen gibt. Man hätte dich nicht hingerichtet, selbst wenn du sie getötet hättest.«

»Im Gegensatz zu dem Amhuinn-Rudel, was?« Sie blickte wieder zu ihm auf und schien sich zu fragen, ob sie zu weit gegangen war.

In solchen Momenten konnte er Ps Faszination für Loyalitätsbande und Rudeldynamik nachvollziehen. Obwohl sie nicht die geringste Ahnung hatte, was wirklich geschehen war, verteidigte sie Werwölfe, die sie nicht einmal kannte. Es lag ihr einfach im Blut. War in ihre Seele verwoben.

Doch Amhuinn war ein Sonderfall gewesen. Oren hatte ihr und P nicht die ganze Wahrheit erzählt. Zunächst einmal war er es gewesen, den man damit betraut hatte, das Rudel aufzuspüren. Die Gefühle anderer scherten ihn normalerweise nicht, aber selbst er musste sich eingestehen, wie schrecklich dieser Fall gewesen war. Er hatte damals richtig Wellen geschlagen, denn der Alpha war nicht nur ein Wolf, sondern auch ein Hexenmeister gewesen. Zuallererst ein Hexenmeister. Er war selbst an einen Werwolf herangetreten mit der Absicht, sich verwandeln zu lassen. Amhuinn *wollte* die Transformation, um halb magisch, halb mondberührt zu sein. Ein Hexenmeister mit Magie, der sich auch in einen Werwolf verwandeln konnte. Schnellere Genesung, schärfere Sinne. Geschwindigkeit. Stärke. So etwas hatte es noch nie zuvor gegeben. Und dann hatte er angefangen, Experimente an Menschen durchzuführen und sie ganz gezielt zu verwandeln – und das nicht nur an Vollmond, weil er alles unter Kontrolle haben und mitbekommen wollte, was er tat. Auf diese Weise wollte er herausfinden, ob er mit seinem Wolfsblut auch seine Magie weitergeben konnte. Bis heute war sich Oren nicht vollkommen sicher, was Amhuinn mit seiner kleinen hybriden Armee hatte erreichen wollen. Möglicherweise den Ältesten ihre Macht streitig machen? Das kam ihm am wahrscheinlichsten vor. Auch wenn er nach wie vor nicht davon überzeugt war, dass das überhaupt möglich war.

»Viele in diesem Rudel haben sich mitschuldig gemacht, Sage. Amhuinn war … charismatisch, charmant, alles, was ein Kultführer sein muss, um seine Gefolgschaft einer Gehirnwäsche zu unterziehen …«

Sie schnaubte. »Rudel sind keine Kulte, Oren.«

»Im Kern schon.« Er musste sich zwingen, nicht spöttisch zu klingen. Sie war so naiv. So jung. »Auch wenn es Amhuinn war, der die Experimente durchführte, ließen die anderen es zu. Manche boten sogar ihre eigenen Kinder dafür an. Ich wurde losgeschickt, um Amhuinn zu stellen, Sage, und ich bedaure keine der Hinrichtungen in dieser Nacht.«

»Hast du überhaupt keine Gewissensbisse?«, fragte sie leise.

Er schüttelte den Kopf. »Nicht bei dieser Sache. Nicht, wenn sie es alle verdient hatten.«

»Haben sie sich nicht gewehrt?« Er konnte ihr anmerken, dass sie nicht mal wusste, ob sie die Antwort hören wollte.

»Ein paar. Viele der Jüngeren gerieten in Panik.«

»Und der Rest? Du hast gesagt, du hättest nur die Hälfte des Rudels getötet.«

»Ich habe sie gezwungen, sich von ihrem Alpha und allen, die ich getötet hatte, loszusagen. Sie mussten sich hinknien und Blutschwüre leisten. Dass sie den Tod willkommen heißen würden, sollten wir uns unter denselben Umständen erneut begegnen.«

»Das war grausam«, flüsterte sie. »Sie das alles sagen zu lassen, war unnötig.«

»Nein, war es nicht. Falls ich einem dieser Werwölfe jemals wieder begegnen sollte, dann wegen anderer Verbrechen.«

Sage sah ihn entsetzt an. Er lächelte bitter. »Mir ist bewusst, was selbst die grausamsten Hexenmeister von den Dingen halten, die ich getan habe, Sage. Und ich habe noch viel Schlimmeres getan, als du weißt.«

»Schlimmer als das?«

Er neigte den Kopf.

»Die Art Geschichten, von denen du mir im Archiv nichts erzählen wolltest?«

»Zum Teil.« Er beschloss, ihr die Wahrheit zu sagen. »Auf viele dieser Dinge bin ich auch nicht stolz.« Dann zuckte er mit den Schultern. Er war auf einmal schrecklich müde.

»Ich hätte nicht gedacht, dass du so etwas wie Schuld empfinden könntest.«

Oren stieß ein ungeduldiges Fauchen aus. »Mitleid ist nicht dasselbe wie Schuld. Die meisten glauben, ich würde meinen Job zum Vergnügen machen, aber da irren sie sich. Ich mache ihn, weil ich einer der wenigen bin, die es können. Irgendjemand muss dem Schlimmsten, was diese Welt hervorbringt, Einhalt gebieten. Aber mir ist bewusst, dass auch diejenigen, die ich hinrichte, einmal von jemandem geliebt wurden, ganz gleich, was sie verbrochen haben. Das ist alles. Ich habe Mitleid mit denen, die zurückbleiben. Manchmal hält mich nur das davon ab, nicht über die Stränge zu schlagen.«

Eine klare Unterscheidung. Eine Abgrenzung, die sie anscheinend gar nicht in Erwägung gezogen hatte – genau wie alle anderen, die die Straßenseite wechselten, um ihm aus dem Weg zu gehen. Sie glaubten, er hätte Freude an den Taten, die ihn berühmt-berüchtigt gemacht hatten.

Auch Sage hatte das geglaubt und sich nicht mal gefragt, ob es ihm vielleicht einfach um die Sicherheit aller ging. Für viele Leute machte das keinen großen Unterschied. Für sie war er einfach ein Killer. Aber es machte einen Unterschied. Und der war ihm wichtig.

»Passiert das manchmal?«, fragte sie. »Schlägst du manchmal über die Stränge?«

Seine Miene war teilnahmslos. »Vor sehr langer Zeit steckte ich in einer so tiefen Finsternis, dass ich tatsächlich das Monster war, für das man mich hält. Das war, noch bevor ich ins Unten kam, um hier im Arcānum zu arbeiten. Die schlimmsten Geschichten stammen aus jener Zeit, und es sind die Geschichten, die ich noch am häufigsten geflüstert höre.«

»Warum lässt du die ganze Welt glauben, du wärst immer noch so?«

»Was stellst du dir vor, wie sollte ich denn ihre Meinung ändern? Diese Geschichten sind ja wahr, auch wenn sie sich vor langer Zeit zugetragen haben. Und versteh mich nicht falsch, Sage. Ich habe absolut keine Skrupel zu töten, und mein Mitgefühl ist sehr begrenzt.« Er kippte den letzten Rest seines Getränks hinunter. »Auf diese Weise erhalte ich meinen Ruf aufrecht. Es gibt Orte, an denen sich niemand traut, auch nur meinen Namen laut auszusprechen. Die Welt ist ein besserer Ort, wenn mein Ruf schlechte Leute davon abhält, schlechte Dinge zu tun – aus Angst, ich könnte auftauchen und sie zum Tode verurteilen.«

Sie kniff die Augen zusammen. »Du opferst dich also, willst du damit sagen.«

Oren lachte, was einem Eingeständnis am nächsten kam. »Es fühlt sich nicht wie ein Opfer an. Und ehrlich gesagt würde ich es immer wieder tun. Daher habe ich kein Bedürfnis, das Bild, das die Leute von mir haben, richtigzustellen. Ganz gleich, ob es jemand auf der Straße oder meine Kolleginnen und Kollegen sind. Sie sind alle so auf der Hut, dass sie mich überwiegend in Ruhe lassen.«

»Warum stellst du es dann mir gegenüber richtig?« Sie aß das letzte Stück Pizzarand und lehnte sich in ihrem Stuhl zurück. »Müsste ich nicht auch Angst vor dir haben, damit dein Image nicht angekratzt wird?«

»Du hast keine Angst.« Er sah sie an. Offenbar verstand sie, dass sie nie wieder so ehrlich miteinander sein würden. Dass er sich nur dieses eine Mal darauf einließ und sie nie wieder darüber sprechen würden. »Und nur eine Person, die sich für ein ebenso großes Monster hält wie mich, hat keine Angst vor mir. Eine Person, die glaubt, sie wäre niemand Überlegenem begegnet, sondern ihresgleichen. Eine Person, die sofort die allerschlimmsten Schlüsse über sich selbst zieht, wenn ein Wolf tot aufgefunden wird.«

Auch wenn sie keine Regung zeigte, wusste er, dass sie verstand.

»Wölfe sind nun mal Rudeltiere«, schloss er steif.

Als *sie* das gesagt hatte, hatte er sie ausgelacht. Doch indem er sie wie eine Ebenbürtige behandelte und in all diese Geheimnisse einweihte, nahm er ihr Angebot an, sich bis zum Abschluss des Falls gegenseitig zu tolerieren.

Sage nickte.

Er seufzte. Wegen allem. Wegen dieses ganzen Schlamassels.

Er war Oren Rinallis.

Der Killer von Monstern, Dämonen und … Werwölfen.

Die vielen Werwölfe auf seiner langen Henkersliste … An manche ihrer Gesichter im Augenblick ihres Todes konnte er sich erinnern. An das Gefühl ihres heißen Blutes auf seinem Gesicht.

Vielleicht hatte Ps mütterliche Art sein Gewissen wachgerüttelt und ihn zum Nachdenken gebracht. Vielleicht wollte er auch einfach nicht zugeben, dass er sein jüngeres Ich in Sage gesehen hatte, als sie glaubte, sie hätte jemanden umgebracht, und ihr die Verzweiflung im Gesicht gestanden hatte.

»Wer hat dir erzählt, dass ich mich nur an Vollmond verwandle?«, fragte sie.

Oh … Von ihrer gesamten Unterhaltung im Archiv störte sie also *diese* Bemerkung? Interessant.

»Roderick«, sagte er nach einer kurzen Pause. »Wer sonst.«

»Und woher weiß er das?«

Er zog eine Augenbraue hoch. »Das Arcānum weiß eine Menge.«

»Weiß er auch, warum?«

»Ich habe ihn nicht gefragt.«

»Warum nicht?«

»Weil mich das nichts angeht.«

»Glaubst du wirklich, ich würde dir abkaufen, dass du meine Privatsphäre respektierst?«

»Eigentlich eher, dass es mir egal ist. Aber wir können es gern so nennen, wenn du dich dann besser fühlst.«

Sie funkelte ihn böse an.

Er zuckte mit den Schultern. »Es geht mich wirklich nichts an. Es sei denn, es behindert diese Ermittlung.«

»Warum sollte es das tun?«

Oren stand von seinem Hocker auf und warf ein paar Scheine auf den Tisch, mehr als genug, um die Rechnung zu bezahlen.

Dann traten sie hinaus in die eiskalte Nacht, und er tat so, als würde er nicht sehen, wie sie zum dunklen Himmel und der wunderschönen, scheußlichen, perlmuttartig leuchtenden und jetzt abnehmenden Kugel hinaufblickte.

Für einen kurzen Moment aktivierte er den Sinn, den er sonst ausblendete, wenn er sich nicht an einem Tatort befand. Und da war er wieder, genau wie in Lucys Wohnung: ihr Herzschlag, der flatterte wie die panischen Flügel eines angsterfüllten Vogels.

Sehr interessant.

Schweigend gingen sie zurück in Richtung Dive Bar. An der Ecke sprach er endlich wieder.

»Nur weil ich mich nicht mit Freunden umgebe und lieber allein arbeite, heißt das nicht, dass ich dich für schlecht halte, Sage.«

Er sprach es aus, weil er nicht wusste, ob ihr das außer P schon mal jemand gesagt hatte. Ob es überhaupt irgendjemandem bewusst war, dass sie das brauchte. So klein und mitleiderregend, wie Sage wirkte, empfand selbst er das Bedürfnis, sie ein klein wenig aufzumuntern.

»Bringt es irgendwas, dich zu fragen, warum du dich fürs Alleinsein entschieden hast?«

»Nein.« Er lächelte. »Gar nichts.«

SAGE

In den darauffolgenden Tagen traten sie auf der Stelle.

Völlig besessen von Olly Heywood und Lucys mysteriösem Typen im Café zerpflückten Sage und P Salinas Terminkalender. Und wenn Oren unterwegs war, um sich um andere Fälle zu kümmern, durchkämmten sie das Internet und durchforsteten endlose Follower- und Freundeslisten, fanden aber niemanden mit dem richtigen Namen und Wohnort. Auch konnten sie nicht vollkommen ausschließen, dass manche Leute – egal ob Mensch oder übernatürlich – einfach kein Social Media benutzten, selbst wenn es äußerst unwahrscheinlich erschien.

Es war die reinste Qual.

»Zwei verschwundene Freunde«, seufzte Sage eines Abends und schob ihren Laptop von sich. »Das kann kein Zufall sein.«

Keine der beiden hatte das bisher laut aussprechen wollen, denn dieser Gedanke war zu verstörend und grausam. Sie hatten sich an die Vorstellung geklammert, diese unschuldigen und ahnungslosen menschlichen Männer würden, verzweifelt und in tiefer Trauer, irgendwann wieder auf der Bildfläche erscheinen.

Doch falls es eine Verbindung zwischen den beiden Morden gab und sie vom selben Täter verübt worden waren, hatte er sich seinen Opfern vermutlich als Verehrer genähert – daran hatten sie insgeheim nicht den geringsten Zweifel.

Der verschwundene Verehrer. Waren Olly Heywood and Lucys Typ aus dem Café ein und derselbe Mann? Es musste so sein.

Als Oren versucht hatte, an das Bildmaterial der Überwachungskamera heranzukommen, hatte ihn ein gleichgültiger Manager abblitzen lassen. Die Aufzeichnungen würden alle paar Tage gelöscht, sorry, aber da könne er nichts machen.

Was, wenn sie versagte? Sage wusste es nicht. Ihr war viel zu spät klar geworden, wie viel sie darangesetzt hatte, diese Chance zu bekommen. Und jetzt, da sie sie hatte, schien ihr die ganze Sache über den Kopf zu wachsen. Doch der Job, der vielleicht am Ende dieser Ermittlung auf sie wartete, kam ihr immer unwichtiger vor. Es ging ihr nur noch um Lucy und Salina.

»Sage!«, rief jemand, als sie mit Oren und P im Unten durch die Stadt lief.

Vor ein paar Tagen hatten die drei einen langen Nachmittag im Archiv verbracht und eine Liste aller Namen und Adressen der Werwölfe und Werwölfinnen in der Stadt zusammengetragen. Sie wollten sicherstellen, dass sie alle vor verdächtigen Vorkommnissen in ihrer Umgebung auf der Hut waren.

Aber boah.

Im Oben gab es mehr Werwölfe, als ihnen bewusst gewesen war. Sie hatten sogar Hozier um Hilfe gebeten – oder genau genommen hatte Sage das getan, denn Oren und die Hexenmeisterin schienen sich gegenseitig zu ignorieren. Allein um den fast fünfzig Werwölfen und Werwölfinnen, die im Stadtzentrum lebten, einen Besuch abzustatten, hatten sie ganze drei Tage gebraucht, obwohl sie bei manchen lediglich eine Visitenkarte durch den Postschlitz geworfen hatten. Bis sie auch die in den Vororten abgeklappert hatten, würde es noch Wochen dauern. Vielleicht sogar Monate. Doch so viel Zeit hatten sie nicht.

An diesem Nachmittag wäre Oren fast der Kragen geplatzt. Ein arroganter junger Werwolf um die zwanzig hatte erklärt, er würde sich einfach verwandeln und jeden umbringen, der versuchte, ihn zu töten. Sage hatte den Hexenmeister schnell mit sich gezogen, sodass es bei der Warnung blieb, dass er zurückkommen würde, sollte irgendein Mensch Zeuge einer Verwandlung werden.

Danach hatte Oren einmal tief durchgeatmet und sein Handy herausgeholt, um P anzurufen. Sie war froh, dass sie ihre Reaktion nicht hören konnte, als er ihr mitteilte, sie solle kein Abendessen kochen. Er habe es nämlich satt, diese Wand anzustarren, an der jetzt auch noch Notizen zu Salinas Tod klebten. Sie würden ausgehen und könnten das alles auch an einem Ort, wo es etwas Starkes zu trinken gab, bereden.

Sage drehte sich um und scannte die Menge.

»Juniper!«, stieß sie hervor. Ihre Sphinx-Freundin trottete neben Harland hinter ihnen her. »Wo hast du gesteckt? Du hast schon seit Ewigkeiten nicht mehr vorbeigeschaut!«

Juniper sprang auf sie zu und legte Sage die schweren Vorderpfoten auf die Schultern, um sie zu umarmen.

Die Sphinx, deren braunes Haar nach hinten geflochten war, sah wie jedes andere Teenager-Mädchen aus, wäre da nicht … alles andere.

»Es tut mir leid, dass wir den Quizabend letztens verpasst haben, wir hatten einfach zu viel zu tun«, entschuldigte sie sich.

Aber dann blickte Juniper über ihre Schulter, und ihr Lächeln verschwand.

»Das ist Oren.«

»Hab schon gehört«, erwiderte die Sphinx steif.

Sage warf Harland einen fragenden Blick zu, doch er sah weg. Sie wollte gar nicht wissen, was für Geschichten Harland, Danny und Rhen ihrer Freundin über Oren aufgetischt hatten. Junipers Reaktion bestätigte jedoch ihren Verdacht, dass ihre ganze Clique wegen des Hexenmeisters nur noch selten vorbeikam.

»Wir sind auf dem Weg zum *Bocksfuß*.« Juniper lächelte gezwungen. »Nur für ein paar Drinks.« Und dann schaute sie plötzlich verlegen. »Oh, Sage, wir hätten dich und P natürlich auch eingeladen, ehrlich, aber ...«

Sage zwang sich ebenfalls zu einem Lächeln. »Ihr wusstet ja, dass wir viel zu tun haben, ist schon in Ordnung.«

»Es ist nicht wegen ...« Juniper wurde immer leiser, bis sie ganz verstummte.

Es war wegen. Das wussten sie beide.

Und es tat nur ein kleines bisschen weh.

»Wohin seid ihr denn unterwegs?«, fragte Harland. Jetzt, da sie stattdessen mit Oren ausgingen, bereute er offensichtlich die Entscheidung, Sage und P nicht einzuladen.

»Ich ... *habe* sie zum Abendessen eingeladen.« Orens Tonfall drückte deutlich aus, was er nicht laut aussprach.

Juniper wurde leichenblass.

»Wir geben am Samstag eine Hausparty.« Harland schob sich die Brille hoch und versuchte, die Sache wiedergutzumachen. »Im Oben. Zum Geburtstag meiner Mitbewohnerin an der Uni. Sie hat gesagt, ich könnte jemanden mitbringen, also, meine eigenen Freunde einladen. Danny und Rhen kommen auch.«

»Angeblich würde ich zu sehr auffallen«, sagte Juniper schmollend. P lachte, und die Sphinx grinste, aber Harland machte weiterhin ein schuldbewusstes Gesicht.

»Komm doch auch, P, wenn du magst. Dich würde eh keiner bemerken, ich meine, äh ...« Als sie ihm einen vernichtenden Blick zuwarf, verstummte er und lief noch röter an.

»Und ich bin nicht eingeladen?«, fragte Oren sarkastisch.

Harland versuchte, die Schultern durchzustrecken. »Du siehst nicht wie ein Student aus. Was soll ich denn sagen, wer du bist?«

»Keine Sorge, ich hab Besseres zu tun.«

»Ich komme«, unterbrach Sage das Gefrotzel. »Wenn nichts dazwischenkommt. Und so sieht es momentan nicht aus.«

Harland sah sie entschuldigend an. Sie wusste, dass er verstand, wie viel für sie auf dem Spiel stand. Dass es für sie eine persönliche Sache war, dass Lucy ihre Freundin gewesen war. Sie war ihm dankbar dafür.

»Also, wir sind spät dran«, sagte Harland verlegen und bedeutete Juniper mit dem Kopf, die Straße zu überqueren. »Genießt euer Abendessen.«

Sage blickte ihren Freunden nach. Spürte noch einmal den Stich in ihrer Brust, dass sie nicht eingeladen worden waren.

Es fühlte sich beschissen an.

Es verletzte sie, aber ihre Freunde fühlten sich momentan vermutlich genauso vernachlässigt.

Harland kam mit besorgter Miene noch einmal zurück. Sie bekam kurz Panik, weil sie glaubte, er könnte ihre Gedanken hören.

»Kann ich ... kurz mit dir sprechen?«

»Mit mir? Äh ...« Was wollte er ihr sagen, das er ihr nicht schon vor einer Sekunde hätte sagen können? »Ja klar?«

P bot taktvoll an, im Restaurant auf sie zu warten, und signalisierte Oren, dass er ihr folgen sollte. Er verdrehte die Augen und schlenderte davon. Juniper war ebenfalls zu ihnen getreten. »Soll ich ...?«

Er schüttelte den Kopf.

Wenn Juniper hören durfte, was er zu sagen hatte, hätte er sicher auch nichts dagegen gehabt, wenn P geblieben wäre ... Es ging also um ...

»Wegen Oren.« Harland trat verlegen von einem großen Fuß auf den anderen.

»Ja?«, sagte sie langsam.

»Ich weiß, er hat gesagt, dass es uns nichts angeht«, grummelte er. »Aber ich dachte ...«

»Sei vorsichtig.« Sie stupste ihn am Arm an. »Du wirst dir noch was abbrechen.«

Juniper grinste, aber wie immer stieg Harland die Röte ins Gesicht.

»Aller Wahrscheinlichkeit nach sind diese geheimnisvollen Freunde, ich meine, du weißt schon …«

»Der Mörder?«, beendete sie den Satz. Sie seufzte. »Ich weiß. Wir können sie einfach nicht finden. Als hätten sie sich in Luft aufgelöst.«

»Komischer Zufall, oder? Dass beide wie vom Erdboden verschluckt sind?« Juniper sah zwischen beiden hin und her.

»Es ist nur …«

Sage wünschte, er würde es endlich ausspucken. »Als wir darüber geredet haben, dass er dein Gesicht mit einem Trugzauber belegen kann. Oder es tarnen, oder wie auch immer man das nennt … Da dachte ich …«

Oh.

»Harland.« Sie schüttelte den Kopf. Allein bei der bloßen Andeutung krampfte sich ihr Magen zusammen. Bei dem Gedanken, dass Oren sogar sie täuschen könnte.

Er beugte sich weiter vor, damit nur sie und Juniper ihn hören konnten. »Lass mich ausreden. Sage, ich weiß, dass du mich für verrückt halten wirst …«

»Was hätte er denn für ein Motiv?«

»Keine Ahnung. Ich sag ja nur, wenn jemand mit mehreren Zielpersonen gleichzeitig ausgeht, um an sie ranzukommen, würde er doch bestimmt sein Äußeres verändern?« Sie starrte ihn an. »Wenn du das mit dem Silber nicht herausgefunden hättest, hätten sie die Ermittlung fallen lassen. Erst danach hat er den Fall übernommen, und das, obwohl sein Captain darüber stinksauer war. Was ist, wenn ihm klar geworden ist, dass er seine Spuren besser verwischen muss? Und indem er sich bereit erklärt hat, mit dir an diesem Fall zu arbeiten, behält er seine Feinde im Auge oder so …«

Harland kam jetzt richtig in Fahrt, genau wie bei seinen anderen Verschwörungstheorien. Dann strahlte sein Gesicht, und sie konnte die Gedanken regelrecht in seinen Augen aufblitzen sehen, ehe sie ihm über die Lippen sprudelten.

Juniper ließ sich nicht anmerken, was sie von dem Gedanken hielt. Dabei wusste die Sphinx ja auch, wie leicht Harland, Danny und Rhen sich in irgendwelche Theorien verstiegen. Andererseits schätzte Sage es auch, dass Juniper loyal war und seine Idee nicht von vorneherein als Unsinn abtat.

Sie seufzte. »Ich kann es mir einfach nicht vorstellen.«

Aber stimmte das überhaupt? Warum zog sich dann ihr Magen zusammen? Zumindest konnte sie Harlands Überlegungen nachvollziehen. Oren besaß die Fähigkeit dazu, und er hatte kein Gewissen. Aber ...

»Ich sag das nicht aus Eifersucht, Sage«, wandte er leise ein. »Uns ist nur nicht wohl dabei, dich mit ihm allein zu lassen.«

Sein aufrichtiger Blick verriet ihr, dass er wirklich nicht eifersüchtig war. Er fühlte sich nicht nur ausgegrenzt, als hätte Oren ihnen ihre Freundinnen geklaut. Seine Augen waren voller aufrichtiger Sorge.

»Sei bloß vorsichtig.« Dann gab er auf und trat endlich einen Schritt zurück. Sie nickte. »Ich weiß ja, was dir die Sache bedeutet. Frag einfach, wenn du irgendwas brauchst.«

Tatsächlich hatte sie bereits eine Bitte. Vermutlich war die Aufgabe nicht so aufregend, wie er gehofft hätte, aber ... »Wir wollen alle Werwölfe und Werwölfinnen in der Stadt aufsuchen, um sie zu warnen ... Die Liste ist unendlich. Könntest du uns helfen?«

Sie wusste sofort, dass Oren dagegen sein würde.

»Er wird dagegen sein.«

Ha.

»Überlass das mir«, erwiderte sie selbstsicherer, als sie sich fühlte. »Ich könnte dir eine Liste geben, wenn du zum Frühstück vorbeikommst?«

Normalerweise hätte er bei ihnen übernachtet, wie jedes Wochenende oder in allen Semesterferien, die er im Unten verbrachte. Doch in letzter Zeit hatte er jedes Mal Ausflüchte gefunden, um bei anderen Freunden zu schlafen. Damit hatte er vor allem auch Ps Gefühle verletzt.

Er blickte skeptisch, nickte aber.

SAGE

»Sag nicht, ich hätte dich nicht gewarnt, wenn du irgendwann aufwachst und er am Ende deines Betts sitzt und dich beim Schlafen beobachtet«, kommentierte Oren, als Sage ihn und P einholte, die in der kurzen Schlange vor dem *Psyche des Nordens* auf sie warteten – dem angesagtesten Restaurant im Unten für gegrillten Gourmetkäse. »Er steht auf dich. Und dieser Selkie, wie heißt er noch? Rhen? Die beiden stinken, wenn ihr alle drei im selben Raum seid.«

»Halt die Klappe, Oren.«

»Ich mein's ernst. Hast du dich nie gefragt, was das für ein Geruch ist? So eine starke Begierde habe ich nicht mehr gerochen, seit ich eine Gruppe Seeleute im Schwarzen Meer vor einer Sirene retten musste. Und das war vor achtzig Jahren.«

»Mein Liebesleben ist nicht dein Problem.«

»Du hast kein Liebesleben.«

»Und wenn du sie alle vergraulst, werde ich auch nie eins haben! Bei meinen Freunden ist dir das ja schon gelungen.«

Er schnaubte. Eine Kellnerin mit prachtvollen Libellenflügeln und einem strahlenden Lächeln erschien und unterbrach ihren Streit. »Tisch für drei Personen?«

Sie führte sie in das hell erleuchtete Restaurant: gelbe Wände, blaue Stühle und … Käse hatte noch nie so gut gerochen.

Ihr Magen knurrte.

Im Restaurant herrschte Hochbetrieb. Paare, Freundesgruppen und Arbeitskollegen auf Betriebsausflug lachten und plauderten lebhaft. Alle waren in Julfest-Stimmung. Glitzernde, blinkende Lichterketten waren über Kunstwerke an den Wänden und um die Treppengeländer drapiert, die nach oben zu weiteren Tischen führten. In der Ecke des Raums erstrahlte ein großer Tannenbaum im Glanz winziger Glühwürmchen.

An einem Tisch neben der Tür saßen mehrere Kaperosa in weißen Kleidern, die Gesichter hinter langem schwarzem Haar verborgen. Die rosafarbenen Schlüsselbänder, die sie um den Hals trugen, wiesen sie als Betreiberinnen des exklusiven Frauen-Wellness-Spas im Unten aus. Lange, schlanke Finger schoben den seidenen schwarzen Vorhang ihres Haars gerade lange genug zurück, damit sie in ihre Sandwiches beißen konnten, während sie sich angeregt unterhielten.

Die Kellnerin brachte sie zu einem Tisch ein Stückchen weiter entfernt und wandte sich dann an Sage und P. Mit Oren schien sie jeglichen Augenkontakt zu vermeiden. »Nur damit ihr Bescheid wisst, der *Baritone Banshees*-Chor hat um neun einen Tisch reserviert. Sie sind sehr lustig, aber, ähm«, sie lächelte entschuldigend, »laut.«

Mit der Zusicherung, dass gleich jemand kommen und ihre Getränkebestellung aufnehmen würde, flatterte die Kellnerin davon, und P schnappte sich die Speisekarte, um alle Gerichte zu kommentieren, die sie probieren würde, wenn sie etwas essen könnte.

Eine halbe Stunde später nahmen zwei gigantische Teller mit gegrillten Käse-Sandwiches und verschiedenen Beilagenschüsseln – Mac-and-Cheese-Pommes, Mozzarella-Sticks, Hühnchen-Bällchen – ihren ganzen Tisch ein. Seufzend schaute P Oren dabei zu, wie er sein Sandwich in zwei Hälften schnitt. Sages Handy pingte in ihrer Tasche.

Sie nahm es heraus und blinzelte überrascht. »Es ist Hozier.« Sie las die Nachricht. »Sie will mit uns sprechen.«

Oren sah erst sie, dann sein Essen und dann wieder sie ungläubig an. »Jetzt?«

»Sie sagt, es wäre dringend«, antwortete Sage, während sie zurückschrieb.

»Sie ist schon hier«, sagte P, die hinüber zum Eingang des Restaurants blickte.

»Das ging aber schnell«, begrüßte Sage die winzige rothaarige Hexenmeisterin, die sich einen Weg durch den überfüllten Raum bahnte.

»Es gehört zu meinem Job, Werwölfe im Oben aufzuspüren«, erwiderte Hozier fröhlich und mit einem Augenzwinkern. Dann nahm sie sich eine Pommes und steckte sie sich in den Mund. »Es war nicht schwer, dein Handy zu tracken. Ich stand schon draußen.«

»Bist du sicher, dass dieses Vorgehen rechtmäßig ist, Hozier?«, fragte Oren und stach mit seiner Gabel in die Schüssel mit Mac-and-Cheese.

»Das ist P«, stellte Sage ihre Freundin vor, damit Hozier nicht auf Orens Gegrummel antworten musste. »Wir wohnen zusammen.«

»Wir sind uns schon begegnet.« Hozier lächelte P an. »Nur ganz kurz. Als du weg warst, Sage. Ich habe ihr geholfen, die Akte eines Werwolfs zu finden. Und ich habe euch einen weiteren Werwolf-Namen mitgebracht: Darren Johnson. Kommt der euch bekannt vor?«

»Sollte er das?«, fragte Sage.

»Werwolf. Fünfunddreißig. Vielleicht ein bisschen zu alt, als dass du ihn kennen könntest«, schob sie hinterher. »Er hat im Oben gelebt. Ist vor ein paar Wochen gestorben.«

Ps Kopf flog herum. »*Was?* Davon stand aber nichts in der Zeitung.«

Der *Unterwelt-Kurier* war genau wie die Boulevardblätter im

Oben: voll von sensationslüsternen Geschichten, Klatschspalten, Sportnachrichten und Anzeigen, mit dem einzigen Unterschied, dass es ausschließlich um übernatürliche Themen ging.

»Doch. Also, mehr oder weniger. Unter den Todesanzeigen. Er ist angeblich eines natürlichen Todes gestorben, deshalb war es keinen Artikel wert.« Hozier runzelte die Stirn. »Aber ich … ich habe heute mit den Hexenmeistern gesprochen, die am Tatort waren, und das hat mich auf einen Gedanken gebracht. Sage, er war gegen Nüsse allergisch. Allem Anschein nach ist er an einer allergischen Reaktion auf etwas, das er gegessen hat, gestorben.«

Sage starrte Oren an.

Oren starrte zurück. Sein Essen war endgültig vergessen.

»Genau«, sagte Hozier leise.

»Falls, *falls* dieser Werwolf Silber zu sich genommen hat«, fuhr die Hexenmeisterin fort, »trifft das dann auch auf Salina zu? Sie wurde in Stücke gerissen, aber wurde sie vorher betäubt? Sollte sich das als ein Trend herausstellen, gibt es eine eindeutigere Verbindung zwischen diesen drei Fällen als bisher angenommen. Ab drei Morden spricht man von einer Mordserie. Und das würde bedeuten, dass ein Serienmörder frei herumläuft.«

»Hatte dieser Werwolf noch andere Verletzungen?«, fragte Sage Hozier mit einem Stirnrunzeln.

Die Hexenmeisterin schüttelte den Kopf. »Aber was die zeitliche Reihenfolge betrifft, war Darren Johnson das erste Opfer. Dann Lucy, dann Salina. Wenn wir eine Verbindung der drei zu demselben Killer nachweisen können, würde das eine Eskalation der Gewalt belegen.«

Oren nickte langsam. »Verliert er die Kontrolle? Oder wird er immer verzweifelter?«

»Warum verzweifelt?«, fragte Sage. »Wenn Lucys Tod eine Botschaft war, und das ist ja unsere Hypothese, dann müssen wir annehmen, dass das auf die beiden anderen Tode ebenfalls zutrifft. Dann wäre das eine ziemliche Hammer-Warnung.«

Orens Miene war finster. Er musste es nicht laut aussprechen, weil sie es beide wussten:

Sie hatten nicht die geringste Ahnung, für wen diese Botschaft gedacht war. Jeder Name, jede Quelle, jede Geschichte … alles, woran Lucy gearbeitet hatte und was sie in Schwierigkeiten hätte bringen können, hatte sich als Sackgasse erwiesen. Soweit sie wussten, hatte Lucy sich nicht mit »den falschen Leuten« angelegt.

»Wenn wir beweisen können, dass die zwei anderen Werwölfinnen Opfer desselben Mörders geworden sind, dann muss es zwischen ihnen eine Verbindung geben«, sagte P. »Wenn ihre Tode jemandem Angst einjagen sollten, muss dieser Jemand sie doch bestimmt alle kennen? Also, was verbindet eine Journalistin, eine Physiotherapeutin und … « Sie sah Hozier fragend an.

»Einen Auslieferungsfahrer.«

»Okay.« P zuckte mit den Schultern. »Einen Auslieferungsfahrer. Vielleicht suchen wir schon die ganze Zeit an den falschen Orten.«

»Und was sind die richtigen Orte?«, fragte Sage ihre Freundin. Es war nicht mal eine richtige Frage, sondern reiner Frust.

P antwortete nicht. Sie wusste es auch nicht.

Oren betrachtete verdrossen das ganze Essen auf dem Tisch. »Iss auf, Sage. Wir müssen heute Abend noch einen Hausbesuch machen.«

SAGE

Es war spät, fast Mitternacht, als sie beschlossen, dass es in der Straße vor Darrens Haus endlich ruhig genug war, um unbemerkt hineinzuschleichen. Seine Sachen waren alle noch da – offenbar hatten seine Angehörigen noch nicht entschieden, was sie mit dem Haus machen wollten. Und nach dem Berg an drei Wochen alter Post zu urteilen, über den sie beim Reingehen hatten steigen müssen, waren sie bisher nicht einmal vorbeigekommen. Außerdem herrschte im Haus eine Eiseskälte, weil es unbewohnt und seit Wochen nicht mehr geheizt worden war.

Die Kissen auf dem Sofa waren ordentlich aufgereiht und regelmäßig verteilt, und die Untersetzer auf dem Couchtisch lagen auf beiden Seiten im genau gleichen Abstand von den Ecken. Die Einrichtung war spartanisch. Nirgends herrschte auch nur das kleinste bisschen Unordnung, wie man es in einem bewohnten Haus erwarten würde. Nirgends stapelten sich Zeitschriften oder abgegriffene Bücher. Das ganze Haus wirkte steril. Unnatürlich.

»Obsessiv«, murmelte Oren, als er vor dem Couchtisch stehen blieb und die perfekt platzierten Untersetzer betrachtete. »Hast du seine Mäntel an der Haustür gesehen?«

Sage machte kehrt, um einen Blick darauf zu werfen. Vier Mäntel, die an einer Reihe Kleiderhaken an der Wand hingen, beide Ärmel jeweils in die Taschen gesteckt. Völlig sinnfrei. Dafür gab es keine andere vernünftige Erklärung, als dass Darren Johnson sich dadurch besser fühlte. Es war einfach Teil seiner Persönlichkeit.

»Tagtäglich so zu leben, muss echt anstrengend gewesen

sein«, seufzte sie und trat zurück ins Wohnzimmer, aber Oren war schon weitergegangen. Sie schaltete ihre Wolfssinne ein und konnte sofort in der oberen Etage Stoff rascheln hören.

Sage fand ihn im Schlafzimmer, wo er vor einem Schrank voller Männerklamotten stand; jedes Kleidungsstück in zweifacher Ausführung, perfekt gefaltet und so sauber und ordentlich aufgestapelt, dass man das Gefühl hatte, eine Ladenauslage zu betrachten. Ein langes Schuhregal nahm den unteren Teil des Schranks ein – auch jedes Paar Schuhe gab es zweimal.

»Warum alles doppelt?«

Oren gab ein unverbindliches Brummen von sich. »Wahrscheinlich konnte er nicht den geringsten Schmutz auf seiner Kleidung ertragen. Ersatzklamotten?«

Echt anstrengend.

Er schloss die Schranktüren und sah sich im Zimmer um. Sie folgte seinem Blick. Obwohl man Darren Johnson noch im Schlafanzug vorgefunden hatte, war das Bett ordentlich glatt gezogen. Am Morgen seines Todes hatte er es wohl sofort nach dem Aufstehen gemacht. »Ich kann seinen Geruch kaum wahrnehmen, geschweige denn den von sonst irgendjemandem. Das Haus steht schon zu lange leer.«

Sie nickte entmutigt. Sogar ihr eigener, stärkerer Geruchssinn registrierte nichts.

Sage folgte ihm zurück auf den Flur. »Wo ist er gestorben?«

»Vermutlich in der Küche, wenn er beim Frühstück war.«

Selbst jetzt konnte sie den Spott in seiner Stimme hören.

Am Fuß der Treppe schob sie sich unsanft an ihm vorbei und ging in Richtung Küche.

Doch dann blieb sie stehen. Gleich neben der Haustür fiel ihr unter den sorgfältig aufgehängten Mänteln ein Paar Schuhe ins Auge. Vielleicht waren es die Schuhe, die er getragen und sich von den Füßen gekickt hatte, als er zum letzten Mal nach Hause gekommen war. Ein Schuh war auf die Seite gefallen, vermutlich als man seinen Leichnam wegbrachte. Ein Mann wie Darren hätte die Schuhe nicht so unordentlich zurückgelassen. Es kam ihr ebenso merkwürdig vor wie die in Lucys Wohnung achtlos hingeworfene Fernbedienung.

Sage beugte sich vor und stellte den Schuh so auf, wie Darren Johnson es gewollt hätte. Das war das Mindeste, was sie in seinem Andenken tun konnte.

»Kein Silber?«, fragte Oren kurz darauf. Sie befanden sich in der kleinen Küche.

Sie versuchte, nicht zu enttäuscht zu klingen. »Laut der Akte, die Hozier uns gegeben hat, hatte er zum Frühstück einen Bissen von einem Croissant genommen. Auf der Rückseite der Packung war ein Hinweis, dass in der Gebäckfabrik auch Nüsse verarbeitet werden. Daher lag die Vermutung nahe ...«

Er nickte. »Aber hatte jemand Silber daraufgestreut?«

Sie seufzte und schüttelte den Kopf. »Hier deutet nichts darauf hin.«

Oren verzog das Gesicht. Offenbar war er der Meinung, dass sie trotzdem alles überprüfen sollten. Aber als sie ihm wieder aus der Küche folgen wollte, hielt sie inne. Links neben der Tür stand ein Treteimer. Mit ihrer Turnschuhspitze drückte sie das Pedal nach unten und warf einen Blick hinein. Der Mülleimer war leer – sogar der Müllbeutel fehlte. Er musste also herausgenommen und weggeworfen worden sein.

»Nichts deutet ... *hier* darauf hin«, wiederholte sie leise.

»Was?«

»Wo ist das restliche Croissant? Er hat doch nur einen Bissen davon gegessen«, dachte sie laut nach.

»Nicht in diesem Mülleimer, nehme ich an?«, gab er sarkastisch zurück.

»Niemand war hier, um die Post zu holen. Wie wahrscheinlich ist es da, dass jemand die Mülltonne am Tag der Müllabfuhr auf die Straße gestellt hat?«

Sie tauschten einen stummen Blick, ehe sie gleichzeitig herumwirbelten und wie auf Kommando zur Haustür rannten.

Sie fauchte, als er sie aus dem Weg stieß, damit sie sich kein zweites Mal an ihm vorbeidrängen konnte, die Tür aufriss und hinaus in die eiskalte Nacht stürzte. Wenigstens regnete es nicht, weshalb sie es dabei bewenden ließ.

Hinter einer Holzpforte am Ende eines schmalen Durchgangs standen an der Seite des Hauses mehrere Mülltonnen mit unterschiedlichen Farbdeckeln, die anzeigten, was in welcher gesammelt werden sollte. Ein goldener Schimmer umspielte sanft den rostigen Riegel der Pforte, und er glitt mit einem Knarzen zurück.

»Brauchst du Licht?« Sie wusste, dass er in der Dunkelheit nicht so gut sehen konnte wie sie – und sich wahnsinnig darüber ärgern würde.

»Selbst wenn ich welches wollte«, erwiderte er leise. »Wir werden beobachtet.«

Ihre Hand erstarrte auf dem Deckel der schwarzen Mülltonne. Sie drehte sich um.

Auf einer Straßenlaterne, die ein sanftes gelbes Licht auf die ausgestorbene Straße warf, saßen drei fette schwarze Vögel.

»Die ... Krähen?«

»Das sind Raben.«

»Passionierter Vogelbeobachter, was?«, machte sie sich über seine Haarspalterei lustig.

Oren sah sie an, als wäre sie gehirnamputiert. »Raben sind magische Tiere. Sie folgen mir gelegentlich.« Sie starrte ihn an. »Wusstest du nicht, dass sie übernatürlich sind?«

»Sollte ich das wissen?«, fragte sie gespielt überrascht.

Wenn sie es richtig anstellte und er anfing zu lachen, könnte sie so tun, als hätte sie schon die ganze Zeit gewusst, dass er sie nur auf die Schippe nahm.

»Sogar in den alte Legenden der Menschen kommen Raben vor.« Er zuckte mit den Schultern. »Was haben sie dir eigentlich beigebracht?«

Dann meinte er es also ernst. Und sie stand wie eine Vollidiotin da.

Na toll.

»In der Stunde habe ich wohl gefehlt«, grummelte sie.

»Sie sind Wesen alter Magie und stehen im Dienst derer, die sind wie sie.« Als er sah, dass sie immer noch nicht verstand, worauf er hinauswollte, verdrehte er die Augen. »Dunkle Magie, Sage. Sie sind Spione.«

»Wessen Spione?«

Seine Miene sagte: *Weiß der Geier!* »All derer, die bereit sind, sie dafür zu bezahlen. Ich habe mir viele Feinde gemacht.«

»Hast du sie auch schon mal bezahlt?«, fragte sie. »Damit sie für dich Leute ausspionieren?«

»Nur ein, zwei Mal«, schnaubte er.

»Dunkle Magie. Das erklärt eine Menge.« Sie warf ihm einen vielsagenden Blick zu.

Er schnalzte genervt mit der Zunge. »Ich bin kein Nekromant. Oder einer der Faragahinde. Hexenmeister gehören der neuen Magie an. Wir sind ...« Er unterbrach sich, um die richtigen Worte zu finden. »Auch wenn es dir so vorkommen mag, sind wir weder uralt noch Dämonen. Wir praktizieren nicht *diese* Art von Magie.«

Sie gab einen unverbindlichen Laut von sich, als würde sie ihm nicht glauben, und hob den Mülltonnendeckel an.

Dann knallte sie ihn sofort wieder zu und würgte.

Oh Gott. »Jep.« Sie wandte sich ab und atmete in tiefen

Zügen die saubere, frische und silberfreie Luft ein. »Es ist da drin.«

Oren grinste. »Du erinnerst mich an diese Schweine, mit denen man auf Trüffelsuche geht.«

SAGE

Sage war am nächsten Morgen kaum aufgestanden, da klopfte es auch schon an der Tür. War das Harland? Mit einem Grummeln ließ sie sich auf das Sofa fallen, während ihr verlockender Toastgeruch in die Nase stieg. Sie hätte gern noch eine halbe Stunde gehabt, um richtig wach zu werden, ehe ihr Kumpel voller Tatendrang hereingestürmt kam.

P schwebte durch die geschlossene Tür und in den Flur.

Sage wollte sich gerade zusammenrollen, um noch ein bisschen zu dösen, als sie aus dem Flur eine Stimme hörte, die ihr vage bekannt vorkam.

»Und du bist bestimmt P«, schnurrte Berions tiefer Bariton. »Ich weiß alles über dich.«

»Ach ja?«, erwiderte Ps verwirrte Stimme.

»Aber natürlich. Wie ich höre, bist du eine der besten Köchinnen im Unten.«

Sage schnalzte mit der Zunge. So ein Süßholzraspler. Sie hatte keine Ahnung, woher Berion das hatte, aber Ps Kichern – *Kichern!* – drang zu ihr herüber. Was machte Berion hier?

»Ist Sage zu Hause?«

»Äh, ja.« Ps Stimme klang unnatürlich hoch. »Komm rein, ich habe gerade erst Wasser aufgesetzt, möchtest du ... «

Mit einem unterdrückten Lachen marschierte er geradewegs durch sie hindurch und ins Wohnzimmer. »Meine Güte, Sage. Hast du letzte Nacht nicht geschlafen?«

»Ach, so sieht sie immer aus, bevor sie sich die Haare gekämmt hat ...«, setzte P an und verstummte sofort, als sie Sages Gesichtsausdruck bemerkte. »Dann werde ich mal ... Wasser ...« Und schon war sie wieder verschwunden.

»Wir sind erst spät nach Hause gekommen«, murmelte Sage und rieb sich die dumpf pochenden Schläfen. Sie hatte nicht einschlafen können, weil ihr der Kopf von den vielen Fragen dröhnte, auf die sie noch Antworten suchten, daher hatte sie sich mit einer Flasche Wein vor Ps Krimiwand gesetzt und ihre Sorgen darin ertränkt. »Warum bist du hier?«

»Um über die riesige, zum Himmel stinkende Tonne voll halb verfaultem Müll zu sprechen, die ich heute Morgen in meinem Büro vorgefunden habe«, erwiderte er mit angespanntem Lächeln.

Ah.

Nach seiner Trüffel-Bemerkung hatte Oren sich dagegen entschieden, in dem ganzen Unrat nach dem mit Silber versetzten Croissant zu wühlen, und hatte die komplette Tonne mit einer bloßen Handbewegung in einer goldenen Dunstwolke verschwinden lassen. Jetzt wusste sie, wohin er sie verfrachtet hatte.

P kam mit dem Teetablett, ihrem Markenzeichen, herein und strahlte wegen Berions Komplimenten noch immer übers ganze Gesicht. »Oren hat Sage gesagt, sie soll um neun startklar sein. Er wird bald hier sein, um sie abzuholen.«

»Neun?«, murmelte Berion, während er sich hinsetzte und einen kurzen Blick auf das halb gelöste Kreuzworträtsel warf, das P auf dem Couchtisch hatte liegen lassen. Er trug einen fliederfarbenen Samtanzug und eine Uhrenkette schlängelte sich in seine Hosentasche. An seinen Ohren funkelten zwei riesige Diamanten, und wie bei ihrer letzten Begegnung schmückten mehrere Ringe seine Finger. »Wisst ihr, früher war er jeden Morgen um Punkt fünf in den Trainingsräumen. Heutzutage taucht er nie vor sieben auf.«

»Er trainiert *jeden Tag*?« P zog eine Augenbraue hoch.

»Was glaubst du denn, wie wir fit genug bleiben, um Monster zu bekämpfen?« Berion riss theatralisch die weißen Augen auf und trank dann einen betont kleinen Schluck von seinem Tee. »Wenn du ihn mit nacktem Oberkörper sehen würdest, würdest du nicht eine Sekunde daran zweifeln. Wie von Engeln in Marmor gemeißelt.« Berion schnaubte. »Natürlich trainiert er jeden Tag. Das tun wir alle. Es ist Teil unseres Arbeitsvertrags. *Das* hast du bestimmt nicht gewusst, als du Roderick in den Ohren gelegen hast, dir einen Job zu geben, hm, Sage?«

Ähm. Nein, das hatte sie tatsächlich nicht gewusst.

Aber ehe sie etwas erwidern konnte, war aus dem Flur ein vertrauter Klopfrhythmus zu hören.

»Das wird Harland sein. Er hilft uns heute aus.«

»Weiß Oren davon?«, fragte P, während sie zur Tür schwebte. Sie beschloss, nicht darauf zu antworten.

Dann hörte sie, wie Harland mit warmer Stimme P begrüßte.

»Wer ist Harland?«, wollte Berion wissen, der jetzt interessiert dem Geplauder auf dem Flur lauschte.

»Ein Freund von uns«, antwortete Sage leise. »Bitte sei nett zu ihm.«

»Warum sollte ich nicht nett zu ihm sein?« Er blinzelte ein wenig gekränkt.

»Oren ist zu allen unseren Freunden schrecklich«, erklärte sie und schnitt eine Grimasse.

Der junge Werwolf stolperte in zerrissenen Jeans und einem orangefarbenen Kapuzenpulli ins Zimmer, während er P irgendeine Geschichte von dem Pub-Abend erzählte, zu dem sie nicht eingeladen gewesen waren.

»Oh.« Beim Anblick des Hexenmeisters wurde Harland sofort rot. »'tschuldigung.«

Sein Lächeln verschwand schlagartig. Nervös schob er sich die

Brille hoch und stellte sich gerader hin. Sie verstand ihn nur zu gut. Er rechnete mit einem weiteren Oren.

Aber Berion stand auf, streckte eine funkelnde Hand aus und stellte sich mit breitem Lächeln vor.

»Wie schön, dich endlich kennenzulernen.« Er neigte den Kopf, als Harland verwirrt seine Hand schüttelte. »Sage hat mir natürlich schon von dir erzählt.« Das war glatt gelogen, doch Berion strahlte eine geheimnisvolle Art von Selbstvertrauen aus, die alles liebenswürdig klingen ließ.

Das Geräusch der Haustür, die sich zum dritten Mal öffnete, ließ sie alle erneut innehalten.

»Woher wusste ich bloß, dass du hier sein würdest?«, sagte Oren zur Begrüßung, kaum dass er ins Wohnzimmer getreten war.

Berion kam allen anderen mit einer schlagfertigen Erwiderung zuvor.

»Weil du mich dringend um meine Dienste gebeten hast«, entgegnete er lächelnd und salutierte mit seiner erhobenen Teetasse, bevor er mit einem Funkeln in den Augen einen weiteren Schluck trank.

Sage grinste. *Danke*, sagte sie lautlos.

»Frühstück!«, schrie P regelrecht. Sie konnte sich nicht länger zurückhalten. Berion sah überrascht auf, sagte aber nichts. Nur seine Mundwinkel zuckten, als die anderen ihre Bestellungen aufgaben.

»Harland hilft uns heute«, teilte Sage Oren bestimmt mit. P schwebte zurück in die Küche.

»Nein, tut er nicht.«

»Doch, tut er.«

»Und wozu brauchen wir bitte schön seine Hilfe?«

»Ich gebe ihm eine Liste mit Werwölfen und Werwölfinnen, und er muss nichts weiter tun, als ihnen unsere Kontaktdaten zu geben, für den Fall, dass sie Angst haben oder ihnen in ihrer Gegend etwas Verdächtiges aufgefallen ist.«

Oren blies die Nasenflügel auf.

»Danny hat mir eine Nachricht geschickt, als ich auf dem Weg hierher war«, fügte Harland hinzu. »Er hat heute auch Zeit, um zu helfen. Wenn wir uns aufteilen, kriegen wir noch mehr von der Liste geschafft.«

Bei dem Gedanken an noch mehr Teenager-Werwölfe schien Oren fast in die Luft zu gehen.

»Komm schon«, quengelte Harland. Er bettelte fast um eine Chance, zu beweisen, dass er kein totaler Versager war. »Sogar wir können das.«

»Aber natürlich können sie das«, sagte Berion knapp. Da erschien P mit einem in Alufolie gewickelten Würstchensandwich für Harland und drückte Oren unsanft ein Spiegeleibrötchen in die Hände.

Sage war sich sicher, dass Oren der ganzen Sache nur deshalb zugestimmt hatte, weil er Harland dann schneller aus der Wohnung bekam und hören wollte, was Berion zu berichten hatte.

»Du hast nichts davon gesagt, dass du die Tonne mitten in sein Büro verfrachtet hast.« Sie warf ihm einen missbilligenden Blick zu.

Mit einem Schulterzucken setzte er sich und legte einen Fuß auf den Couchtisch. P klatschte laut vor seinem Gesicht mit den Händen. Hätte sie ihn berühren können, hätte sie seinen Fuß direkt vom Tisch gefegt. Berion beobachtete P voller Bewunderung.

»Wo hätte ich die Tonne sonst abstellen sollen?«

»An irgendeinem Ort, wo sich ihr Gestank nicht in meinen Polstermöbeln festsetzt.« Berion lächelte zwar, aber hinter seinem Schnurren lauerte eine gefährliche, katzenartige Kreatur.

»Du hast Glück, dass ich früh im Büro war. Ich habe das … nun ja … inzwischen breiig-schimmlige Gebäck entnommen …« Dann streckte er eine leere Handfläche aus, auf der in einer violetten Dunstwolke ein durchsichtiger, wiederverschließbarer Beutel mit etwas Bräunlichem und Krustigem erschien.

Da sie nicht würgen musste, schirmte Berion wohl erneut ihre Sinne ab.

»Ähnliche Dosis?«, fragte Oren.

Berion nickte. »Hozier hat mich über eure Unterhaltung gestern Abend informiert«, sagte er düster. »Es sieht nicht gut aus, oder?«

Oren schüttelte den Kopf. »Wir wissen zwar noch nicht, ob der dritte Werwolf – Salina Gourlay – Silber im Körper hatte. Aber wir können inzwischen wohl davon ausgehen, dass ihr Tod etwas mit den anderen Morden zu tun hat.«

»Gibt es eine Verbindung zwischen ihr und den anderen Opfern?«

»Falls es eine Verbindung zwischen den drei Opfern gibt, haben wir sie noch nicht gefunden.« P klang entmutigt.

Berion runzelte schweigend die Stirn. Dann stand er auf. »Ihr zwei solltet euch jetzt mal lieber auf den Weg machen«, sagte er knapp mit Blick auf Oren und Sage. »P, Süße, komm doch mit mir ins Büro. Hozier wird dich das Archiv durchforsten lassen, solange dich keine anderen Hexenmeister entdecken und bei Roderick verpfeifen. Mal sehen, ob du irgendetwas von Interesse findest.«

OREN

Die Liste von Werwölfen und Werwölfinnen, die im Oben lebten, schien überhaupt kein Ende zu nehmen. Sage hatte den unerträglichen Werwolf-Rotznasen dreißig Namen gegeben – was fast nichts war. Ihre Liste war doppelt so lang, und sie hatten völlig unterschätzt, wie viel Zeit es in Anspruch nahm, jemanden zu beruhigen.

Wenn es nach ihm ginge, würde er ihnen lediglich eine Visitenkarte in die Hand drücken und sich sofort wieder verdrücken. Aber Sage bestand darauf, freundlich zu sein. Nein, danke.

Trotzig hielt er sich im Hintergrund und überließ ihr die Sache.

Er war heilfroh, als sie um halb fünf mit diesem Teil ihrer Arbeit fertig waren.

P hatte unten im Archiv bei Hozier und Berion die Kontaktdaten von Darren Johnsons einziger noch lebender Verwandter gefunden und ihnen die Adresse aufs Handy geschickt. Es handelte sich um ein Seniorenheim, in dem seine Großmutter lebte. Das erklärte, warum niemand sein Haus ausgeräumt oder auch nur die Post abgeholt hatte. Sage hatte die Öffnungszeiten herausgefunden, und da sich das Heim weit weg auf der anderen Seite der Stadt befand, hatte sie notgedrungen zustimmen müssen, mit ihm dorthin zu shiften. Sie tauchten in einem mit Frost überzogenen Garten auf, und er verkniff sich ein Grinsen, weil sie nur mit Mühe ihre Übelkeit hinunterschlucken konnte.

»Alt werden«, grummelte er, als sie auf ein langweiliges Gebäude zustapften. »Schreckliche Vorstellung.«

»Danke.«

Er schüttelte sich, weil er wusste, dass sie sich darüber ärgern würde.

»Du alterst auch«, fauchte sie ihn an. »Oder so gut wie. Irgendwann wirst du auch älter aussehen als jetzt.«

»Bis ich wie ein Rentner aussehe, muss ich noch ganz schön lange leben. Bei dir dauert's nur noch fünfzig Jahre.«

Darauf antwortete sie erst gar nicht.

Im Gebäude schlug ihnen sofort dieser typische Geruch nach alten, kränklichen Menschen entgegen. Er musste sich zusammenreißen, nicht die Nase zu rümpfen.

Zittrige Aquarelle und Zeichnungen – vermutlich Werke von alten Leuten aus dem Heim – schmückten die sterilen Wände. Der ursprünglich kastanienbraune Teppich war in der Mitte durch jahrelange Abnutzung blassrosa geworden.

Sage teilte am Empfang mit, wen sie besuchen wollten. »Sie ist in letzter Zeit sehr still«, erklärte die Krankenpflegerin mit einem traurigen Lächeln und kam hinter dem Schreibtisch hervor, um sie zu Verity Johnson zu bringen. »Die Polizei war schon hier.« Sie sah sich zu ihnen um. »Uniformierte. Um ihr die Nachricht beizubringen ...«

»Wir möchten nur noch mal nach ihr sehen«, erwiderte Sage, als sie der Pflegerin durch einen hellen, aber ebenso sterilen Gemeinschaftsraum folgten, in dem einige Leute Karten oder Brettspiele spielten, sich unterhielten oder nur stumm dasaßen. »Uns vergewissern, dass es ihr gut geht.«

Er war beeindruckt, wie leicht es ihr fiel, spontan zu lügen.

Die Pflegerin murmelte irgendetwas vor sich hin, dass »die heutzutage auch immer jünger und jünger« würden.

Fast hätte er gelächelt, als Sage ihm einen Blick über die Schulter zuwarf, in vollem Bewusstsein, dass er doppelt so alt war wie die meisten hier im Heim.

Sie durchquerten den großen Gemeinschaftsraum und gelangten in einen Wintergarten. Der Himmel war grau und das Glasdach verstärkte das Geräusch des herunterprasselnden Regens. Dieser helle Ort hatte etwas Friedvolles, das musste er zugeben.

Vielleicht hatte sich Verity deshalb entschieden, hier zu sitzen und hinaus auf die Gärten zu blicken, die durch den Schauer zu einem blassen Farbklecks verschwammen. Auf ihrem Schoß lag ein weißes Wollknäuel, sie hielt zwei Stricknadeln in Händen und ihre Finger bewegten sich wie von allein. Sie musste beim Stricken nicht hinsehen.

»Verity?«, sprach Sage sie sanft an, nachdem die Pflegerin gegangen war. »Verity Johnson?«

Beim Anblick des milchigen Schleiers vor den Augen der alten Frau zuckte sie unweigerlich zusammen – grauer Star ließ die Pupille weiß erscheinen.

»Ah«, seufzte sie, schloss die Augen und lächelte. »Du riechst wie er.«

»Wie wer?«, fragte Sage sichtlich überrascht.

»Wie mein Darren.« Verity schlug erneut die milchigen Augen auf, ließ ihr Strickzeug sinken und zeigte auf den Stuhl zu ihrer Linken. »Du bist ... wie er?«

Sage sah Oren an. Er zuckte mit den Schultern.

»Wie er?«

Die alte Frau streckte eine knorrige Hand aus. Er gab nur ungern zu, dass Sages Fähigkeit, mit Menschen umzugehen, sie weiter vorangebracht hatte als seine Art, Antworten zu verlangen.

Wie damals, als er ihr ein Messer an die Kehle gehalten hatte.

Wenn er nicht ganz so arrogant wäre, würde er sich dafür schämen. Aber Scham war nun mal nicht sein Stil.

Sage legte ihre Hand in die von Verity Johnson und ließ zu, dass die betagten Hände der alten Frau sich um ihre junge schlossen.

»So weich. Man würde nie im Traum darauf kommen. Ja, mein

Darren war auch so. So sanft. So freundlich. Außer in dieser einen Nacht einmal im Monat, wenn er wegging und nicht nach Hause kam.«

Oren blickte auf ihr Strickzeug und erkannte, was sie strickte: ein kleines, vierbeiniges Tier mit einem langen Schwanz.

»Wohin ist er dann immer gegangen?«, fragte Sage.

»Wohin gehst du denn?«

»Weit weg«, antwortete sie leise. »Wo ich niemandem schaden kann.«

»Bist du deshalb hier?«, wollte Verity wissen. »Hast du ihn gekannt?«

»Ich arbeite ... für unsere Polizei.« Sie sah erneut zu Oren, und er nickte. Sie hatte die beste Erklärung gefunden.

Das war noch der einfachste Teil ihrer Unterhaltung, denn Sage fiel es nicht leicht, der alten Dame zu erklären, dass ihr geliebter Enkel, ihr einziger Enkel, vermutlich ermordet worden und nicht an einer Allergie gestorben war, wie man ihr ursprünglich mitgeteilt hatte. Sie weinte lange in ein Taschentuch.

Schließlich klinkte er sich in das Gespräch ein. »Wie haben Sie von der wahren Natur Ihres Enkels erfahren?«

»Oh.« Verity hob den Blick. »Er kann ja sprechen. Ich dachte schon, er wäre nur hier, um hübsch auszusehen.«

Sage unterdrückte ein Grinsen. »Das ist der einzige Grund, warum ich ihn mitnehme. Als Ablenkung, wenn der Job schwierig wird.«

»Na, bei den Wangenknochen wundert mich das nicht.«

Er wusste nicht, ob er lachen oder böse schauen sollte.

»Ich habe es immer gewusst. Er war der einzige Überlebende, als seine Familie im Urlaub angegriffen wurde. Ich habe ihn bei mir aufgenommen und großgezogen. Ich musste eine Wahl treffen und entschied mich dafür, ihn so zu lieben, wie er war. Für mich war nur wichtig, dass er glücklich war.«

»Dasselbe ist mir auch zugestoßen«, flüsterte Sage. »Ich war mit meiner Familie im Urlaub. Wir waren an Vollmond campen. Ein verwandelter Werwolf griff uns in unseren Zelten an. Ich kann mich nicht an viel erinnern. Es war dunkel … Sein Fell war blutdurchtränkt … Ein Mann, der mit seinem Hund spazieren war, hat uns am nächsten Tag gefunden. Für meine Eltern und meinen Bruder war es schon zu spät. Ich habe als Einzige überlebt.«

Er hatte sie nie gefragt, was passiert war, aber es war nicht schwer zu erraten gewesen. Fast alle Werwolf-Geschichten klangen gleich.

Er dachte an die Nacht zurück, in der er Amhuinn für seine Gräueltaten zur Rechenschaft gezogen hatte. In letzter Zeit musste er oft an diese Nacht denken, häufiger als an alles andere, was er in seinem gewalttätigen und zerstörerischen Leben getan hatte. Mehr als an all die vielen Werwölfe und Werwölfinnen auf seiner langen Henkersliste.

»Mein herzliches Beileid«, sagte Verity leise.

»Es ist schon lange her.«

»Das spielt keine Rolle. Auf denen, die zurückbleiben, lastet die Bürde, so tun zu müssen, als würde der Verlust mit der Zeit erträglicher werden.«

Oren konnte Sage anmerken, dass sie nicht wusste, was sie darauf antworten sollte. Er räusperte sich.

»Wir wissen erstaunlich wenig über Mr Johnson. Soweit wir in Erfahrung bringen konnten, hatte er außer Ihnen keine Familie und auch keine Kinder. War er vor seinem Tod oder zu einem anderen Zeitpunkt in einer Beziehung? Hatte er enge Freunde, die wir kontaktieren könnten? Jede Information über ihn wäre eine große Hilfe.«

Verity wirkte unsicher. »Ich bin schon sehr lange hier«, antwortete sie und seufzte. »Es ist so lange her, seit er mir Freunde von sich vorgestellt hat. Aber kürzlich hat er mir von jemandem erzählt, nichts Ernstes, meinte er, aber sie wollten mich zusammen besuchen. Das hatte er schon lange nicht mehr gemacht, deshalb dachte ich, dass es wohl ...« Sie schniefte in ihr Taschentuch. »Es ist vor seinem Tod nicht mehr dazu gekommen.«

»Hat er den Namen dieser Person genannt?«

»Jamie, glaube ich?« Sie schien nachzudenken. »Ein Mann«, fügte sie hinzu. »Nicht, dass es eine Rolle gespielt hätte, aber ich weiß, dass manchmal auch Mädchen so heißen.«

»Jamie.« Er tauschte einen Blick mit Sage. Sie nickte. Ein weiterer mysteriöser Lover.

»Sonst noch jemand?«, hakte Sage sanft nach.

Verity gab einen brummenden Laut von sich, als würde sie versuchen, sich an noch mehr Namen oder Details zu erinnern. »Er ... vielleicht aus dem Geschäft.«

»Geschäft?«, wiederholte Sage und sah ihn an. Er runzelte die Stirn. »Er war Auslieferungsfahrer, richtig?«

Die alte Frau nickte. »Genau. Es war eher so was wie ein Gemischtwarenladen. Lebensmittel, Hygieneartikel, aber sie lieferten auch aus. Der Besitzer ist ... wie du, weißt du. Sein Laden ist auf bestimmte Fleischwaren spezialisiert. Er verkauft keine Produkte mit Silber in der Verpackung. Und viele ... *seiner Leute* kaufen bei ihm ein. Mein Darren belieferte die Werwolf-Kundschaft. Es war nicht so viel zu tun, deshalb hat er auch für andere Lieferdienste gearbeitet. Um seinen Verdienst aufzubessern, verstehst du? Aber ...«

Obwohl sie unbedingt mehr erfahren wollte, versuchte Sage sichtlich, ruhig zu bleiben. »Verity, wissen Sie noch, wie der Laden hieß?«

Sie schüttelte den Kopf. »Er ist auf der St. Stephen Street.« Sie sah sie hoffnungsvoll an. »Mehr weiß ich nicht. Hilft euch das?«

»Auf jeden Fall.« Sage nickte dankbar. »Damit können wir arbeiten.«

Dann stand sie auf, um sich zu verabschieden, aber Verity streckte noch einmal die Hand nach ihr aus.

»Wie ist er gestorben?«, fragte sie. »Sie haben mir gesagt, es wären seine Allergien gewesen ... aber wenn ihr sagt ...«

Sage brachte kein Wort heraus. Sie warf ihm einen weiteren verzweifelten Blick zu.

Vielleicht färbte sie auf ihn ab, denn im Normalfall hätte er schonungslos die Wahrheit gesagt. »Wir glauben, er könnte vergiftet worden sein und jemand hat es wie seine Allergie aussehen lassen. Dann ist es sehr schnell gegangen.«

Die alte Dame sah entsetzt aus. »Hat er gelitten?«

»Nein«, log er. »Davon gehen wir nicht aus.«

Sie nickte und blickte wieder auf ihr Strickzeug.

»Danke«, flüsterte Sage und berührte noch einmal Veritys Hand. »Es tut uns leid, wenn wir Ihnen Kummer bereitet haben.«

»Ihr habt mir ein kleines Geschenk gemacht.« Sie lächelte traurig. »Ihr habt mir erlaubt, wieder offen über ihn zu reden. Nimm das hier.« Sie holte eine kleine Schere aus der Tasche ihrer Strickjacke, schnitt den Wollfaden ab und hielt dann mit ihren knorrigen Händen einen kleinen weißen Wolf hoch.

»Oh, das kann ich nicht annehmen«, versuchte Sage abzulehnen, doch Verity Johnson schüttelte den Kopf.

»Als ich heute Morgen aufgewacht bin, habe ich ihn sehr vermisst. Ich dachte, dass ich mich ihm dann näher fühlen würde. Aber das hast du für mich getan. Ich möchte, dass du ihn annimmst.«

SAGE

»Wo seid ihr gewesen?«, verlangte eine schrille Stimme zu wissen.
Sage erstarrte.
Oren ebenso.
»Was ist denn hier los?«, fragte er langsam. Sie schauten sich um und stellten fest, dass der Küchentisch ins Wohnzimmer geschleppt und für ein förmliches Abendessen gedeckt worden war. Harland und Danny saßen an beiden Enden und Berion und Hozier nebeneinander auf einer Seite. Berion schien einen Heidenspaß daran zu haben, dass P sie zur Schnecke machte. Danny und Harland wirkten verlegen und nervös – offensichtlich waren sie nur auf Anordnung des Poltergeists da.
»Es ist Zeit fürs Abendessen«, ging es Sage auf. Sie hatte darauf bestanden, über die Dive Bar zu Fuß ins Unten zurückzukehren, und dabei hatten sie jegliches Zeitgefühl verloren. »Wir haben das Abendessen vergessen.«
»Ach du Scheiße«, murmelte Oren.
»Allerdings!«, blaffte P. »Wir haben auf euch gewartet. Setzt euch.«
Sie ließen die Köpfe hängen, wie Geschwister, die etwas ausgefressen hatten.
»Ihr hättet doch ohne uns anfangen können, P«, murrte Oren. Sie beachtete ihn nicht und glitt mit fuchsteufelswildem Gesicht durch die Küchenwand.
»Habt ihr eine Einladung bekommen, während ihr zusammen im Archiv gearbeitet habt?« Sage musterte Berion, der sich alle

Mühe gegeben hatte, keine Miene zu verziehen, während P ihnen den Marsch blies.

»Eigentlich war es mehr ein Befehl«, antwortete er leise.

»Und was machst *du* hier?«, fragte Oren Hozier. Er klang fast vorwurfsvoll.

»Ich habe ihr ebenfalls den ganzen Nachmittag lang geholfen«, erwiderte Hozier vielsagend. Was sie eigentlich meinte, war: *dir* geholfen. »Sie hat mir erzählt, wie sie in die Menschengebäude geschlichen ist, um Informationen aus dem Oben zu stehlen. Genial! Wir sollten Roderick vorschlagen, als Nächstes Poltergeister einzustellen.«

»Bisher hat er auch noch keine Werwölfe eingestellt«, wandte Sage seufzend ein und faltete ihre Serviette auseinander. »Er hat nur zugestimmt, damit ich Ruhe gebe.«

»Viele Übernatürliche möchten für das Arcānum arbeiten.« Die winzige Hexenmeisterin zuckte mit den Schultern. »Bisher hat es noch niemand so weit wie du geschafft.«

Sage schenkte Hozier ein Lächeln. Auch wenn die Hexenmeisterin etwas Raubtierartiges an sich hatte, wirkte sie weder grausam noch sadistisch. Bei ihr stellten sich Sage nie die Haare an den Armen auf, so wie noch manchmal bei Oren.

Harland murmelte etwas.

»Und wie ist es bei euch so gelaufen, Harland? Warum ist dein Haar klatschnass?«, wandte Oren sich an ihn, während er sich in seinem Stuhl zurücklehnte und einen Arm auf Sages Rückenlehne legte.

Sie hätte ihn treten können.

Sie musterte ihren Kumpel, beide Kumpels, die bisher vor Nervosität keinen Ton von sich gegeben hatten, und stellte fest, dass sein Haar tatsächlich feucht war.

»Weil wir Winter haben und es in dieser Stadt rund um die Uhr regnet?«

»Warum bist du dann nicht nass?«, fragte sie Danny.

»Um schneller fertig zu werden, haben wir die letzten paar Namen unter uns aufgeteilt. Ich hatte Glück.« Er grinste seinen Freund an. »Meine Besuche waren alle problemlos. Keine weiteren Fragen. Die Leute haben einfach die Visitenkarte genommen. Ich war vierzig Minuten vor Harland wieder hier und hab den Wolkenbruch knapp verpasst.«

Harlands Mundwinkel zuckte. »Wir haben eben nicht alle einen Hexenmeister als Haustier, der uns mit Magie warm und trocken hält, weißt du.«

Berion schnaubte in seinen Wein. »Wenn hier irgendjemand ein *Haustier* ist, dann ist das ja wohl ... Au! Wofür war das denn?«

Sage hatte ihm den Ellbogen in die Seite gerammt. »Kein Wort mehr.«

»Ich wollte nur ...«

»*Hör auf*, hab ich gesagt.« Wer Harland oder Danny beleidigte, weil sie Werwölfe waren, beleidigte auch sie.

»Entschuldigung.«

Das Funkeln in Berions Blick verriet ihr, dass er es nicht ernst meinte. Aber ehe sie etwas entgegnen konnte, war P wieder da.

»Wow.« Sage pfiff durch die Zähne, als der Geist auf einer Servierplatte stolz ein ganzes Hähnchen mit Röstkartoffeln und verschiedenstem Gemüse präsentierte und in die Mitte des Tisches stellte.

»Macht sie das öfter?« Berion hob die Augenbrauen.

»Mit der Zeit gewöhnt man sich dran«, murmelte Sage.

P verschwand kurz und kam mit einer Schüssel voller Kartoffelbrei und Yorkshire Puddings zurück und holte dann noch eine riesige Sauciere voller Bratensoße.

»Du meine Güte«, entfuhr es Berion, während er sich Essen auf seinen Teller schaufelte. »Wir kommen definitiv wieder.«

»Natürlich.« P strahlte förmlich, während sie beobachtete, wie alle bei den Speisen zulangten, die sie nicht essen konnte. »Je mehr Gäste, desto besser!«

»Wenn ich weiß, dass ich übers Wochenende hier bin, esse ich vorher tagelang keinen Bissen.« Harland legte Hozier ein Stück Hähnchen auf den Teller. »Und nehme danach noch was mit in mein Studiwohnheim.«

Hozier lachte. »P, das schmeckt fantastisch. Danke.«

P strahlte noch mehr, wenn das überhaupt möglich war.

Oren machte eine Handbewegung, und neben Sages Teller erschien ein Glas Roséwein, in dem Himbeeren schwammen. Genau das Getränk, das sie im *Psyche des Nordens* bestellt hatte. Kaum hatte sie einen Schluck getrunken, füllte sich das Glas von selbst wieder auf. Allein für diesen Trick hätte Sage gern über Magie verfügt.

Nach einer Weile wandten sich die Tischgespräche anderen Themen zu. Und als sie so dasaß und über Episoden aus Berions erfolglosem Liebesleben oder Geschichten aus Hoziers Kindheit lachte, in der die Hexenmeisterin sich in Pyramiden geschlichen hatte, fühlte sie sich zum ersten Mal seit Langem fast normal. Wie ein normales Mädchen mit normalen Freunden und Freundinnen, die normale Dinge unternahmen. Nicht wie eine Werwölfin, die Mörder jagte und die beschämt mit zwei Veilchen und einer aufgeplatzten Lippe nach Hause kam, ohne sich daran zu erinnern, woher sie die hatte.

Aber so einfach konnte es natürlich nicht sein. Das war es nie.

Ein nettes Abendessen mit Freunden?

Ha.

Zuerst verstand sie nicht, was los war – gerade hatte sie sich noch Pastinaken auf die Gabel geschaufelt, und im nächsten Augenblick fing das Zimmer an, wild aufzuleuchten. Der ganze Tisch verstummte. Danny schreckte so heftig hoch, dass er sich das Knie an der Tischplatte anschlug und seinen Teller zum Klirren brachte. Neben ihr spannte sich Oren an. Nur Berion zeigte keine Reaktion.

»Ich glaube, ich weiß, was ich da sehe«, stöhnte er leise und schaute auf Hoziers linke Hand, die sich noch immer das Weinglas an die Lippen hielt.

Ein goldener Ring mit einer Art kleiner weißer Perle in der Mitte zierte ihren Finger und ließ ein so grelles Licht aufblitzen, dass Sage selbst hinter geschlossenen Augenlidern weiße Flecken sah.

Hozier schluckte und blickte sie über den Tisch an. »Mein mobiler Alarm. Im Büro habe ich noch einen größeren.«

»Alarm wofür?« Doch dann zog sich ihr Magen zusammen, weil sie fürchtete, es bereits zu wissen.

In einer schimmernden Wolke aus Hoziers roter Magie tauchte ein kleiner Notizblock auf dem Tisch auf. Er war anders als Orens altes ledergebundenes magisches Notizbuch, das er seit sehr, sehr langer Zeit hegte und pflegte. Hoziers Notizblock war verknittert und hatte keinen Deckel mehr. Sie drehte die Handfläche nach oben und drückte den Ring auf den Block. Das flackernde Licht erlosch. Rote Tinte füllte die Seite. Hozier riss den Zettel ab und reichte ihn ihr. »Rosamond Drive«, sagte sie düster. »Ihr habt eine Stunde.«

»Moment.« Harland riss die Augen auf, die hinter seinen dicken Brillengläsern sowieso schon riesig wirkten. »Das war eine Adresse von unserer Liste, glaube ich. Wartet mal.«

Er sprang auf, eilte zu dem Rucksack, den er neben dem Sofa hatte stehen lassen, und kramte in der vorderen Reißverschlusstasche.

»Hier.« Er holte ein durchnässtes Blatt Papier heraus – die Adressenliste, die sie ihm gegeben hatte und auf der manche Adressen durchgestrichen, andere eingekreist waren. »Jep, nachdem wir uns getrennt haben, bin ich dort vorbeigegangen, aber die Einfahrt war leer und es war niemand zu Hause. Es ist eine ruhige Sackgasse. Ich habe einen Zettel mit meiner Nummer und der Bitte um einen Telefontermin durch den Postschlitz gesteckt.«

»Und hast es nicht später noch mal versucht?«, fragte Oren durch zusammengebissene Zähne.

»Ich wollte erst die ganze Liste abhaken und dann am Ende zurückgehen.« Er hob die Hände und hatte angefangen, nervös zu lispeln.

»Das ist völlig in Ordnung«, ging Berion dazwischen, und Dankbarkeit sprach aus Harlands verzweifeltem Blick. »Wie lautet der Name?«

»Mhairi Lindsay. Ich erinnere mich wegen der Schreibweise an sie«, fügte er hinzu und zuckte zusammen, als Oren missbilligend brummte. »Sie ist Ärztin.«

»Sollen wir mitkommen?« Berion war schon halb von seinem Stuhl aufgestanden, Hozier gleich hinter ihm.

Oren schüttelte frustriert den Kopf und wandte sich an Harland und Danny. »Wehe, wenn das die morgige Schlagzeile im *Unterwelt-Kurier* ist«, knurrte er und verließ mit großen Schritten das Zimmer, um draußen auf Sage zu warten.

SAGE

Oren shiftete sie ins Oben, direkt vor eine kleine Doppelhaushälfte, in der kein Licht brannte. In der Einfahrt stand ein Auto – Mhairi musste also nach Harlands Besuch nach Hause gekommen sein.

Er hob eine Hand, um die Tür mit Magie aufzuschließen, nur um festzustellen, dass sie bereits offen war.

Ein leises Zischen drang an ihr Ohr. »Was ist das für ein Geräusch?«

Auf einem kleinen Tisch neben dem Eingang lag ein Schlüsselbund und daneben der Zettel mit Harlands unordentlicher Handschrift, den er durch den Briefschlitz gesteckt hatte. Eine Ledertasche mit einem dreistelligen Zahlenschloss stand auf dem Boden und ein dunkler Mantel hing an einem Haken an der Wand darüber.

»Gehen wir rein.« Oren trat als Erster in die Dunkelheit.

»Es kommt von oben.« Sage neigte das Kinn in Richtung Decke. »Dieses Geräusch. Ich glaube … das ist Wasser.« Er stand bereits auf der untersten Stufe, als sie erschauderte. »Ich kann Blut riechen.«

»Von hier?«

Sage nickte. Die Wölfin in ihr hatte sich unter ihrer Haut geregt, kaum dass sie über die Schwelle getreten war. »Es ist nicht wie in Lucys Wohnung. Nicht so überwältigend. Aber hier ist irgendwo Blut.«

»Silber?«

Sie runzelte die Stirn. »Vielleicht. Ich ... Ich bin mir nicht sicher, was ich spüre.« Diesmal fühlte es sich seltsam an ... als wäre hier kürzlich Silber gewesen, aber fast gänzlich weggewaschen worden.

Er legte die Stirn in Falten, hakte jedoch nicht nach und stieg weiter die Treppe hinauf. Sie folgte ihm. Vor dem verschlossenen Bad blieben sie stehen. Drinnen war Licht an, der Streifen unter der Tür war das einzige Licht im ganzen Haus, und sie erkannte, dass das Geräusch, das Zischen auf der anderen Seite, die Dusche war.

»Sie ist da drin. Ich kann sie riechen.«

Oren nickte, schob die Tür auf und fluchte.

»Was ist?«, fragte sie besorgt.

»Na ja, der Blutgeruch ist nur schwach, weil die Dusche ihn wegwäscht.« Mehr sagte er nicht, ehe er in den Raum trat.

Sage wollte ihm folgen, erstarrte aber in der Tür.

Eine Frau Anfang vierzig saß komplett angezogen gefesselt und geknebelt in der Badewanne. Kopf und Schultern waren nach vorne gesackt, und aus der Dusche über ihr strömte kaltes Wasser auf sie herab. Fachmännisch und mit komplizierten Knoten verschnürten die Stricke nicht nur ihre Hände und Fußgelenke, sondern auch ihren ganzen Körper. Die Frau hätte unmöglich entkommen können, das war ihr sofort klar.

»Woher kommt das Blut?«, fragte Sage, während sie näher an den triefnassen, fleckigen Körper herantrat. Das dunkle Haar der Frau hing ihr quer übers Gesicht. Sage konnte ihre Augen nicht sehen und hoffte, dass sie geschlossen waren.

»Von ihren Armen.« Oren zeigte darauf. »Und ihren Oberschenkeln. Schau.«

Sie schnappte nach Luft. Die Arme des Opfers waren an den Innenseiten mit Schnitten übersät, die auch den Stoff ihrer Hose zerteilt hatten.

»Der Killer hat sie hier gefesselt zurückgelassen, damit sie verblutet«, sagte er düster. »Das laufende Wasser hat den Blutverlust beschleunigt. Sie war Ärztin. Sie wird gewusst haben, dass dies ihr Ende sein würde.«

Sage wurde schlecht.

»Wir können das Wasser nicht abstellen«, sagte Oren. »Die Menschen müssen glauben, dass sie sie als Erste gefunden haben.«

Sie nickte. »Wenn sie die Schnitte an ihren Armen und Beinen sehen, werden sie durchdrehen. Sie werden bestimmt glauben, es wäre irgendein okkulter Scheiß. Ritualmorde. Kulte. Teufelsanbetung und so ein Zeug.«

»Okkulter Scheiß?«, wiederholte er mit einem Schnauben, während er ihr wieder hinaus auf den Flur folgte. Dann schloss er die Tür und verbarg Dr. Lindsays tragischen Tod dahinter. »Magie. Übernatürliches. Wir sind doch der Inbegriff von okkultem Scheiß.«

Sage sah ihn durch die Dunkelheit an, während sie die Treppe hinuntergingen. »Du weißt, was ich meine. Wir sind nicht satanisch. Herrgott noch mal, du bringst Dämonen doch sogar um.« Sie zog eine Augenbraue hoch. »Oder zumindest sind das die Geschichten, die über dich kursieren. Die Geschichten, über die du nicht reden willst.«

»Ich will nur nicht, dass du Albträume bekommst.« Sein Tonfall verriet ihr, dass er grinste.

»Aber sie sind doch real?«, hakte sie nach und hob die Arzttasche auf den Tisch neben Harlands Nachricht. Sie konnte seinen Geruch am Papier wittern. Ohne dass sie fragen musste, öffnete sich die Tasche in einer goldenen Dunstwolke.

»Was ist real?«

»Dämonen. Nicht nur Monster.«

Sie musste ihn nicht ansehen, um zu wissen, dass er immer noch lächelte. »Ich hätte dich nicht für religiös gehalten.«

»Als ich neben den Leichen meiner Familie lag, breitete sich so ein komisches brennendes Gefühl auf meiner Brust aus.« Sie zuckte mit den Schultern, doch es fühlte sich wenig überzeugend an. Als würde sie sich selbst zu wichtig nehmen, wenn sie nun eine Wahrheit eingestand, die sie noch keiner Seele anvertraut hatte. Nicht einmal P. »Es war meine Halskette. Ein kleines Kreuz. Über viele Jahre war mir nicht klar, dass es am Silber gelegen hatte. Ich hatte es die ganze Zeit für Ablehnung gehalten, weil ich zu einem Monster geworden war. Seitdem bin ich wohl nicht mehr sonderlich gläubig. Und im Unten werden die Religionen der Menschen ohnehin nicht praktiziert.«

Sage kramte in der Arzttasche. Flaschen klirrten und Pillenpackungen klapperten. Sie fand auch Stifte, Notizbücher und leere Rezepte.

»Sage.« Sein Tonfall war … na ja, sie hatte eigentlich erwartet, dass er sich über sie lustig machen würde. Doch beim Klang seiner sanften Stimme spürte sie unerwartet einen Kloß im Hals. Sein Mitgefühl beschämte sie. Und so kramte sie weiter in der Tasche und vermied jeden Augenkontakt mit ihm. Sie zog einen aufgerissenen Briefumschlag heraus – eine Hochzeitseinladung, adressiert an: *Mhairi und John.*

Hinter ihr seufzte Oren. »Du hast überlebt. Das macht dich nicht zu einem Monster.«

»Es fühlt sich aber so an«, erwiderte sie.

»Ja, ich habe Dämonen getötet«, gab er schließlich zu. Eine kleine Wahrheit im Tausch für die Wahrheit, die sie ihm anvertraut hatte. »So wie Monster. Ich habe ihnen häufiger ins Auge gesehen, als ich zählen kann, und ich kann dir absolut versichern, dass du keins von beiden bist.« Dann lachte er leise. »Damit will ich aber auch nicht sagen, dass du ein Unschuldsengel bist.«

Sage drehte sich zu ihm um. Er lehnte mit über der Brust ver-

schränkten Armen an der Wand. Bevor sie die Frage gestellt hatte, war ihr nicht klar gewesen, wie sehr sie diese Antwort brauchte.
»Bist du schon mal einem Engel begegnet?«

»Nein.« Oren schüttelte den Kopf. Sein Blick war voller Mitgefühl. Offensichtlich konnte er die Frage nachvollziehen, obwohl sie selbst nicht gänzlich verstand, warum ihr das wichtig war. Vielleicht begriff er, dass sie einfach an das Gegenteil von Finsternis oder Verzweiflung glauben musste. »Aber wenn es Dämonen gibt, und ich weiß, dass es so ist, müsste ich dann nicht auch an die Existenz von Engeln glauben?«

Sie schnaubte leise. Verbittert. Er nickte nur.

Sage betrachtete ihn. Sein wunderschönes Gesicht. Seine Miene. »Was gibt dir Frieden, Oren?«

Darauf antwortete er nicht. Sogar durch die Dunkelheit konnte sie ihn schlucken sehen. Als müsste er die Antwort wieder hinunterwürgen, ehe seine Lippen ihn verrieten. Sie hatte wieder den echten Oren vor sich, nicht das Arschloch, hinter dem er sich für gewöhnlich versteckte.

Dann grinste er, und der Augenblick war verflogen. »Im Moment alles, was P mir abends zum Essen vorsetzt. Bis Ende des Jahres werde ich nicht mehr in meine Klamotten passen.«

Mit einem gezwungenen Lächeln beobachtete Sage, wie der echte Oren sich in Luft auflöste. Sie räusperte sich. »Warum stehst du nur herum und schaust mir bei der Arbeit zu?«

»Hier drin ist es stockduster.« Er zuckte mit den Schultern. »Ich kann nichts sehen. Für dich ist es einfacher.«

»Ts, ts. Wie praktisch, dass ich so gute Augen habe, was?« Sie hielt einen Flyer hoch, den sie aus der Arzttasche gezogen hatte.

Einen Flyer für die Praxis einer Physiotherapeutin. Es waren gleich mehrere in der Tasche, vermutlich, um sie an Patienten und Patientinnen zu verteilen.

Salina Gourlay.

»Sie kannte Salina, zumindest beruflich. Wir haben eine Verbindung.«

Ihnen blieb nicht mehr viel Zeit, bis die Menschen eintrafen. Sie mussten gehen. Sage reichte ihm die Hochzeitseinladung, während sie die Haustür aufzog.

»John. Noch mehr mysteriöse Liebhaber?«, kommentierte Oren düster und nahm die Karte aus dem Umschlag, um sie genauer zu betrachten. Sie hatte kaum einen Fuß aus der Tür gesetzt, als das Handy in ihrer Tasche pingte.

Die Nachricht beinhaltete keinen Text. Nur ein Foto. Hoziers abgeranzter Notizblock, an die Sofalehne in ihrer Wohnung gestützt. Eine weitere, in Rot geschriebene Adresse.

Sie hatte das Gefühl, ihr würde der Boden unter den Füßen weggezogen.

Zum ersten Mal hörte sie Oren vor wahrer, rasender Wut fluchen.

Denn auf dem Display war nur ein Straßenname.

St. Stephen Street.

SAGE

Sage richtete sich auf und schnappte nach Luft. Sie würde sich nie an das Gefühl gewöhnen, wenn die Welt unter ihren Füßen wegrutschte.

Oren hatte sie beide sofort dorthin geshiftet. In eine weitere dunkle, menschenleere Straße. Der Regen war eiskalt. Irgendetwas stimmte nicht. Er hielt sie am Ellbogen fest, bis sie ihr Gleichgewicht wiederfand. Ihr war speiübel.

Aber nicht vom Shiften. Und auch nicht von Silber.

Sie standen auf einer Straße mit hohen Lattenzäunen auf einer Seite, hinter denen Gärten lagen. Dahinter konnte man die Dächer von Häusern ausmachen. Vor ihnen reihten sich mehrere Geschäfte aneinander – ein Herrenfriseur, ein paar Imbissbuden, ein Waschsalon und mehrere andere, deren Rollläden alle für die Nacht heruntergelassen waren. Die meisten waren mit verblassenden Graffiti beschmiert.

Neben einem chinesischen Schnellimbiss, kurz vorm Ende der Straße, war die Adresse, nach der sie suchten. Auch dort war der Rollladen heruntergelassen. Doch Sage fiel sofort das aufgebrochene Vorhängeschloss auf dem Boden auf, das offenbar jemand zur Seite gekickt hatte.

Sage schnupperte in der Luft. Blut.

Viel Blut. Mehr als in Lucys Wohnung. Sehr viel mehr.

»Oren.« Sie schmeckte Galle und klammerte sich an den Ärmel seines Mantels. Ihr stellten sich am ganzen Körper die Haare auf. »Oren!«

»Was?«

»Riechst du das nicht?«

»Was denn?«

»Es ist so viel«, flüsterte sie. Von dem Gestank völlig überwältigt rang sie nach Atem. »So viel Blut. Ich kann es von hier riechen.«

Der salzige Eisengeruch stieg ihr so stark in die Nase, dass sie es hinten auf der Zunge schmecken konnte. Er löste einen Brechreiz aus und sie würgte, aber es kam nichts hoch.

»Was ist los mit dir?«, fragte er mit hochgezogener Augenbraue.

»Es ist die Wölfin«, sagte Sage und schluckte. Sie zitterte. »Sie ist aufgewacht.«

»Weißt du, wenn du dich häufiger verwandeln würdest, hättest du mehr Übung darin. Und könntest es besser kontrollieren.«

Ehe sie etwas Bissiges erwidern konnte, riss Oren die Augen auf. »Sage?«

Seine Reaktion ergab keinen Sinn. Sie hatte noch gar nichts gesagt, nur mit dem Finger auf ihn gezeigt. Doch dann fiel ihr auf, dass es gar kein Finger war. Na ja, eigentlich schon, nur war an seiner Spitze eine dicke, gekrümmte, messerscharfe Klaue gewachsen.

Ihr Ärger verwandelte sich in Panik, und als sie beide Hände hob, starrte sie halb knurrend, halb winselnd auf die Krallen.

Sage konnte es nach wie vor riechen. Das Blut. So viel davon. Der Geruch wurde stärker und die Wölfin in ihr versuchte mit aller Gewalt, aus ihr hervorzubrechen.

Gefahr. Die Wölfin hatte das Blut gerochen und gedacht, Sage wäre in Gefahr. Deshalb kämpfte sie sich mit Zähnen und Klauen an die Oberfläche.

Sage zitterte so heftig, dass ihre Zähne klapperten, die in ihrem

Mund spürbar länger wurden. Ein brennender Schmerz bohrte sich in ihr Zahnfleisch.

»Sage«, drang eine scharfe Stimme zu ihr durch, während sie auf das Blut starrte, das aus ihren zerstörten Nagelbetten tropfte.

Sie sah auf, und Orens vertrautes Gesicht war wieder hart, kalt und wütend geworden.

»Schau mich an«, beharrte er, als ihr Blick wieder zu ihren Händen wanderte. Sie war den Tränen nahe. Warum hörte es nicht auf? Sie wollte, dass es aufhörte! Blut. Eisen. Sie war davon umgeben. Die Wölfin wollte durch ihre Haut bersten und jegliche Bedrohung töten.

Hatte sie mehrmals lautlos *Hilfe* gerufen? Sie war sich nicht sicher.

»Schau mich an!« Eine starke Hand an ihrem Kinn zwang sie, seinem Blick zu begegnen. »Atme tief ein.«

Sie gehorchte, obwohl sie weiterhin den Blutgeruch in der Luft schmecken konnte.

»Nichts kann uns etwas anhaben«, erklärte er bestimmt. »Nicht, während ich hier bin.«

»Du verstehst nicht …«

»Doch. Die Wölfin will kämpfen. Aber das braucht sie nicht. Ich bin hier. Ich habe alles unter Kontrolle. Sag ihr, dass sie sich zurückziehen soll, sofort.« Langsam und ruhig artikulierte er jedes Wort. Alles Attraktive an ihm war verschwunden. Seine Augen waren so dunkel geworden, dass sie fast schwarz erschienen, und auch seine Zähne verlängerten sich, um sich mit ihren zu messen. Der Schatten seines eigenen Monsters spähte hervor, forderte ihres heraus und zeigte ihr, dass er zu seinem Wort stand. »Du hast die Kontrolle. Dräng sie zurück.«

»Sie ist zu stark …«

»Sie ist nicht so stark wie ich. Bring sie unter Kontrolle, Sage.«

»Ich kann nicht.« Sie keuchte, kämpfte, flehte.

Die Hand an ihrem Kinn legte sich um ihren Nacken, und die Wärme seiner Magie sickerte erneut unter ihre Haut. Nicht um sie zu heilen, wie beim ersten Mal, sondern um sie zu beruhigen. Das Angebot einer helfenden Hand – sie musste sich nur nach ihr ausstrecken und sie ergreifen.

»Atme tief ein«, flüsterte er.

Und dann tat sie es endlich.

Sofort zogen sich die Klauen zurück, und die Zähne schrumpften.

In Sekundenschnelle war sie wieder ganz Mensch. Ihre Brust hob und senkte sich. Von ihren zitternden Händen tropfte nur noch das Blut.

Und das Monster in Orens Gesicht war ebenfalls verschwunden.

»Danke«, flüsterte sie. Ihre Wangen brannten bei dem Versuch, den Kloß in ihrem Hals hinunterzuschlucken.

Oren musterte sie einen Moment lang, doch sie war sich nicht sicher, wonach er suchte. Dann schüttelte er den Ärmel seines Mantels zurück und warf einen Blick auf seine Uhr. »Komm. Wir haben nicht viel Zeit.«

»Boah.« Oren prustete angewidert, als sie noch dichter an die Ladenfront traten. »Sogar ich kann es jetzt riechen. Was zum Teufel ist da drin?«

»Mach einfach auf«, drängte sie. Sie hatte noch immer den Geschmack von Galle im Mund. »Bringen wir's hinter uns.«

Er tat ihr den Gefallen. Aus seinen Fingerspitzen wirbelte ein sanfter goldener Dunstschleier, und der Rollladen schob sich langsam nach oben.

Sage konnte es bereits durch die Dunkelheit sehen.

Er nicht.

Sie konnte das ganze Ausmaß des Grauens ausmachen.

Die Magie um seine Finger herum wuchs weiter an, bis sie eine Kugel aus leuchtend weißem Licht bildete, die durch die zerschmetterte Glastür hineinschwebte.

Der Laden war völlig verwüstet.

Regale voller Dosen, Schachteln und abgepackter trockener Lebensmittel waren umgekippt worden und ihr Inhalt war auf dem ganzen Boden verstreut. Überall lagen Milchtüten und Limonadenflaschen aus den Kühlschränken, als wäre etwas Riesiges dagegengeknallt. Die Regale hinter der Kasse, auf denen sonst Spirituosen standen, waren nur noch Kleinholz.

Und dazu noch alles andere. Jede Ecke des Ladens war mit Blut bespritzt. Darunter mischten sich kleine Klumpen. Klebten an den Wänden. Am Boden. An allen Oberflächen.

Von den Knochen gerissenes Fleisch.

Entsetzt wich sie zurück.

Dieser Angriff war barbarisch. Das Werk eines Wahnsinnigen.

Hozier hatte von Eskalation gesprochen … Das hier war …

Oren fuhr sich mit der Hand über das glatt rasierte Kinn – für ihn kam das dem Ausdruck eines aufrichtigen Schocks am nächsten.

Glas knirschte unter ihren Füßen, als sie vorsichtig über die umgestoßenen Schachteln mit Katzenleckerlis stieg. Der Gestank war so überwältigend, dass sie sich den Ärmel ihres Mantels vor die Nase hielt. »Wo ist er?«

»Ich vermute … «, sagte Oren, der sich einen Weg zur Theke bahnte und darüberspähte. »Jep.«

»Ist es schlimm?«

Er nickte langsam.

Sie ging um die Theke herum.

Und fluchte lautstark.

»Ich hab's dir doch gesagt.«

Er hatte ihr gar nichts gesagt.

Er hatte nur bestätigt, dass es schlimm war. Aber das hier war noch eine ganze Nummer heftiger.

Der Mann war so grässlich zerfleischt, dass seine menschliche Gestalt kaum mehr zu erkennen war. Sein Gesicht war ein einziger blutiger Brei. Sie hätte ihn niemals aus einer Reihe von Fahndungsfotos heraussuchen oder auch nur die Farbe seines Haars bestimmen können, so blutgetränkt war es. Überall an seinem Körper klafften Löcher, wo das Fleisch weggerissen worden war, und das Weiß seiner Knochen schien aus den Furchen hervor.

Es war ein Kampf von größter Brutalität gewesen, ein Kampf auf Leben und Tod.

In schierem Grauen wich sie zurück.

Ein altes, abgenutztes Rechnungsbuch, vermutlich mit den handgeschriebenen Namen und Adressen seiner Stammkundschaft, lag aufgeschlagen auf der Theke. Frisches Blut ließ die Tinte verlaufen, sodass die meisten Notizen unleserlich geworden waren.

Sie wollte Oren gerade darauf hinweisen, als von der Tür ein würgendes Geräusch zu hören war. Jemand erbrach sich.

Sie wirbelten beide herum.

Sage blinzelte verwirrt. Wie hatte es ihrem Gehör, das noch viel besser entwickelt war als das von Oren, entgehen können, dass sich jemand näherte?

Sie schnupperte noch einmal in der Luft.

Oh.

Darum. Nur ein Wolf konnte sich an einen Wolf heranschleichen.

»Oren«, warnte sie leise, während die Gestalt vor dem Laden vornübergebeugt Galle in den Rinnstein spuckte. »Werwolf.«

Mit düsterem Blick richtete sich Oren auf und ließ auf dem Weg zurück zum Ladeneingang die blutigen Fußspuren hinter ihnen mit einer Handbewegung verschwinden.

»Wer bist du?«, verlangte der Hexenmeister zu wissen.

Die gebeugte Gestalt sah auf.

Es war ein schmächtiger Junge. Nicht älter als achtzehn, neunzehn. Mit Brille und starker Akne.

»Wer will das wissen?«, schoss er zurück.

»Oren Rinallis. Arcānum«, antwortete er rundheraus. »Warum bist du hier? Kennst du diesen Mann?«

Bei Orens Namen richtete sich der Junge auf und schluckte. »Unsere Kommune kauft bei ihm ein. Jeden Monat bekommen wir eine große Lieferung. Sie hätte heute Abend eintreffen sollen, aber niemand ist aufgetaucht. Deshalb haben sie mich losgeschickt, um herauszufinden, warum ...«

»Kommune?«, wiederholte Sage.

Der junge Werwolf blickte zwischen beiden hin und her. Sie wusste, dass er sie auch witterte und als Werwölfin erkannte. Doch angesichts Orens aufragender, finster dreinblickender Gestalt wagte er nicht zu fragen, was sie hier mit dem Hexenmeister machte.

Der Junge nickte. »Wir sind ein Rudel. Wir leben oben auf dem Winter Hill«, stammelte er. Ihr Herz setzte einen Schlag aus. »Wir haben dort unsere eigene Siedlung. Unser eigenes Leben. Wir kaufen bei Patrick ein, weil er einer von uns ist. Und Darren. Der Fahrer. So gibt es nie Ärger. Sie kapieren das mit dem Vollmond. Kapierten, meine ich.« Sein geschockter Blick schnellte zum Laden. »Was ist passiert?«

»Dreimal darfst du raten.«

»Es hat eine Mordserie an Werwölfen gegeben«, unterbrach Sage Oren schnell. Der Junge stand unter Schock und war verängstigt. Orens Sarkasmus war das Letzte, was er jetzt brauchte. »Wir sind hier, um das zu untersuchen, bevor die Menschen auftauchen ...« Sie hob Orens Handgelenk an, um einen Blick auf seine Uhr zu werfen. »In etwa fünf Minuten.« Mitleidig betrachtete sie das blasse Gesicht des jungen Werwolfs. »Geh nach Hause. Sag deinem Alpha, dass ihr euch woanders Vorräte besorgen müsst. Und dass wir euch bald einen Besuch abstatten werden.«

Er nickte, und in seiner Eile stolperte er über die Bordsteinkante. Irgendwo in der Ferne krächzte ein Rabe.

SAGE

Coffee the Vampire Slayer war von Sonnenuntergang bis Sonnenaufgang geöffnet. P traf sich hier manchmal nachts mit ihrer Geisterclique, während Sage schlief.

Es war vier Uhr morgens. Sage rutschte in die Ecknische neben der Tür, und P bestellte ihr an der Theke einen starken Kaffee. Es war eine ruhelose Nacht gewesen.

Als Sage völlig fertig nach Hause zurückgekommen war, hatte sie eine Nachricht von P vorgefunden, in der sie ihrer Freundin mitteilte, dass sie ausgegangen war. Daraufhin hatte Sage sich schlafen gelegt, aber jedes Mal, wenn sie kurz vorm Eindösen war, rissen sie Klarträume voller Blut und leerer, lebloser Augen wieder aus dem Schlaf. Gegen halb drei war sie schließlich zu dem Schluss gekommen, dass es keinen Zweck hatte, und war aufgestanden, um zu schauen, ob P schon wieder zu Hause war.

Sie wollte einfach nur raus. Wollte diese Wand nicht sehen. Wollte nicht über so viel Tod nachdenken.

Seit dem Tod ihrer Familie plagten sie immer dieselben alten Fragen. Und seit dem Tag, an dem P gestorben war. Und dann Lucy. Warum gerade diese Menschen? Was hatten sie getan, dass das Schicksal entschied, ihre Zeit wäre vorbei?

Auch wenn Oren ihr versichert hatte, dass es sie nicht zum Monster machte, die einzige Überlebende zu sein, konnte sie ihre Schuldgefühle einfach nicht abschütteln.

Das Café hatte ein künstlerisches Flair. Unten konnte man sich zu Kaffee und Kuchen hinsetzen, und oben befand sich eine kleine Galerie, in der Werke von prominenten übernatürlichen Fotografinnen und Fotografen ausgestellt waren.

»Der Werwolf vor dem Laden hat gesagt, das Rudel würde oben auf dem Winter Hill leben«, erzählte sie P. Allein bei dem Namen stockte ihr das Herz. Doch P reagierte darauf nicht, was sie überraschte.

Der Winter Hill lag in den West Pennine Moors, die sich endlos in alle Richtungen erstreckten – über zweihundert Quadratkilometer Moorlandschaft. Gut zum Wandern, Hunde-Ausführen, Zelten ... und an Vollmond. Man konnte sich dort leicht verirren.

»Ich weiß«, antwortete P leise. »Nachdem Oren erwähnt hat, dass es in der Stadt ein Rudel gibt, habe ich gestern im Archiv nachgesehen. Nur weil es mich persönlich interessiert, weißt du. Ich dachte, dass es für sie ziemlich schwer sein muss, im Verborgenen zu bleiben. Ich habe nachgeprüft, was Oren gesagt hat. Und er hat recht. Das Rudel hat sich vor neun Jahren gebildet.«

Ein ganzes Jahr nachdem man Sage blutverschmiert inmitten ihrer toten Familie im Moor gefunden hatte – wo genau, wusste sie nicht. Sie hatte sich nie die Berichterstattung von damals angesehen, um es herauszufinden. P wusste wahrscheinlich Bescheid, aber da Sage nie nachfragte, behielt ihre Freundin es für sich.

Sie löffelte etwas Zucker in ihren Kaffee und rührte langsam.

Und dann klingelte ihr Handy.

Allmählich graute es ihr vor dem Klang.

»Wenn das noch einer ist ...«, murmelte sie. Sie holte das Handy aus der Tasche und sank erleichtert in sich zusammen, als Dannys Name auf dem Display aufleuchtete.

»Hi.« Sie stellte auf Lautsprecher. »Alles in Ordnung?«

»Äh, ja, und bei dir?« Er klang verwirrt. »Ich stehe vor deiner Tür. Ich klopfe schon seit Ewigkeiten, aber niemand macht auf.«

P schlug sich die Hand vor den Mund und verzog das Gesicht. Sie hatte schon nicht mehr daran geglaubt, dass einer ihrer Kumpels jemals wieder zum Frühstück aufkreuzen würde. Da verließ sie nur einmal über Nacht die Wohnung, und schon tauchte einer auf.

»Ich bin mit P im *Vampire Slayer*«, erklärte Sage ihm. »Ich brauchte einen Tapetenwechsel. Du bist doch nicht etwa zum Frühstück vorbeigekommen?«

»Oh. Nein, ist schon okay. Ich bin auf dem Weg ins Oben, um noch ein paar Julfest-Geschenke einzukaufen. Du weißt ja, wie versessen Juniper und Willow auf alles Menschliche sind, weil sie nicht ins Oben gehen können. Ich wollte nur kurz nachfragen, ob du auf die Party gehst. Die von Harlands Mitbewohnerin im Oben?«

Ps Miene signalisierte deutlich: *Du hast es versprochen!* Sage verkniff sich ein lautes Stöhnen. Aber nach all dem, was gestern Abend passiert war, kam es ihr unangebracht vor. Auch wenn ihr ein wenig Ablenkung sicher guttun würde, um die Erinnerungen an die Leichen von Mhairi und Patrick zu vertreiben, konnte sie sich jetzt nicht vorstellen, auf eine Party zu gehen.

»Er hat dich vorgeschickt, damit du fragst, oder?«

Danny seufzte. »Nach gestern Abend wollte er Oren nicht noch mal über den Weg laufen. Und ich glaube, er hat seiner WG schon angekündigt, dass ein paar Leute aus seiner Clique kommen. Außerdem ...« Er zögerte. »Er meinte, dass ein paar ziemlich süße Mädchen auf seinem Stock wohnen.«

P schnaubte und verdrehte die Augen. Typisch Jungs.

Typisch pickelige, schlaksige, ungeschickte Jungs. Sie wusste, dass sie so gut wie kein Glück bei Mädchen hatten. Bei ihren unbeholfenen Annäherungsversuchen zogen sie immer nur Nieten.

»Er hat Angst, wie ein Loser dazustehen, wenn wir nicht auftauchen«, fuhr Danny fort. »Es ist so was wie 'ne 24-Stunden-Party und fängt um zwölf an, aber wir können auch später hingehen. Nur ein, zwei Stunden, Sage, dann kannst du wieder zurück an die Arbeit. Komm schon.«

Natürlich versuchte er, ihr ein schlechtes Gewissen zu machen. Was er auch schaffte. Ein klein wenig genervt ließ sie sich breitschlagen. »Na gut, ich komme.«

»Super!« Er klang erleichtert. »Ich hab die Adresse. Rhen und ich treffen dich um vier bei Stellans Tor, dann ziehen wir zusammen los. Ich dachte, dass wir zu mehreren sicherer sind, weil, na, du weißt schon ...«

»Ich weiß.« Sie verabschiedete sich und beendete das Gespräch.

Dann steckte sie das Handy zurück in ihre Tasche und wollte Ps Ermutigungen nicht hören, dass sie ja tatsächlich Spaß haben könnte.

»Lange nicht mehr gesehen.« Rhen grinste, als sie kurz vorm Ende des Tunnels, der ins Oben führte, auf ihn und Danny traf. Er ließ den Blick auf dem Saum von Sages Kleid ruhen und wurde sofort rot. Obwohl die Wettervorhersage – die sie bereits überprüft hatte – keinen Regen in den nächsten zwei Tagen meldete, hatte er wie immer einen XXL-Regenschirm dabei.

Oren hatte es gar nicht gefallen, dass sie auf eine Party im Oben ging. Er hatte irgendwas von Teenagern gefaucht, sie daran erinnert, dass sie fünf tote Werwölfe am Hals hatten, und gefragt, ob sie ihren Job wirklich ernst nahm. Daraufhin hatten sie eine lautstarke Auseinandersetzung gehabt, bei der die Fetzen flogen.

Obwohl P zwischen den beiden vermittelt hatte und sie sich schließlich auf einen Kompromiss einigten, hatte ihr Streit für böses Blut zwischen den beiden gesorgt. Sage würde mit P zu

Abend essen und für ein paar Stunden auf die Party gehen, dann würden sie noch am selben Abend der Kommune einen Besuch abstatten und diese zu Darren und Patrick befragen. So hätte sie auch einen guten Vorwand, um die Party zu verlassen. Trotzdem war Oren wutentbrannt davongestürmt und hatte ihr mit erhobenem Zeigefinger gedroht, dass sie besser nicht betrunken sein sollte, wenn er sie dort abholte.

»*Ihr* wart es doch, die nicht mehr zum Abendessen aufgetaucht seid. Früher konnten wir euch kaum loswerden«, konterte Sage und sah Rhen mit einer hochgezogenen Augenbraue an, während sie das letzte Stück des Tunnels gemeinsam gingen. Sie kannte Rhen und Danny schon ewig, noch aus Schultagen im Unten, wo ihre gemeinsame Vorliebe für Fantasyfilme sie zusammengebracht hatte, und jetzt ärgerte sie sich über beide.

Sie lächelte Stellan an, der pflichtbewusst an seinem Tisch saß. »Ich werde P sagen, dass du nach ihr gefragt hast, okay?« Mit einem Grinsen warf sie ihm einen Blick über die Schulter zu, um seine Reaktion zu sehen.

Sein durchsichtiges Gesicht hellte sich auf. »Leg ein gutes Wort für mich ein, ja?«

»Na ja«, führte Danny ihre Unterhaltung verlegen fort, als sie durch die Falltür kletterten. »Wir waren uns nicht sicher, ob du zu beschäftigt bist …«

»So ein Quatsch.« Sie schüttelte den Kopf. »Ist das auch eure Ausrede dafür, dass ihr uns nicht mehr zu Pub-Abenden einladet?«

Auch ohne das Licht aus dem Fassraum konnte sie sehen, wie beide Jungs rot wurden.

»Du weißt aber schon, was sie über ihn sagen, oder?«, fragte Rhen. Sie traten in den kalten, staubigen Raum, in dem die Luft abgestanden und klamm roch.

»Jetzt mal im Ernst.« Sie drehte sich zu ihnen um und blieb

vor der Tür zur Bar stehen, um ihnen den Weg zu verstellen. Auch wenn sie gerade nicht besonders gut auf Oren zu sprechen war, verlor sie langsam wirklich die Geduld mit ihren Freunden. »Ihr zwei und Harland müsst mal langsam mit den Verschwörungstheorien aufhören!«

»Das sind keine Verschwörungstheorien!«, stieß Danny mit wildem Blick hervor. Er schien gewachsen zu sein, seit sie ihn das letzte Mal gesehen hatte, und seine Akne war nicht viel besser geworden. Die beiden wirkten so … Sie hatte wirklich zu viel Zeit mit Oren verbracht. In seiner Gegenwart hatte sie vergessen, wie Jungs in ihrem Alter aussahen, wie sie sich bewegten und wie sie sprachen. »Wir haben recherchiert …«

»Ihr habt *was*?« Das war so dreist, dass sie kurz davor war, an die Decke zu gehen.

»Harland meinte, du hättest gesagt, er würde dummes Zeug reden«, murmelte Rhen mit hochrotem Kopf. »Aber wir haben es überprüft. Eine Menge der Geschichten über ihn sind wahr, Sage. Er hat … schreckliche Dinge getan. Sogar unter den Hexenmeistern ist er dafür berüchtigt, dass er keine fairen Prozesse veranlasst und lieber Hinrichtungsbefehle ausstellt, statt Leute einzusperren. Er hat« – er senkte die Stimme – »*unschuldige Leute getötet*, Sage.«

Sie starrte die beiden an.

»Es reicht«, sagte sie. Sie wollte es nicht hören. Sie konnte nicht.

»Das ist die Wahrheit. Das ist alles belegt«, wandte Danny ein, klang aber mitfühlend. Er glaubte, sie würde diese Anschuldigungen zum ersten Mal hören, als wüsste sie nicht bereits, was er getan hatte und warum.

Dennoch fühlte sie sich unwohl dabei, es noch mal von ihren Freunden zu hören.

»Wir sind da mit Harland völlig einer Meinung«, beharrte

Rhen. »Er ist gefährlich, und du solltest dich in seiner Nähe in Acht nehmen ... Wusstest du, dass er eigenhändig eine Chimäre getötet hat?«

»Na und?« Sie gab vor, nicht zu wissen, dass Chimären zu den gefährlichsten übernatürlichen Monstern gehörten und man sie aus Furcht fast gänzlich ausgerottet hatte.

Danny sah sie mit großen Augen an. »Niemand kann eine Chimäre töten!«

Da tickte sie schließlich aus. »Na, dann kann es ja nicht stimmen, oder?«, schrie sie. Ihre Stimme hallte durch den Fassraum. Sie sagten vermutlich die Wahrheit. Schließlich ging es um Oren. »Das alles geht keinen von euch beiden irgendetwas an. Ich ... Ich ... « Sie blickte zwischen den beiden hin und her, die zurückstarrten. Der Schock stand ihnen ins Gesicht geschrieben. Es war nicht ihre Schuld. »Es tut mir leid«, sagte sie. »Es war ein sehr langer Tag nach einer noch längeren Nacht. Eigentlich bin ich auch zu kaputt für eine Party, aber ... « Sie zog die Tür zur Bar auf, wenn auch nur, um ihnen nicht in die Augen sehen zu müssen. Der angenehme Klang irgendeiner Band kam aus der Jukebox, und sie zwang sich, die anzüglichen Bemerkungen zu ihrem Kleid zu ignorieren, das eine Menge Bein zeigte.

»Ist es wirklich so schlimm?«, fragte Rhen. »Ich meine, ich bin zwar kein Werwolf, aber ist es für euch beide nicht zu gefährlich, heute Abend unterwegs zu sein? Ich habe Harland gesagt, dass ich mir unsicher bin, aber er hat darauf bestanden.«

Wenn sie ehrlich war, war sie sich da selbst nicht ganz sicher. »In der Gruppe ist es weniger gefährlich.« Sie schluckte. »Geht auf gar keinen Fall irgendwo allein hin, egal wo, aber vor allem im Oben. Sogar tagsüber, ich mein's ernst. Letzte Nacht wurde ein weiterer Werwolf getötet, nach dem, von dem ihr schon wisst, Danny. Und zwar nicht sehr weit von hier.«

Danny stammelte etwas. Rhen fluchte.

Die drei standen inzwischen draußen auf der Straße, und sie fröstelte. Es war eiskalt. Wie schnell sie sich daran gewöhnt hatte, dass Oren sie warm und trocken hielt. Jetzt klapperten ihr die Zähne. Irgendwo in der Ferne hörte sie ein Krächzen, und sie blickte mit zusammengekniffenen Augen auf die andere Straßenseite ... Jep, auf einer Straßenlaterne saß ein Rabe und starrte sie direkt an.

»Und ... weiß er immer noch nicht, wer es ist?«, fragte Rhen vorsichtig.

Sie verdrehte die Augen. »Du kannst seinen Namen sagen, er ist nicht Beetlejuice, du wirst ihn dadurch nicht heraufbeschwören.«

Vielleicht merkte er ihr an, dass sie nicht mehr dazu sagen wollte.

Er nickte. »Na gut.« Er legte ihr einen Arm um die Schulter. »Du brauchst einen freien Abend. Und einen Drink.«

SAGE

»Sind wir hier richtig?« Sage blieb vor einer Glastür mit einer großen metallenen Sechs in der Mitte stehen.

Rhen zuckte mit den Schultern. »Ich denke schon. Sechster Stock, und hier ist keine andere Tür.«

Sie drückte sie auf und wusste sofort, dass sie richtig waren. Bei ihrem verstärkten Geruchssinn raubten ihr die Alkoholdämpfe den Atem.

»Meine Fresse«, murmelte Danny, der es auch roch. Gesprächsfetzen drangen laut an ihre Wolfsohren und führten sie zu einer Tür auf halber Strecke den Gang hinunter. Die Jungs postierten sich links und rechts von ihr, und sie klopfte.

Ein Mädchen öffnete. Sie war klein, hatte gelocktes rotes Haar, viele Sommersprossen im Gesicht und trug Skinny-Jeans. An ihrem bauchfreien Kaki-Top pinnte ein großer Button, auf dem winzige flackernde Lichter das Wort *Birthday Girl!* bildeten.

»Ich bin Sage«, stellte sich Sage vor. »Das sind Danny und Rhen. Wir sind Freunde von Harland.«

»Ah ja, klar!« Das Mädchen grinste, trat zurück und winkte sie herein. »Ich bin Kat. Ich hab schon viel von euch gehört! Du bist echt hübsch. Oh Mann, kein Wunder, dass Harland in einer Tour von dir redet. Kommt rein, kommt rein, hatte P keine Zeit?«

Sie suchte fieberhaft nach einer Antwort, während sie Kat in die Gemeinschaftsküche folgte.

Auf einem Tisch standen noch die Überreste eines typischen Partybuffets herum und auf der Theke an der hinteren Wand stapelten sich Dosen und Flaschen mit dem Alkohol, den sie auf dem Gang gerochen hatte. Das Ganze hatte etwas studentisch Schmuddeliges. Irgendwie schon sauber, aber eben nicht so richtig.

»Sie hatte schon was vor«, sagte Sage, was ja nicht vollkommen gelogen war. »Aber wir sollen Glückwünsche ausrichten!«

Kat grinste. »Manchmal warten wir, ob Harland etwas mitbringt, bevor wir abends was zu essen bestellen. Er hat uns erzählt, dass sie eine Ausbildung zur Köchin macht.«

Sage musste über Harlands Lüge lächeln. »Wenn ich ihr das sage, wird sie euch bestimmt von jetzt an noch mehr schicken.«

»Ja, bitte!« Kat lachte. Sage mochte sie. Sie war fröhlich und unkompliziert. Nicht alle Mädchen in ihrem Alter waren so, bei manchen fühlte sie sich unwohl. Aber vielleicht lag es auch einfach an ihrem mangelnden Selbstvertrauen. Manchmal musste sie sich wieder bewusst machen, dass Menschen nicht einmal an die Existenz von Werwölfen glaubten, geschweige denn den Verdacht hegten, sie könnte einer sein.

Ein anderer junger Typ kam herein. Auch er war wie Harland. Sie musste unweigerlich lächeln, weil er so … normal war.

Er bemerkte ihr Lächeln und dachte, es würde ihm gelten.

»Hi.« Er kam sofort herüber. »Ich bin Ben. Bist du Sage oder P?« Dann schnappte er sich eine Dose Bier und öffnete sie.

»Sage«, antwortete Kat mit einem Flunsch. »P konnte nicht kommen.«

»Oh, Mann!« Ben grinste. »Wir wollten sie doch bitten, Harland häufiger Essen mitzugeben!«

»Keine Sorge. Kat hat die Nachricht schon weitergegeben.« Sage grinste das Mädchen an, das verlegen protestieren wollte.

»Danny und Rhen«, stellte sie ihre Kumpels noch einmal vor, weil sie ganz offensichtlich zu schüchtern waren, es selbst zu tun. Doch Ben war bereits auf Dannys T-Shirt mit einem Motiv aus irgendeinem japanischen Anime aufmerksam geworden, und mehr brauchte es anscheinend nicht als Eisbrecher.

»Jungs«, seufzte Kat. »Ich hab mir extra eine Uni im Norden ausgesucht, um meinen kleinen Brüdern zu entkommen, und jetzt wohne ich mit noch größeren Kindsköpfen zusammen.«

Sage lachte. Es fühlte sich so unbeschwert an. Auf einmal war sie ganz berauscht von diesem Gefühl – von der Freiheit hier im Oben, weit weg von Oren und ermordeten Werwölfen. Vielleicht würde sie gar keinen Alkohol brauchen.

»Wo ist eigentlich Harland?«, fragte sie plötzlich. Die Wunschvorstellung, echte menschliche Freunde zu haben, hatte sie so bezaubert, dass sie fast den Kumpel, wegen dem sie hier war, vergessen hätte.

»Unter der Dusche«, sagte Kat. »Er ist gerade erst aus der Bibliothek zurückgekommen. Er nimmt das mit dem Studieren echt ernst. Total verrückt.«

Sage verdrehte die Augen, aber mit einem Lächeln im Gesicht. Harland war ehrgeiziger als sie. Auf die Uni zu gehen, hatte sie nie gereizt. Sie wusste, dass sie nie im Oben leben würde, jedenfalls nicht ohne P, und menschliche Qualifikationen waren im Unten nichts wert. Die Unterwelt hatte ihre eigenen Universitäten und bot in allen möglichen magischen Fächern Abschlüsse an, die sie in den übernatürlichen Orten auf der ganzen Welt nutzen konnte. Doch das Arcānum war schon immer ihr Traum gewesen. Nach dem Tod ihrer Familie konnte sie sich kein wichtigeres Lebensziel vorstellen, als alles dafür zu tun, dass kein anderes Kind so aufwachsen musste wie sie – verwaist und allein. Es war schon ironisch: Jetzt, da sie die Chance dazu hatte, wurde ihr erst klar, wie sehr sie ihre Zukunft aus einer hoffnungsvollen Laune heraus aufs Spiel gesetzt hatte.

Mehr und mehr Studis kamen aus den anderen Stockwerken eingetrudelt, und Ben schloss ein Handy an die Lautsprecher an, aus denen bald Musik dröhnte. Er stellte Sage noch ein paar anderen Freunden vor, und Rhen und Danny waren inzwischen vollends aufgetaut und mischten sich unter das Partyvolk: allesamt schlaksige Jungs, die sehnsüchtig einige der spärlich bekleideten Mädchen beäugten und überlegten, ob sie ihr Glück versuchen sollten.

Kat drückte Sage eine Flasche Wein in die Hand und blieb in ihrer Nähe. Möglicherweise spürte sie, wie überfordert sie war. Sage konnte ihr ja schlecht sagen, dass es ihr eine Heidenangst einjagte, ein Gespräch mit Gleichaltrigen anzufangen, und dass sie mehr an die Gesellschaft eines hundertfünfzig Jahre alten Hexenmeisters gewöhnt war. Sie wünschte, Harland würde bald aus der Dusche kommen.

Als hätten ihre gestressten Gedanken ihn heraufbeschworen, erschien er endlich mit nassem Haar und einem Lächeln im Gesicht. Er blieb kurz an der Tür stehen, um ein paar Leute zu begrüßen, und sein Lachen war so entspannt, dass er für einen kurzen Moment älter wirkte. Und größer. Nicht mehr ganz so wie der linkische, geekige Teenager, der jedes Mal knallrot wurde, wenn sie ihn auch nur ansah. Sie bemerkte, dass andere Mädchen sein Lächeln erwiderten, und freute sich für ihn.

»Hi.« Harland grinste erleichtert. »Dann hast du Oren doch nicht mitgebracht? Ich dachte, er würde vielleicht mitkommen.«

»Wer ist Oren?«, fragte Kat voller Vorfreude auf ein bisschen Tratsch. »Dein Freund?«

»Nein.« Sage warf Harland einen vernichtenden Blick zu. »Er ist mein …« Aber wie sollte sie einen übernatürlichen, Verbrechen bekämpfenden, unsterblichen Arbeitskollegen beschreiben?

Weil sie zögerte, zog Kat ihre ganz eigenen Schlüsse.

»Ah«, sie grinste, »verstehe! Was für ab und zu. Ist doch in Ordnung.«

»Nein, nein ...«

Jetzt, da Sage wieder mit ihrem Kumpel vereint war, verschwand Kat mit erhobenen Händen und einem breiten Grinsen rückwärts in der Menge.

Harland kicherte. »Ich war echt gespannt, wie du einen Arcānas beschreiben würdest.«

Sie boxte ihn gegen den Arm. »P macht also eine Ausbildung zur Köchin?«

Er lachte. »Mehr oder weniger. Nicht meine Schuld, wenn mir bessere Geschichten einfallen als dir. Wie läuft's bei dir?«

Sie seufzte und schüttelte den Kopf. »Es ist einfach so ...« Sie konnte ihren Frust nicht in Worte fassen. »Wir haben eine Verbindung zwischen fast allen Opfern gefunden, als hätte der Mörder jedes Opfer irgendwie benutzt, um an das nächste heranzukommen. Aber wir wissen immer noch nicht, warum. Das treibt mich in den Wahnsinn, Harland. Ich kann nicht schlafen und hab das Gefühl, mein Kopf könnte jeden Moment explodieren.«

Er nickte besorgt. Dann atmete er ganz langsam aus. »*Oh, welch verworren Netz wir weben, wenn wir nach Trug und Täuschung streben.*«

Sie verschluckte sich fast an ihrem Wein und brach in schallendes Gelächter aus. »War das ... ein schottischer Akzent?«, fragte sie.

»Walter Scott«, antwortete er verlegen in seinem gewohnten südenglischen Akzent. »Schottischer Dichter. Ich dachte bloß, es klingt besser in ...« Er verstummte betreten.

»Seit wann rezitierst du Lyrik?«

»Ich lese eine Menge Bücher, Sage.« Sein Kommentar klang vernichtend. »Ich mag Literatur.«

»Ach, echt? Und ich dachte, du würdest nur Vintage-Videogame-Enzyklopädien studieren«, erwiderte sie gespielt verwirrt.

Harland kniff die Augen zusammen, grinste aber. »Die auch.«

Zwanzig Minuten später stand sie mit Kat, Harland und zwei Menschen namens Pete und Chris aus dem Stockwerk darunter neben der Spüle, als Kat plötzlich ihr Bier herausprustete.

»Ist alles in Ordnung?« Sage schlug ihr auf den Rücken, doch sie schüttelte bereits den Kopf und winkte ab.

»Wer hat *den* denn eingeladen?«, fragte Pete zähneknirschend.

»Ist doch egal.« Kat strahlte. »Der ist mit Sicherheit schon im dritten Jahr.«

Na toll.

Ohne hinsehen zu müssen, wusste sie sofort, wer an der offenen Tür stand.

SAGE

Harland stöhnte. Und tatsächlich – als sie den Blick durch den Raum schweifen ließ, machte jedes Mädchen dasselbe Gesicht wie Kat, und alle Jungen sahen so genervt aus wie Pete.

»Toll«, maulte Harland. »Natürlich muss Oren aufkreuzen und alle Aufmerksamkeit auf sich ziehen.«

Kat wirbelte zu ihr herum. »*Das* ist er? Du hast so einen scharfen Freund?«

»Er ist nicht mein Freund!«, zischte Sage. Sie wusste, dass er es durch den Raum hören würde, und wollte auf keinen Fall, dass er glaubte, sie hätte allen erzählt, er wäre ihr Freund! Warum war er hier? Sie warf einen Blick auf ihr Handy, um die Zeit zu checken, aber sie war noch nicht zu spät dran.

»Wie alt ist er?«, fragte Chris unsicher, während er Oren musterte, dem an der Tür gleich drei Mädchen auf die Pelle rückten: Wer war er? Hatte er sich verirrt? Könnten sie ihn irgendwohin bringen? Vielleicht in ihre Zimmer?

Harland zog eine Augenbraue hoch, die ausdrückte: *Das kannst gerne du beantworten.*

»Drei...undzwanzig?«, versuchte sie es mit einer halbwegs glaubwürdigen Antwort.

Das passte schon. So in etwa.

»Hat er noch irgendwelche heißen Freunde?«, fragte Kat.

Harland schnaubte.

Oren gelang es, sich aus den Fängen der drei Mädels an der Tür zu befreien, und er bahnte sich einen Weg durch die brechend volle Küche. Er hatte eine Tasche in der Hand, und sein Haar war ein klein wenig zerzauster also sonst.

»Du siehst wirklich ...«, setzte er an, als er die Gruppe erreichte. Sein Blick ruhte auf dem Saum ihres kurzen Kleids. »Sonst ziehst du dich nie so an.«

Sage kniff die Augen zusammen und wollte gerade etwas sehr Unhöfliches erwidern, doch Harland kam ihr zuvor.

»Ich finde, sie sieht hübsch aus«, sagte er.

Und wurde sofort feuerrot. Sie war sich ziemlich sicher, dass ihm das nur herausgerutscht war, und Kat vermutete offensichtlich dasselbe, denn sie blickte mit vor Überraschung weit aufgerissenen Augen zwischen den beiden hin und her.

Oren wandte sich ihm mit einem grausamen Lächeln zu, woraufhin Harland körperlich zu schrumpfen schien.

»Was machst du hier?«, warf sie schnell ein, ehe er noch mehr sagen konnte.

Aber Oren lächelte nur und drehte sich wieder zu Kat, die sich alle Mühe gab, unter seinem Blick nicht völlig zu zerschmelzen. »Sage dachte, ich wüsste nicht, dass sie um Mitternacht Geburtstag hat«, sagte er in einem verschwörerisch lauten Flüsterton. »Ich hatte vor, sie auszuführen. Sollte eine Überraschung sein, verstehst du?«

Sie hätte ihn schlagen können. Es war eine glatte Lüge; er wusste genau, was er tat. Kat wimmerte regelrecht.

»Das konnte sie natürlich nicht wissen, dass sie sich doppelt verabredet hat.«

»Eine Geburtstagsüberraschung?«, hauchte Kat gerührt. Es war schon fast ulkig. Sie wandte sich an Sage: »Warum hast du nichts gesagt? Wir hätten zusammen feiern können.«

»Hast du nicht gesagt, dass wir dieses Jahr nichts für dich organisieren sollen?«, grummelte Harland und sah Sage verärgert an.

»Das wollte ich auch nicht.« Mehr fiel ihr als Antwort nicht ein. Es stimmte. Bei allem, was gerade vor sich ging, war es ihr völlig unangebracht vorgekommen, ihren eigenen Geburtstag zu feiern. Sie wandte sich verwirrt an Oren. »Du hast was geplant?«

Er hielt die Tasche in seiner Hand hoch. »Turnschuhe. Jeans. Lieblingspullover. Wärmster Mantel. Kleid und Stöckelschuhe im Dezember, bist du verrückt? Du wirst dir noch den Tod holen. Wir gehen nämlich raus.«

Kat klang, als könnte sie jeden Augenblick einen Herzstillstand erleiden. »Seht ihr das!«, flüsterte sie den Jungs um sie herum zu. »*So* was ist romantisch!«

»Ich tue, was ich kann«, log Oren durch seine strahlenden weißen Zähne.

Sage wusste mit hundertprozentiger Sicherheit, dass nur P diese Tasche gepackt haben konnte, und riss sie ihm aus der Hand. Für diese kleine Überraschung würde sie auch P umbringen, weil sie ihr klipp und klar mitgeteilt hatte, sie solle sich wegen ihres Geburtstags keine Umstände machen.

Am liebsten hätte sie sich geweigert, mitzugehen. Doch dann kam ihr der Gedanke, dass er vielleicht nur deshalb persönlich aufgekreuzt war – und das auch noch früher als abgemacht –, um einen Vorwand zu haben, sie abzuholen und mit ihr einen weiteren Tatort aufzusuchen.

Ihr Magen zog sich erneut zu einem nervösen Knoten zusammen. Sie konnte es nicht riskieren. »Es tut mir so leid, Kat, ist das okay?«

»Aber klar doch! Geh ruhig!« Kat schüttelte den Kopf. Dass Oren nicht blieb, schien sie mehr zu enttäuschen. »Viel Spaß!«

Sage drehte sich zu Harland, der beleidigt schaute. »Es tut mir leid. Bei all dem, was gerade los ist, hat es sich einfach nicht richtig angefühlt, meinen Geburtstag zu feiern«, sagte sie leise. Er nickte, sah aber weiterhin angefressen aus. »Bitte sei vorsichtig,

Harland. Geh nachts nicht allein raus. Für uns ist es da draußen nicht sicher. Ich mein's ernst. Pass auf dich auf.«

Harland wusste, wovon sie sprach, und ihre aufrichtige Sorge schien ihn ein wenig zu besänftigen. Er schenkte ihr ein beruhigendes Lächeln und drückte ihren Arm. Dann wandte sie sich zum Gehen und folgte Oren durch die Küche voller Mädchen, die ganz genau beobachteten, mit wem er die Party verließ.

»Was ist los?«, fragte sie, sobald sie im Flur waren. »Noch eine Leiche? Wo?«

»Nirgendwo. Wir haben noch ein bisschen Zeit, bevor wir uns zur Kommune aufmachen müssen. Es ist wirklich eine Geburtstagsüberraschung.« Auch wenn Oren gekränkt tat, hatte er wieder diesen arroganten Tonfall. »Und das, obwohl du mich als Arschloch beschimpfst!«

So hatte sie ihn bei ihrem Streit genannt.

»Bist du ja auch«, fauchte sie, zog ihre Stöckelschuhe aus und wand sich in ihre Jeans. »Wie hast du überhaupt herausgefunden, dass ich heute Geburtstag habe?«

Na, wie wohl?, sagte seine Miene. »Sie hat mich angerufen, kurz nachdem du weg warst. Hat mir gesagt, es wäre nicht okay, wie ich mit dir gesprochen habe.« Er verdrehte die Augen, weil er eindeutig nicht ihrer Meinung war. »Sie wollte mir offensichtlich unbedingt sagen, warum es heute noch wichtiger war als sonst. Und da hab ich ihr gesagt, ich würde dich von dem Fall abziehen, wenn sie nicht damit rausrückt.«

»Oren!«

Er winkte ab. »P hat gewusst, dass ich es nicht ernst meinte. Sie hat nur einen Vorwand gebraucht, um es mir zu erzählen. Sie meinte, du würdest es verdienen, auf eine Geburtstagsparty zu gehen, weil du ihr nicht erlaubt hast, eine für dich zu organisieren. Außerdem musste sie dir versprechen, es mir nicht zu verraten und den Tag vergehen zu lassen, als wäre nichts.«

Sage schüttelte den Kopf über alle beide. »Und das ist jetzt was? Eine Entschuldigung?«

Oren lachte. Sie konnte nicht anders, als ihn anzustarren, weil er einfach so verdammt gut aussah, wenn er lächelte. Es erhellte sein ganzes Gesicht.

»Entschuldigungen gehören nicht zu meinem Repertoire«, erwiderte er. »Jedenfalls keine, die ich auch ernst meine.«

Mit einem harten Aufprall landete sie wieder auf dem Boden der Realität.

»Dreh dich weg.«

»Die sind alle so jung da drin.« Er rümpfte die Nase, während sie sich das Kleid über den Kopf zog und dann in ihr T-Shirt schlüpfte.

»Ich bin genauso jung.« Sie zog den Pulli darüber.

»Bist du nicht.« Er drehte sich wieder zu ihr und hielt ihr ihren Mantel hin. »Ab morgen bist du neunzehn.«

»Oh, Wahnsinnsunterschied«, gab sie genervt zurück. Er nahm ihre Partyklamotten und ließ sie verschwinden. »Du suchst nur eine Ausrede. Du dachtest, du würdest mich hassen. Aber wie's aussieht, willst du dich vielleicht sogar mit mir anfreunden.«

Er schnaubte ein kleines Lachen. »An dem Tag, an dem du dich aus freien Stücken verwandelst, überlege ich's mir vielleicht.«

Sage funkelte ihn böse an. Da hätte er genauso gut *am Sankt-Nimmerleins-Tag* sagen können. Und das wusste er.

SAGE

Früher hatte der Weihnachtsmarkt lediglich aus ein paar Ständen bestanden. Im Laufe der Jahre hatte er sich jedoch immer weiter vergrößert, bis der Rathausplatz nur noch sein Mittelpunkt war und sich weitere Holzbuden entlang der Straßen in andere Teile der Stadt schlängelten. Es gab Waren aus der ganzen Welt zu kaufen, und die Luft war angefüllt mit den Düften von Gewürzen und Speisen von fremden Orten, an denen Sage noch nie gewesen war.

Geröstete Nüsse, scharfe Würstchen, seltene Käsesorten, und im Fenster eines der größten Essensstände war ein ganzes Schwein am Spieß ausgestellt, von dessen Rücken das Fleisch in Streifen abgeschält und auf kleinen Papptellern serviert wurde. Die Ausschanktheken in der Platzmitte verkauften heißen Met, Glühwein und eine ganze Auswahl anderer Getränke, die die Weihnachtsmarktgäste unter Lautsprechern mit laut dröhnender Musik tranken.

»Wir gehen auf den Markt?«, fragte sie, überrascht, dass er sie dorthin geshiftet hatte.

»Du hast im *Psyche des Nordens* darüber geredet, dass es Tradition ist. P und du geht jedes Jahr hin«, sagte er, als sie um die Ecke auf den gigantischen Platz bogen. »P meinte, dass du dieses Jahr wegen der Arbeit noch keine Zeit dazu hattest ...«

Er zeigte über seine Schulter nach oben.

Sage drehte sich um und konnte vor dem dunklen Himmel die silbrige Gestalt eines Mädchens ausmachen, die auf den Schultern einer Statue auf einem hohen Steinsockel saß. Da sie zu sehr damit beschäftigt war, die fröhlichen Menschenmassen unter ihr zu beobachten, während sie an einem ihrer Zöpfe herumspielte, hatte sie sie noch nicht gesehen.

Oren steckte die Finger in den Mund und stieß einen ohrenbetäubenden Pfiff aus. Ps Kopf – sowie die von etwa einem Dutzend anderer Passanten und Passantinnen – wirbelte zu ihnen herum. P grinste.

Der Poltergeist glitt durch die Luft herbei. »Ich hab alles überprüft«, sagte P fröhlich. »Es gibt nur einen Stand mit Silberschmuck, um den wir einen großen Bogen machen müssen, und ich hab schon drei oder vier andere Stände entdeckt, bei denen ich als Erstes ein wenig stöbern will.«

Sage klopfte sich mit einem Stöhnen auf die Taschen. »Ich hab kein Geld dabei. Ich hatte ja keine Ahnung, dass wir hierherkommen.«

P grinste breit, aber es war Oren, der antwortete. »Sie hat meine Kreditkarte.«

P hielt die kleine Plastikkarte und eine Rolle Geldscheine hoch, die sie wohl aus einem Bankautomaten gezogen hatte, bevor sie sich hier mit ihnen getroffen hatte. Sage machte große Augen. Nicht nur wegen des Geldes – sondern auch, weil es für alle anderen um sie herum so aussah, als würde es in der Luft schweben. Unter Ps Gekicher schnappte sie sich schnell das Geld und die Kreditkarte.

»Bist du auch sicher, dass du genug abgehoben hast, P?« Mit einer hochgezogenen Augenbraue betrachtete er die Rolle in ihrer Hand, die eindeutig aus ein paar Hundert Pfund bestand.

»Die Sachen hier sind teuer.« Sie zuckte mit den Schultern.

»Hast du nicht behauptet, du wärst gar nicht reich?«, fragte Sage Oren vielsagend.

»Er ist achtstellig reich, Sage«, erwiderte P und schnalzte mit der Zunge. »Jetzt kommt schon!«

Es herrschte eine fröhliche Atmosphäre, und vor den Getränkeständen waren die Menschenmengen so dicht gedrängt, dass es kein Durchkommen gab. Daher fingen sie weiter außen an. Im Angebot waren handgenähte Kleidung, Schnitzereien, erlesene Töpferwaren, riesige Blöcke selbst gemachter Seife, Marionetten und Schmuck. Süßigkeiten und mit Schokolade überzogene Waffeln stapelten sich in den Süßwarenbuden.

Sage fielen fast die Augen aus dem Kopf.

P schwebte mit dem Kopf nach unten so nah über ihnen, dass sie einander hören konnten, ohne zu schreien. Sage grinste zu ihr hinauf. Der Schein Tausender Lichterketten, die zwischen den Holzbuden gespannt waren, glitzerte durch ihren durchsichtigen Körper.

Bei dem Gedränge kamen sie nur mit Mühe voran und rempelten dabei unabsichtlich immer wieder Leute an, die an ihnen vorbeigingen. Aber niemand schien sich daran zu stören, sei es wegen der netten Atmosphäre oder des Glühweins.

Oren folgte ihnen still durch die Menge und ließ die beiden mit seinem Geld einkaufen; nur die Hand, die bei jedem neuen Stand nach der nächsten vollen Einkaufstüte griff, erinnerte sie daran, dass er sie begleitete.

»Oh Mann, das ist einfach …«, nuschelte Sage, den Mund voll Butterkaramell aus *Lauras Zuckerbäckerei*, die diese Spezialität in allen möglichen Geschmacksrichtungen herstellte. Toffee war ihre Lieblingssorte und die Probierteller waren himmlisch. Beiläufig hielt Sage ein Stück hoch, während sie so tat, als würde sie die verschiedenen Sorten begutachten, damit P, die nach wie vor mit dem Kopf nach unten über ihnen schwebte, mit ihrer silbernen Zunge durch das Butterkaramell fahren und es für eine Millisekunde schmecken konnte.

»Das ist das beste«, stimmte P zu. »Oren, probier mal!«

Sage hielt ihm das Probierstück hin. Sie wusste, was er sagen wollte, aber vor den beiden Mädchen hinter der Theke, die ihn unter ihren Wimpern hervor beäugten, nicht laut aussprechen konnte.

Ich soll das essen, nachdem P daran geleckt hat?

Ja, ganz genau.

»Na, probier schon«, beharrte sie.

Widerwillig biss er in das Stück Butterkaramell. Seine Miene veränderte sich schlagartig.

»Das nehmen wir. Zwei Packungen.«

»Oh, Sage, guck mal! Untersetzer aus alten Schallplatten.« P sauste zum nächsten Stand, während Sage ihre eingepackten Süßigkeiten entgegennahm.

Oren gab einen vernichtenden Laut von sich. Offensichtlich nicht sein Geschmack. Trotzdem zeigte er sich von seiner bisher allerbesten Seite und kommentierte die Untersetzer nicht weiter. Sage sah nur einmal kurz zu ihm zurück, und vielleicht konnte er ihre Gedanken, ihr stummes Dankeschön, lesen, denn er schenkte ihr ein seltenes, echtes Lächeln und bedeutete ihr mit dem Kopf, P zu folgen.

»Mir ist voll heiß.« Zum Ende ihrer Runde durch die äußersten Stände riss sie sich den Schal vom Hals. Es hatte fast eine ganze Stunde gedauert, und die Hitze der vielen Körper war erdrückend. »Ich brauch was zu trinken. Der Glühwein hier ist lecker.«

Oren schaute zu den riesigen Menschenmassen hinüber, die die große hölzerne Theke in der Mitte umgaben, und stöhnte.

Sage betrachtete die Menge ebenfalls und wandte sich dann an Oren. »Du könntest sie doch mit ein wenig Magie aus dem Weg räumen«, schlug sie ganz beiläufig vor.

Er wusste, dass das alles andere als ein beiläufiger Vorschlag war. Mit leidgeprüfter Miene drückte er ihr die Einkaufstüten in die Hände. »Wartet bei der Statue, damit ich euch wiederfinde.«

Er zeigte auf den bärtigen Mann, auf dessen Schultern P gesessen hatte.

Gemeinsam bewegten sie sich auf das hoch aufragende Monument zu, und jetzt, da sie aus dem Gedränge heraus waren, konnte Sage wieder die kühle Luft auf ihrem Gesicht spüren. Viel besser.

»Wie war die Party?«, fragte P. Sie lehnte sich an den Sockel der Statue und beobachtete, wie sich sein schwarz-weißes Haar unter die Menge mischte, die sich langsam teilte.

Sage blies die Wangen auf. »Danny und Rhen sind regelrecht mit der Wand verschmolzen, um Oren aus dem Weg zu gehen, als er hereingekommen ist. Und ich dachte, Harland würde jeden Augenblick explodieren. Der ganze Raum ist buchstäblich erstarrt.«

P fing an zu lachen. »Nicht überraschend.« Dann verschwand ihr Lächeln, und sie seufzte. »Er ist bloß eifersüchtig.«

Sage schnaubte. »Harland mag Oren genauso wenig wie Oren ihn.«

Der Poltergeist warf ihr einen Blick zu. »Du weißt, worauf er eifersüchtig ist.«

»Oh, fang nicht damit an.« Auch wenn sie Ps Bemerkung mit einer Handbewegung abtat, konnte sie spüren, wie ihr die Hitze ins Gesicht stieg.

P zuckte mit den Achseln. »Er sieht einfach, wie du jeden Tag mit einem berühmten, gut aussehenden Hexenmeister losziehst.«

»Wir arbeiten zusammen!« Warum verteidigte sie sich eigentlich so heftig? Ihre Freundin stellte sich direkt vor sie und ließ ihre Sicht auf die Menge verschwimmen. »P, ich mag Harland, Danny und Rhen sehr, aber keinen der drei auf diese Weise.«

»Ich weiß. Ich glaube einfach ...«, setzte sie an. Dann erstarrte sie.

»Was?«, fragte Sage verdutzt. »Was glaubst du?«

Ps mitfühlender Gesichtsausdruck verwandelte sich in ein Stirnrunzeln, als sie auf den Stein neben Sages Kopf starrte. »Was ist das?«, fragte sie und zeigte auf etwas, das fast auf Augenhöhe mit ihr war.

Sage drehte sich um.

Es sah aus … als hätte jemand Graffiti auf die Statue gesprüht, doch die Farbe war noch nass und tropfte von dem steinernen Gesicht. Es war nicht groß – kaum größer als ihre Hand.

Ein Symbol.

Sie starrte es an.

Es dauerte einen Moment. Sage musste erst alle Gerüche des Markts hinter ihr eliminieren, aber dann bestand kein Zweifel.

»P.« Ihre Stimme zitterte. »P, das ist Blut.«

Und … da war noch ein anderer Geruch, etwas, das ihr vertraut vorkam. Sage senkte den Blick. Am Fuß des Sockels lag ein Bündel Salbei.

Sie hob es auf und musterte das kleine, dichte Bund Kräuter in ihrer Hand.

»Sage …« P sah weder sie noch den Salbei in ihrer Hand noch das mit Blut gezeichnete Symbol an. Stattdessen betrachtete sie die Statue des Mannes, dessen Name in den Stein unter seinen Füßen gemeißelt war.

Oliver Heywood
1825–1892

»P«, sagte sie, weil sie die Bestätigung einer anderen Person brauchte. »Da steht doch Oliver Heywood? Olly Heywood.«

Ps Blick wanderte langsam zurück zu dem Symbol und dann wieder zu ihr und dem kleinen Geschenk in ihren Händen, das jemand für sie zurückgelassen hatte. Als sie begriff, was es war, riss sie die Augen auf.

»Du musst von hier weg, sofort!« Die Stimme des Poltergeists war der Panik nahe. P schoss in die Höhe und schrie nach Oren. Auch Sage hatte sich bereits in Bewegung gesetzt. Etwas in ihr, eine Stimme, die sie noch nie zuvor gehört hatte, sagte ihr, dass sie es ohne den Hexenmeister nicht lebend vom Marktplatz schaffen würde.

Sie dankte Gott, dass das übernatürlich scharfe Gehör eines Hexenmeisters ausreiche, um einen panischen Schrei auf der anderen Seite eines überfüllten Marktplatzes auszumachen. Er drehte mitten in der Menge den Kopf und blickte ebenso alarmiert wie P. Ohne jeden Zweifel wusste er sofort, dass etwas nicht stimmte. Wie in Zeitlupe stürmte er durch die Menge auf sie zu und beachtete das Protestgeschrei der beiden Männer nicht, die er aus dem Weg stieß. Er zeigte auf P, die über ihrem Kopf schwebte. *Wir treffen dich dort.* Sie antwortete nicht einmal. Sage sah zu ihr auf, aber der Geist sauste bereits davon, zurück in Richtung Dive Bar und nach Hause.

Es fühlte sich wie eine Ewigkeit an, bis sie sich durch die Menschenmassen zueinander durchgewühlt hatten, auch wenn es vielleicht nur Sekunden gewesen waren. Er fragte nicht nach einer Erklärung, sondern schlang ihr nur einen Arm um die Taille und brachte sie mit einem kurzen Ruck außer Gefahr.

SAGE

Als sie wieder festen Boden unter ihren Füßen spürte, stand sie mitten in ihrem Wohnzimmer. Der Julfest-Baum, den P vor ein paar Nächten geschmückt hatte, während Sage schlief, glitzerte. Im Zimmer war es warm und gemütlich. Nach ein wenig Julfest-Shoppen in dieses Zuhause zurückzukommen, wäre perfekt gewesen. Doch jetzt kam ihr das alles völlig bedeutungslos vor. Ihre Brust hob und senkte sich vor Panik und vom Schock des plötzlichen Shiftens.

»Die Menschenmenge«, keuchte sie. »Wir sind einfach verschwunden!«

»Ich habe uns getarnt, niemand hat irgendwas mitbekommen. Was zum Teufel ist passiert?«

Sage wirbelte herum und sah sich im Zimmer um. Trotz ihres Vorsprungs war P noch nicht zurück. Sie hätte es vermutlich besser erklären können.

»Blut«, sagte sie schwach. »Auf der Statue. Das war vorhin noch nicht da. Es war frisch und tropfte vom Stein hinunter!«

»Bist du dir absolut sicher?«

»Ja, ich bin mir sicher!«, schrie sie Oren fast ins Gesicht. »Es war ein Symbol.« Sie schnappte sich einen von Ps Notizblöcken, zeichnete es nach und hielt es ihm unter die Nase. »Das war das Symbol. Und dann war da noch der Name der Statue.« Sage sah ihn an. »Oliver Heywood, Oren.«

Als er den Namen wiedererkannte, erstarrte er.

Sie bekam kaum Luft. »Die ganzen mysteriösen Freunde, die

wir nicht finden können. Alles Namen von den Straßen der Stadt. Aufgeschnappt.«

»Natürlich«, sagte er leise. »Das ist alles ein Spiel für ihn, und jetzt provoziert er uns.«

Sage schluckte. »Das lag auf dem Boden darunter.« Sie hielt das Bündel Salbei hoch.

Schockiert nahm er es ihr ab.

»Wir müssen zurückgehen«, drängte sie, während er das Bündel untersuchte. Er schnupperte daran, aber außer ihrem Duft nahm er sonst keinen anderen Geruch wahr. »Wir sind einfach weggelaufen, wir haben nicht mal das Blut weggewischt.«

»Ich gehe. Jetzt gleich. Allein«, sagte er. »Es ist zu gefährlich ...«

»Bullshit!«, explodierte sie im selben Moment, als P durch die Wand gesaust kam.

»Was ist los?«

»Er will, dass ich hierbleibe, während er zurück ins Oben geht!«

»Warum?« P sah schockiert aus.

»Oh, keine Ahnung«, erwiderte er wütend. »Vielleicht nur, weil uns gerade der ›Silber-Serienmörder‹ gefolgt ist oder wie auch immer sie ihn inzwischen nennen!« Oren machte Anführungszeichen in der Luft, als er den Namen zitierte, den der *Unterwelt-Kurier* an diesem Morgen benutzt hatte. »Die halbe Stadt zerreißt sich schon das Maul darüber, warum sie jeden Tag mit mir unterwegs ist.« Er hielt den Salbei in seiner Hand hoch. »Der Killer weiß offensichtlich, dass wir gemeinsam an dem Fall arbeiten. Er hat *Blut* auf genau *dieser* Statue hinterlassen. Das ist eine *Drohung*, dass sie die Sache ruhen lassen soll!«

Sie funkelten einander wütend durch das Wohnzimmer an.

P schluckte. Dann verzog sie das Gesicht. »Er hat nicht ganz unrecht.«

Sage flatterte ein weiterer Gedanke zu. Mit schwarzen Schwingen. »Raben«, sagte sie leise. »Als ich heute Abend aus der Dive Bar gekommen bin, hat mich einer beobachtet.«

Oren schien kurz davor, an die Decke zu gehen. »Du wusstest, dass man dich *beobachtet*, und bist nicht sofort wieder hierher zurückgekommen?«

»Nein!« Sie breitete die Arme aus. »Ich verstecke mich nicht zu Hause!«

Darauf reagierte er nicht und wandte sich P zu. »Wir brauchen für morgen einen Stadtplan. Wir müssen überprüfen, ob noch auf anderen Statuen in der Stadt Nachrichten in Blut zurückgelassen wurden. Aber jetzt gehe ich schnell zum Rathausplatz zurück und lasse das Symbol verschwinden.«

P nickte.

»Aber ...«

Oren hob eine Hand und schüttelte den Kopf. »Sobald ich zurück bin, gehen wir zur Kommune. Mach dich fertig. Ich brauche nicht lange.« Sage spannte vor Wut den Kiefer an. Seinem Blick nach zu urteilen, konnte er alle Beschimpfungen hören, die sie ihm in Gedanken entgegenschleuderte. Gut. *Du bist unvernünftig*, drückte seine Miene aus. Sie zog eine Augenbraue hoch: *Na und?* »Und bis das alles vorbei ist, belege ich die Tür mit einem Zauber. Wenn der Killer uns ins Unten folgen konnte, ist er uns wahrscheinlich auch hierher gefolgt. Er weiß, wo du wohnst.«

»Niemand betritt Sages Zimmer, während sie schläft, ohne dass ich es mitbekomme«, wandte P ein.

»Und wenn du ausgehst?«, wollte er wissen.

P öffnete den Mund, schloss ihn wieder und warf Sage einen entschuldigenden Blick zu.

Sie schlug sich auf seine Seite!

»Dann sperrst du mich also ein?« Sage lachte ungläubig.

»Wenn es alle anderen draußen hält, dann ja.« Er hob eine

leuchtende Hand. Sonst breitete sich seine Magie wie schimmernder Goldstaub in der Luft aus, aber diesmal ballte sie sich zusammen und formte die Umrisse von etwas, das sich in seiner Hand verfestigte.

»Was ist das?« P betrachtete blinzelnd den Gegenstand, den er ihr hinhielt.

»Einer meiner Dolche, für den Rest der Zeit, den du hier mit unseren Beweismitteln allein bist.« Er zeigte auf die Wand. »Die Klinge ist aus Silber. Die Scheide verfügt über einen Schutzzauber, um die Wirkung zu kontrollieren. Zieh den Dolch also nicht heraus, es sei denn, du hast keine andere Wahl.« Sage wand sich unbehaglich. Oren warf ihr einen ungeduldigen Blick zu. »Alle meine magischen Dolche sind aus Silber, Sage, ich hatte noch keine Zeit, sie zu ersetzen.« Er wandte sich wieder an P. »Er ist mit meiner Magie belegt. Wenn du ihn rausziehst, werde ich merken, dass du ihn benutzen musstest, und sofort herkommen. Es ist mir egal, wer durch die Tür geplatzt kommt, du erstichst jeden, der es tut. Ich sorge dann dafür, dass die Mordanklage fallen gelassen wird«, fügte er hinzu, und obwohl Sage keinen Zweifel daran hatte, dass es halb scherzhaft gemeint war, lächelte er nicht. Er drehte sich um und zeigte mit dem Finger auf sie. »Wenn du auch hier bist, ist es mir völlig egal, was für Probleme du damit hast, dich zu verwandeln. Du tust es und reißt allen Eindringlingen den Kopf ab, verstanden?«

»Pass bloß auf, Oren«, sagte sie verächtlich. »Du klingst ja schon fast so, als würdest du dir Sorgen um mich machen.«

»Wenn ich zulasse, dass jemand meine Partnerin umbringt, beschert mir das verdammt viel Papierkram. Das würde ich nur zu gern vermeiden.«

»Du kannst manchmal so ein Arschloch sein, weißt du das?« Sie bemerkte erst, dass sie das Sofakissen in der Hand hielt, als sie es ihm ins Gesicht schleuderte.

Mit einer Hand schnappte er es aus der Luft. Seiner Miene nach zu urteilen, wollte er ihr noch Schlimmeres als das an den Kopf werfen.

P spielte verlegen mit ihren Zöpfen und tat so, als würde sie die Notizen auf dem Couchtisch durchschauen, während sich die beiden gegenseitig anblafften. Oren warf das Kissen zurück auf das Sofa und ließ es mit einem Dunstschleier seiner Magie wieder ordentlich auf seinem Platz landen.

Dann seufzte er und sprach so leise, dass selbst ihre Wolfssinne sich anstrengen mussten, ihn zu hören. »Bitte, Sage. Ich kann dich nicht beschützen, wenn ich nicht hier bin.«

In ihren Augen brannten Tränen.

Sage wusste, dass ihm auf dem Markt in diesen furchterregenden Sekunden, in denen sie sich durch die Menschenmassen einen Weg zueinander gebahnt hatten, eine unausgesprochene Wahrheit bewusst geworden war: Entgegen seiner Erwartung und obwohl sie sich bei ihrer ersten Begegnung nicht hatten ausstehen können, hatte sie sich in diesem Moment der Ungewissheit und Angst an ihn gewandt. Nicht nur, weil er nun mal dort war, sondern weil sie ihm vertraute. Und als Oren seine Arme um sie geschlungen und sie an sich gedrückt hatte, statt nur ihre ausgestreckte Hand zu nehmen, hatte sie ihrerseits gewusst, dass auch das eine bewusste Entscheidung gewesen war. Er hatte ihre Angst gespürt, hatte verstanden, dass er die Lösung war, und sie unwillkürlich ganz in seinen Schutz gehüllt.

Sie war sich nicht vollkommen sicher, was sie damit meinte. Lediglich ... dass manche Dinge sich nicht mehr nur wie eine Verpflichtung anfühlten.

Sie nickte widerwillig.

Er nahm es seinerseits mit einem Nicken zur Kenntnis und shiftete dann hinaus in die Nacht.

SAGE

Als er fünfzehn Minuten später zurückkam, wollte sie ihn immer noch schlagen. Er hatte seine Turnschuhe gegen feste Stiefel getauscht und seine teuer aussehende Jacke gegen einen wasserdichten Mantel. Andererseits konnte sie von Glück reden, dass er überhaupt bereit war, sie an diesem Abend noch irgendwohin mitzunehmen, deshalb schluckte sie ihren Ärger hinunter und wehrte sich nicht dagegen, als er ihren Arm nahm, um sie beide Richtung Winter Hill zu shiften.

Seitdem sie zur Werwölfin geworden war, hatte sie sich nicht einmal mehr in die Nähe dieses schicksalhaften Orts begeben. Sie vermied jeden Blickkontakt mit Oren.

Auch wenn er kein Wort sagte, war ihm sicher bekannt, dass dort ihre Familie gestorben war – entweder weil P es ihm erzählt oder weil er selbst ihre Akte eingesehen hatte. Ihr Herz schlug so heftig, dass er den Laut sicher nicht ausblenden konnte. Zwar hatte sie es immer vermieden, den genauen Tatort ausfindig zu machen – allein der Gedanke daran war einfach zu schmerzhaft –, doch sie wusste, dass sie unweit eines kleinen Dorfs namens Rivington gefunden worden war. Sie hatte durch das Autofenster das Willkommensschild gesehen, als ihr Dad an ihrem letzten gemeinsamen Tag als Familie auf den Parkplatz gefahren war. Dort hatten sie das Auto stehen lassen und waren etwa vierzig Minuten zu der Stelle gelaufen, wo sie schließlich ihre Zelte fürs Wochenende aufgebaut hatten – obwohl es ihren kleinen, achtjährigen Beinen wie Stunden vorgekommen war.

Was mit dem Auto passiert war, hatte sie auch nie herausgefunden.

Keine Ahnung, warum sie ausgerechnet jetzt, da sie leise durch das dichte, patschnasse Gras liefen, daran dachte. Völlig absurd. An dieses Auto hatte sie schon seit zehn Jahren keinen Gedanken mehr verschwendet. Aber in diesem Augenblick konnte sie es riechen: die muffige Polsterung, voller Flecken von verkleckertem Essen und Getränken, die sie und ihr kleiner Bruder über die Jahre verschüttet hatten. Die Krümel um die Schnalle des Sicherheitsgurts herum. Manche Erinnerungen, die sie gänzlich aus ihren Gedanken verbannt hatte, waren plötzlich so gestochen scharf, als wären sie gestern erst passiert.

War es bloß Zufall, dass sich ein Werwolf-Rudel kurz nach dem Angriff auf ihre Familie hier niedergelassen hatte? Sie sah sich in der tiefen, dunklen Weite des Moors um, und da verstand sie es. Die Wahrscheinlichkeit, dass man hier irgendjemandem über den Weg lief, war nun mal gering. Jetzt, wo ihr älteres Ich über die Landschaft blickte, kam es ihr einfach wie unglaubliches Pech vor, dass ein einsamer Werwolf auf ihre Zelte gestoßen war.

»Wir haben immer nach einem stillen Plätzchen zum Campen gesucht«, sagte sie, den Blick auf die Bäume hinter einer Schranke voller Warnschilder gerichtet, die Menschen fernhalten sollte. »Warum haben wir damals bloß geglaubt, es wäre eine gute Idee, die Nacht ausgerechnet hier zu verbringen?«

Oren antwortete nicht. Er entfachte eine Lichtkugel in seiner Hand und hob sie hoch. Der Himmel war bereits tiefschwarz. Sobald sie in die Schatten der Bäume traten, würde er nichts mehr sehen können.

»Komm.«

Sie waren kaum über den Zaun gestiegen, als alle ihre Sinne Alarm schlugen. Zwischen den Bäumen, noch außer Sichtweite, konnte sie Schritte hören, die leise über den moosbewachsenen Boden trotteten.

»Oren«, warnte Sage ihn leise.

»Jep.«

»Sollen wir kehrtmachen?«

»Wir müssen mit ihnen sprechen«, flüsterte er starrköpfig. »Wir sind vom Arcānum, sie können uns nicht einfach angreifen.«

»Und wenn sie nicht glauben, dass wir vom Arcānum sind?«

»Warum sollten wir sonst herkommen?«

»Oh, keine Ahnung«, flüsterte sie sarkastisch. »Vielleicht haben sie ja gehört, dass ein Werwolf-Killer frei herumläuft?«

»Sie können mich wittern. Sie wissen, dass ich ein Hexenmeister bin.«

Aus irgendeinem Grund glaubte sie nicht, dass das reichen würde.

Sie schafften etwa zehn Meter, bevor leuchtende Augen vor ihnen auftauchten.

Einer.

Zwei.

Sechs.

Sieben.

Acht.

Mehr und mehr.

Dutzende von ihnen.

Ein bernsteinfarbenes Augenpaar schlich in den flackernden Lichtkreis von Orens schwebender Kugel. Ein schwarzer Wolf, größer als die anderen schemenhaften Gestalten, die zwischen den Bäumen lauerten. Er ging ihr fast bis zur Schulter.

»Wir sind hier, um mit eurem Alpha zu reden«, sagte Oren laut und deutlich, damit es alle hören konnten. Aber seine Worte wurden mit Knurren quittiert. »Mein Name ist Oren Rinallis.

Das Arcānum ermittelt ...« Noch mehr Knurren unterbrach ihn, und so lautes Zähnefletschen, dass es sie bis ins Mark erschütterte.

»Ähm«, presste sie aus dem Mundwinkel hervor. »Läuft nicht so gut.

»Nein.«

»Kannst du Magie verwenden?«

»Es sind zu viele.«

Bei dieser Neuigkeit schreckte sie zusammen. »*Was?*«

»Alles hat seine Grenzen, Sage«, erwiderte er durch zusammengebissene Zähne. »Genau deshalb muss ich auch mit einer Klinge gut umgehen können, schon vergessen?«

»Und hast du eine dabei?«

»Sage, wenn ich sie damit aufhalte, sterben sie, und ich glaube kaum, dass das in diesem Moment sehr hilfreich wäre, du etwa?«

Sie knurrte ihn fast selbst an.

»Weißt du noch, wie ich dir gesagt habe, dass deine Weigerung, dich zu verwandeln, mich erst dann etwas angeht, wenn sie unserer Ermittlung in die Quere kommt? Also, nur so ganz nebenbei, jetzt wird sie gerade zum Problem.«

»Das hat aber keinen Einfluss auf die Ermittlung«, fauchte sie zurück. Weitere Augen näherten sich ihnen.

»Es hat einen Einfluss darauf, ob du lebst oder stirbst!« Auch um seine andere Hand leuchtete jetzt Magie. Eine Warnung.

»Das Risiko gehe ich ein.«

Aber ehe er etwas erwidern konnte, sprang der schwarze Wolf mit den bernsteinfarbenen Augen nach vorne und schnappte mit seinem gigantischen Maul nach ihrem Arm.

Kreischend wich sie vor den rasiermesserscharfen Zähnen zurück. Ihr wurde zu spät bewusst, dass er trotzdem sein Ziel erreicht hatte. Der Werwolf hatte ihr gar nicht den Arm abreißen, sondern sich nur zwischen sie und den Hexenmeister schieben wollen. Als sie sich umdrehte, um zurück zu Oren zu rennen, schossen zwei weitere Wölfe nach vorne und schnitten sie von ihm ab.

Orens Gesicht hatte sich bereits wieder in dieses Monster verwandelt: tiefschwarze Augen und Fangzähne, so lang wie die der Wölfe um sie herum. Er knurrte den Wolf an, der ihm am nächsten war – ein graues Tier mit grünen Augen, von dessen Lefzen der Speichel tropfte. Die Bestie blieb abrupt stehen. Sie konnte nicht erkennen, was als Nächstes passierte, doch dann jaulte einer der Wölfe vor Schmerz auf und zog sich zurück.

»Oren!«, warnte sie ihn verzweifelt, als ein anderes wütendes Biest in die Lücke sprang. Die drei Wölfe, die ihr nun gegenüberstanden, trieben sie immer weiter von ihm weg. Mit ihren Wolfsaugen konnte sie gut sehen, aber wenn Orens Licht ausging, wäre er blind. Und dann würden sie angreifen.

Sie musste zu ihm zurück.

Ihr Herz flatterte panisch.

Die Wölfe unternahmen keine weiteren Versuche, sie zu verletzen, und knurrten lediglich, wenn sie stehen blieb. Doch sie verstand vollkommen, was hier vor sich ging. Das Rudel wusste, was sie war, und betrachtete sie nicht als eine potenzielle Werwolf-Mörderin. Welcher Werwolf würde schon durch die Gegend ziehen und seinesgleichen umbringen?

»Hört mal, das ist ein Missverständnis ...« In einem verzweifelten Appell streckte sie die Hände aus. Eine Million durchgeknallte Dinge schossen ihr durch den Kopf. Vielleicht hielten sie sie für ein mögliches Opfer, für die Gefangene eines Hexenmeisters, und glaubten, sie würden sie retten.

Sie irrten sich gewaltig, und wenn sie einen Arcānas umbrachten, würde man sie alle zum Tod verurteilen. Das ganze Rudel.

Wie das Rudel, das Oren getötet hatte.

Verdammt.

Verdammt!

Harland hatte gesagt, dieser Fall wäre berühmt-berüchtigt. Und Oren hatten ihnen seinen Namen verraten! Es spielte keine Rolle, ob diese Werwölfe und Werwölfinnen das getötete Rudel persönlich gekannt hatten. Wolfloyalität war gnadenlos. Sie würden ihresgleichen rein aus Prinzip rächen.

In der Ferne sah Sage Orens Magie aufblitzen, dann hörte sie ein Jaulen, gefolgt von wildem, wütendem Bellen und Knurren.

Vor Angst zog sich ihre Brust zusammen.

Sie konnte es in ihrem Innern spüren: eine so heftige Panik, dass sie jeden Augenblick von ihr überwältigt werden würde. Wenn die Wölfe Oren nicht töteten, würde *sie* ihn höchstpersönlich erwürgen. Das schwor sie bei welchen Göttern auch immer.

»Bitte«, rief sie dem schwarzen Wolf zu. »Ich schwöre euch, wir sind hier, um die jüngsten Werwolf-Morde zu untersuchen, zwei der Opfer sind eurem Rudel bekannt. Wir wollen euch nur dazu befragen.«

Der Wolf reagierte nicht.

Noch ein Blitz. Noch mehr Jaulen.

Und dann hörte sie einen menschlichen Schrei. Oder besser gesagt, den eines Hexenmeisters.

»Oren, verschwinde von hier!«, brüllte sie durch die Dunkelheit. »Geh einfach! Hau ab!« Shifte von hier weg. Es war seine einzige Option, sein einziger Fluchtweg.

Sobald sie dem Hexenmeister helfen wollte, schnappte wütend einer der Wölfe nach ihr.

»Bitte«, flehte sie noch einmal. Wandte sich aber nicht an den Wolf. Sondern einfach ... an den Himmel, an die Bäume, an irgendjemanden oder irgendetwas, das ihr Gehör schenkte. *Bitte mach, dass sie zuhören.* Sage wusste, dass Oren nicht ohne sie gehen würde, und verfluchte ihn dafür.

Dann hörte sie ihn. In der Dringlichkeit seiner Stimme schwang seine eigene Panik mit, als er ihren Namen brüllte. Doch es kam nicht aus der Richtung, von der sie weggetrieben worden war. Offenbar hatte er auf sie gehört, und sie wirbelte auf der Stelle herum, starrte durch die Dunkelheit und versuchte auszumachen, wohin er geshiftet war.

»Hier drüben!«, schrie sie und wedelte mit den Armen. Der Boden fing an zu beben. Die Werwölfe, die ihn umzingelt hatten, bemerkten zu spät, dass er sich in Luft aufgelöst hatte, aber sein panischer Ruf verriet seinen neuen Standort. Wie eine einzige gigantische Bestie wandten sie sich in eine neue Richtung.

Wenn er bloß am richtigen Ort wiederauftauchen könnte, nah genug, damit sich ihre Finger berührten, dann könnten sie sofort von hier weg und in Sicherheit shiften. Doch er konnte sie durch die Dunkelheit nicht sehen. Hatte keine Ahnung, wo sie war.

Und sie war weiterhin von einer Leibwache umgeben, die sie weg von ihm tiefer zwischen die Bäume trieb.

Die Luft summte vor wachsender Spannung. Um sie herum wurde das Knurren immer frustrierter und steigerte sich zu regelrechter Raserei, während die Wölfe zwischen den Bäumen hin und her preschten.

Noch mehr Jaulen, als Oren erneut shiftete, und wieder drang von ihrer Linken ein Schrei zu ihr herüber.

Ihre Wangen waren nass von Tränen. Sie hatte nicht einmal bemerkt, dass sie angefangen hatte zu weinen.

Verzweifelt stürzte sie nach vorne – wenn sie sich an ihnen vorbeidrängte und nah genug herankam, könnte er vielleicht ihre Umrisse in der Finsternis ausmachen ...

Der graue Wolf sprang sie von hinten an, und sie knallte mit voller Wucht auf den Boden. Erschrocken schrie sie auf, als sie mit der Schläfe auf einer herausragenden Wurzel aufschlug.

Sie hörte Oren rufen, hatte aber durch den Sturz die Orientierung verloren. Mit zitternden Armen drückte sie sich vom Boden ab.

Es passierte alles so schnell.

Das Schnappen, Knurren, Jaulen und dumpfe Trommeln von unendlich vielen riesigen Pfoten um sie herum war ohrenbetäubend. Sie spürte, wie die Wölfe alle paar Sekunden wie eine Welle die Richtung änderten, fühlte den Wind ihrer vorbeipreschenden Körper und wusste, dass Oren immer schneller shiftete und auf der Suche nach ihr in einem verzweifelten Tempo von Ort zu Ort sprang, damit sie endlich fliehen konnten. Doch sie lag auf dem Boden, verwirrt und benommen. Er hatte keine Ahnung, wo sie war, und würde sie mit absoluter Sicherheit hier unten nicht finden.

Als sie erneut versuchte aufzustehen, landete eine schwere Pfote zwischen ihren Schulterblättern und stieß sie nach vorne. Mit der Brust voran knallte sie auf das Moos.

Sie hörte ihn ein letztes Mal ihren Namen rufen, bevor ein Schrei ertönte – bestimmt hatte er sich bei einem Shift verschätzt, war zu nahe bei einem Wolf herausgekommen, vielleicht sogar fast auf einem. Ein Heulen verriet ihr, dass sie ihn verfehlt hatten – aber nur knapp.

In diesem Augenblick hasste sie ihn. Hasste ihn für jede Sekunde, in der er ihr mehr und mehr bedeutete. Er war ein Mistkerl, und sie hasste ihn dafür, was sie gleich seinetwegen tun würde.

Zum ersten Mal seit Langem schloss sie die Augen und sprach bereitwillig mit der Wölfin in ihr.

SAGE

Und sie hatte es vergessen.

Sie hatte vergessen, wie es sich anfühlte, wenn ihre menschlichen Knochen zersplitterten und das Wolfsblut sie wieder zusammenzufügen versuchte. Den brennenden Schmerz, wenn die Haut unter der Spannung ihres sich wandelnden Körpers aufriss. Sage spürte, wie ihre Kleidung aufplatzte, in Fetzen von ihr abfiel und gleichzeitig weißes Fell an ihren Gliedern spross. Blut sickerte aus ihren Nagelbetten, wo Klauen sich durchdrückten, und färbte ihre weißen Pfoten rot.

Aber die Schwäche und die trüben Gedanken waren verflogen. Sie war wieder *ganz*. Und mächtig. Und von unendlicher Wut erfüllt. In diesem Augenblick war sie froh, dass sie über keine Magie verfügte, denn sonst hätte sie die Welt in Brand gesetzt.

Sie hatte sich schon so lange nicht mehr aus freien Stücken verwandelt, dass sie vergessen hatte, wie es sich anfühlte, auf allen vieren zu gehen. Auf Beinen, die nicht mehr zitterten, erhob sie sich und ging auf die Wölfe los, die sie gerade wieder in den Schmutz gestoßen hatten.

Doch als ein weiterer Schrei und ein weiteres Jaulen ertönte, scherte sie sich nicht weiter um sie. Sie sprang nach vorne. Ihre Pfote traf den Kiefer des Wolfs zu ihrer Linken, und ein befriedigendes Knacken war zu hören, gefolgt von einem schmerzerfüllten Winseln.

Das reichte schon. Endlich schaffte sie es, an ihnen vorbeizuhechten, und preschte durch die Bäume auf die Gruppe zu, die Oren hinterherjagte.

Sie wollte ihn gerade noch einmal rufen, als ihr klar wurde, dass ihr Heulen für ihn nur eines von vielen war.

Rasend vor Wut stürmte sie an immer mehr Wölfen vorbei, überholte verschwommene braune, schwarze und graue Pelze und folgte seiner Witterung durch die Bäume.

Warum zum Teufel war er nicht einfach abgehauen?

Da sah sie ihn endlich. Seine Brust hob und senkte sich, er rang nach Luft und würgte die Galle wieder hinunter, die auch ihr nach jedem Shiften – ganz zu schweigen nach so vielen Shifts hintereinander – in der Kehle brannte. Er stand mit dem Rücken an einen Baum gelehnt und bereitete sich darauf vor, ein weiteres Mal zu shiften, während sich ihm drei grollende Wölfe näherten. Die zwei Tiere, die hinter ihm um den Stamm herumschlichen, um sich jeden Moment auf ihn zu stürzen, konnte er nicht sehen.

Was fiel ihnen ein? Wie konnten die Wölfe es wagen, sich so zu verhalten? Sie waren doch gekommen, um zu helfen.

Der Wolf, der sich von links angeschlichen hatte, stürzte sich auf Oren, der erschrocken nach hinten taumelte und sich wieder aufzurichten versuchte. Sobald er zu Boden ging, wäre es vorbei, das wusste sie. Ihr blieben lediglich Sekunden. Sie trieb sich so erbarmungslos an, dass sie glaubte, ihre Brust würde explodieren.

Dann sprang sie.

Mit den Pfoten voran landete sie auf den beiden vorderen Wölfen, die unter ihr einknickten. Das genügte als Sprungbrett, um die Front von Wölfen zu überwinden. In dem Augenblick, als Oren rücklings auf den Boden auftraf, fand sie sich bei ihm in der Mitte des Rings wieder.

Ein Wolf mit saphirblauen Augen stürzte sich auf ihn, das Maul weit aufgerissen und die Zähne auf seine entblößte Kehle gerichtet.

Doch sie war schneller.

Ihr eigenes Maul schloss sich um den Hals des Wolfs, und sie schmeckte Blut. Es war ihr egal. Wütend wand sie sich und riss der Bestie mit einem einzigen brutalen Biss, der durch Haut und Knochen ging, die Kehle heraus.

Der Wolf brach zusammen.

Ihre Wut ebbte ab.

Sie erstarrte.

Dann ließ sie das Stück Fleisch aus ihrem Mund fallen und blickte hinunter auf die glasigen blauen Augen, die nichts mehr sahen. Ein Gefühl der Kälte legte sich über sie, als ihr bewusst wurde, was sie ohne Zögern getan hatte, nur um Oren zu retten.

»Sage?«, hörte sie eine Stimme hinter sich, und das holte sie wieder in die Situation zurück. Natürlich! Er hatte sie noch nie so gesehen und kannte die Farbe ihres Fells nicht. Er schien sich nicht einmal sicher, dass sie es war. Das erinnerte sie daran, warum sie überhaupt hier war, und sie sah zu dem Wolf neben dem Tier, das sie gerade getötet hatte.

Sie hatte gerade getötet.

Ihr wurde schlecht.

Aber sie konnte jetzt keine Schwäche zeigen. Dieses Rudel wollte sie beide umbringen, und sie hatte die Macht.

Und so blickte sie dem nächsten Wolf in die Augen und dem übernächsten, während sie langsam auf Oren zuging. Er lag reglos auf dem Boden und starrte auf ihr Maul, aus dem Blut tropfte.

Auf vier zitternden Beinen näherte sie sich ihm, stieg über seinen Körper und setzte sich auf seine Brust.

Was das bedeutete, war eindeutig.

Er gehörte ihr. Und wenn ihn irgendein anderer Wolf anrührte, würde auch er sterben.

Aber sie hatte gerade diesen Wolf getötet.

»Sage«, flüsterte er noch einmal, sich endlich gewiss, dass sie es war. Sie spürte, wie sich seine Finger in ihrem Fell zu einer Faust ballten. Es war eine sanfte Geste, aber deutlich. Er warnte sie: *Behalt die Kontrolle.*

Der schwarze Wolf mit den bernsteinfarbenen Augen lief zwischen den anderen Wölfen hindurch. Sie wichen auseinander, um ihn vorbeizulassen, und da wusste sie endlich mit Sicherheit, wem sie gegenüberstand.

Dem Alpha.

Sie schnappte noch einmal zur Warnung, als er erst sie und dann den Hexenmeister anstarrte, den sie vor ihresgleichen beschützte.

Ihr Herz raste, zum Teil vor schlechtem Gewissen.

Sie hatte gerade diesen Wolf getötet.

Dann schien der Alpha zu schmelzen. Sein Fell fiel in Büscheln von ihm ab, während seine Glieder knackten, schrumpften und sich verwandelten, bis ein Mann mittleren Alters mit leicht schütterem Haar nackt vor ihnen stand.

Daraufhin transformierten sich noch mehr Wölfe und holten hinter Bäumen Kleidung hervor, die sie dort vermutlich zurückgelassen hatten. Nackte Männer und Frauen, junge und alte, eilten zwischen den Bäumen umher und zogen lose Gewänder über, während zwei aus dem Rudel ihrem Anführer einen langen Schal umlegten.

Schließlich erhob sie sich und ließ Oren aufstehen.

Doch sie selbst verwandelte sich nicht zurück.

Wenn sie ehrlich war, wagte sie es noch nicht. Nicht weil ihre Kleider zerfetzt waren und keine Ersatzklamotten hinter Bäumen für sie versteckt lagen, sondern weil sie sich davor fürchtete, was sie sagen würde, sobald sie wieder ihre menschliche Gestalt annahm. In ihr brodelte noch immer diese überwältigende Wut, und sie wusste nicht einmal, wem sie eigentlich galt.

Sie hatte gerade diesen Wolf getötet.

Selbst als er schließlich aufrecht stand, vergrub Oren weiter eine Hand in dem Fell an ihrem Hals. Ihr Kopf reichte ihm bis zur Schulter.

Sie hatte gerade diesen Wolf getötet.

»*Ob schnell er kommt, ob lang er weilt, am End' uns doch der Tod ereilt.*« Die Stimme des Alphas war kräftiger, als seine Statur vermuten ließ. Sein Akzent verriet, dass er seine Jugend an einem anderen Ort verbracht hatte, und war stärker als der von Oren oder Hozier. Auch hatte seine Stimme etwas Schmieriges, aber vielleicht war ihr auch nur die Art unheimlich, wie er völlig starr geradeaus blickte. »Oren Rinallis. Der berühmte Arcānas. Henker von allem Monströsen und Grausamen … auch von Werwölfen, wenn ich mich richtig erinnere. Sag mir, gibt es irgendeine übernatürliche Spezies, die du noch nicht getötet hast?«

Oren antwortete nicht. Er erwies ihm nicht einmal die Höflichkeit, seine Anwesenheit anzuerkennen, während er mit einer einfachen Handbewegung den Schlamm auf seinen Kleidern verschwinden ließ.

»Wer hat sie erschaffen?«, fragte der Alpha, der Sage weiterhin mit seinen gelben Augen beobachtete.

»Sie weiß es nicht«, antwortete Oren für sie.

»Sie ist …«

Mit einem Achselzucken schnitt Oren ihm das Wort ab. »Sie weiß es nicht.«

Lass das Thema, signalisierte sein Ton.

Die beiden Männer sahen einander an. Sage wusste, dass gleich irgendein Deal ausgehandelt werden würde. Sie hatte gerade ein Mitglied ihres Rudels getötet; wenn sie sie anzeigten, konnte sie sich mindestens ihren Job abschminken.

»Sie arbeitet für das Arcānum. Wenn ihr eine Beschwerde wegen des Wolfs habt, den sie getötet hat, könnt ihr über die offiziellen Kanäle gehen. In dem Fall würde das Arcānum jedoch die Umstände untersuchen müssen, die sie gezwungen haben, so zu handeln.«

Der Blick des Alphas schweifte zu dem Wolf auf dem Boden hinter ihr. Er spannte den Kiefer an.

»Werwölfe können nicht für das Arcānum arbeiten. Außer Hexenmeistern kann das niemand.«

»Das ist eine lange Geschichte«, winkte Oren ab. »Ich werde einen Wahrheitseid schwören, wenn nötig.«

Der Werwolf und sein Rudel schreckten überrascht auf, und Sage ebenfalls. Ein Wahrheitseid verlangte Blut. Falls der Eid unaufrichtig war oder gebrochen wurde, starb die Person, die ihn geschworen hatte. Nicht dass Oren unehrlich war … aber dieses Angebot machte niemand leichthin.

Der Alpha schwieg noch einen Moment. Dann sagte er steif: »Wir hielten es für unwahrscheinlich, dass ein echter Arcānas, dass *du*, Oren Rinallis, in Begleitung von irgendjemandem außer anderen Hexenmeistern und Hexenmeisterinnen hier auftauchen würdest. Ihre Anwesenheit ließ uns eine Falle vermuten.«

»Unter den aktuellen Umständen ist es verständlich, dass ihr besonders auf der Hut seid.« Orens Tonfall war schneidend. Und das hier war der Deal. Er würde vergessen, was sie versucht hatten, ihm anzutun, sofern die Wölfe nicht weiterverfolgten, was sie getan hatte, um ihn zu beschützen.

Sie hatte gerade diesen Wolf getötet.

»Er war ein schwieriges Mitglied des Rudels.« Förmliche Worte für sein offizielles Statement. »Seine Einstellung ließ zu wünschen übrig, und er ging oft zu weit. Und nebenbei bemerkt, er hatte heute Abend nicht den Befehl zu töten. Nur wenige werden ihn vermissen. Aus diesen Gründen« – er hielt inne und wandte sich mit demselben schneidenden Tonfall an Oren – »werde ich sein Schicksal als eine verdiente Strafe akzeptieren.«

Oren löste endlich die Faust in ihrem Fell.

»Wir müssen dringend mit dir sprechen«, sagte er. »Können wir irgendwo reden?«

»Das hat sie auch schon gesagt.« Er neigte den Kopf in ihre Richtung. »Ehe sie losgestürmt ist, um dich zu retten. Kommt. Meine Hütte ist nicht weit weg.«

SAGE

Sie hatte gerade diesen Wolf getötet.
Als sie über die Schwelle in die beengte Hütte traten, wollte sie sich nur noch auf den Boden werfen und weinen.
»Echte weiße Wölfe sind selten. Es heißt, sie wären von Mondmagie berührt«, sinnierte der Alpha. Er hatte an einem kleinen Tisch Platz genommen.
Seine Unterkunft bestand aus einem einzigen Raum mit einem Bett in der Ecke und Regalen an den Wänden. Es gab nicht einmal ein Badezimmer. Bei der Vorstellung eines Gemeinschaftsklos im Wald wurde ihr schlecht – und weiß Gott, wie sie sich wuschen.
Auf einer umgedrehten Kiste neben seinem Bett stand ein verblasstes Foto von einer Frau und zwei kleinen Kindern, aber außer ihm konnte sie sonst niemanden wittern. Vielleicht waren sie Opfer seiner Entscheidung, ein Leben im Rudel zu führen – Menschen, die er zurückgelassen hatte, nachdem er verwandelt worden war. Vielleicht hatten sie nicht mal die geringste Ahnung, was oder wo er war.
»Mondmagie?« Oren setzte sich unaufgefordert. »Sei vorsichtig. Ich hätte gedacht, dass Werwolf-Rudel sehr darauf bedacht wären, nicht zu sehr zu klingen wie … *Amhuinn.*«
Sie riss den Kopf zu ihm herum. Amhuinn war dieser berüchtigte Alpha, der versucht hatte, Magie mit Werwolf-Merkmalen zu verbinden, um eine superhybride Spezies zu erschaffen. Und den Oren hingerichtet hatte. Ganz gleich, was da draußen ge-

rade passiert war: Das als beiläufige Drohung zu nutzen, war ein Schlag unter die Gürtellinie, nachdem sie selbst gerade einen der Ihren getötet hatte.

Dafür hasste sie ihn.

»Die Werwolf-Gemeinschaft überall auf der Welt hat seine Taten verurteilt. Wie auch die Hälfte seines eigenen Rudels«, schoss der Mann zurück, der die Bemerkung eindeutig ebenfalls als einen Schlag unter die Gürtellinie empfand. »Er war sowohl Hexenmeister als auch Werwolf, von daher wäre ich dir dankbar, mir gegenüber nicht diese Keule zu schwingen.«

»Mein Fehler«, sagte Oren leise, ohne auch nur im Geringsten reumütig zu klingen. Er warf Sage einen Blick zu, als sie sich auf dem abgewetzten Teppich niederließ. »Willst du dich nicht mal zurückverwandeln?«

»Ihre Kleider sind zerfetzt«, wies ihn der Werwolf auf das Offensichtliche hin. »Keiner von euch beiden hat eine Tasche dabei. Ich nehme mal an, dass sie jetzt nichts mehr zum Anziehen hat.«

Orens Augen weiteten sich, als er verstand, und sofort erschienen frische Klamotten vor ihr. Schwarze Leggings und ein Pulli, den sie aus ihrem Schrank wiedererkannte. »Kann sie sich irgendwo ungestört umziehen?«

»Sieht es danach aus?« Der Mann zog eine Augenbraue hoch und ließ den Arm durch den kleinen Raum schweifen. »Wir können uns umdrehen, wenn sie möchte.«

Oren sah sie an. Obwohl sie keinen Laut von sich gegeben hatte, merkte er offenbar, dass sie zögerte.

Der Alpha lachte leise. »Oje. Sie hat Dinge zu sagen, die ich nicht hören soll.« Er konnte sie lesen wie ein Buch. »Und sie hat Angst, dass sie es sich nicht verkneifen kann, sobald sie sich verwandelt.«

»Na schön«, sagte Oren in einem Ton, der verriet, dass er

es definitiv nicht so meinte. Sage fletschte die Zähne, und er blinzelte, was einer überraschten Reaktion seinerseits wohl am nächsten kam.

Sie wollte sich auf ihn stürzen. Aber sie musste mit diesem Mann sprechen. Und beten, dass sie die Abscheu, die sie gerade für Oren empfand, so lange hinunterschlucken konnte, bis sie wieder von hier verschwanden. Mit dem Kopf wies sie auf die hintere Wand, eine deutliche Anordnung, dass sie sich beide in diese Richtung drehen sollten.

Jetzt, da kein Adrenalin mehr durch ihre Adern schoss, schmerzte das Brechen ihrer Knochen umso mehr. Nur mit Mühe konnte sie einen Schrei unterdrücken, als sie knackend und knirschend wieder zu ihrer menschlichen Gestalt zusammenschrumpfte. Dennoch rutschte ihr ein kleines Winseln heraus, und der goldene Dunstschleier, der daraufhin ihren nackten Körper warm, sanft und schmerzlindernd umhüllte, machte sie noch wütender.

Wie konnte er es wagen? Schließlich war er es doch gewesen, der sie überhaupt gezwungen hatte, sich zu verwandeln.

Sage zog die Kleider an, wobei sie sich bemühte, ihr Keuchen nach der anstrengenden Verwandlung vor den beiden Männern zu verbergen.

»Wie heißen Sie?«, wandte sie sich an den Hinterkopf des Mannes, als sie endlich wieder ganz angezogen und ein Mensch war. Die beiden Männer setzten sich an den Tisch. Sie blieb stehen.

Er musterte sie mit seinen gelben Augen. »Ihr habt euch nicht schlaugemacht, wer ich überhaupt bin, bevor ihr hier aufgekreuzt seid?«

»Eigentlich wollten wir nur ein ganz zwangloses Gespräch mit dem Rudel führen«, erwiderte Oren, »um herauszufinden, was ihr über ein paar andere Leute wisst, an denen wir interessiert sind. Ich hatte nicht erwartet, dass wir dafür erst einen Blick in unsere Akten werfen müssen.«

Der Mann spannte den Kiefer an und blies die Nasenflügel auf. Er mochte Oren nicht, das war mehr als offensichtlich.

»Michael MacAllister.«

Sie runzelte die Stirn. Der Name kam ihr bekannt vor. »MacAllister?«

»Genau der.« Seine Antwort triefte vor höflich verpacktem Sarkasmus.

Da begegnete sie endlich Orens Blick. Auch er hatte die Verbindung hergestellt. Er nickte einmal. *Mach weiter.*

»Es geht um fünf tote Werwölfe«, sagte sie. »Ermordet. Darren Johnson. Lucinda Hague. Salina Gourlay. Mhairi Lindsay. Patrick Tapper.«

Falls ihn diese Nachricht schockierte, zeigte er es nicht. Sein starrer Blick ging bloß abwartend zwischen beiden hin und her.

»Warum steht Ihr Nachname auf dem Notizblock eines der Opfer?« Sie verschränkte die Arme über der Brust, wenn auch bloß, um ihre zitternden Hände zu verbergen. Auf einmal gab es eine Verbindung zwischen diesem Mann und drei ihrer Opfer.

»Nur ein Nachname? Woher wisst ihr dann, dass ich das bin?«

Seine Antworten kamen schnell und scharf. Die gelblichen Augen waren zu übereifrig. Dann spiegelte er ihre Geste und verschränkte ebenfalls die Arme über der Brust, aber nur, um sie zu verspotten. Oren war ein Arcānas, doch sie, sie war eine Werwölfin, und selbst wenn sie nicht zu seinem Rudel gehörte, war er immerhin ein Alpha. Er erwartete Unterwürfigkeit von ihr. Kein Verhör.

Oren holte einen Zettel aus seiner Tasche, faltete ihn auseinander und knallte ihn vor MacAllister auf den Tisch. Darauf war die Skizze des Symbols, das sie von der Statue abgezeichnet hatte.

Es kam ihr so vor, als wäre das vor einer Million Jahren gewesen, nicht vor wenigen Stunden.

»Was ist das?«, verlangte Oren zu wissen.

MacAllister betrachtete das Symbol und neigte langsam den Kopf zur Seite.

Er schwieg zu lange. Sie beobachtete ihn und wartete auf ein Zeichen, eine kleine Geste, die ihn verraten würde.

Dann schob er den Zettel wieder Oren zu. »Keine Ahnung.«

Er log.

»Der Junge, den wir gestern Nacht vor Patrick Tappers Laden angetroffen haben«, hakte sie nach. »Er hat Ihnen nicht erzählt, was er dort gesehen hat? Dass Patrick tot ist?«

MacAllister wippte mit dem Kopf, weigerte sich aber weiterhin demonstrativ, ihr zu antworten.

»Wusstest du, dass sein Auslieferungsfahrer, Darren Johnson, auch vor ein paar Wochen ermordet wurde?«, fragte Oren. Sie kannte ihn inzwischen gut genug, um seinen veränderten Tonfall zu bemerken. Er durchschaute, was MacAllister mit ihr machte.

Zum ersten Mal zeigte der Werwolf so etwas wie eine Reaktion, selbst wenn seinen starrenden, alten Augen nur blinzelten. »Er ist einer der fünf Opfer? War das nicht eine Allergie?«

»Gift. Und jemand hat es wie eine Allergie aussehen lassen.«

MacAllister kniff die Augen zusammen, lehnte sich in seinem Stuhl zurück und verschränkte erneut die Arme.

»Was werft ihr mir eigentlich vor?«

»Ich glaube nicht, dass ich Ihnen irgendetwas vorgeworfen habe, oder?«, konterte sie.

Oren räusperte sich leise. Eine subtile Warnung.

Der Alpha wandte sich wieder Oren zu und ignorierte sie völlig. »Sag mir, Oren Rinallis, erinnerst du dich an die Gesichter all derer, die du getötet hast?«

Trotz ihrer Wut auf alles andere konnte sie sich ein leises Knurren nicht verkneifen, und das, obwohl Oren nicht auf diese eindeutige Beleidigung reagierte. MacAllisters Mundwinkel zuckten.

»Es sind viel zu viele.« Oren zuckte mit den Achseln, lehnte sich seinerseits in seinem Stuhl zurück und klang gelangweilt. »Und die wenigsten sind es wert, dass man sich an sie erinnert.«

MacAllister schnaubte ein kleines Lachen heraus, aber seine Augen blieben starr. »So viel Tod. So wenig Interesse.«

»Dann sind wir vielleicht verwandte Seelen. Ich habe gerade fünf tote Werwölfe erwähnt, zu denen du eine Verbindung hast – das hast du bestimmt mittlerweile begriffen, selbst wenn du abstreitest, manche von ihnen zu kennen. Und doch bist du alles andere als hilfsbereit. Interessiert *dich* das nicht?«

»Ich kenne sie nicht alle«, gab er zurück. »Nicht persönlich. Ein paar Mitglieder meines Rudels sind ihnen wahrscheinlich mal begegnet. Das bedeutet nicht, dass sie eine direkte Verbindung zu mir haben.«

»Ja. Klar doch«, sagte Oren gedehnt. »In einem Rudel geschieht nichts ohne die Erlaubnis seines Alphas.«

»Die Sicherheit meines Rudels ist meine Priorität«, schoss MacAllister zurück, und die plötzliche Schärfe verriet ihn. Oren hatte es offensichtlich auch gehört.

»Natürlich. Vermutlich ist das der Grund, warum dieser Ort so abgelegen ist?« MacAllister antwortete nicht darauf. »Unsere Akte über dich ist zwanzig Jahre alt: Zu dem Zeitpunkt hast du die Zivilisation verlassen, um dich einem Rudel anzuschließen. Seitdem haben wir keine neueren Informationen über dich. Aber wir wissen, dass es dieses Rudel erst seit neun Jahren gibt. Wo bist du also die ganze Zeit gewesen, Michael? Die Rudelloyalität lässt es höchst unwahrscheinlich erscheinen, dass du ein Rudel für ein anderes verlassen hast. Warum hattest du das Bedürfnis, an einen anderen Ort zu ziehen? Vor wem versteckst du dich?«

MacAllister lehnte sich erneut in seinem Stuhl zurück.

»Ich glaube, das nächste Ziel sind Sie«, ergriff Sage wieder das Wort. »Ich glaube, Sie waren schon die ganze Zeit das eigentliche Ziel. Ich glaube, dass all diese Opfer, die zu Ihnen führen, eine Warnung sind. Und ich glaube, dass das Symbol, von dem Sie behaupten, Sie würden es nicht kennen, eine Botschaft ist.«

»Für so ein junges Mädchen glaubst du eine Menge zu wissen …«, erwiderte er hämisch und spitzte die Lippen. »Das hier ist eine Nummer zu groß für dich.«

Es kostete sie ihre gesamte Selbstbeherrschung, und nur der goldene Schimmer um Orens Fingerspitzen hielt sie davon ab, sich auf ihn zu stürzen.

MacAllister stieß ein verächtliches Lachen aus und wandte sich wieder an Oren. »Also, wenn das so ist, wünsche ich dem Killer viel Glück dabei, an mich heranzukommen.« Er zeigte auf sie beide. »Ihr könnt von Glück reden, dass ihr noch lebt. Nächstes Mal werden wir nicht so großzügig sein, wenn jemand unangekündigt hier auftaucht.«

Arschloch.

Sage hatte die Nase gestrichen voll. Er würde ihnen nicht helfen und hatte kaum Gewissensbisse gezeigt wegen der Tode, die seinetwegen geschehen waren.

Sie sah Oren an. Zeit zu gehen.

Er nickte. Dann stand er auf, griff in seine Manteltasche und warf eine Visitenkarte auf den alten Holztisch. »Kontaktdaten, sei so gut und lass es uns wissen, wenn dir noch irgendetwas einfällt. Sollten wir noch mal mit dir sprechen müssen, werden wir wiederkommen. Hoffentlich muss nicht noch jemand sterben.«

Ohne sich zu verabschieden, zog er die kleine Tür der Hütte auf und winkte sie hindurch.

Am liebsten hätte sie ihm die Hand abgebissen, als sie an ihm vorbei in die Nacht stapfte.

»Pass gut auf sie auf«, rief MacAllister ihnen nach, aber sie gab ihm nicht die Genugtuung, sich umzudrehen. »Wenn du willst, dass ihr nichts zustößt.«

»Ist das eine Drohung?« Orens Stimme war gefährlich ruhig.

»Keineswegs.« MacAllisters Lachen war leise. »Aber am Ende hat selbst der große Wolf Fenrir die Rache Vidars nicht überlebt. Und du hast bestimmt eine Welt voller rachsüchtiger Söhne geschaffen. Ich wünsche dir einen guten Abend, Oren Rinallis.«

OREN

»Er wusste, was das Symbol bedeutet.«

Sie ließen endlich die Bäume hinter sich. Auf dem Weg aus der Wolfskommune hatten sie es nicht gewagt, zu sprechen. Zu viele Augen hatten sie durch die Dunkelheit beobachtet. Zu viele Ohren hatten sie belauscht.

Ihm schlug das Herz bis zum Hals. Doch er ließ es sich weder an seiner Miene noch an der Stimme anmerken. Sie waren nur knapp mit dem Leben davongekommen.

Und obwohl er ihr nach dem Erlebnis auf dem Markt versprochen hatte, sie zu beschützen, war schließlich sie es gewesen, die ihn beschützt hatte.

Sie hatte den Wolf getötet.

Sie hatte sich verwandelt und …

Plötzlich schlugen Fäuste gegen seinen Arm. Er wirbelte herum und stellte fest, dass ihr wütendes Gesicht noch immer mit getrocknetem Blut verschmiert war. Sobald sie einmal angefangen hatte, konnte sie nicht mehr aufhören. Ihre Fäuste prasselten weiter auf ihn ein.

Auf seine Arme.

Auf seine Schultern.

Gegen seine Seiten.

Wo auch immer sie ihn treffen konnte, während sie ihn gleichzeitig anschrie.

Auf jede zweite Beschimpfung folgte derselbe Refrain: Sie hasste ihn; er hatte sie in diese Lage gezwungen; sie hatte sich verwandeln müssen, um ihn zu retten. Dass sie gegen ihresgleichen gekämpft hatte, schien ihr egal zu sein. Der Grund für ihre unbändige Wut war ein anderer: Er hatte gewusst, dass sie sich nicht aus freien Stücken verwandeln wollte, nur erzwungen an Vollmond, und sie hatte nur seinetwegen keine Wahl gehabt.

Keine rationale Erklärung, kein Argument, nichts, was er sagen konnte, würde zu ihr durchdringen – ihr verzweifeltes Gesicht ließ daran keinen Zweifel. Sie betrachtete es als eine Art Verrat. Denn er sollte es nicht nötig haben, gerettet zu werden.

»Sage, hör auf!«

Tränen liefen über ihr blutverklebtes Gesicht.

»Du hättest dich von dort wegshiften können! Du hättest dich selbst retten können.«

»Und dich dort zurücklassen?«, gab er zurück. »Für wen hältst du mich?«

»Dann hättest du dir eben den Weg freikämpfen müssen!«

»Wie denn? Sie alle vor deinen Augen töten? Denn so hätte es geendet, wenn ich gekämpft hätte!«

Sie lachte schrill. »Na, dann ist es natürlich völlig in Ordnung, dein Leben in Gefahr zu bringen! Und mir stattdessen das Töten zu überlassen.«

»Hättest du mir jemals wieder in die Augen sehen können?«, fauchte er wütend und packte sie an den Handgelenken, um sie aufzuhalten. »Wäre das zwischen uns je wieder alles in Ordnung gekommen, wenn ich sie alle einfach abgeschlachtet hätte? Sag es mir!«

Denn das war der Grund für die Entscheidung, für alle Entscheidungen, die er an diesem Abend getroffen hatte. Jetzt, da er darüber nachdachte, jagte es ihm eine Heidenangst ein, weil es ihn zwang zuzugeben, dass es ihm nicht gleichgültig war.

»Du hast es gewusst!«, keuchte sie. »Du wusstest, dass ich mich nicht verwandeln wollte!«

»Ich hätte uns nie in diese Lage gebracht, wenn ich geglaubt hätte, dass sie uns angreifen würden!«

»Es ist deine Schuld«, schluchzte sie. »Ganz allein deine Schuld.«

Schließlich gab sie auf, sank auf die Knie und legte den Kopf in die Hände.

Oren starrte auf sie hinunter, auf diese kauernde junge Frau, so verloren und voller Verzweiflung. Eine unendliche Quelle des Schmerzes, ein von Traurigkeit angefüllter schwarzer Schlund – nie hätte er es für möglich gehalten, dass eine andere Person so empfinden konnte. Er wusste nicht, was er tun sollte, als er all diesen Schmerz, diese Schuldgefühle und diesen Hass, all diese Dinge, die sie vor anderen verborgen hatte, aus ihr herausbrechen sah.

»Sage.« Er ging vor ihr in die Hocke und streckte die Hand nach ihrem Arm aus, doch sie entzog sich seiner Berührung.

Schließlich verlor er die Geduld. »Es tut mir leid, aber ich habe dich nicht gezwungen ...«

»Doch, das hast du«, flüsterte sie durch ihre Tränen. »Denn wenn ich es nicht getan hätte, wärst du jetzt tot.«

»Dann wäre ich eben tot«, erwiderte er schlicht.

Und das war die Wahrheit.

Er war schon so oft beinahe gestorben, und das auf so viele unterschiedliche Arten und über so viele Jahre hinweg, dass sie es nie verstehen würde. Er hatte keine Angst vor dem Tod. Und da wurde ihm bewusst, dass genau das die Entscheidung war, die er gefällt hatte: Er würde lieber sterben, als vor ihren Augen zu dem zu werden, was er werden musste, um dieses ganze Rudel zu vernichten. Er würde lieber sterben, als diesen urteilsfreien Zufluchtsort zu verlieren, den P und sie ihm in den letzten paar Wochen geschenkt hatten. Und jetzt, da er sich das selbst eingestanden hatte ...

Er war Oren Rinallis. Er fürchte sich vor nichts.

Aber das hier jagte ihm eine Wahnsinnsangst ein.

»Du kapierst es einfach nicht«, flüsterte sie verzweifelt. »Ich will nicht, dass noch mehr meiner Freunde sterben, Oren! Gute Freunde lassen das nicht zu! Sie retten einander.«

»Sage, ich hab dir doch gesagt, dass ich ...« Noch während er mit dieser alten Leier begann, erschien sie ihm nichtssagend.

»*Du willst keine Freunde!*«, schrie sie. »*Ich weiß!* Aber ich schon. *Ich schon.*«

Oren Rinallis fehlten die Worte.

»Wäre das denn wirklich so schlimm?«, flüsterte sie.

»Du verstehst das nicht.«

»Und wenn mir das egal ist?« Endlich blickte sie zu ihm auf, ihre braunen Augen waren gerötet. »Es ist mir scheißegal, was du, Jahrzehnte bevor ich überhaupt auf der Welt war, getan hast, Oren! Es ist mir egal, dass dir die Leute auf der Straße ausweichen. Oder willst du mir wirklich ernsthaft erzählen, dass wir einfach getrennte Wege gehen, nachdem das alles vorbei ist, als wäre nichts von alldem passiert?« Sie betrachtete ihre Hände. »Mir ist nicht egal, was mit dir passiert, auch wenn es dir egal ist. Sorry. Ich bin ein Rudeltier. So ist es nun mal.«

Ehe sie ihn davon abhalten konnte, griff er wieder nach ihrem Arm. Alles um sie herum wurde dunkel, und im nächsten Augenblick standen sie vor ihrer Wohnungstür.

»Ihr seid früher wieder da, als ...« P schrie fast auf, als sie das Blut auf Sages Gesicht sah. »Sage! Bist du verletzt?«

Sage antwortete nicht und schlug ohne ein Wort ihre Zimmertür zu.

Oren folgte ihr und ließ P ebenfalls links liegen. Er hatte bereits das Klicken ihrer Badtür gehört, marschierte geradewegs in ihr Zimmer und schloss die Tür vor Ps schockiertem Gesicht.

Dann setzte er sich ans Ende ihres Betts und wartete, bis sie eine Viertelstunde später im Bademantel und mit einem Handtuch um die nassen Haare herauskam.

»Du siehst wieder wie du selbst aus.«

»Das passiert, wenn man sich zurückverwandelt«, gab sie kurz angebunden zurück.

»Ich meinte, ohne das Blut.« Er zeigte auf seinen Mund.

»Was willst du, Oren?«

Er stand auf. »Nimm dir morgen frei«, sagte er. »Seit Anfang der Ermittlung hast du dich kaum ausruhen können.«

»Nein.«

»Doch, Sage. Du brauchst eine Pause. Von der Arbeit. Von … mir. Wenn du dich völlig verausgabst, werden wir ihn nicht finden. Du solltest dich einfach … ein wenig entspannen.«

»Sag mir nicht, dass ich mich entspannen soll.«

Geschlagen hob er die Hände. »Ich gehe!«

Er blickte nicht zurück, als die Tür zum letzten Mal an diesem Abend mit einem Knall zufiel.

OREN

Es war früh am Morgen, und er hatte bereits genug von diesem Tag.

Ihm war immer noch schlecht.

Er war verwirrt.

Wütend.

Er wollte den Hügel wieder hinaufmarschieren und Michael MacAllister dafür umbringen, was sie seinetwegen, was sie seines ganzen Rudels wegen hatten durchmachen müssen. Er hatte es ernst gemeint, dass er sie niemals in diese Lage gebracht hätte, wenn er wirklich geglaubt hätte, es bestünde auch nur die geringste Gefahr. In dem Fall wäre er allein dorthin gegangen.

Und dann hätte diesen Abend kein Werwolf auf dem Hügel überlebt.

»Oren, warte!« Ps schriller Ruf folgte ihm auf die Straße hinaus. Es war noch so früh, dass sie allein im Licht einer Straßenlampe standen, über ihnen der dunkle Trugzauber eines Nachthimmels.

Er hatte ihre Eingangstür bereits zugeschlagen, aber diesen Poltergeist hielt so etwas Albernes wie eine feste Wand nicht auf. »Was?«, blaffte er.

Geschockt hielt sie inne. Und da wusste er, dass er ihr ein Gesicht zugewandt hatte, an das sie nicht gewöhnt war. Dieses Gesicht setzte er eigentlich nur anderen gegenüber auf.

Plötzlich war er voller Verbitterung. Ihm war klar, dass er Sage gegenüber einen Fehler gemacht hatte. Ihre Naivität hatte ihn berauscht, und er hatte sich törichterweise in die Vorstellung verliebt, dass ihn jemand unabhängig von seiner Vergangenheit akzeptieren könnte. Nie hätte er seine Maske fallen lassen dürfen.

Er war so ein Idiot. Man musste sich nur ansehen, was dabei herausgekommen war.

Sie hatte Gefühle für ihn entwickelt. Erwartete, dass er nach Abschluss des Falles weiter ein Teil ihres Lebens bleiben würde.

Und er hatte ...

P schraubte sich in die Länge, bis sie größer war als er und er den Blick heben musste, um ihr Gesicht zu sehen. »Du jagst mir keine Angst ein, Oren.«

Er versteifte sich. »Das war auch nicht meine Absicht.«

»Dann steck diese ganze Wut weg«, sagte sie und zeigte auf sein Gesicht. »Sonst helfe ich dir nicht.«

Hundeliebhaber kontra Katzenliebhaberin.

»Ich bin mir nicht sicher, ob du bei dieser Sache helfen kannst, P«, erwiderte er.

Sie konnte bei vielen Dingen Wunder wirken – davon war er inzwischen überzeugt –, aber ihn innerlich wiederherstellen? Eher unwahrscheinlich.

Sie seufzte und sank wieder auf seine Augenhöhe. Er hatte keine Ahnung, wieso – vielleicht, weil sie bei so vielen ihrer Auseinandersetzungen vermittelte –, doch ihrem mitleidigen Blick nach zu urteilen, war ihr völlig klar, dass an diesem Abend etwas zwischen ihm und Sage vorgefallen war. Irgendein Streit, bei dem es um mehr gegangen war als den Fall und den Killer.

»Ich bin mit der übernatürlichen Welt konfrontiert worden, kaum dass ich mich aus meinem Körper aufgesetzt und begriffen hatte, dass ich tot bin«, sagte sie. »Weißt du, man hat nur sehr wenig Zeit, um das alles zu begreifen und dann zu entscheiden, ob man bleiben oder ganz auf die andere Seite wechseln will. Das war auch der Moment, als ich herausgefunden habe, was Sage wirklich war.« Sie sah auf ihre geisterhaften Finger hinunter und versuchte, die wiedererwachten Gefühle in ihrer Stimme zu verbergen. »Auf einmal ergab alles einen Sinn – warum sich immer etwas nicht ganz richtig angefühlt hatte. Da habe ich verstanden, dass mich mein Gefühl, sie würde etwas vor mir verbergen, nie getäuscht hatte. Aber es hatte nichts mit Jungs oder so banalem Zeug zu tun. Es ging um diese ganze Welt hier unten. Ich habe das Unten ein paar Tage vor meinem achtzehnten Geburtstag entdeckt und sogar ich war davon völlig überwältigt – aber sie war erst acht Jahre alt und hatte niemanden. Jahrelang musste sie es geheim halten. Das war der Grund, warum ich beschlossen habe, zu bleiben. Bei ihr zu bleiben. Sie wusste in dem Moment noch nicht einmal, dass ich tot war. Sie schlief noch, als ich zu ihr gegangen bin, und ich habe gewartet und ihr dann versprochen, dass sie nie wieder allein sein würde.«

Er hatte das alles nicht gewusst. Er war einfach davon ausgegangen, dass es sich um ein vorteilhaftes Arrangement zwischen zwei etwa gleichaltrigen Übernatürlichen handelte. Wie konnte es sein, dass er nichts davon gewusst hatte? Warum hatte er nie nachgefragt?

»Ihr ... habt euch vor deinem Tod gekannt?«

»Wir waren beide vier Jahre alt, als wir uns als menschliche Kinder aus dem Oben im Kindergarten kennengelernt haben. Sie hat mir gesagt, dass sie meine Gummistiefel mag, und dann habe ich meine Chips mit ihr geteilt. Und selbst, nachdem sie zu einer Werwölfin wurde und ins Unten gegangen ist, sind wir Freundinnen geblieben und sie hat an Wochenenden bei mir zu Hause übernachtet. Wir dachten, sie sei einfach umgezogen. Niemand hatte auch nur die geringste Ahnung, was sie geworden war. Wir sind zusammen als Menschenkinder aufgewachsen und waren immer die besten Freundinnen. Es war ... einfach Zufall, dass wir beide als Übernatürliche geendet sind.«

»Ich hatte keine Ahnung«, sagte er leise.

»Was ich damit sagen will, ist« – sie klang, als würde sie ihre Worte sehr bewusst wählen –, »auch in einem Raum voller Leute kann man sich einsam fühlen. Jetzt, da sie älter ist, hat sie übernatürliche Freunde, aber wegen der Umstände, in denen sie aufgewachsen ist, hat sie sich innerlich sehr lange einsam gefühlt. Und diese Lücke hat sie mit Schuldgefühlen und Trauer gefüllt – und der Selbstverachtung, die daher rührt, wenn man als Einzige überlebt. Manchmal glaube ich, dass ihr verzweifelter Wunsch, sich dem Arcānum anzuschließen und andere Leute vor schlimmen Dinge zu bewahren, ihre Art ist, die Kontrolle zurückzugewinnen.«

Das konnte er gut nachvollziehen. Hatte er nicht sein ganzes Leben lang dasselbe getan?

Ihm wurde klar, dass P das auch wusste. Sie verstand diesen wütenden inneren Kampf, den er mit sich selbst austrug. Er zwang sich, ungerührt zu wirken, obwohl sein Magen sich zusammenzog.

Sie schenkte ihm ein trauriges Lächeln. »Sie sieht sich selbst in dir, Oren, das ist alles. Jemanden, der seit Langem allein ist. Und sie kann einfach nicht zulassen, dass sich eine weitere Person genauso einsam fühlt, wie sie es getan hat. Aber jedes Mal, wenn du sie anblaffst oder eine abfällige Bemerkung machst, erinnert sie das nur daran, dass du dir nicht helfen lassen willst.«

»Ich brauche keine Hilfe.«

P schüttelte den Kopf. »Nein. Du hast dich so völlig von allem abgeschottet, dass du nichts von irgendwem *brauchst*. Aber bei einer Freundschaft geht es nicht darum, etwas von anderen zu brauchen. Es geht darum, jemandem etwas anzubieten, aus dem einzigen Grund, dass diese Person einem wichtig ist. Und diese freundliche Geste anzuerkennen, indem man das Angebot annimmt.«

Er wusste nicht, was er sagen sollte.

Nichts von alldem hatte er gewollt; das alles ging viel tiefer, als es ihm nach den vielen Jahren, in denen er sich abgesondert hatte, lieb war.

Doch hier war er nun. Und dieser Poltergeist verstand ihn besser als sonst irgendjemand, den er seit Jahrzehnten kannte.

»P.« Er hatte diese Frage bisher ganz bewusst nicht gestellt. Anfangs, weil es ihm nicht wichtig war. Und dann, weil es eindeutig zu persönlich war. »Warum will sie sich zu keinem anderen Zeitpunkt als an Vollmond verwandeln? Wovor hat sie Angst?«

P lächelte und schüttelte den Kopf. Er hätte es besser wissen müssen, als sie zu bitten, die Geheimnisse ihrer besten Freundin preiszugeben. »Falls sie jemals versucht, dir zu erklären, warum sie sich nur an Vollmond verwandelt, dann tut sie es, weil sie dir vertraut.« Damit kam sie endlich zum Ende ihres Vortrags. »Wenn du sie wie alles andere abweist, wirst du den Schaden nie wiedergutmachen können. Dann wirst du uns beide verlieren. Für immer.«

SAGE

Sie hatte vergessen, wie sich eine Verwandlung außerhalb des Vollmonds anfühlte. Es hatte ihr alles abverlangt. Und als sie am nächsten Tag ein Klopfen an der Tür geweckt hatte, wurde es schon wieder dunkel.

Das Klopfen an der Tür war Oren gewesen. Die letzte Person, die sie hatte sehen wollen. Aber seine Anweisung, sich anzuziehen, hatte dringlich geklungen, und sie wollte auf keinen Fall irgendetwas verpassen, was die Ermittlung betraf. Nicht nach den letzten achtundvierzig Stunden. Den Teufel würde sie tun, das nicht bis zum Ende durchzuziehen.

Jetzt befanden sie sich im Oben.

Sie war kaum aus ihrem Zimmer getreten und hatte die Finger seiner ausgestreckten Hand berührt, als sie auch schon wegshifteten.

Und im nächsten Moment standen sie auf einer Dachterrasse: Gräser und kleine immergrüne Pflanzen in Töpfen, die sich auch bei Wintertemperaturen hielten, säumten die Ränder, und es gab einen kleinen Kaffeestand mit heruntergelassenen Rollläden. Auf dem *Geschlossen*-Schild prangte das Logo einer der menschlichen Universitäten in der Stadt. Hinter einem schmiedeeisernen Zaun, auf der anderen Seite der Terrasse, ragte eine weiße Kuppel auf, deren Tür mit einem Vorhängeschloss verriegelt war.

Aber ... keine Leiche. Kein Tatort.

Sie schnupperte in der Luft.

Blut konnte sie auch keines riechen.

Warum hatte er sie ausgerechnet hierher gebracht?

Regentropfen prasselten auf die Oberfläche einer kleinen Pfütze in einer teilweise verstopften Rinne, doch Orens Magie sorgte dafür, dass sie nicht nass wurde. Und obwohl sie sie auch warm hielt, zog sie ihre Jacke enger um sich.

Oren sagte kein Wort, was es noch schlimmer machte. Sie kam sich dumm vor. Ihr gestriges Verhalten war ihr peinlich, und die Jacke war die einzige Schranke, die sie zwischen Oren und sich aufbauen konnte. Als könnte sie ihre ganze Scham unter dem Stoff verbergen. Wie jede Nacht blickte sie zum Himmel hinauf, konnte aber den Mond nicht sehen, der hinter Wolkenfetzen oder einem hohen Gebäude verborgen war. Eine echte Erleichterung.

Er ging um den Metalltisch und die Stühle vor dem Kaffeestand herum und führte sie auf die andere Seite der Gartenterrasse in Richtung einer schützenden Markise. Sie war mit einer Lichterkette geschmückt, die jedoch nicht eingeschaltet war. Dann setzte er sich auf eines der gepolsterten Sofas und lud sie mit einer Geste ein, auf dem gegenüber Platz zu nehmen. Auf dem niedrigen Tisch zwischen ihnen prasselte plötzlich ein kleines Feuer.

Auch wenn da kein knisterndes Holz war und die Flammen die Tischoberfläche nicht beschädigten, über der sie schwebten, spürte sie sofort eine willkommene Wärme auf ihrem Gesicht.

Neben dem Feuer erschien ein Glas Wein auf ihrer Seite und auf seiner ein Glas Whisky.

»Warum sind wir hier?«

»Um zu reden«, sagte er verlegen. »Unter vier Augen. Über letzte Nacht.«

Oh.

Sie sollte wohl dankbar dafür sein, dass um die Ecke kein weiterer toter Werwolf auf sie wartete, aber das …

»Vergiss es einfach«, sagte sie leise und blickte in ihr Weinglas, das sie mit beiden Händen umfasste. Es gab keine Unterhaltung, die sie noch weniger führen wollte. Sie wollte vergessen, dass all das überhaupt passiert war. Was sie diesem Werwolf angetan hatte … und auch den Streit danach.

»Das erste Mal, als ich …«

Wollte er ihr von dem ersten Mal erzählen, als er jemanden getötet hatte? Wie viele Jahre war das her? Hundertzwanzig Jahre? Hundertdreißig?

»Oren.« Ihr Ton war schneidend, sogar schärfer, als sie beabsichtigt hatte. Er verstummte sofort.

Sie starrte in die Flammen und ließ sich von ihnen blenden.

Sage wusste, dass sie sich zickig verhielt – dass er ihr nur helfen wollte. Aber … plötzlich rutschte ihr ein bitteres Lachen heraus. »Du willst nie über deine Vergangenheit reden. Schon witzig, dass eine Geschichte, wie du jemanden umgebracht hast, mir jetzt helfen soll, mich besser zu fühlen.«

Ein Schlag unter die Gürtellinie, das war ihr klar. Doch falls er das auch so empfand, zeigte er keine Reaktion. Mit ausdrucksloser Miene begegnete er ihrem Blick, während die Schatten des Feuers auf seinem Gesicht tanzten. »Na, dann mach schon.«

»Mach was?«

»Frag mich. Das wolltest du doch schon die ganze Zeit. Frag mich, was du willst, und ich antworte dir.«

Sage starrte ihn an. War das ein Trick?

»Du bist so viel gereist und warst schon überall auf der Welt. Und trotzdem bist du … hier gelandet? Warum? Wann?«

»Ernsthaft?« Er klang enttäuscht. »Ich gebe dir einen Freifahrtschein, und das ist alles, was du wissen willst?«

»Du hast nicht gesagt, dass ich dir nur eine Frage stellen kann.«

Oren schnaubte über ihre Dreistigkeit, antwortete aber trotzdem. »Ich bin vor sechzig Jahren ins Unten gekommen, um für das Arcānum zu arbeiten.«

»Ich dachte, Zeit wäre ein menschliches Konstrukt, das für dich keine Bedeutung hat«, sagte sie gespielt unschuldig. »Hast du das nicht gesagt, als P dich nach deinem Alter gefragt hat?«

Er versuchte, sein Lächeln zu verbergen. »Du bist zu jung, um einen anderen Bezugsrahmen zu begreifen. Ich muss mich auf eine Art und Weise ausdrücken, die du mit deiner beschränkten Lebenszeit verstehst.« Sein Blick war fast wehmütig. »Du hast noch nicht die Zeit gehabt, um all die Dinge zu sehen, die ich erlebt habe.«

Zwischen ihnen tat sich die gähnende Kluft der Zeit auf. Manchmal traf es sie völlig unvorbereitet, wenn sie vergessen hatte und sich dann wieder daran erinnerte, dass sie viele Jahrzehnte voneinander trennten. Aber jetzt hinterließ es zum ersten Mal eine Leere in ihrer Brust.

»Dann erzähl mir von etwas, das du gesehen hast«, erwiderte sie. Plötzlich fühlte sie sich ein wenig atemlos, weil sie merkte, dass sie alles wissen wollte. »Erzähl mir alles, was ich verpasst habe.«

Seine Miene war undurchdringlich. »Alles?«

Er beugte sich nach vorne, stützte die Ellbogen auf seine Knie und blickte auf den Boden. Um sie nicht ansehen zu müssen, so kam es ihr vor.

»Oren?«

»Hast du mal ... von den Cariva gehört?«

Sie hustete und verschluckte sich an dem Wein, an dem sie genippt hatte. »Die gibt es nicht.«

»Doch, die gibt es.«

Alles, was ihre Freunde ihr erzählt hatten, schlug wie eine Welle über ihr zusammen. Alles, was sie als Unsinn abgetan hatte.

Und sie wollte es nicht hören. Er spielte nur mit ihr.

Die Arcānas befolgten Regeln, sie hielten sich an das Gesetz, alles, was sie taten, diente der *Bewahrung* des Gesetzes. Das hatte sie Harland, Danny und Rhen jedes Mal entgegnet, wenn sie ihr die Theorie von den Cariva verkaufen wollten.

Es war ein gutes Märchen, das musste sie ihnen lassen … aber es war nur eine Geschichte. Ein Mythos. Niemand kannte tatsächlich einen Cariva. Niemand konnte auch nur ein einziges Mitglied nennen. Eine Gruppe von Hexenmeistern und Hexenmeisterinnen, *Profikiller*, die in den dunkelsten Ecken der Welt zu Hause waren? Den Stärksten, den Furchtlosesten, den Mächtigsten von ihnen fiel angeblich die Aufgabe zu, die Kreaturen zu jagen, die der Stoff von Legenden waren. Sie waren niemandem Rechenschaft schuldig und standen in der Rangfolge über allen außer den Ältesten selbst. Auch hieß es, dass sie die uneingeschränkte Befugnis hatten, nach eigenem Ermessen Leben zu nehmen …

Sie schloss die Augen.

Ihre eigenen Gedanken beantworteten bereits alle Fragen.

»Das ist es, was ich nicht verstehe, oder?«

Oren trank einen weiteren Schluck und füllte sein Glas wieder auf. »Mein Vater war ein Berater der Ältesten. Er fiel in Ungnade, als er einen Mordanschlag auf einen von ihnen verübte, und da meine Mutter als seine Komplizin ebenfalls verurteilt wurde, wurde ich sehr jung zum Waisenkind. Ich war damals acht Jahre alt.« Er schluckte, als er ihrem Blick begegnete. »Genau wie du. Es war damals ein großer Skandal. In der Stadt der Steine erzählt man sich diese Geschichte bis heute. Und während der Wochen, in denen die übernatürliche Gemeinschaft den Prozess und die Hinrichtung verfolgte, wurde unser Name überall auf der Welt berüchtigt. Diese Sache sollte ihn bis in alle Ewigkeit beschmutzen.« Er senkte erneut den Blick. »Aber ich war mächtig. Noch vor meinem Abschluss wurde ich von den Cariva rekrutiert und zog in ihre private Trainingsakademie. Cariva erhalten eine andere Art von Ausbildung. Nicht alle überleben sie, nicht einmal alle mit goldener Magie. Manche sind stärker als andere. Ich war der Beste.«

»Du lügst.« Doch in ihren Worten lag wenig Überzeugung. Es war eher eine Art verzweifelter Appell. Sie spürte, wie sich eine klaffende Öffnung auftat, ein unendlicher Geschichtsquell, den sie nicht einmal annähernd erfassen konnte.

Er schüttelte den Kopf. »Ich habe meinen Ruf mit dem Blut anderer aufgebaut, bis mein Name endlich das Schicksal meiner Eltern überstrahlte. Das war es, was mich am Anfang angetrieben hat: Ich wollte unbedingt meiner Vergangenheit entkommen. Aber schließlich wurde mir meine Arroganz zum Verhängnis, und ich wurde von einem Minotaurus gefangen genommen, dem Letzten seiner Art in jenem Teil der Welt. Ich hatte bereits den Rest seiner Familie ausgelöscht, alle seine Kinder und seine Frau getötet. Zwei Jahre lang wurde ich gefoltert und ... «

Er schüttelte den Kopf. Die hohlen Schatten der Erinnerung hinter seinen blaugrünen Augen deuteten an, dass sie gerade auf eine andere Zeit zurückblickten.

Doch dann blinzelte er und kehrte wieder in die Gegenwart zurück. Den Rest des Satzes tat er mit einer Handbewegung ab. »Als es mir schließlich gelang zu entkommen, hatte ich die Leidenschaft dafür verloren. Ich ließ mich für einen längeren Zeitraum von den Cariva beurlauben und reiste herum. Nach ein paar Jahren bin ich hier gelandet.« Er zuckte mit den Schultern, als wollte er sagen, dass er nicht wusste, warum. »Ich glaube, ich hatte einfach das Gefühl, dass ich hier am weitesten von zu Hause entfernt war. Roderick wusste, wer ich war.« Er klang erneut verbittert. »Aber die Wahrheit ist, dass man die Cariva nie wirklich verlässt. Ich bin durch einen Eid an sie gebunden. Daher spielen Roderick und ich ein heikles Spiel. Wir wissen beide, dass ich vom Rang her über ihm stehe. Ich reiße mich zusammen und folge seinen Befehlen, weil mir die Ältesten erlauben, hierzubleiben, solange ich einem Arcānum diene. Dienst ist immer noch Dienst, selbst wenn er genau genommen nichts mit den Cariva zu tun hat.«

»Willst du damit sagen, dass du hier festsitzt?«

»Ich will damit sagen, dass ich nicht zurückwill. Und weil Roderick meine besondere Situation kennt, zwingt er mich, die übelsten Aufgaben für ihn zu übernehmen – und seine Statistiken gut aussehen zu lassen. Er besteht darauf, mich mit allen Tötungen zu beauftragen, und nimmt mir dadurch jede Hoffnung, meine Vergangenheit zu vergessen. Meine einzige Bedingung ist, dass ich allein arbeite ... Darum mache ich *alles* allein, Sage. Um niemanden mit all dem zu belasten, was ich bin. Mit alldem, was ich getan habe. Mit all dem, was ich gezwungenermaßen tun muss. Denn jede Person, die an mich gebunden ist, wäre ebenfalls gezwungen, an meiner Seite gewissenlose Taten zu begehen.« Er sah mit einem grimmigen Lächeln auf. »Glaub mir, Sage, jedes Mal, wenn ich dir gesagt habe, dass ich keinen Freund, keinen Partner will ... wollte ich dich vor mir retten, nicht mich vor dir.«

Er streckte sein Glas in ihre Richtung. Aber sie hob ihres nicht, um anzustoßen.

Alles hatte sich verändert.

Und so trank er allein auf sich. Wartete darauf, wie sie auf die Geheimnisse reagieren würde, die er noch niemandem sonst anvertraut hatte. Geheimnisse, die durch all die Dinge, die sie ihm an den Kopf geworfen hatte, aus dem Dunkel hervorgezerrt worden waren.

»Sag was«, bat er sie leise. Und jetzt klang er atemlos. Flehend. Sie sah ihn über den Tisch hinweg an und begriff, dass er sie nicht nur bat, alles, was er war, zu akzeptieren, mit all seinen grässlichen Geheimnissen. Es war noch schlimmer als das ... Obwohl sie ihn so viele Male um seine Freundschaft gebeten hatte, erwartete er jetzt, da sie die Wahrheit kannte, dass sie ihn zurückwies.

»Ich komme mir blöd vor«, gestand sie endlich ein. »Weil ich mich nicht ausreichend fürchte.«

»Dass du dich nicht ausreichend fürchtest, hat mir an dir schon immer am besten gefallen«, erwiderte er steif.

»Die anderen Hexenmeister und Hexenmeisterinnen – wissen sie alle Bescheid? Behandeln sie dich deshalb so seltsam? Hat Hozier deshalb so große Angst vor dir?«

»Die Hexenmeister sind die Einzigen, die mit absoluter Gewissheit wissen, dass wir mehr als nur eine Horrorgeschichte sind. Dass wir alle anderen im Dunkeln lassen, macht uns nur umso furchterregender und unseren Job einfacher.«

Sage betrachtete ihn, konnte es noch immer nicht fassen ... Sie ging um den Tisch herum und setzte sich neben ihn. Dann hielt sie ihm eine Hand hin, damit er ihr seine zeigte, nahm seine Hand in ihre, untersuchte die Haut und fuhr über die Schwielen. Sie drehte sie um und musterte seine Nägel. Jetzt waren sie sauber, aber wie oft waren sie mit dem Blut anderer getränkt gewesen? Sage hielt diese Hand in ihrer und versuchte, Hinweise darauf zu finden, dass sie für so viel Schrecken verantwortlich war.

Doch ... da war nichts.

»Und Roderick hat mich benutzt, um dich zu erpressen?«

Oren nickte. »Er hat damit gedroht, meinen Vertrag aufzulösen und mich zurückzuschicken. Wenn ich nicht mit dir zusammenarbeite und dir das Leben so schwer mache, dass du den Job nicht mehr haben willst.«

»Es tut mir leid«, flüsterte sie. Mehr brachte sie nicht über die Lippen. Aber er schüttelte den Kopf: Es gab nichts, wofür sie sich entschuldigen musste.

Er schwieg. Sie wusste, dass er ihr die Gelegenheit gab, ebenfalls ihre Geschichte zu erzählen. Die Wahrheit, die sie niemandem anvertraute. Niemandem außer P. Doch sie konnte nicht. Ihre Kehle war wie zugeschnürt. Sein Nicken war so unauffällig, dass sie es leicht hätte übersehen können. *Ist schon in Ordnung*, besagte es. *Ich kann warten.*

Cariva. Sie war zutiefst geschockt.

Eine Horrorgeschichte, die vor ihren Augen zum Leben erwachte. Ein fleischgewordener Mythos.

Und da saß er, in Jeans, einem Sweatshirt und einem von P gestrickten Schal.

Er zeigte auf ihr Glas. »Trink aus. Ich habe dich aus einem guten Grund hierhergebracht. Wir machen heute Abend noch woanders Station.«

SAGE

Zu ihrer Überraschung zog er sie in Richtung der weißen Kuppel auf der anderen Seite des Dachs. Er reichte ihr die Hand, um ihr über das niedrige schmiedeeiserne Geländer zu helfen, das die Dachgartengäste draußen hielt, und zeigte auf die schmale Metallleiter an der kreisrunden Mauer, die zur Kuppel hinaufführte. Bei seiner bloßen Handbewegung öffnete sich das Vorhängeschloss mit einem leisen Klicken.

Er erleuchtete den Raum mit einem sanften schwebenden Licht, und sie folgte ihm hinein.

»Was ist das für ein Ort?« Sie befand sich in einer engen Kammer, aus der eine rostende Wendeltreppe in die Kuppel darüber führte.

»Schau's dir an.«

Erwartungsvoll bedeutete er ihr mit dem Kinn, weiterzugehen.

Das Geländer war kalt und die Treppe so schmal, dass sie sich seitlich drehen musste, und als sie auf die kleine Plattform hinaustrat, war kaum genügend Platz für sie beide.

Aber ihr zog sich bereits die Kehle zu.

Und ihre Augen brannten.

»Warum hast du mich hierhergebracht?«, flüsterte sie.

Sie starrte auf das uralte goldene Teleskop.

Sie sah ihn nicht an, weil sie es nicht ertragen würde, wenn er sich über ihre Tränen lustig machte.

Oren schnalzte leise mit der Zunge, als könnte er jeden ihrer panischen und untröstlichen Gedanken hören. »Was glaubst du denn, Sage?«

Da wandte sie sich ihm endlich zu. Er hatte einen so sanften Ausdruck im Gesicht, wie sie es noch nie zuvor gesehen hatte.

»Ich kann nicht«, erwiderte sie leise, während ihr eine Träne, die sie nicht mehr verbergen konnte, über die Wange lief.

»Doch, kannst du.«

Sie schüttelte den Kopf.

»Du hast einmal gesagt, es gäbe nichts Furchterregenderes als mich«, fuhr er ruhig fort. »Und ich bin jetzt hier an deiner Seite. Nichts kann dir etwas anhaben.«

»Du verstehst das nicht.«

»Nur, weil du es mir nicht erklären willst.«

Ihr Herz zog sich schmerzhaft zusammen. »Weil ich es nicht ertragen könnte, dass du mich voller Abscheu ansiehst.«

»Haben wir dieses Problem im umgekehrten Fall nicht schon gelöst?« Er blickte sie fest an, ein Stirnrunzeln auf seiner sonst so teilnahmslosen und unergründlichen Miene. Als sie nicht antwortete, seufzte er. »Ich bin nicht mit dir hier eingebrochen, damit du dich weigerst, wenigstens einmal hindurchzuschauen.«

Sie spannte den Kiefer an.

»Dann schau ich als Erster«, bot er an und wandte sich ab, um ins Okular des riesigen Teleskops zu blicken.

Warum hatte sie es erst begriffen, als sie hier oben waren? Sie hatte doch gewusst, dass sich auf dem Dach der Universität ein Observatorium befand. Es war berühmt. Aber es wäre ihr nie im Traum eingefallen, hierherzukommen, schließlich war es ein Tor zu ihrem größten Angstgegner.

Oren bewegte das Teleskop entlang der schmalen Plattform, bis er fand, wonach er suchte, und stellte es scharf. Dann trat er zurück und bedeutete ihr, näher zu kommen.

Ihr schlug das Herz bis zum Hals. Sie war kurz davor, hemmungslos in Tränen auszubrechen.

»Ich bin hier bei dir«, flüsterte er ihr ins Ohr, als sie seinen Platz einnahm. Und sie hatte nicht den geringsten Zweifel, dass er es wirklich so meinte. Deshalb holte sie tief Luft und sah in das Teleskop.

Sie schnappte nach Luft.

Und ließ ihren nicht enden wollenden Tränen freien Lauf.

Jeder Gedanke, den sie in ihrem Innern weggeschlossen hatte, jegliche Angst und Schuld strömte beim Anblick des Mondes heraus. Hell leuchtend und fast voll.

Sie konnte jedes kleinste Detail sehen, graue Spuren trübten seine silbrige Oberfläche. Sein heller Schein ließ die Sterne um ihn herum verblassen.

Es kümmerte sie nicht, dass Oren hinter ihr stand und sie in Tränen aufgelöst sah – beim Anblick dieser Kugel, die ihre Albträume heimsuchte und doch so wunderschön war, dass es ihr den Atem verschlug. Sie kam sich wie eine Verräterin vor, weil sie diesen Himmelskörper, der ihr Leben zerstört hatte, so schön fand.

Während sie hinaufblickte und ihre Schultern vor stummen Schluchzern bebten, verlor sie jegliches Zeitgefühl.

Erst als er sie zurückzog und an sich drückte, bemerkte sie, dass er die Arme um sie geschlungen hatte. Eine Geste, der sie sich verweigert hatte, als sie am Abend zuvor völlig die Beherrschung verloren hatte. Nun war sie so voller Verzweiflung, dass sie nicht einmal versuchte, ihn aufzuhalten.

Doch es widersprach einfach allem, wofür er stand.

»Ich war es«, sagte sie schließlich, ihre Stimme von seinem T-Shirt gedämpft.

»Was warst du?«

Er versuchte, in ihr Gesicht zu sehen, doch sie umschlang ihn noch fester, weil sie auf einmal lieber an ihn gedrückt sein wollte, als seinem Blick ausgesetzt zu sein, wenn sie ihm endlich ihre größte Sünde gestand.

»Vor zwei Jahren. P wusste, dass ich Geheimnisse hatte, und war mir nachgereist. Hinaus zum Lake District, wo ich mich verwandle.« Ihre Stimme war heiser, und sie kniff die Augen fest zusammen, wie um sich vor der Wahrheit zu verstecken. »Es war fast so weit. Ich konnte die Wölfin schon spüren, drehte mich um und sah sie über das Feld auf mich zukommen. Es war wie eine Szene in einem Film. Alles passierte wie in Zeitlupe. Ich schaute zum Himmel hinauf, gerade als die Wolken sich teilten, und das Letzte, was ich sah, war der Vollmond. Und dann verwandelte ich mich.«

Endlich löste sie sich von ihm und suchte mit geschwollenen roten Augen seinen Blick.

Sie erkannte den Moment, als er begriff, was sie ihm und nur ihm in dem Observatorium über den Welten gestand.

Sie konnte kaum nicken.

Dann sah sie Mitleid in seinem Blick. Ein Gefühl, das sein Gesicht sonst ebenfalls selten zeigte.

»Ich kann mich nicht daran erinnern. Als ich aufgewacht bin, saß sie neben mir und wartete. Als Geist.« Die Erinnerung schnürte ihr die Kehle zu. »Ich wollte auch sterben. Von diesem Tag an habe ich die Wölfin gehasst. Sie hat mich hintergangen. Ich kann ihr nicht vertrauen. Ich kann mir selbst nicht vertrauen. Deshalb verwandle ich mich nicht, wenn ich nicht muss.«

»Sage, wenn du dich aus freien Stücken verwandelst, ist das was anderes als an Vollmond. Du bleibst bei Verstand. Ein Teil von dir bleibt ein Mensch. Das weißt du doch?«

Sie schüttelte den Kopf. »Aber als ich mich das letzte Mal aus freien Stücken verwandelt habe, habe ich trotzdem jemanden getötet, schon vergessen? Ich bin ein Fluch. Wenn ich mich verwandle, stirbt jemand. Du tötest wenigstens Leute, die es verdient haben. Das kann ich von mir nicht behaupten.«

»Dieser Wolf wollte mich umbringen, du hast nur deinen ... Partner geschützt. Und das, was P widerfahren ist, war ein Unfall. Wenn sie das nicht verstehen würde, wäre sie nicht im Unten. Sie ist geblieben. *Für dich.*«

»Ich habe ihr alles genommen. Eine Zukunft. Ein Leben. Kinder. Das alles ist weg.«

»Nicht, wenn es nach Stellan geht.« Er schenkte ihr ein kleines Lächeln. »Weißt du, er hat mich auch gebeten, ein gutes Wort für ihn einzulegen.«

Gegen ihren Willen rutschte ihr ein Lachen heraus.

Sanft wischte er ihr die feuchten Schlieren von der Wange.

»Hältst du mich jetzt für ein Monster?«, fragte sie.

Er schwieg kurz, während er über ihre andere Wange streichelte und ihr eine Haarsträhne hinters Ohr steckte. »Nur im selben Maße, in dem ich eines bin.«

»Ich bin mir nicht sicher, ob das etwas Gutes ist.«

Seine Augen leuchteten. »Nein, das ist es nicht. Aber wenn wir für unsere Sünden in die Hölle kommen, dann gehen wir zumindest gemeinsam dorthin, Sage.«

»Ich dachte, du machst Dinge lieber allein.«

»Das dachte ich auch.« Er schluckte.

Sie betrachtete sein Gesicht und lächelte.

Er nickte und shiftete sie zurück ins Unten, die Arme weiter um sie geschlungen.

Im Fassraum der Dive Bar zog er sie noch einmal zurück, als sie gerade durch die Falltür zu Stellan hinuntersteigen wollte, und fuhr mit einer schimmernden Hand über ihr Gesicht.

»Was ...«

»Kein Wort zu Berion, aber ich bin tatsächlich ganz gut darin,

Make-up wieder herzurichten. Du hast wie eine Vogelscheuche ausgesehen.«

Er lachte, als sie ihm etwas Fieses an den Kopf warf.

Aber dann lächelte sie. »Danke«, sagte sie. »Für ...« Sie zuckte mit den Schultern. Vermutlich für alles. »Dafür, dass du dir die Mühe gemacht hast, die Dinge nach letzter Nacht wieder in Ordnung zu bringen.«

»Ich glaube, wir waren dazu bestimmt, heute Abend dorthin zu gehen«, sagte er leise.

»Was meinst du damit?«

»Du hast mich gefragt, ob du ein Monster bist ... wenn ich ehrlich bin, hättest du nichts sagen können, das ich nicht akzeptiert hätte. Es gibt keine Sünden, die meine übersteigen.« Er senkte den Blick. »Und es gibt viele Dinge, auf die ich nicht stolz bin. Aber ... wenn ich mit dir über all das rede, gibst du mir nicht das Gefühl, dass ich mich schämen muss.« Er seufzte. »Die Menschen haben doch dieses Sprichwort: Geteiltes Leid ist halbes Leid. Die Last meiner Geheimnisse fühlt sich heute Abend so leicht an wie schon lange nicht mehr.«

Sie sah zu ihm auf. Zu dieser einen Person auf der Welt, die ihr ebenfalls nicht das Gefühl gab, sich schämen zu müssen. Genau wie die Last seiner Geheimnisse löste sich auch in ihrer Brust etwas Schweres. »Jetzt, da ich weiß, womit Roderick dich erpresst, würde ich verstehen, wenn du ...«

Er schüttelte den Kopf. »Ich habe dir das nur erzählt, damit du die Situation kennst. Wenn du diesen Job wirklich willst, wenn du weiter mit mir zusammenarbeiten willst, wird er dich zwingen, an meiner Seite Zeugin von schrecklichen Dingen zu werden. Und man wird dich dafür ebenso verantwortlich machen wie mich. Man wird dich genau wie mich dafür verurteilen. Und du wirst es der Welt niemals erklären können. Mein Ruf muss bewahrt bleiben.«

Sie schluckte. »P und ich.« Sie stellte die einzige Frage, die jetzt noch von Bedeutung war. »Wir können dir doch vertrauen?«

»Immer«, flüsterte er leidenschaftlich.

Sie schwieg kurz. »Wölfe sind Rudeltiere«, sagte sie schließlich.

Jetzt schluckte er schwer, seine Augen strahlten. Dann sah er hinunter, und in seiner Hand lag eine kleine Schachtel, die kurz zuvor noch nicht da gewesen war. »Ich wollte dir das hier schenken. Alles Gute zum Geburtstag.«

»Warum hast du mir das nicht schon vorhin gegeben?«

»Ich war mir nicht sicher, ob du es haben willst«, gestand er und drückte sie ihr in die Hand. »Ich war mir nicht sicher, ob du mich noch willst, nach … allem.« Nach der Wahrheit. »Na los«, drängte er sie und wies mit dem Kopf auf ihre Hand.

Es war eine kleine, ramponierte Schmuckschachtel, deren abgenutzter Messingverschluss sich nur schwer aufklappen ließ.

Sie schnappte nach Luft.

Darin lag ein perlmuttartiger, vollkommener, runder weißer Stein, der in Platin eingefasst war und an einer dünnen Kette hing.

Mit großen Augen bewunderte sie das schimmernde Kleinod. Vielleicht war sie noch zu berauscht von ihrem besonderen Erlebnis, aber sie fand, dass es genau wie der Mond durch das Teleskop aussah.

Ihre Kehle war wie zugeschnürt, und sie räusperte sich. »Du musstest mir aber nichts besorgen.«

»Genau genommen habe ich es gefunden, im späten neunzehnten Jahrhundert, und es lag jahrzehntelang auf meinem Schreibtisch. Bis vor ein paar Tagen, als ich nach etwas anderem gesucht habe, hatte ich es komplett vergessen. Vielleicht hat es mir das Schicksal in die Hand gespielt, um mich daran zu erinnern, dass es da war. Keine Ahnung. Aber es ist ein Mondstein, daher ist er wohl für dich bestimmt.«

Dieses Schmuckstück in ihren Händen war fast ebenso alt wie er. Vielleicht älter. »*Du* glaubst an Schicksal und Vorsehung?«

»Natürlich«, flüsterte er. »Vielleicht hat das Schicksal vor so langer Zeit schon dafür gesorgt, dass ich es gefunden habe, und mich dazu gedrängt, es in meine Tasche zu stecken. Vielleicht wusste die Vorsehung, dass eines Tages meine einzige Freundin eine Werwölfin sein würde. Darf ich?«

Mit dieser Halskette nahm sie mehr an als nur ein Geschenk. Damit willigte sie in die Bedingungen eines neuen Lebens ein, einer Partnerschaft, die sie gemeinsam schmieden würden. Sie gab ihm die Schachtel zurück, drehte sich um und schob ihr Haar zur Seite, um es ihm einfacher zu machen. Er hob die dünne Kette über ihren Kopf, und der Mondstein schmiegte sich direkt unter ihr Schlüsselbein. Als wäre er tatsächlich dazu bestimmt gewesen, dort zu ruhen.

SAGE

»Guten Morgen!«, trällerte eine fröhliche Stimme.

Mit einem lauten Keuchen fuhr sie erschrocken hoch, als P sich lächelnd an ihr Bettende setzte.

»Wann sind wir zurückgekommen?« Ihr Hals fühlte sich an, als hätte sie Rasierklingen verschluckt. Sie hatte rasende Kopfschmerzen.

Die Wirklichkeit meldete sich zurück. Morde. Nicht Mojitos.

Oren hatte darauf bestanden, sie nach Hause zu begleiten. Obwohl sie nicht über das Bündel Salbei gesprochen hatten, das sie unter der Statue gefunden hatte, ärgerte er sich insgeheim bestimmt über die schiere Dreistigkeit einer solchen Drohung. Dass der Killer inzwischen über ihre Zusammenarbeit mit Oren Bescheid wusste, sollte sie eigentlich nicht überraschen. Doch es lohnte sich einfach nicht, sich mit ihm darüber zu streiten, ob er sie nach Hause bringen durfte.

Im Unten waren es bis zum Julfest nur noch wenige Wochen, und die Stadt erstrahlte in einem Lichtermeer. Jede Ladenfront war erleuchtet. Jede Bar spielte laute Musik. Vor dem Rathaus heulten die *Baritone Banshees* Julfest-Lieder. Oren hatte murmelnd seine Meinung über ihren Gesang kundgetan und war mit ihr schnell in eine andere Straße abgebogen.

Wie es die Tradition wollte, hatte in jedem Gebäude, an dem sie vorbeigekommen waren, ein Kaminfeuer geprasselt, und Glühwürmchen glitzerten zwischen immergrünen Zweigen, mit denen Kaminsimse und Fenster verziert waren. Überall hingen

Mistelzweige. Im Unten war das eine ganz große Sache. Verliebte Jungs und Mädchen, die mit ihren Freunden und Freundinnen unterwegs waren, lungerten leicht verlegen in ihrer Nähe herum, während sie ihren heimlichen Schwarm im Auge behielten.

Das zauberte Sage immer ein Lächeln ins Gesicht.

Dann hatte sie ein Klang innehalten lassen: Musik, aber anders, als sie es im Unten gewohnt war. Ehe Oren protestieren konnte, hatte sie ihn auch schon am Arm gepackt und um die Ecke in eine Straße voller Restaurants und Bars und vorbei am *Geflügelten Greif* gezerrt, aus dem eine fröhliche Menge von Kobolden auf die Straße strömte, bis sie die Quelle der Musik ein paar Bars weiter endlich entdeckte.

Ein Feen-Blechbläserquartett, das einen Meter über dem Boden schwebte, übertönte mit seinen Instrumenten fast vollständig das leise Surren ihrer flatternden Flügel. Eine kleine Menge Schaulustiger hatte sich um sie geschart, und ab und zu warf jemand eine Münze in einen umgedrehten Hut am Boden. Für die anwesenden Übernatürlichen klang die Musik wie Eigenkompositionen der Band. Sie hatten nicht die geringste Ahnung, dass das, was Sage hörte, *Weihnachten* war. Menschliche Weihnachtslieder, die sie als kleines Mädchen mit P an ihrer Seite kichernd in der Schulversammlung gesungen hatte, als ihre Freundin noch am Leben war und sie berühren konnte. Der Gesang fehlte bei diesem Quartett, aber sie sang im Flüsterton mit und hatte das Gefühl, ihr Herz könnte jeden Augenblick explodieren.

Nachdem sie Oren gezwungen hatte, ihrer Darbietung von zwei weiteren Weihnachtsliedern zu lauschen, wollte sie ihn noch in eine schick aussehende neue Cocktailbar schleppen, doch er sträubte sich. »Es ist schon spät, Sage.«

»Du verdirbst mir meinen Geburtstag«, schmollte sie.

Als er die Nasenflügel aufblies, wusste sie, dass ihr emotionaler Erpressungsversuch erfolgreich gewesen war. »Aber nur einen«, warnte er sie. »Und ich suche den Cocktail aus.«

Und so genehmigten sie sich einen.

Woraufhin Sage dieselbe Erpressungstaktik anwandte, um ihn zu ein paar weiteren Drinks zu überreden.

»So gegen fünf Uhr früh seid ihr aufgetaucht. Das war vor drei Stunden«, teilte P ihr mit.

Sage gab einen Laut zwischen Stöhnen und ersticktem Winseln von sich.

P schnappte nach Luft. »Was ist das?«

»Was ist was?« Sage spreizte die Finger, mit denen sie ihre Augen bedeckte, gerade so weit, dass sie hindurchgucken konnte. P zeigte auf ihre Brust.

Verwirrt griff sie mit der Hand an ihren Hals.

»Spätes Geburtstagsgeschenk«, grummelte sie und schirmte erneut ihre Augen vor dem Licht ab, das durch die offene Tür hereinfiel.

»Das ist … wirklich besonders.« Ps Lächeln konnte sie hören, auch ohne hinzusehen. »Wehe, er schenkt mir nichts Nettes zu meinem Geburtstag.«

»P.« Sage stemmte sich hoch, während sie betete, dass sie die gestrigen Cocktails nicht gleich von sich geben würde. Sie zwang sich, in die leuchtenden Augen ihrer Freundin zu blicken. »Ich hab's ihm erzählt.«

Ihr kam der Gedanke, dass sie P vielleicht erst um Erlaubnis hätte bitten sollen. Es war nicht nur ihr Geheimnis.

»Ich hab ihm erzählt, was ich dir angetan habe.«

Ps Lächeln verschwand. Ihr wummerndes Herz dröhnte in Sages Ohren.

»Du hast mir überhaupt nichts angetan«, flüsterte P und kratzte an einem Fleck auf dem Bettbezug, für den sie sich plötzlich ausgesprochen interessierte. »Nicht absichtlich. Nichts, was ich nicht verdient hatte.«

Sage zuckte zusammen. P war die Bewegung wohl aufgefallen, denn sie blickte auf. »Ich bin dir gefolgt, Sage. Ich hab dir nicht vertraut und dir nachspioniert. Ich *habe eine Werwölfin gestalkt.* Es war eine berechtigte Folge meines Handelns.«

Sie starrte P an und war erneut völlig außer sich, wie jedes Mal, wenn sie über diese Nacht sprachen, so selten es auch vorkam. »Wie kannst du das immer noch verteidigen?«, wollte sie wissen.

»Das?« Ps Unterlippe zitterte. »Sage, ich verteidige *dich*!« Verzweifelt sah sie zur Decke auf. »Wie oft muss ich dir noch sagen, dass ich dir für das, was passiert ist, keine Schuld gebe?«

Ein weiterer Stich ins Herz, wie jedes Mal. Sie wollte, dass P ihr die Schuld gab. Manchmal wünschte sie sich sogar, dass P sie hasste, damit sich ihr eigener Hass nicht ganz so fehl am Platz anfühlte. Sie brauchte eine Berechtigung für ihre eigene Wut. Sie wollte, dass P tobte, schrie, ihr all die Beschimpfungen an den Kopf warf, mit denen sie sich selbst in den dunkelsten Momenten ihrer schlaflosen Nächte beschimpfte. Ps Vergebung raubte ihr die Bestätigung, nach der sie sich sehnte, und das nahm sie ihrer Freundin übel. Sie senkte den Blick, um ihre Tränen zu verbergen.

»Was hat er gesagt?«

»Na ja, er war nicht entsetzt«, erwiderte sie mürrisch.

P fing an zu lachen. »Hattest du etwas anderes erwartet?«

»Das ist ja wohl alles andere als ein Kompliment, oder?«

P seufzte, lächelte aber weiter. »Roderick hat auf deinem Handy angerufen.«

Sage stöhnte und ließ sich wieder auf ihre Kissen fallen.

»Er will ein Update.«

Ihr rutschte ein selbstmitleidiges Winseln heraus, als sie sich das Gesicht rieb und spürte, dass sie noch ihr verschmiertes Make-up trug.

»Oren hat auch angerufen«, fuhr P fort. »Er trifft dich in einer halben Stunde dort.«

»Klasse«, murmelte sie und riss endlich die Decke von sich, als P sich erhob und zur Tür schwebte.

Kurz bevor sie hindurchglitt, drehte sie sich noch einmal um. »Ich weiß, dass wir uns über vieles uneinig sind, was die Nacht betrifft, in der ich gestorben bin, Sage. Sachen, über die wir uns nie einigen werden. Aber ich bin für dich geblieben ...«

»P ...«

Sie hob die Hände. »Nein, Sage, lass mich wenigstens dieses eine Mal ausreden. Das Mädchen, an das ich mich erinnere, das laut lachte und glücklich war – ich dachte, ich hätte es verloren, als ihre Eltern gestorben sind, weil ich es danach nie wiedergesehen habe. Erst als ich Bescheid wusste und du dich nicht mehr verstellen musstest, ist wieder etwas von dem Mädchen zum Vorschein gekommen, das du verborgen hattest. Bei ein paar Dingen weiß ich noch nicht, wie ich sie wieder in Ordnung bringen kann ...« Sie schluckte und wischte eine Träne weg. »Aber mir ist jetzt klar geworden, dass es nicht meine Aufgabe ist, sie in Ordnung zu bringen.«

»P ...« Sie hatte unrecht. Tief in ihrem Herzen wusste Sage, dass sie ohne P nicht überlebt hätte. Sie sollte auf keinen Fall glauben, sie wäre nicht genug gewesen.

Aber ihre Freundin lächelte, als wüsste sie, was Sage gerade dachte. »Ich konnte dir Sicherheit und Vergebung schenken, und genau das hast du gebraucht. Aber du hast noch jemand anderen gebraucht, der all das andere verstehen konnte ... Diese dunklen Gefühle, denen du nicht entkommen kannst. Und ihm ging es genauso. Jetzt endlich höre ich dieses Lachen wieder. Es ist zerbrechlich, und manchmal glaube ich, dass es noch ein bisschen verängstigt klingt. Denn ihr habt beide Angst, weil ihr euch gegenseitig verletzbar macht, um heilen zu können.«

»Du bist immer noch meine allerbeste Freundin.«

Ps helles Lachen war wie Vogelgesang. »Ich bin nicht eifersüchtig.« Ihr Lächeln verriet Sage, dass sie die Wahrheit sagte. »Du darfst noch einen besten Freund haben. Und ich auch. Ich versuche, dir klarzumachen, dass alles in Ordnung ist und ich auch will, dass er bleibt. Und seien wir mal ehrlich, keiner von euch beiden würde ohne jemanden klarkommen, der diesen ganzen Wahnsinn zusammenhält.«

Endlich lachte auch Sage, als P sich umwandte und davonschwebte, doch sie konnte sie im Weggleiten weiterhin hören. »Seit ich ihm ein paar gute Mahlzeiten vorgesetzt habe, sieht er sogar noch besser aus.«

SAGE

Eine halbe Stunde später traf sie im Arcānum ein. Trotz der Sonnenbrille, die sie aufgesetzt hatte, um ihre Augen vor dem frühen wässrigen Sonnenlicht zu schützen, tränten ihre Augen. Dabei war es noch nicht mal richtig hell, aber die grellen weißen Deckenleuchten in den Korridoren des Hauptquartiers brannten sich in ihre Augenhöhlen. Sie bog auf den Gang, in dem sich Rodericks Büro befand, und musste feststellen, dass Oren bereits dort wartete. Mit hochgeschlagenem Mantelkragen und finsterem Blick lehnte er an der Wand.

»Ich habe höllische Kopfschmerzen«, begrüßte er sie. Er war tatsächlich ein bisschen grün im Gesicht. »Ich hatte seit den 1960ern keinen Kater mehr.«

»Ich muss vielleicht auch gleich kotzen.«

»Ich habe alles wieder von mir gegeben, sobald ich nach Hause geshiftet war«, grummelte er. »Ich hätte laufen sollen.«

Sie kicherte. »Bist du hierher auch geshiftet?«

»Ich wollte das Risiko nicht eingehen«, antwortete er düster. Dann klopfte er zweimal an die Tür und marschierte, ohne zu warten, in den Raum.

»Also, ihr zwei habt auch schon mal besser ausgesehen«, merkte Roderick trocken an. »Guter Abend?«

»Kann mich nicht dran erinnern.« Oren ignorierte die Geste seines Bosses, der auf den Stuhl gegenüber dem Schreibtisch deutete.

»Und ich hab gedacht, ihr zwei könntet euch nicht ausstehen.«

»Gehofft«, murmelte sie. Sie lehnte sich an Oren, um sich aufrecht zu halten. Ein Arm legte sich fest um ihren Rücken und stützte sie. Anscheinend spürte Oren, dass sie kurz davor war, umzukippen und ihnen allen im unpassendsten Moment auf die Schuhe zu reihern.

Roderick merkte das offensichtlich auch, denn er betrachtete sie beide angewidert. »In der Tat.«

»Was willst du, Roderick?«, blaffte Oren.

Der Captain lehnte sich auf seinem Stuhl zurück und verschränkte die Arme. »Ich will ein Update.«

»Wir wissen, wer das eigentliche Ziel ist«, sagte sie und machte sich erst gar nicht die Mühe, höflich zu klingen. Sie hatte Roderick noch nie gemocht, doch jetzt, da sie wusste, wie er Oren erpresste, konnte sie ihm kaum in die Augen sehen. »Am Motiv sind wir dran. Und ich habe einen Plan, wie wir den Killer in den nächsten paar Tagen in eine Falle locken können.« Oren spannte sich an. Sie war noch nicht dazu gekommen, ihm davon zu erzählen. Genau genommen war ihr der Gedanke gerade erst auf dem Weg hierher gekommen. »Wenn Berion und Hozier einverstanden sind, können wir mit ihnen zusammen den ganzen Fall bis nächste Woche abschließen.«

»Oh nein.« Roderick lachte leise. »Du wolltest dich beweisen. Du regelst das allein. Ich verbiete euch, Berion und Hozier um Hilfe zu bitten. Und solltet ihr es trotzdem tun, kannst du dich von deinem kleinen Traum verabschieden.«

»Soll das ein Witz sein?«, fuhr Oren auf. »Ein Killer läuft frei herum, und du ...«

»Nicht in diesem Ton.« Mit kaum verhohlener Wut betonte Roderick jede Silbe und lehnte sich über seinen Schreibtisch nach vorn. Dann richtete er sich wieder auf. »Arbeitet euren Plan aus. Ich will, dass der Fall bis zum Julfest abgeschlossen ist, sonst ist der Deal vom Tisch.« Er warf ihnen etwas über den

Schreibtisch zu. »Hier.« Es war eine braune Akte, auf deren Deckel Salinas Name gestempelt war, und sie hatte anscheinend seit Tagen in seinem Büro herumgelegen. Er hatte sich nicht mal darum gekümmert, sie zurück ins Archiv zu bringen. »Ich hab sie mir nach ihrer Ermordung geholt, um ihre Geschäftsadresse herauszufinden. Lest sie. Bringt sie zurück. Wie ihr wollt. Interessiert mich nicht.«

Oren öffnete den Mund, um etwas zu erwidern. Roderick hatte die Akte absichtlich behalten, um ihnen das Leben schwer zu machen. Es war ihm egal, dass sie inzwischen die Morde an fünf Werwölfen zu untersuchen hatten.

Aber sich jetzt mit ihm anzulegen, würde sie auch nicht weiterbringen. »Komm«, murmelte Sage und schnappte sich die Akte. »Gehen wir.«

Auf dem Weg nach unten ins Archiv und zu den Büros von Berion und Hozier holte sie ihr Handy heraus und schickte P eine Nachricht, dass sie sich ihnen anschließen sollte. Es war noch früh, doch dem lauten Stöhnen und Brüllen nach zu urteilen, das aus den Trainingsräumen kam, befanden sich die meisten Hexenmeister und Hexenmeisterinnen schon im Gebäude.

»Guten Morgen.« Anders als Oren war sie zumindest so höflich gewesen, nach dem Klopfen kurz zu warten, ehe sie hineinstürmte. Nun schenkte sie Oren ein demonstratives Lächeln. Er verdrehte die Augen, folgte ihr hinein und schloss die Tür. Sie ließ Salinas Akte auf den kleinen Beistelltisch fallen und zog ihren Mantel aus.

Wie ein König auf seinem Thron saß Berion hinter seinem Schreibtisch, nippte an einem Pappbecher Kaffee und beugte sich über ein Blätterteigteilchen, das vor ihm auf einer Serviette lag. Hozier, die mit hochgelegten Beinen auf dem Diwan lümmelte und sich Krümel von der Brust fegte, lächelte sie zur Begrüßung an. Oren gab einen angewiderten Laut von sich. Sie warf ihm einen Blick zu, verkniff sich aber, was auch immer ihr auf der Zunge lag.

»Wow.« Beim Anblick von Berions Leopardenmuster-Anzug pfiff Sage durch die Zähne. »Du hast dich selbst übertroffen.«

»Man tut, was man kann.« Er neigte den Kopf und zeigte auf die muschelförmigen Sessel. »Was führt euch hierher? Falls ihr noch mehr verfaulenden Müll habt, könnt ihr den selbst durchwühlen.«

»Bestimmt freut es dich zu hören, dass das nicht der Fall ist.« Sie warf sich in den Samtsessel, während Oren den anderen ignorierte und sich neben der Tür einen Hocker herbeizauberte. Er war hier, weil es zur Arbeit gehörte und sie ihm keine Wahl gelassen hatte, doch er weigerte sich weiterhin, am Small Talk teilzuhaben. Das war nicht seine Welt, und er fühlte sich hier sichtlich nicht wohl.

»Michael MacAllister«, sagte sie und rieb sich den noch pochenden Kopf. »Ich schätze, den müssen wir wohl retten.«

»Oh«, seufzte P, als sie durch die Mitte von Berions geschlossener Bürotür glitt. »Müssen wir das?«

Hozier lachte. P schenkte ihr ein zustimmendes Lächeln. Orens Miene nach zu urteilen, stellte er sich dieselbe Frage wie P.

Sage berichtete Berion und Hozier von ihrem Besuch bei dem Alpha, beschränkte sich dabei aber auf das absolute Minimum an Informationen. Die schlimmsten Einzelheiten ließ sie aus.

Hozier rümpfte die Nase. »Findet ihr das nicht verdächtig, dass er offenbar nur sehr widerwillig hilft?«

»Allerdings«, erwiderte Oren düster.

»Alle Informationen in seiner Akte sind mindestens zwanzig Jahre alt«, sagte P, die ihre Frustration nicht verbergen konnte. »Er ist sechsundfünfzig Jahre alt. Zog als Kind nach Edinburgh. Wurde mit zweiundzwanzig auf einem Wanderurlaub auf der Isle of Skye zum Werwolf. Aber wir haben keine Ahnung, was er zwischen damals und dem Zeitpunkt, als sein Name als Alpha dieses Rudels wiederaufgetaucht ist, getrieben hat.«

Hozier nickte. »Bei Werwölfen und Werwölfinnen, die im Rudel leben, ist es schwierig, ihre Akte auf dem neuesten Stand zu halten. Da sie sich so völlig von der Gesellschaft abschotten, sind solche Lücken bei Leuten wie MacAllister nicht ungewöhnlich.«

Sages Ansicht nach war das ein gewaltiger Fehler im System.

Werwölfe, die ins Oben zogen, mussten das Arcānum darüber informieren. Das hatte Michael MacAllister auch getan und der Behörde schon vor Jahrzehnten erlaubt, seine Lebenskraft mit dem Standardzauber zu belegen. Na schön. Und dann? Zwar aktualisierten viele Werwölfe im Oben ihre Kontaktdaten regelmäßig, aber offenbar wurde nicht viel dafür getan, um diejenigen zu überprüfen, die es versäumten.

Auch wenn sie für Berions und Hoziers Freundlichkeit dankbar war, machte sie sich keine Illusionen darüber, dass im Arcānum viele Hexenmeister und Hexenmeisterinnen genauso über sie dachten wie Roderick. Die Blicke, die man ihr zuwarf, wenn sie durch die Eingangshalle ging, sprachen für sich. Daher äußerte sie ihre Kritik Hozier gegenüber nicht.

»Und du glaubst, dass er das Symbol wiedererkannt hat?«, hakte Berion nach, der an seinen Ringen herumspielte.

»Ziemlich sicher«, bestätigte sie mit einem Nicken. »Er hat einen auf desinteressiert gemacht und so getan, als hätte er es noch nie gesehen, aber er hat gezögert. Und er hat uns auch nicht gefragt, was es ist, nicht einmal, um unverdächtig zu erscheinen. Das Symbol ist der Schlüssel. Der Grund, warum das alles gerade passiert.«

Oren holte den Zettel, den er MacAllister gezeigt hatte, aus der Tasche und ließ ihn auf goldenen Dunstschwaden zu Berion durch die Luft gleiten. »Sagt dir das was?«

Berion betrachtete das Symbol mit einem Stirnrunzeln und

schüttelte den Kopf. Dann ließ er den Zettel auf einer violetten Wolke hinüber zu Hozier wabern, die aber ebenso perplex wirkte.

»Ich habe dieses Symbol schon mal irgendwo gesehen.« Oren legte die Stirn in Falten. »Aber das will nicht viel heißen. Ich war so ziemlich überall auf der Welt, sowohl auf der menschlichen als auch auf der übernatürlichen Seite. Hätte sonst wo sein können.«

»In diesem Fall ist es wahrscheinlich eher menschlich, wenn ihr es nicht erkennt ...«

»Sage«, unterbrach sie Ps schockierte Stimme.

Sie schwebte in der Nähe der Tür, wo sie Salinas Akte entdeckt hatte. P hielt sie aufgeschlagen in ihren silbrigen Händen, während sie Sage mit großen Augen anstarrte.

»Was ist los?«, fragte sie, war sich jedoch nicht hundertprozentig sicher, ob sie die Antwort hören wollte.

»Weißt du noch, Cheryl Wentworth, die menschliche Frau, die wir aufgesucht haben, als du an Vollmond weg warst?«

»Die Frau, die auf Oren stand?« Sage grinste und hörte Hozier hinter sich kichern.

»Lucy hat einen Artikel über Cheryls verschollene Schwester geschrieben. Cheryl hat uns erzählt, sie wäre verreist. Das muss eine Ausrede gewesen sein ...«

Ihr Magen zog sich zusammen. »Salina war Cheryls Schwester?«

P nickte. »Salina wurde später an dem Abend getötet.«

Das war die letzte Verbindung, die sie bisher nicht hatten herstellen können – wie Lucy überhaupt mit den ganzen anderen Opfern zusammenhing. Und der entscheidende Hinweis war die ganze Zeit in Rodericks Büro weggesperrt gewesen – dank seiner kleinlichen Rachsucht.

Die Spur war jetzt mehr als deutlich. Wie sie schon vermutet hatten, hatte der Killer definitiv jedes Opfer benutzt, um an das nächste heranzukommen. Hatte Salina über Lucy gefunden, Mhairi über Salina und Patrick über Mhairi.

Oren stieß alle Beschimpfungen gegen Roderick aus, die auch ihr durch den Kopf gingen.

»Als ihr gestern Abend unterwegs wart, habe ich alle bekannten Rudelmitglieder mit den Namen in Salinas Terminkalender verglichen. Acht von ihnen waren bei ihr in Behandlung, und sie hatten alle Termine nach einem Vollmond. Wahrscheinlich haben sie die Schmerzen einer wahren Verwandlung mit Physio gelindert«, erklärte P. »Mhairi war bestimmt auch ihre Ärztin.«

»Und MacAllister hat abgestritten, dass er sie kannte?« Berion klang entgeistert. »Obwohl die beiden sein Rudel behandelt haben?«

Sage verstand Berions Entrüstung. Für einen Wolf, noch dazu einen Alpha, schien MacAllisters Rudelloyalität nicht besonders groß zu sein, wenn er seine Verbindung zu Werwölfinnen, die seinem Rudel geholfen hatten, so leicht verleugnen konnte. »P hat recht. Vielleicht ist er es gar nicht wert, gerettet zu werden.« Sie zögerte. »Aber ich habe einen Plan.«

SAGE

»Um den Killer zu finden, müssen wir MacAllister als Lockvogel benutzen. Aber Roderick sagt, dass ich meine Probezeit nicht bekomme, wenn ich euch beide um Hilfe bitte.«

Bei dem Gedanken, MacAllister dem Mörder als Köder vor die Nase zu halten, hatte Berion noch gelächelt, aber das Lächeln verging ihm jetzt.

Sage machte ein Gesicht, als wollte sie sagen: *Was hast du erwartet?* »Roderick schiebt Panik, weil er davon ausgegangen ist, ich hätte inzwischen schon längst aufgegeben.«

»Scheißkerl«, fauchte Hozier leise.

»Aber wenn Hozier und ich einfach zufällig … da sind?«, fragte Berion ganz unschuldig.

Sie nickte. »Also, am Abend vor dem Julfest ist Vollmond.«

Stille.

»Ach ja?«, fragte Berion langsam, meinte aber: *Na und?*

Sie verdrehte die Augen. »Es ist der letzte Vollmond des Jahres.«

P schnappte so laut nach Luft, dass Hozier hochschreckte. »Warum hab ich da nicht dran gedacht? Sage, das ist perfekt!«

»Was ist perfekt?«, fragte Hozier ungeduldig.

»Am Abend vor dem letzten Vollmond des Jahres findet der Mondball statt.«

»Der Mondball?«, wiederholte die Hexenmeisterin verständnislos. »Was ist das?«

»Das ist der eine Abend im Jahr, an dem alle Werwölfe, Frauen und Männer, zu einem gemeinsamen Fest eingeladen sind«, antwortete Berion, der jetzt genauso begeistert aussah wie P. »Früher war es eine Nacht des Waffenstillstands, in der die verschiedenen Rudel ohne Rivalitäten und ohne sich zu bekämpfen, Zeit miteinander verbringen konnten. Heutzutage ist es einfach eine große Party ... Es gilt aber weiterhin als schlechter Stil, an dem Abend zu kämpfen. Es ist also nach wie vor eine Art Waffenruhe.«

»Woher weißt du das?« Sage war überrascht, dass er überhaupt irgendetwas über diese alte Werwolf-Tradition wusste.

»Ich war mal auf einem Mondball im Juragebirge. Es war ...« Er seufzte wehmütig.

»Ernsthaft?«, fragte Oren. Sogar er klang beeindruckt. »Im Juragebirge?«

Berion nickte. »Als ich mir mal einige Jahrzehnte lang eine Auszeit zum Reisen genommen habe, bevor ich dem Arcānum beigetreten bin. Damals habe ich einen Werwolf beschwatzt, mich als sein Date mitzunehmen. Ich wusste einfach, dass gerade dort ein Mondball ein unvergessliches Erlebnis sein würde.«

Das Juragebirge hatte eine besondere Bedeutung für Werwölfe. Dort, an der Grenze zwischen einer kleinen französischen und einer kleinen schweizerischen Stadt, hatten die Menschen im vierzehnten Jahrhundert Werwolf-Prozesse abgehalten. Werwölfe und Werwölfinnen hatten in die Berge fliehen müssen, wohin die Menschen ihnen nicht folgen konnten – der Aufstieg war für sie zu tückisch, aber für Vierbeiner leicht. Dort oben lebte auch heute noch die größte, aus mehreren Rudeln bestehende Werwolf-Population.

»Und hier findet auch ein Mondball statt?«, fragte Hozier. »Im Unten?«

»Es gibt überall Mondbälle. Unser Ball findet im Rathaus statt. Alle Werwölfe und Werwölfinnen der Stadt sind eingeladen, sogar die meisten aus dem Oben kommen dafür zurück.«

»Ich bin letztes Jahr als ihr Date hingegangen«, sagte P fröhlich. »Es war wundervoll.« Genau wie Berion bekam sie glänzende Augen, als sie sich daran erinnerte.

Es war wirklich wundervoll gewesen. Jedes Jahr erschien auf der letzten Seite des *Unterwelt-Kuriers* eine Stellenanzeige für das Organisationskomitee, das ein ganzes Jahr lang daran arbeitete, etwas Spektakuläres auf die Beine zu stellen. Letztes Jahr war das Motto »Winter Wonderland« gewesen, und das Rathaus war in eine kunstvolle arktische Landschaft verwandelt gewesen. Feen waren dafür engagiert worden, den ganzen Raum mit einem Trugzauber zu belegen, sodass es ihnen vorgekommen war, als ob sie den Ballsaal eines Eispalasts betraten. Alles, von der Tanzfläche bis hin zu den Kronleuchtern, bestand aus glänzendem, schimmerndem Eis. Wolf-Skulpturen hatten die Tische geziert, und die Getränke waren in Eiskelchen serviert worden. Selbst die Instrumente der Band waren aus Eis gewesen, bis hin zu den Saiten der Geigen und Harfen. Aus den Fenstern hatten sie auf schneebedeckte Berge geschaut. Alles hatte geglitzert. Es war magisch gewesen.

»Ich glaube einfach, dass es die perfekte Gelegenheit wäre, um an sie ranzukommen«, fuhr Sage fort. »Oren und ich haben selbst erlebt, wie gefährlich es ist, dieses Lager zu betreten. In dieser Kommune ist er ziemlich gut geschützt. Aber in dieser einen Nacht wird der Killer genau wissen, wo Michael MacAllister zu finden ist. Er wird der Versuchung nicht widerstehen können, dort aufzukreuzen. Da bin ich mir sicher. Er wird angreifen, wenn MacAllister am verletzlichsten ist.«

»Ich stimme dir zu.« Hozier nickte. »Es ist die perfekte Gelegenheit. Er hat ja bereits unter Beweis gestellt, dass er mühelos verschiedenste Situationen nutzt, um an das heranzukommen, was er braucht. Wenn wir fünf auf den Ball gehen, um MacAllister mit Argusaugen zu bewachen, dann ...« Sie verstummte. Sie wussten nicht genau, was *dann* bedeutete, aber es war immerhin ein Anfang.

»Moment mal.« Berion hob die Hände und sah sie an. »Sage ... es ist eine Sache, ›zufällig in der Nähe zu sein‹, aber eine ganz andere, an einer *Werwolf*-Veranstaltung nur für geladene Gäste teilzunehmen. Du kennst das Risiko, wenn wir zustimmen, mitzukommen. Bist du sicher, dass du das durchziehen willst?«

Sage biss sich auf die Unterlippe. »Ich weiß«, sagte sie schließlich. »Aber ... den Mörder zu stellen, ist jetzt wichtiger als dieser Job. Natürlich will ich ihn noch immer haben, aber dafür habe ich das alles nicht gemacht!« Sie hatte es für Lucy getan. Und für die anderen toten Werwölfe und Werwölfinnen. Frustriert schüttelte sie den Kopf. »Ich kann doch jetzt nicht aufgeben, vielleicht ist das unsere einzige Chance! Und wenn Roderick es als Vorwand nutzt, dann ...« Sie seufzte. »Dann ist das halt so. Scheiß auf den Job.«

Sage war sich nicht hundertprozentig sicher, ob sie das tatsächlich ernst meinte. Aber die Aufklärung der Morde war jetzt wirklich wichtiger als der Job. Wenn sie in dieser Sache versagte, hatte sie keine Ahnung, was sie tun würde. Der Gedanke jagte ihr Angst ein.

Berion beobachtete sie mit geneigtem Kopf.

»Na schön«, sagte er nach ein paar Sekunden. »Packen wir's an.«

Sie nickte ihm zum Dank halbherzig zu. »Ich kann Oren als meine Begleitung mit reinnehmen, und P kann durch eine Wand hineingleiten. Wir müssen also nur noch eine Lösung für euch beide finden. Ihr könnt keine Eintrittskarten kaufen. Nicht-Werwölfe kommen nur mit persönlicher Einladung herein, als Begleitung eines Werwolfs.«

Berion stöhnte melodramatisch. »Na ja, Harland wird mich

kaum als sein Date mitnehmen.« Er warf Hozier einen Blick zu. »Und er wird zu große Angst haben, um mit dir hinzugehen. Wie heißt der andere? David?«

»Danny. Der geht schon mit Juniper, einer Freundin von uns. Und Harland hat ihre Cousine Willow eingeladen. Er hat sie letzte Woche gefragt, hat er mir erzählt.« P sah Sage an. »Er meinte, du würdest sicher mit Oren hingehen. Deshalb hat er dich nicht gefragt. Sie haben schon alles unter sich ausgemacht. Ich glaube, sie haben sogar ein paar Werwölfe, mit denen ihr auf der Schule wart, gefragt, ob sie Cypress und Rhen als Begleitung mit reinnehmen. Unsere ganze Clique wird da sein.«

Sie verstand die Mischung aus Hoffnung und Traurigkeit in Ps Blick bei der Aussicht, auf einen Schlag alle ihre Freunde und Freundinnen zu treffen, die sie in letzter Zeit kaum gesehen hatten.

»Was ist mit MacAllister?«, fragte Berion.

Sage fing an zu lachen. »Er ist kein guter Fang, glaub mir, du willst kein Date mit ihm.«

»Nein. Aber vielleicht könnte er ein paar Mitglieder seines Rudels dazu bringen, uns als ihre Gäste mitzunehmen. Sobald wir drin sind, können wir ja getrennte Wege gehen.«

»Du überschätzt ganz erheblich seine Bereitschaft, uns zu helfen«, grummelte sie.

Oren gab einen Laut von sich, als wäre er anderer Meinung. »Er war nur innerhalb der Grenzen seiner Kommune so selbstsicher. Dort kennt er die Umgebung, und sein Rudel ist offensichtlich gut auf Verteidigung trainiert. Vielleicht ist er nicht mehr so forsch, wenn er befürchtet, auf unvertrautem Terrain in die Ecke getrieben zu werden. Und das an einem Ort, an dem sich sein Rudel wegen der Waffenstillstandstradition nicht einfach verwandeln und angreifen kann.«

»Vielleicht.« Sie war nicht gänzlich überzeugt. Doch dann stöhnte sie auf. »Das diesjährige Motto ist Maskerade.«

Berions Gesicht erhellte sich. »Ich liebe Masken!«

Na klar.

»Das ist die perfekte Tarnung für einen Serienmörder, der sein Gesicht nicht zeigen will«, wandte Oren ungeduldig ein.

»Oh, ja.« Berion wirkte ernüchtert. »Ich denke, jemand sollte MacAllister noch heute Abend einen weiteren Besuch abstatten.«

Oren stand auf. »Ich gehe.« Er schüttelte den Kopf, als Sage Anstalten machte, auch aufzustehen. »Nein. Berion wird mich begleiten. Du bleibst hier und … machst irgendwas … mit P.« Er zeigte durch die Tür ins Archiv. Wut stieg in ihr auf, aber er hob die Hände. Sie war sich ziemlich sicher, dass sie wieder versuchen würden, ihn zu töten – und was dann?

»Sage, als wir das letzte Mal dort waren, hast du einem Mitglied seines Rudels die Kehle herausgerissen, und ich werde nicht noch mal mit ihnen darüber verhandeln können. Bitte, lass mich das einfach allein machen.«

»Du warst das?« Hozier wirbelte zu ihr herum, plötzlich war ihr Blick wieder hellwach. »Der Alarm ist bei mir eingegangen, aber wir überlassen es den Rudeln selbst, sich um ihre Toten zu kümmern. Stille Wasser gründen tief, was?«

»Lange Geschichte.«

»Hast du das Messer noch?«, wandte sich Oren an P.

»Es ist irgendwo zu Hause.«

Er nickte. »Du kennst die Regeln.«

P murmelte irgendetwas darüber, wohin er sich das Messer stecken könnte, wenn er sie weiter drängte, jeden umzubringen, der durch die Tür kam.

»Was sind das für Regeln?«, fragte Berion verwirrt.

Sage erzählte ihnen von dem Bündel Salbei, das sie auf dem Markt gefunden hatten.

Hozier riss die Augen auf und schnappte nach Luft. »Also, das kann kein Zufall sein.«

»Ich glaube nicht, nein.«

Zwischen ihnen breitete sich Stille aus.

Sage wandte sich an Oren. »Bitte sei vorsichtig.« Ganz gleich, wie er es ausgedrückt hatte, sie hatte den Wolf nur getötet, um seinen Hals zu retten.

»Keine Sorge«, sagte Berion mit einem Grinsen. »Ich werde auf ihn aufpassen.«

Oren stöhnte und murmelte etwas über violette Hexenmeister, während er den Kragen seines Mantels hochschlug.

»Wie gut, dass die Hexenmagie den Unterschied wettmacht, was?«, bemerkte Berion, während er betont desinteressiert seine Fingernägel säuberte.

Sage riss den Kopf hoch. P wirbelte herum. Hozier gab ein kleines Kieksen von sich, als sie das Geheimnis laut ausgesprochen hörte, das sie offensichtlich jahrzehntelang für sich behalten hatten.

Oren erstarrte. »Was hast du gerade gesagt?«

»Hast du dich nie gefragt, wie ich im Trainingsring so lange durchhalten konnte?« Berion verzog den Mund. »Du enttäuschst mich, Oren. Ich hatte gehofft, du würdest meine geheimnisvolle Aura bewundern.«

»Du besitzt Hexenmagie?«, fragte Oren langsam.

»Unsichtbare Hexenmagie.« Seine weißen Augen glitzerten, und seine nach oben gerichtete Handfläche auf dem Tisch fing an, violett zu schimmern. Dann verschwand die Farbe nach und nach, doch die Magie war nicht verschwunden. Wie Dunst über einem Lagerfeuer konnte sie sehen, wie sie sich weiter in der Luft kräuselte.

Sage starrte weiter ungläubig auf die Stelle, als der Dunst sich schließlich auflöste. »War das Hexenmagie?«

Zum Beweis erschien ein Regenschirm in seinen Händen – ohne auch nur den geringsten Anflug von violetten Nebelschwaden.

Oren sah aus, als würden ihm gleich die Augen aus dem Kopf fallen.

»Meine Großmutter väterlicherseits war eine Hexe. Eine Hexenmutter sogar. Sie ist schon seit Langem tot, aber meine Augen habe ich von ihr, das ist kein Hexenmeister-Merkmal. Weiße Augen sind eine Besonderheit von Hexenmüttern. Allerdings ist diese Magie nicht unerschöpflich. Sie nutzt sich durch Gebrauch ab und muss sich danach über einen gewissen Zeitraum regenerieren. Daher muss ich sie möglichst strategisch anwenden, aber bei voller Stärke bin ich fast ebenso mächtig wie du, Oren.«

»Du lässt nur alle glauben, du wärst ein eitler Typ, der sich die Finger nicht schmutzig machen will«, sagte P langsam.

»So habe ich das Überraschungselement auf meiner Seite.«

»Wer weiß sonst noch davon?«, wollte Oren wissen.

»Offiziell nur Hozier.« Er nickte seiner Partnerin zu. »Aber da es bestimmt in meiner Akte steht, könnte es auch Roderick wissen, obwohl er es nie kommentiert hat. Hexenmagie ist unsichtbar, niemand weiß davon, es sei denn, ich erzähle es jemandem, daher kann er es leicht ignorieren.«

Sie wussten alle, was das bedeutete. Viele Hexenmeister und Hexenmeisterinnen hatten einen Überlegenheitskomplex, weshalb es nicht gut ankam, wenn Hexenmeister-Blut mit etwas weniger Magischem vermischt wurde – und Roderick war genau die Sorte Hexenmeister, die das missbilligte. Er ignorierte es nur deshalb, damit Berion, ein wichtiges Mitglied seines Teams, nicht ausgegrenzt wurde.

Oren sah Sage entgeistert an, in der Erwartung, einem ebenso ungläubigen Blick zu begegnen. Aber sie war nicht annähernd so schockiert wie er. Sie war ja komplett zwei Spezies in einem. Es kam ihr gar nicht ungewöhnlich vor.

»Ich wusste es auch nicht«, meinte P trocken, obwohl sie sich ein Lächeln verkniff. »Wenn das ein Trost ist.«

»Nein, kein bisschen.« Oren wandte sich wieder Berion zu. »Warum sagst du mir das ausgerechnet jetzt?«

Berion überlegte kurz. »Als gegenseitige Versicherung. Du behältst mein Geheimnis für dich, und dafür erzähle ich niemandem, dass eine Werwölfin und ein Poltergeist dich um ihre kleinen Finger gewickelt haben.«

Sein Ton triefte vor Sarkasmus, aber es war ein Angebot. Sein Beitrag zu diesem geheimen kleinen Rudel, das sie gerade gemeinsam aufbauten und bei dem Vertrauen und Loyalität von absoluter Wichtigkeit sein würden. Orens Augenbraue zuckte, während er gleichzeitig eine gelangweilte Miene aufsetzte – das gehörte alles zum Spiel. Er lachte leise, als er sich zur Tür drehte. »Dann mach dich bereit. Diesmal werde ich wirklich jeden töten, der mir in die Quere kommt.«

SAGE

»Perfekt.« Berion grinste, als Sage zwei Abende später ins Wohnzimmer kam. »Ich wusste, dass es dir stehen würde.«

Er wäre fast tot umgefallen, als er nach ihrer Rückkehr aus MacAllisters Kommune erfahren hatte, dass sie sich erst auf den letzten Drücker Gedanken um ein Ballkleid gemacht hatte, sodass nur noch ein Tag blieb, um eins zu besorgen. Eine Stunde später war ein Kleid eingetroffen, zusammen mit einer Terminkarte für einen Friseursalon im Stadtzentrum des Unten.

Und was für ein Abenteuer dieser Ausflug gewesen war. Beim Verlassen des Salons hatte sich P perlmuttfarbene Lachtränen von den Wangen gewischt. Die gerade mal handgroßen Feen, die den Laden führten, waren völlig irre. Sie sausten mit ihren leuchtenden Libellenflügeln so schnell durch die Gegend, dass sie kaum mehr als verschwommene Farbkleckse waren, die mit schrillen Stimmchen kicherten und gickelten, während sie Haarsträhnen verwoben und sie mit winzigen Haarspraydosen fixierten.

Wenn Übernatürliche feststellten, dass P nicht bloß ein Geist, sondern ein Poltergeist war – ein so seltener Anblick, dass die meisten jahrhundertelang keinen zu Gesicht bekamen –, waren sie meistens vollkommen perplex. Die Feen aber waren völlig ausgerastet. Sie konnten es kaum glauben, als sie im Wartezimmer eine Zeitschrift in die Hand genommen hatte. In einem regenbogenfarbenen Schwarm waren sie auf sie herabgestoßen, hatten Dinge aus ihren Händen fallen lassen und jedes Mal gejubelt, wenn P sie auffing.

»Es ist einfach ein schwarzes Kleid«, sagte Sage jetzt verlegen. »Das würde jeder stehen.«

Das stimmte nicht ganz. Ja, es war einfach ein schwarzes Kleid, aber es war wunderschön. Die untere Hälfte bestand aus mehreren luftigen Chiffonlagen, die schwerelos hinter ihr herflatterten. Ein enges Seidenband um ihre Taille betonte ihre Körperform, und zwei weitere Seidenstreifen wurden nach oben hin immer schmaler, bis sie hinter ihrem Hals mit einem kleinen Perlknopf zusammengeführt wurden. Dadurch bildeten sie ein tiefes V-förmiges Dekolleté und ließen den Rücken völlig frei. Ein so gewagtes Outfit hätte sie sich selbst nie im Leben ausgesucht. Das ganze Kleid war mit unauffälligen, ineinander verflochtenen Sternen bestickt, und der Stoff fiel auf eine Weise, dass die Halskette auf ihrer Brust voll zur Geltung kam – ein Vollmond umgeben von einem Sternenmeer.

Und dann erst die Maske! Sie war aus filigraner Spitze und lag um ihre Augen eng an.

»Die Kleiderordnung für Männer ist eigentlich ein schwarzer Smoking.« P musterte Berions hellblauen Anzug. Die extravagante Maske, die die obere Hälfte seines Gesichts verbarg, bestand gänzlich aus Pfauenfedern. »Das wusstest du doch.«

»In der Tat.« Er zuckte mit den Schultern. »Hozier hat gesagt, sie würde zehn Minuten nach mir hier sein, also mindestens zwanzig …«

Die Eingangstür klickte, und Harland kam in einem Smoking, der ihm ein wenig zu groß war, ins Wohnzimmer geeilt. In einer Hand hielt er eine *Phantom der Oper*-Maske und in der anderen einen Rucksack.

»Hi.« Er war außer Atem und winkte mit der Tasche, in der alle seine Sachen für den nächsten Tag waren. Nachdem P bei seiner letzten Ausrede, warum er bei anderen Freunden auf dem Sofa schlief, fast geweint hätte, hatte er eingewilligt, wieder bei ihnen zu übernachten. »Bringe nur kurz den Kram für später vorbei.« Er hielt abrupt inne. Sage wusste nicht, wer von ihnen beiden stärker rot anlief, sie oder er. »Du siehst … äh …« Harland schluckte, als wäre er unsicher, ob er aussprechen sollte, was ihm gerade durch den Kopf ging.

Aber dann ließ eine Bewegung in der Ecke alle hochschrecken.

Der goldene Dunstschleier hatte sich kaum aufgelöst, da stand Oren schon da. Auch er trug einen Smoking, doch seiner war maßgeschneidert und augenscheinlich sehr viel teurer. Seine Maske war schlicht. Schwarz und ohne Verzierungen, aber die brauchte er auch nicht. Die brauchte er nie. Er sah …

Sage seufzte.

Oren sah wie immer aus.

»Total unhöflich, direkt ins Wohnzimmer zu shiften«, tadelte P ihn. »Benutz die Tür!«

»Ich war spät dran.« Er konnte es sich jedoch nicht verkneifen, P anzulächeln. »Tut mir leid, P.«

Er klang kein bisschen reumütig.

»Du bist so ein Angeber«, murmelte Berion.

»Ich bin der Angeber?« Er zeigte auf sich. »*Du* gehst in Babyblau zu einem Ball mit Black-Tie-Dresscode.«

»Das ist Taubenblau.«

»Cocktails!«, schrie P regelrecht gegen die Streitereien an. »Kommt, ich habe geübt! Du hast doch auch Zeit für einen, Harland?«

P winkte alle an den Couchtisch heran, auf dem eine Auswahl von Spirituosen, Gläsern und geschnittenem Obst wartete. Sage wusste, dass Berion sein Interesse nur vortäuschte, schließlich konnte er sich jeden Drink, den er wollte, einfach herbeizaubern. Offensichtlich wollte er P helfen, den betretenen Moment zu überspielen.

Oren blieb, wo er war, und betrachtete mit einer hochgezogenen Augenbraue Ps brandneuen Cocktailshaker, der jetzt wild klapperte.

»Und was sagst du zu meinem Kleid?«, fragte Sage, die zu ihm statt an den Tisch gegangen war. »Kann ich mich so am Arm des *berüchtigten* Oren Rinallis sehen lassen?«

»Ich hätte vielleicht dein Haar anders frisiert«, gab er zu, während er die Locken über ihren Schultern musterte. »Wo ich herkomme, gibt es Frauen, die kunstvolle Muster flechten können. Eine uralte Tradition meiner Heimatstadt. Sie nennen sie Gestirne, weil sie so viele Zöpfe flechten, wie es Sterne am Nachthimmel gibt. Ich glaube, das würde gut zu deinem Kleid passen.«

»Ich glaube kaum, dass wir jemanden finden, der bereit wäre, Werwolf-Haar entsprechend einer alten Hexenmeister-Tradition zu flechten«, erwiderte sie lächelnd.

»Meine Großmutter war eine ausgezeichnete Flechterin«, erwiderte er leise. »Alle haben es erkannt, wenn Zosia Attaia ein Gestirn geschaffen hatte. Sie hätte bestimmt auch dein Haar geflochten.«

Noch ein kleines Geschenk von ihm: ein weiterer Einblick in seine Vergangenheit.

»Lebt sie noch?«

»Ich glaube, ja.«

Sie fragte ihn nicht, warum er dann in der Vergangenheitsform von ihr sprach, als wäre sie tot. »Dann besteht ja noch Hoffnung.«

Er lächelte, doch dann wurde sie von Berion abgelenkt, der ihr eine seiner eigenen Cocktail-Kreationen reichte. Sie nippte genussvoll daran. Sogar Oren genehmigte sich einen Cocktail. Berion grinste triumphierend.

»Ist das ein Magic Kiss?«, war Hoziers Stimme zu hören. Die winzige Hexenmeisterin kam in einem schimmernden goldenen Kleid hereinspaziert. Ihre Haut strahlte, und der eng anliegende Stoff brachte ihre Kurven zur Geltung.

Nun ja, schließlich war sie Berions Partnerin.

Da musste sie natürlich dafür sorgen, dass auch sie die Blicke auf sich zog.

Es war aber ihre Maske, die besonders hervorstach. Sie hatte nicht die traditionelle Maskenform, sondern setzte sich in zwei langen, spitzen Ohren nach oben fort, während der untere Teil, der nur ihre Nase bedeckte, in einer spitzen Katzenschnute endete. Hozier hatte sie schon bei ihrer ersten Begegnung an eine Pharaonin erinnert – heute Abend glich sie einer ägyptischen Göttin.

Harland sah aus, als würde er vor Verlegenheit jeden Augenblick explodieren, und versuchte, dem üppigen Busen auszuweichen, der sich aus Hoziers Kleid wölbte. »Ich sollte … ich muss … schon zu spät …«, murmelte er, stellte seinen Cocktail auf den Tisch und wandte sich in Richtung Tür.

Prompt knallte er gegen die Vitrine an der Wand und fegte dabei alles darauf auf den Boden.

Sage bohrte ihre Nägel so fest in Orens Arm, dass er zusammenzuckte. *Kein Wort*, wollte sie ihm damit sagen. Harland krabbelte umher und klaubte zwischen gestammelten Entschuldigungen verstreute getrocknete Blumenblätter vom Teppich.

Unter leisem Gemurmel bewegte Oren die Hand, woraufhin sich die Lampe, die bei ihrem Sturz zerbrochen war, von allein wieder reparierte. Derweil sammelte Harland Papier, Notizblöcke und Schreibwaren auf, die überall im Raum verteilt lagen.

»Bitte, Sage.« Harland berührte ihr Handgelenk, als sie sich hinunterbeugte, um ihm zu helfen. Seine Hand zitterte, und ihm standen Tränen in den Augen. »Lass es … einfach.«

»Harland«, setzte sie an, doch er richtete sich mit einem Kopfschütteln auf und legte die Papiere zurück auf die Vitrine.

»Ich seh euch dann dort«, sagte er und schob sich die Brille wieder die Nase hoch. »Du siehst wirklich wunderschön aus.«

Dann wandte er sich Hozier zu, wobei sein Versuch, sich würdevoll zu geben, von seinem viel zu roten Gesicht zunichtegemacht wurde. »Und du auch.«

»Äh ... danke«, sagte Hozier, die das ganze Schauspiel erstaunt beobachtete.

»He, warum hat er mir kein Kompliment gemacht?«, fragte Berion, als Harland regelrecht aus dem Raum rannte.

Zwanzig Minuten später waren sie nicht mehr weit vom Veranstaltungsort entfernt. Hozier ging neben ihr her, und P schwebte mit dem Kopf nach unten direkt über ihnen, damit die drei quatschen konnten. Als sie sich dem Platz näherten, der zum Rathaus führte, erkannte Sage an der Ecke ein paar Leute und wusste sofort, dass sie auf sie warteten.

Michael MacAllister beobachtete sie. Er trug einen Anzug und eine vorne zusammengebundene dunkelgrüne Schärpe, genau wie die zwei Werwölfe in seiner Begleitung, ein Mann und eine Frau, die beide jünger und unendlich viel glücklicher aussahen als er. Sie strahlten wie frisch Verliebte übers ganze Gesicht, wenn sie einander anlächelten. Obwohl sie ein Paar waren, würden sie Hozier und Berion als ihre Dates hineinschmuggeln und danach zusammen losziehen, um die Nacht durchzutanzen.

»Er sieht mitleiderregend aus, findet ihr nicht?«, meinte P und richtete sich wieder auf.

»Das kannst du laut sagen«, murmelte Sage. »Alles an ihm sieht mitleiderregend aus. Ich habe ihn nackt gesehen.«

Hozier prustete. Sogar Berion verzog bei dem Gedanken das Gesicht.

Sie waren inzwischen jedoch schon so nahe, dass sie nicht mehr sagen konnte, weil seine Wolfsohren es sonst hören würden. Deshalb hielt sie den Mund und schenkte Michael MacAllister ein angespanntes Lächeln.

»In menschlicher Gestalt siehst du sehr elegant aus«, begrüßte er sie. Dabei musterte er ihr Kleid von oben bis unten und ließ den Blick ein wenig zu lange unterhalb ihres Gesichts ruhen. Oren räusperte sich demonstrativ. MacAllister warf ihm ein kleines Lächeln zu. »Jetzt verstehe ich, warum du sie nicht von deiner Seite lässt.«

»Damit sie die Kehlen derjenigen herausreißen kann, die mich beleidigen«, gab der Hexenmeister geschmeidig zurück.

Sage beschloss, dass es noch zu früh war für Feindseligkeiten. »Das ist P.«

»Bist du ein echter Poltergeist?«, fragte MacAllister und betrachtete sie genauer. Wie zuvor auf Sages Brüsten ruhte sein Blick jetzt auf Ps Verletzungen. Er blinzelte nach wie vor kaum, was ihr einen Brechreiz verursachte.

P hob nur das Kinn und beachtete sein aufdringliches Starren nicht. Statt ihm zu antworten, streckte sie eine offene Hand aus. Der Werwolf sah sie verwirrt an.

Oren verstand.

Wie aus dem Nichts zauberte er kleine blassrosa-weiße Blüten an einem dünnen Stiel herbei und ließ sie auf ihre Hand fallen. Sie landeten auf ihrer Handfläche – der Beweis, dass sie tatsächlich feste Gegenstände berühren konnte, wie es nur einem Poltergeist möglich war.

Mit einem kleinen Lachen nahm MacAllister die Blumen. »Leidenschaftlicher Botaniker oder bloßer Charmeur, Mr Rinallis?« Da Oren sich nicht dazu herabließ, ihm zu antworten, wandte er sich wieder P zu. »Diese Blume heißt *Lathyrus odoratus*, besser bekannt unter dem Namen Duft-Wicke«, sagte er und legte sie ihr wieder auf die Hand. »Sollen wir? Erzähl mir doch drinnen von deinem Leben im Tod.«

Sage hatte kaum Zeit, überrascht zu blicken, als der Alpha sich auch schon umdrehte und P bedeutete, an seiner Seite hineinzugehen. Sie war sich nicht sicher, ob er es schlicht vergessen hatte oder es ihm zu viel Mühe war, den Werwolf und die Werwölfin neben ihm vorzustellen.

Zum Glück war Berion der Meister charmanter Einführungen.

»Dein Kleid ist wunderschön«, sagte er zu der jungen Frau und fügte hinzu, dass das Grün die Farbe ihrer Augen unterstrich. Dann stellte er Hozier vor.

Sage lächelte Oren an.

»Leidenschaftlicher Botaniker?«, fragte sie.

Er schenkte ihr einen nachsichtigen Blick, der ihr sagte, dass sie die Antwort bereits kannte. »Bloßer Charmeur.«

SAGE

Im Innern des breiten, unmodernen Eingangs zum Rathaus saßen zwei Werwölfinnen an einem Tisch, auf dem lange Listen mit den Namen der gesamten Werwolf-Bevölkerung der Stadt ausgebreitet waren. Kleine Anstecknadeln mit der Aufschrift *Event-Organisatorin* in goldenen Lettern prangten stolz an ihren Kleidern.

Sie sahen zu Sages Gruppe auf und zückten ihre Stifte, bereit, ihre Namen abzuhaken. Die Werwölfin, die Sages Begleiter auf der Liste neben ihr notieren wollte, wurde leichenblass, als sie Orens Namen hörte. *Ist alles in Ordnung?*, fragte sie lautlos, als würde es sich vielleicht um eine Geiselnahme handeln und sie könnte in dieser Nacht ausnahmsweise genügend Werwölfe zu Sages Rettung mobilisieren.

Oren lachte, noch ehe sie sich vom Tisch entfernt hatten.

»Sie glauben alle, du hättest mich entführt ...«, sagte Sage.

Dann traten sie durch die Tür in den Ballsaal, und Sage fiel die Kinnlade herunter.

»Was zum ...?« Hozier blieb ebenfalls in der Tür stehen und drückte aus, wozu Sage die Worte fehlten. Sie waren inmitten eines weiteren Marktplatzes gelandet – aber nicht im Unten. »Wo sind wir?«

»Auf der Piazza San Marco.« Berion sah sich im Raum um. »Ich war schon seit Jahrzehnten nicht mehr dort.«

Noch völlig verzaubert ließ sie sich von Oren weiter hineinführen. Berion hatte recht. Zwar war sie noch nie in Venedig gewesen, doch den Markusplatz erkannte sie am Markusturm auf einer Seite und der Basilika dahinter. Sie waren von den hohen Gebäuden am Rand der Piazza umgeben, und in den offenen Fenstern standen Musikerinnen und Musiker aller möglichen Spezies und bildeten ein Sinfonieorchester. Es wurde von einem grünen Fae mit mattgoldenen Flügeln dirigiert, der auf und ab flog und mit den Armen wedelte.

Natürlich war das alles ein Trugzauber, den das Organisationsteam bei Feen in Auftrag gegeben hatte, um für nur eine Nacht diese kleine Stadt entstehen zu lassen. Sage kannte den Saal in seiner ursprünglichen Form: Unten befand sich ein riesiger offener Raum, während die zweite Etage lediglich ein langer Balkon war, der um den gesamten Saal herum verlief und von wo Schaulustige das Geschehen unter ihnen beobachten konnten. Daher wusste sie, dass das Orchester eigentlich auf dem Balkon spielte, den sie wie eine Fassade mit Fenstern aussehen ließen.

Aber das Ganze war einfach …

Sie drehte sich langsam auf der Stelle und sah zur Decke hinauf, die ebenfalls mit einem Zauber belegt war und jetzt wie ein klarer Sternenhimmel erschien. Gleich hinter der Basilika leuchtete in der Ferne ein fast voller silbrig-weißer Mond.

Straßenstände säumten den Platz und boten verschiedene Speisen, Getränke, Snacks und Desserts an, die die Ballgäste nach Herzenslust ausprobieren konnten. Anders als im letzten Jahr gab es diesmal kein Bankett, sondern der Saal war mit kleinen Tischen und Stühlen bestückt, genau wie draußen vor den Cafés, in denen man als typischer Tourist nach einem langen Tag eine kurze Verschnaufpause einlegen konnte.

Die Mitte des Platzes war noch leer, aber es trafen immer mehr Gäste ein. Im Laufe des Abends würde sie sich mit Tänzerinnen und Tänzern füllen, die sich in einem Durcheinander aus wirbelnden Farben, Federn und funkelnden und schillernden Kleidern zur Musik drehten.

Wie MacAllister trugen viele Schärpen, und die Mitglieder verschiedener Rudel hatten jeweils ihre eigenen charakteristischen Farben. In der Vergangenheit wurden sie als Teil der auf Mondbällen geltenden Waffenstillstandsregeln getragen, damit alle Rudel wussten, bei wem sie sich gerade um Freundlichkeit bemühten. Jetzt war es nur noch Tradition.

Bei den ganzen Farben wurde ihr fast schwindlig, und dann auch noch die Masken! Kleine, große, schlichte wie ihre eigene und die von Oren und extravagante wie die von Berion und Hozier.

»Ich besorg uns was zu trinken«, sagte Oren ihr ins Ohr, was sie kaum wahrnahm, weil sie beim Anblick des Saals gar nicht mehr aus dem Staunen herauskam.

Aber er hatte etwas gesehen, was ihr nicht aufgefallen war, und nutzte einen Vorwand, um sich zu entfernen. Sie wandte sich um, als jemand ihren Namen rief, und entdeckte ihre Freunde und Freundinnen, die auf sie zueilten.

Juniper und Willow hatten ihr Haar zu aufeinander abgestimmten Kronen flechten lassen und trugen Masken mit Federn, die zu den Seiten gigantische Löwenmähnen bildeten. Offenbar fühlten sich Danny und Rhen in ihren schlecht sitzenden Anzügen ebenso unwohl wie Harland, und die drei Jungs verbargen ihre Augenpartien hinter den gleichen weißen Halbmasken. Sie freute sich total, dass es ihnen gelungen war, Rhen und Cypress auf den Ball zu schmuggeln.

Cypress war die Einzige, die sie nicht mehr gesehen hatte, seit sie im *Faunenkopf* auf Lucys Wohl getrunken hatten – danach hatte die Suche nach dem Mörder sie ganz in Anspruch genommen. Mit einem nervösen Lächeln warf die Kelpie Sage einen entschuldigenden Blick zu.

Ehe Cypress irgendetwas sagen konnte, breitete Sage die Arme aus und drückte sie an sich, damit sie wusste, dass alles in Ordnung war, dass sie Rhen und Danny verziehen hatte und dasselbe auch für sie galt.

Plötzlich ließen erstickte Laute ihre Gespräche ersterben. Juniper und Willow starrten gebannt in dieselbe Richtung, scharrten dabei mit beiden Vorderpfoten und gaben merkwürdige Geräusche von sich. Sogar Danny und Rhen wandten sich von Sage ab, um das seltsame Schauspiel zu beobachten.

Sage drehte sich um und stellte fest, dass Berion und Hozier sich inzwischen von ihrer Werwolf-Begleitung verabschiedet hatten.

»Bastet« war alles, was Juniper herausbrachte, während die beiden Sphinxe Hozier in ihrem goldenen Kleid und der Katzenmaske anstierten.

»Juniper, Willow«, stellte Sage sie etwas befremdet vor, als die beiden sich schließlich verbeugten. *Verbeugten!*

»Oh.« Hozier sah überrascht aus, lächelte aber. »Du hast mir nie erzählt, dass deine Freundinnen Sphinxe sind. Natürlich habt ihr zwei meine Maske erkannt.«

Dann war sie also wirklich als ägyptische Göttin gekommen.

Warum überraschte sie das nicht?

Sages Freunde fraßen Berion und Hozier regelrecht aus der Hand. Am Tisch herrschte eine so ausgelassene Stimmung, dass auch Oren diese nicht dämpfen konnte, als er schließlich mit einem Glas Wein und P im Schlepptau auftauchte. Der Poltergeist hielt zwei knallbunte Cocktails in Händen und reichte sie den Hof haltenden Hexenmeistern.

»Keine Ahnung, was das für Cocktails sind.« P grinste fröhlich. »Ich hab der Bedienung gesagt, sie soll mich überraschen.«

Ihre ganze Clique versuchte, so zu tun, als würde sie nicht aus dem Augenwinkel beobachten, wie Oren Sage ein Glas anbot.

»Siehst du ihn?«, raunte Oren, und sie antwortete mit einem ebenso leisen Ja. Sie wollte nicht, dass die anderen mitbekamen, warum sie wirklich hier waren. Das Letzte, was sie brauchten, war, dass die Menge plötzlich in Hysterie verfiel und so den Killer warnte.

»Hinten links. Nicht weit von dem violetten Stand mit den Käsehäppchen«, murmelte sie. »Wir müssen näher heran. Komm.«

Der Strom eintreffender Ballgäste riss nicht ab. Ständig staute es sich an der Tür zum Ballsaal, weil alle vor Erstaunen stehen blieben, sobald ihnen klar wurde, wo sie sich auf einmal befanden. Sage warf Hozier einen Blick zu, die ihr unauffällig zunickte. Sie würde sie im Auge behalten und gleich nachkommen.

Und so ließ sich Sage von Oren hinaus auf die Piazza führen. Inzwischen hatten einige Paare angefangen zu tanzen und wirbelten eng umschlungen über die Pflastersteine des gigantischen Platzes. Sage hatte Paartanz noch nie ausprobiert und hatte nicht die geringste Ahnung, was der Unterschied zwischen einem Walzer und einem Foxtrott war. Doch sie wusste mit absoluter Sicherheit, dass sie zwei linke Füße hatte. Allein bei dem Gedanken, einen Versuch zu wagen, wollte sie sich vor Verlegenheit ganz klein machen.

»Er ist zum Stand weitergegangen«, sagte sie, während sie MacAllisters schmächtige Gestalt dabei beobachtete, wie er sich irgendetwas genauer ansah und daran schnupperte. »Um ihn herum stehen ein paar Werwölfe. Ich vermute mal, dass das seine Eskorte ist.«

»Leibwächter. Für jemanden, der seine Bedenken so heruntergespielt hat, geht er jetzt ziemlich wenig Risiko ein.«

»Hmm. Ist dir aufgefallen, wie er sich Ps Narben angesehen hat?«

Sie versuchte, es ganz beiläufig klingen zu lassen, wusste aber, dass Oren es gehört hatte.

»Er weiß bestimmt, wie Werwolf-Verletzungen aussehen, Sage, daran können wir nichts ändern. Das heißt nicht, dass er weiß, dass sie von dir stammen.«

Sie warf ihm einen Blick zu.

Bei einem Stand, an dem eine orangefarbene Fee mit siebenfingrigen Händen raffinierte Tricks mit einem Cocktailshaker vollführte, blieb sie stehen. Die Fee reichte ihnen zwei Gläser eines Getränks, das unten pink und oben gelb war und aus dem glitzernde Schirmchen und Strohhalme herausragten.

»Er kommt auf uns zu«, sagte Oren, nachdem er ein paar Minuten lang so getan hatte, als würde er das Spektakel des Trugzaubers um sie herum bewundern. Doch sie hatte bereits gespürt, wie Michael MacAllisters Knopfaugen sie durch die kleinen Löcher seiner Maske fixierten. Die drei Werwölfe, die an seiner Seite gewesen waren, hielten gerade so viel Abstand, dass es nicht so aussah, als würden sie ihm folgen, und liefen geradewegs an ihm vorbei, sobald er stehen blieb. Dann drückten sie sich an einem Stand in der Nähe herum.

»Und?«, wollte MacAllister wissen.

»Bisher nichts«, erwiderte Oren. »Aber es ist noch viel zu früh, es treffen weiterhin Gäste ein.«

Der Werwolf nickte und sah auf die andere Seite der Piazza. »Ich habe mein Rudel angewiesen, sich im ganzen Saal zu verteilen, damit der Killer es leichter hat, an mich ranzukommen. Sie werden mich nur unauffällig beobachten.«

»Sie machen sich absichtlich zum Ziel?« Sage zog eine Augenbraue hoch. Da er sich bisher nicht die geringste Mühe gemacht hatte, ihnen bei ihren Ermittlungen zu helfen, überraschte es sie, dass er jetzt mitspielte.

Seine Augen strahlten kein bisschen Wärme aus. »Falls der Killer wirklich meinetwegen hier ist, wird er sich nicht zeigen, wenn er nicht an mich herankommt.«

»Dann helfen Sie uns jetzt also?«, fragte sie und rührte mit dem Strohhalm in dem widerlich süßen Cocktail.

»Ich habe doch bereits euren Kollegen geholfen, hier reinzukommen, oder nicht?«

»Und Sie haben immer noch keine Ahnung, was dieses Symbol bedeutet?«

MacAllister lächelte gezwungen und ignorierte die Frage, als eine Frau an einem Tisch auf der anderen Seite des Saals seinen Namen rief und ihm zuwinkte, damit er sich zu ihnen geselle. Er neigte den Kopf, aber ihm fehlte dabei Berions Eleganz. »Wir werden einander finden, wenn es etwas zu berichten gibt.«

»Was wollte er?« P erschien unmittelbar auf der Bildfläche, als er wegging.

»Nichts von Interesse«, antwortete Sage, während sie ihm hinterhersah.

»Hozier und Berion sind jetzt bei den Ständen auf der anderen Seite, neben der Tür. Ihr bleibt hier und sie dort drüben. Ich überprüfe nur kurz ein paar der Hinterzimmer.«

Sage nickte. »Schau auf jeden Fall auch in alle abgeschlossenen Räume rein.«

Aber P sauste bereits mit einer Miene davon, als wollte sie sagen: *Na klar!*

Fünf oder sechs Stände später hatte Sage die Probierteller satt. Sie war nervös.

Außer MacAllister im Blick zu behalten und zu warten, konnten sie nicht viel tun, doch diese Warterei war kaum auszuhalten. Und sie hatte alles auf die Annahme gesetzt, dass der Killer heute Abend auftauchen würde.

Orens tiefer Seufzer machte deutlich, dass es ihm genauso ging.

»Komm.« Er knallte sein leeres Cocktailglas auf den nächsten Tisch und streckte eine Hand nach ihr aus.

»Was?« Sage betrachtete sie verständnislos.

»Lass uns tanzen.«

»Tanzen?«, wiederholte sie.

»Wir sind auf einem Ball, Sage. Ich glaube, das wird von uns erwartet.« Er nahm ihr den Cocktail ab und stellte ihn demonstrativ neben seinen.

»Wir sind hier, um zu arbeiten«, presste sie durch zusammengebissene Zähne hervor, als er sie in Richtung Tanzfläche führte.

Das Orchester spielte einen so langsamen Song, dass ihre Wangen bereits glühten, noch ehe sie den Orens Ansicht nach perfekten Standort erreichten – vor aller Augen direkt in der Mitte des Platzes. Dann nahm er ihre Hand und legte sie sich auf die Schulter, und bei der Berührung seiner Hand auf ihrem nackten Rücken erschauerte sie fast.

Sie hoffte, dass ihr Gesicht nicht knallrot war. Es fühlte sich so an, als würde es jeden Augenblick Feuer fangen.

»Entspann dich.« Oren musste über ihren Gesichtsausdruck lachen. »Es ist ein guter Vorwand, um den Saal ein paarmal zu umrunden. Halt einfach Ausschau, ob jemand fehl am Platz wirkt, nervös ist oder allein herumsteht. Ich habe MacAllister im Blick. Ich führe.« Er wusste sicher, dass sie nicht nur wegen ihrer mangelnden Tanzfähigkeiten verlegen war, aber sie ließ ihn weiter so tun. »Schau nicht hin«, flüsterte er ihr ins Ohr. »Zwei Werwölfe und ein Selkie beobachten uns. Bestimmt planen sie gerade gemeinsam mein Ableben, noch ehe der Abend vorbei ist.«

Sie tat ihm nicht den Gefallen, darauf zu antworten. Außerdem war sie viel zu sehr darauf konzentriert, nicht über ihre eigenen Füße zu stolpern.

Doch aus einem Tanz wurden zwei, und keiner der beiden machte Anstalten, die Tanzfläche zu verlassen, wann immer das Orchester ein Stück beendete und sofort das nächste anstimmte.

»Warum bleiben wir nicht einfach für immer hier? Und tun so, als würde nichts Schlimmes in der Welt passieren?«, fragte er leise, während sie sich durch den Saal drehten. Beide hielten die Menge um sie herum im Blick, sie waren hier, um zu arbeiten, und genau das taten sie, aber ...

»Das wäre toll«, gab sie zu. Sie wünschte, sie wären einfach nur hier, um zu tanzen, ohne irgendwelche Sorgen, die auf ihnen lasteten.

»Ich muss dir etwas gestehen«, sagte er. Sie spürte, wie seine Stimme seinen Körper vibrieren ließ. Ihr war zwar bewusst, wozu diese Arme fähig waren und welche schrecklichen Dinge sie bereits getan hatten, aber dennoch vertraute sie darauf, dass sie in seiner Umarmung in Sicherheit war. Es war hart gewesen, sich das einzugestehen, aber sie fühlte sich schon seit Langem nicht mehr sicher. Seit der Nacht, als sie zur Waise geworden war, die sich verängstigt und einsam allein durchschlagen musste.

»Als Roderick uns gezwungen hat, zusammenzuarbeiten, dachte ich erst, es wäre Karma und du wärst endlich die Bestrafung für meine vielen Sünden.«

Sie grinste. »Das dachte ich auch. Ich habe die ganze Zeit darauf gewartet, dass die Welt mich dafür bestraft, was ich P angetan habe. Ich dachte, dass du es rausfinden würdest und ... aus die Maus.«

»Aus die Maus?«

»Du weißt schon. Dass du mir den Kopf abschlägst. Mich auf einem Scheiterhaufen verbrennst. Oder was auch immer du so tust.«

Zum ersten Mal wandte er den Blick von MacAllister ab. Für einen kurzen Moment neigte er den Kopf nach hinten und lachte. Sie legte die Arme um seinen Hals und drückte ihn fest.

Das war das Schwerste daran, dass P ein Geist war: Sie konnte alles berühren, außer Sage. Vielleicht war das Sages eigentliche Strafe – dass sie ihre beste Freundin nie wieder in den Armen würde halten können. Ihr war nicht bewusst gewesen, wie lange es schon her war, seit sie jemanden umarmt hatte – bis sie spürte, wie dort mitten auf der Tanzfläche sich auch seine Arme um sie schlangen.

»Wir können nicht die ganze Nacht hierbleiben«, sagte sie voller Bedauern. »Die meisten Gäste dürften mittlerweile eingetroffen sein. Wir müssen mit den anderen sprechen und uns systematisch durch den Saal arbeiten. Möglicherweise müssen wir MacAllister in die Mitte stellen, ausprobieren, wo er am sichtbarsten ist.«

Er nickte und ließ sie schließlich los.

Sie blickte sich auf der Suche nach Hozier und Berion um und entdeckte Harland, der mit Cypress an einem Getränketisch in ihrer Nähe stand. Als er bemerkte, dass sie herüberschaute, hob er einen frischen Cocktail in ihre Richtung.

Mit einem Grinsen ging sie zu ihm hinüber und nippte dankbar an dem Drink. »Danke.« Ihr fiel auf, dass er Oren das Whisky-Glas in seiner anderen Hand nicht anbot, und versuchte, ein Schmunzeln zu verbergen.

»Tanzt ihr nicht?«, fragte Sage. Ihr war aufgefallen, dass Cypress Harland verlegen ansah.

»Ich tanze nicht.« Seine Wangen waren pink.

»Ach, komm schon!«, stieß Sage mit einem Seufzen aus. Mit ihrer freien Hand nahm sie ihm das Glas Whisky ab, drückte es Oren in die Hand und schnappte sich dann Cypress' Cocktail. »Los«, zischte sie und scheuchte die beiden in Richtung Tanzfläche. »Na, geht schon!«

Harland schoss die Röte ins Gesicht. Aber Cypress witterte ihre Chance, packte ihn am Arm und zerrte ihn mit sich.

Sage sah ihnen mit einem Grinsen nach.

»Örgh. Teenager-Romanze.« Oren verzog das Gesicht. Mit einem hämischen Gruß in Richtung Harland kippte er das Glas

Whisky hinunter und wandte sich schnaubend ab. »Du suchst Hozier und Berion. Ich schaue, wo P ist.«

Sage beobachtete, wie er in die Menge abtauchte. Wie seltsam, dachte sie, dass trotz der Maske alle zu wissen schienen, wer er war, und ihm aus dem Weg gingen. Andererseits hatte sonst niemand Haare wie er. Oren Rinallis konnte sich nicht verstecken.

Das Gleiche galt für Berion. Der blaue Anzug und die Pfauenfedern stachen einfach überall heraus.

»Ich war 1927 der Ballroom-Tanz-Champion von Blackpool«, teilte er ihr mit, als sie ihn an einem Käsestand fand, während er seine weißen Augen ganz beiläufig auf die Eingangstüren gerichtet hielt. »Aber mittlerweile kann ich nur noch selten mein Talent zum Besten geben.«

Sage war sich nicht sicher, ob die Geschichte überhaupt stimmte, aber sie hätte es zu gern herausgefunden. Sie wollte ihm gerade anbieten, mit ihm auf die Tanzfläche zu gehen – natürlich nur, um wieder die Menge von Gästen zu überwachen –, da unterbrach sie eine dringliche Stimme.

»Ich muss mit euch reden«, sagte P mit weit aufgerissenen Augen, als sie neben ihnen auftauchte. Von Oren fehlte jede Spur. Offensichtlich hatte er sie nicht gefunden, wo auch immer sie gewesen war. »Allein.«

»Sofort?« Sage blickte zu Berion.

»Sofort!«, drängte P, drehte sich um und sauste, ohne zu warten, davon.

SAGE

»'tschuldigung, 'tschuldigung ... äh, entschuldigen Sie!«, wiederholte Sage in einer Tour, während sie sich durch die inzwischen dicht gedrängten Gäste um die Stände herumzwängten. Wenn P nicht die einzige silbrige Person im ganzen Saal gewesen wäre, hätten sie sie mit Sicherheit aus dem Blick verloren.

»Himmelherrgott«, schnaubte Berion. Sie hatten sich gerade regelrecht aus einer Gruppe plaudernder Werwölfe herausgekämpft. Er richtete sich auf und rümpfte ungehalten die Nase. »Wo ist sie hin?«

»Da.« Sage zeigte auf den perlmuttartigen Schimmer, der durch die Eingangstür verschwand. »P, warte!«

Hatte ihre Geisterfreundin etwas in einem der Hinterzimmer gefunden? Sie wandte sich um und ließ den Blick durch den Saal schweifen. Dabei entdeckte sie MacAllister an dem Tisch, an den er sich vorhin gesetzt hatte. Er beobachtete sie und nickte ihr kurz zur Bestätigung zu, dass er mitbekommen hatte, dass sie gingen.

Berion runzelte die Stirn. »Komm.«

An der Tür angekommen, erhaschte sie etwas Rotes in ihrem Augenwinkel – Hoziers Haar inmitten einer kleinen Gruppe, die sich um einen Eisstand drängelte. Berion stieß einen kurzen lauten Pfiff aus, den die Hexenmeisterin offenbar erkannte, denn ihr Kopf wirbelte sofort herum. Sie nickte knapp, als sie durch die Tür auf den Korridor dahinter verschwanden.

Dort war es erheblich kälter als im Ballsaal. Sage hatte sofort Gänsehaut an den Armen und zitterte. Hozier lief ihnen mit über den Boden klackernden Stöckelschuhen hinterher. Der Tisch, an dem sie sich registriert hatten, war jetzt leer und unbesetzt, und niemand sah, wie sie in einen Gang abbogen und P in den ersten leeren Raum folgten.

»Hier rein.« Der Poltergeist winkte sie durch die Tür.

Sie betraten so etwas wie einen Lagerraum, der fast halb so groß war wie der Ballsaal, mit dicken roten Vorhängen auf einer Seite. Er war rappelvoll mit kaputten Stühlen und verblassenden Schildern sowie einer wilden Mischung aus Gegenständen und Requisiten, die auf den ersten Blick seltsam wirkten, wenn man nicht wusste, dass der Saal auch von den Amateurtheatergruppen des Unten genutzt wurde. Alles war mit einer dicken Schicht Staub bedeckt, der auch schwer in der Luft hing. In dem Raum waren so viele Sachen aufgetürmt, dass es keinen großen Unterschied machte, als P ein flackerndes Licht einschaltete.

Sie schwebte zu einer freien Stelle in der Mitte des Raums, vorbei an ein paar Reihen aufgestapelter Stühle und einem mit einer Waldszene bemalten Brett.

»Was ist los?«, keuchte Hozier, während Berion ihr half, über einen Haufen verhedderter Kabel zu steigen, damit sie sich nicht mit ihren hohen Absätzen darin verfing.

»Wo ist Oren?«, fragte der Hexenmeister und stieg ebenfalls über den Kabelsalat, um zu ihnen zu stoßen.

»Das ist jetzt nicht wichtig! Wir suchen ihn später ...« Mit einer Handbewegung brachte P alle zum Verstummen. »Seid einfach still und lasst mich reden.«

Hozier fing Sages Blick auf.

P atmete tief durch und machte ein ernstes Gesicht. Staubteilchen glitten durch sie hindurch. »Das Symbol. Ich weiß, was es bedeutet. Schon seit gestern Abend«, platzte sie heraus, als könnte sie es keine Sekunde länger für sich behalten. »Und der Killer. Oh, Sage, ich kenne ihn. Wir kennen ihn alle.«

Sage erstarrte. »Was soll das heißen?«

»Ich musste mir zuerst sicher sein.« P schien den Tränen nahe. »Ich wusste, dass es sich heute so oder so bestätigen würde. Und das hat es. Ich habe ihn gerade gesehen …« P schüttelte ungeduldig den Kopf. »Ich musste es genau wissen, ehe ich irgendetwas sage. Musste absolut sicher sein.« Sie verstummte, ihre Augen füllten sich mit silbernen Tränen.

Sage starrte P an.

»Nein.« Sie schüttelte den Kopf und eine große Leere breitete sich in ihrer Brust aus.

Nein. P irrte sich.

Auch Berion schüttelte den Kopf, und da war ihr völlig klar: P, den Blick weiter fest auf sie gerichtet, wusste, dass sie ihr etwas Schmerzhaftes mitteilte. Etwas, das für *sie* persönlich schmerzhaft war. Und Sage wusste ihrerseits, dass P mit absoluter Sicherheit an die Wahrheit ihrer Worte glaubte. Deshalb hatte sie nicht darauf bestanden, ihn vor dieser großen Enthüllung ausfindig zu machen.

»Es tut mir so leid«, flüsterte sie.

Sage schüttelte noch einmal den Kopf. P nickte einfach.

»Nein«, gab sie trotzig zurück. Ihre Stimme hallte durch den Raum. »P. Ich …«

»Genau darum habe ich es dir nicht erzählt!«, flehte P mit verknoteten Händen. Sie schwebte näher heran, und ihre Miene bat Sage inständig, ihr zu glauben. »Ich wusste, dass ich Beweise brauche, weil ich sonst alles zwischen uns kaputtmachen würde, wenn ich ihn grundlos beschuldige! Bitte, lass es mich erklären …«

»Nein!«, schrie Sage noch einmal. Es fühlte sich an wie ein Dolch in ihrer Brust. Wie ein silberner Dolch. Sie registrierte, wie Berion ihr einen Arm um die Schultern legte, aber sie spürte nur noch die brennenden Tränen, die ihr die Wangen hinunterliefen.

Etwas in ihrem Innern, dessen sie sich nicht bewusst gewesen war, fing an zu bröckeln: eine Mauer, die ganz von allein, ohne dass sie es bemerkt hatte, gewachsen war – ein hoher Schutzwall aus Hoffnung, Lachen und Vertrauen.

»Lass sie ausreden«, sagte Berion leise in ihr Ohr. »Bisher hat sie immer richtiggelegen, Sage, hör ihr zu.«

Sie biss die Zähne zusammen, um nicht ihre Wut herauszulassen. Darüber, dass irgendjemand auch nur im Entferntesten glauben könnte, es wäre die Wahrheit ... Aber natürlich glaubten sie es. Denn sie kannten ihn nicht so gut wie sie. Und sie wollte es ihnen ins Gesicht schreien.

Aber P fuhr bereits fort. »Ich habe es dir nicht erzählt, weil ich wusste, dass du auf Beweisen bestehen würdest, und Oren auch nicht, weil ich wusste, dass er gar nicht auf Beweise warten würde ...«

Sage erstarrte erneut. Berions Arm um ihre Schulter spannte sich ebenfalls an.

P bemerkte es offenbar nicht. »Und ich würde es mir nie verzeihen, wenn Oren voreilig zuschlagen würde und sich dann herausstellt, dass ich mich geirrt habe. Aber er wusste es, oder? Und wir haben ihn einfach ignoriert. Oren wusste, dass etwas mit Harland nicht stimmte ...«

»*Harland?*«, keuchte Hozier.

Eine zweite Welle der Abwehr schlug über Sage zusammen und ließ die Erleichterung in den Hintergrund treten – und die Schuldgefühle, dass sie überhaupt hatte glauben können, P würde von Oren reden.

Doch auch diese Erklärung wollte sie auf keinen Fall akzeptieren. Sie war sogar noch lächerlicher als die Andeutung, Oren würde hinter den ganzen Werwolf-Morden stecken.

P hielt inne und sah jetzt ihrerseits verwirrt aus. »Was dachtet ihr denn, von wem ich rede?«

Sage schluchzte seinen Namen fast und drückte sich die Hand an die Brust, als könnte sie hineingreifen und ihr rasendes Herz beruhigen.

»Oh Gott, Sage, nein!« Ps Augen waren weit aufgerissen. »Niemals er!«

Aber ehe irgendjemand etwas sagen konnte, ahmte sie eine Stimme in der Tür nach.

»Niemals«, wiederholte die Stimme. »Niemals Oren Rinallis!«

Da trat Harland ein.

SAGE

Sie wusste sofort, dass P recht hatte.

Der süße, unschuldige, unbeholfene Geek mit den dicken Brillengläsern ... Das alles war nicht mehr da. Die Brille war verschwunden, und sein Gesicht war kalt und hart.

Als er ins Licht trat, bewegte er sich so sicher, wie sie es noch nie zuvor gesehen hatte. Die Stimme, mit der er P nachahmte, war nicht die von Harland. Der südenglische Akzent, das jungenhafte Lispeln und nervöse Stammeln: alles weg. Und da begriff sie, dass er ihnen die ganze Zeit etwas vorgemacht hatte. Die Stimme, die sie so gut gekannt hatte ... alles eine Lüge.

»Natürlich.« Aus seinem Mund klang die Stimme fremd. Sie war tiefer, kräftiger, *schottisch*! Der Akzent, mit dem er Lyrik vorgetragen hatte, war gar nicht aufgesetzt gewesen. »Der Hexenmeister, der völlig unsägliche Verbrechen begangen hat, nein, der könnte doch niemals Werwölfe töten, aber Harland ... «

Er straffte die Schultern, und sein mangelndes Selbstvertrauen war wie weggeblasen. Mit erhobenem Kinn wirkte er größer denn je. Und älter. Viel älter.

Sage starrte ihn an. Erstaunt. Entsetzt.

Das konnte nicht sein. Er war bei ihnen zu Hause gewesen, hatte mit ihnen zusammengelebt, ihnen *geholfen* ...

Berions Magie leuchtete violett auf, gefolgt von einem blauen Blitz, und schon war sie wieder verschwunden. Dann strahlte mit einem roten Blitz Hoziers Magie auf, doch dieser löste sich ebenfalls mit einem blauen Knistern in nichts auf.

»Was?« Hozier sah auf ihre Hände hinunter.

Harland stieß ein eiskaltes Lachen aus. »Ihr seid nicht stark genug.« Er schnipste mit den Fingern, um die auf einmal ein blauer Glanz schimmerte. »Rot ist für Loser, aber Blau übertrifft sogar dich, Berion.«

»Unmöglich.« Berion starrte die Magie an.

Aber ... Moment. Hatte sie schon jemals gesehen, wie er sich verwandelt hatte? Sage betrachtete ihn mit großen Augen. Hatte er mit einem Zauber ihre Sinne getäuscht, damit er wie ein Werwolf roch?

»Wo ist er?«, wollte sie wissen. »Die beiden sind nicht stark genug, aber Oren schon. Was hast du getan?«

Verärgerung flackerte über sein Gesicht. »Schläft irgendwo das Elixier aus, das ich in seinen Whisky gekippt habe. So vorhersehbar. Ihr beide. Ich wusste, dass du versuchen würdest, mich zum Tanzen zu bewegen, und musste nur dafür sorgen, dass du ihm das Glas reichst. Bis er wieder aufwacht, bist du tot und ich weit weg.«

Hozier lachte verächtlich. »Auf diesem Planeten gibt es keinen Ort, an dem du dich dauerhaft verstecken kannst, Harland. Er wird dich bis ans Ende der Welt jagen.«

»Es ist mir doch ausgezeichnet gelungen, mich vor aller Augen unsichtbar zu machen«, höhnte er. »Da versuche ich doch noch mal mein Glück.«

Er wedelte noch einmal mit seiner blau schimmernden Hand. Es war klar, was er damit sagen wollte. Mit dieser Magie hatte er sie alle getäuscht – aber vor allem Oren.

Sie konnte es einfach nicht begreifen.

Sie begegnete Berions Blick. *Ich weiß*, beschworen seine hexenweißen Augen sie. *Warte auf den richtigen Zeitpunkt.*

Denn er würde nur für eine begrenzte Zeit Harlands Magie überwältigen können.

Sie fühlte sich wie benommen. Nichts ergab mehr einen Sinn.

»Du warst es also, der MacAllister gejagt hat?«, fragte sie.

Er nickte.

»Warum?«

Harland drehte sich zu P. »Erweis mir doch die Ehre, P, und erzähl die Geschichte zu Ende. Jetzt ist meine Zeit gekommen.«

P starrte ihn traurig und entsetzt an. »Komm schon!«, brauste er auf. »Wir wissen alle, wie gründlich du gewesen bist.«

»Dann habe ich dir also das Leben schwer gemacht?«, fragte sie leise.

»Oh ja. Hast du auch nur die geringste Ahnung, wie sehr es mich angekotzt hat, dass du Zugang zum Arcānum-Archiv und zu allen Informationen hattest, die ich brauchte? Dass all die Unterlagen von der einzigen Person bewacht wurden, die ich nicht töten konnte, um Antworten zu erhalten! Nein.« Er zog das Wort so melodramatisch in die Länge, dass er selbst Berion hätte Konkurrenz machen können. »Dass alles, was ich brauchte, in den Händen eines Poltergeists war, der niemals schläft!« Spucke flog von seinen Lippen. Seine Stimme hallte durch die Stille. »Also, komm schon, erzähl Sage alles.«

Er schob seine Jacke nach hinten, um einen Dolch zur Schau zu stellen, der auf der Seite seines Hosenbunds steckte.

Und, ja, der kam ihr sehr bekannt vor.

P riss die Augen auf. »Du hast Orens Dolch genommen, als du gegen die Vitrine geknallt bist?«

»Nicht schlecht, oder? Die Tränen in meinen Augen haben mich so mitleiderregend aussehen lassen ...«

»Bring's einfach hinter dich, P«, drängte Berion ungeduldig. Sage wusste, dass er nur gelangweilt klang, um Harland auf die Palme zu bringen. Sein Arm war weiterhin fest um ihre Schultern geschlungen.

P reckte das Kinn, aber ihre Stimme zitterte, als sie sprach.

»Der Mord an Darren Johnson war so subtil, dass er unbemerkt geblieben ist. Du hast Silber in sein Essen getan, damit das Arcānum und damit auch MacAllister, dein eigentliches Ziel, wissen würden, dass es sich um einen übernatürlichen Mord handelte. Aber er war einfach zu sauber. Niemand erkannte, dass es Mord war. Das ist auch der Grund, warum du in Lucys Wohnung so eine Sauerei hinterlassen hast. Du wolltest sichergehen, dass es eindeutig als Mord erkannt werden würde.«

Harland nickte. »Darren sah wie ein Unfall aus. Mein Fehler. Hut ab, dass ihr es dennoch bemerkt habt.« Sein Lob triefte vor Sarkasmus. »Aber in Lucys Wohnung hattet ihr so richtig was zu tun, stimmt's? Ich war mit dem Endergebnis vollauf zufrieden.«

»Den Fußabdruck hast du absichtlich im Blut zurückgelassen.« P sah wieder zu Sage. »Nachdem ich Verdacht geschöpft hatte und anfing, alle Puzzleteile zusammenzufügen, bin ich kürzlich nachts in Darrens Haus gegangen. Keinem von euch ist aufgefallen, dass in einem Haus, in dem es alles doppelt gab, nur ein Paar Schuhe neben der Eingangstür stand.«

Sage erstarrte. Ihr fiel die Kinnlade herunter. Obwohl sie es wieder ordentlich hingestellt hatte, war ihr das nicht aufgefallen?

»Er hatte Größe 45, Sage. Converse.« Ihre Kehle war inzwischen ganz trocken. »Ich habe das ganze Haus durchsucht. Er hatte alles in zweifacher Ausführung außer einem bestimmten Paar Schuhe. Wo war also das zweite, identische Paar hin? Jemand musste es entwendet haben. Der Mörder hatte die Schuhe mitgenommen und sie bei Lucys Mord getragen, in der Hoffnung, dass jemand irgendwann die Verbindung zwischen den beiden herstellte und begriff, dass Darren ebenfalls ermordet worden war. Und nur um auf Nummer sicher zu gehen, hast du uns die Schuhmarke verraten, um uns in die richtige Richtung zu stupsen.«

»Wie ich schon sagte«, Harland breitete die Arme aus, »ich habe mich direkt vor eurer Nase unsichtbar gemacht.«

Berions Arm um ihre Schultern war das Einzige, was Sage davon abhielt, sich auf Harland zu stürzen. Ihr war jetzt alles egal. Sie würde sich verwandeln und ihm die Kehle aufreißen, wie sie es bei dem anderen Wolf getan hatte.

»Du Scheißkerl!«, knurrte sie. »Wusstest du, wer sie war, als du von Darren ihren Namen bekommen hast? Er hat sie beliefert, oder? Er hat die meisten Werwölfe im Oben beliefert, und du hast ihn benutzt, um weitere Opfer zu finden. Wusstest du, dass sie meine Freundin war, und hast sie trotzdem umgebracht?«

Harland blinzelte sie überrascht an. »Oh, Sage.« Er lachte. »Oh, nein. Nein, nein, nein. Ihren Namen hatte ich gar nicht von Darren. Den hatte ich von dir.«

Sie hielt inne. Und eine tiefe Leere breitete sich in ihr aus.

Dann bewegte sich der Boden unter ihren Füßen, und es kam ihr plötzlich so vor, als würde sie wieder auf Lucys Flur stehen und ihr Blut riechen.

Harland nickte enthusiastisch. »Du dachtest, ich hätte jedes Opfer benutzt, um das nächste zu finden, und im Großen und Ganzen stimmt das auch – für alle anderen. Aber Lucy war ein unglücklicher Zufall. Deshalb war sie das Element, das du am schwierigsten in das Puzzle einfügen konntest.« Er sah sie wieder an und lächelte. »Sie war nie Teil des Plans, bis du sie erwähnt hast. Schau, mein eigentliches Ziel war MacAllister, da hast du recht. Und obwohl ich wusste, dass er nicht weit von der Stadt entfernt lebte, hatte ich keine Ahnung, wo. Aber du hast mir erzählt, du hättest im Oben eine Werwolf-Freundin, die Enthüllungsjournalistin ist. Ich habe ihr einen Besuch abgestattet. Ich dachte, ich schau mal, ob sie ein wenig Zeit für mich hat und mir helfen kann, meine Zielperson durch andere Mittel ausfindig zu machen.«

Und deshalb war MacAllisters Name nur auf einen Notizzettel gekritzelt und nirgends sonst zu finden.

In ihren Ohren dröhnte es so laut, dass sie kaum etwas hören konnte.

Eine weitere Freundin war *ihretwegen* tot.

»Aber als ich ihr den Namen nannte, habe ich bemerkt, dass sie ihn wiedererkannte.« Er runzelte die Stirn. »Das war seltsam. Seht ihr, all die anderen Opfer waren ehemalige Rudelmitglieder. Das machte sie zu Zielscheiben. Wolfloyalität ist tief verwurzelt. Sie haben das Rudel nie wirklich verlassen. Man hat ihnen neue Namen gegeben und sie hinaus in die Welt geschickt, um dem Rudel zu *helfen*, verborgen zu bleiben.«

»Medizinische Versorgung, Lebensmittel, Lieferungen … Alle waren da draußen in die wirkliche Welt eingeschleust, damit MacAllister es mit niemandem zu tun haben musste, dem er nicht trauen konnte«, sagte Hozier langsam.

»Genau!« Harland zeigte auf sie wie ein Lehrer, der eine Schülerin lobte. »Aber woher wusste Lucy, wer Michael MacAllister war? Sie war viel jünger als die anderen. Sie hat den Namen aufgeschrieben und so getan, als hätte sie ihn noch nie zuvor gehört, und ich habe bei der Lüge mitgespielt, nur um zu sehen, wohin sie führte.« Er seufzte. »Dann habe ich in ihrem Schlafzimmer eine Schachtel gefunden, während sie im Bad war. Zeitungsausschnitte aus übernatürlichen Zeitungen, die sie offenbar seit Jahren aufbewahrt hatte. Und auf einem kleinen abgerissenen Stück Papier war ein Symbol, das ich schon so lange nicht mehr gesehen hatte, dass ich seine Existenz vergessen hatte …«

»Wo ist die Schachtel jetzt?«, fragte P. »Sie war nicht in ihrer Wohnung.«

»Ich hab sie eingeäschert. Als Lucy aus dem Bad kam, war ihr Schicksal besiegelt. Mir war klar, dass sie wahrscheinlich wusste, dass Rob nicht mein richtiger Name war. Ich wusste, dass sie meine Pläne in Gefahr brachte.« Harland blies verärgert die Nasenflügel auf. »Ich habe wochenlang ehrenamtlich in einer Suppenküche gearbeitet, um sie kennenzulernen.« Er schnitt eine Grimasse. »Die Suppenküche stank. Die Obdachlosen waren widerlich. Das war alles die reinste Zeitverschwendung gewesen.«

Sage fühlte sich wie betäubt.

»Aber sie hat mir etwas Neues und Aufregendes geschenkt. Das Symbol war bloß ein kleiner Spaß. Ich wusste bereits, dass es aus sämtlichen übernatürlichen Aufzeichnungen entfernt worden war. Während es MacAllister also wiedererkennen würde, würdet ihr euch mit der Identifizierung schwertun.« Harland seufzte melodramatisch. »Wie auch immer. Es war eine Schande. Ich mochte Lucy. Und als sie im Sterben lag, klickte es schließlich. Ich erinnerte mich daran, wer sie war. Wir hatten einander nämlich mal gekannt, als Kinder. Eigentlich hatte ich sie für tot gehalten. Aber sie war wohl entkommen.«

Die Stille wog so schwer, dass sie kaum Luft bekam.

Lucy war entkommen? Von wo?

»Da war es schon zu spät, um sie zu retten.« Harland zuckte noch einmal mit den Schultern. »Schade. Bei ihr hätte ich wohl auch mehr Chancen gehabt als bei dir, Sage. Die Gaming-T-Shirts waren bloß Tarnung. Nie im Leben würde ich mich in den meisten Sachen, in denen du mich gesehen hast, irgendwo anders blicken lassen, das kannst du mir glauben. Aber in einem Anzug bin ich ein guter Fang. Ich meine, schau mich an.« Er breitete die Arme aus und schaute an sich herunter.

»Was bedeutet dieses Symbol denn nun?«, wollte Hozier wissen. Die Spannung im Raum war allmählich zum Zerreißen.

»P«, bellte er. »Ich hätte nie erwartet, dass du es rausfindest ... es war Teil eines so grässlichen Verbrechens, dass sein Gebrauch vor über einem Jahrzehnt verboten wurde. Aber du sagst, dass du weißt, was es bedeutet? Dass es dich zu mir geführt hat? Wie?«

Der Poltergeist verschränkte die Arme vor der Brust.

»Na los!«, schrie er.

P atmete einmal tief und erbost durch. »Oren hat gesagt, er hätte es schon mal irgendwo gesehen, aber er konnte sich nicht mehr erinnern, wo … und da wurde mir bewusst, dass ich es auch schon gesehen hatte. Ich habe es nie erwähnt, weil ich es genauso wenig einordnen konnte wie er. Ich wusste nicht, ob mir mein Verstand einen Streich spielte. Und dann kam ich plötzlich drauf.« Sie wandte sich wieder den anderen zu, nicht mehr Harland, und biss sich auf die Lippe. »Am Tag als ich Hozier im Archiv kennengelernt habe, hat sie mich herumgeführt und auf die vertrauliche Abteilung hingewiesen. Geheime Fälle, verbotene Themen und Akten über alle Angestellten des Arcânum. Dieser Teil ist niemandem ohne Rodericks Erlaubnis zugänglich. Aber ich bin in der darauffolgenden Nacht dorthin zurückgekehrt und habe mich hineingeschlichen«, gestand sie. »Ich habe mir Orens Akte herausgeholt.«

Berion fluchte leise, doch Hozier grinste stolz.

»P, das hast du nicht wirklich getan«, flüsterte Sage.

»Sage, ich schwöre dir, ich habe sie nicht durchgesehen.« In ihrer Stimme lag wieder ein Flehen. »Und ich werde ihm alles erzählen. Ich wollte nur den vollen Namen des Rudels, das er getötet hatte und das versucht hatte, magische Werwölfe zu erschaffen.«

Die magischen Werwölfe, die Oren ausgelöscht hatte.

Die Stille war nicht nur ohrenbetäubend. Sie war unerträglich.

Sage sah Harland an. Suchte in seinem Gesicht nach irgendeinem Hinweis, dass Ps Spur der Wahrheit entsprach.

»Sobald ich den Namen hatte, habe ich die Akte wieder zugeklappt, ohne ein weiteres Wort zu lesen«, fuhr P fort. »Dann habe ich mir die Akte für dieses bestimmte Rudel herausgeholt, ebenfalls aus der geheimen Abteilung. Eigentlich war ich einfach nur neugierig, es hatte erst mal nichts speziell mit dem Fall zu tun. Aber darin habe ich zum ersten Mal das Symbol gesehen.

Allerdings war es nicht als Ganzes zusammengesetzt. Es war in einzelne Stücke zerlegt, und jedes Teil stellte jeweils ein anderes Element dar. Deshalb habe ich es nicht sofort wiedererkannt. Und ich vermute, Oren ebenso wenig. Die Menschen nennen es die Monas Hieroglyphica. Sie ist ein Symbol aus der Alchemie und steht für Magie. Macht. Ewiges Leben. Amhuinn hat es als Sinnbild seiner Mission für sich in Anspruch genommen. Sobald ich wusste, wonach ich suchen musste, habe ich es letzte Nacht in weniger als zehn Minuten in einer Bibliothek im Oben gefunden. Außerdem habe ich die Akte über MacAllisters Rudel noch mal mit in die geheime Abteilung genommen, um die Namen zu vergleichen. Es hatte mich irritiert, dass MacAllister Schotte war. Für gewöhnlich bleiben Rudel in der Nähe ihres ursprünglichen Reviers. Aber ich erinnerte mich daran, was Oren uns erzählt hatte. Er tötete die Hälfte von Amhuinns Rudel, weil sie ihren Alpha verteidigt hatten, und ließ die andere Hälfte entkommen. Sage, du dachtest, die Wölfe neulich nachts hätten versucht, Oren umzubringen, um ihre eigene Spezies zu rächen. Werwolf-Loyalität ist so tief verwurzelt, dass sie das selbst für Wölfe tun würden, die sie nie getroffen haben. Aber sie wollten ihn töten, weil *sie genau dieses Rudel waren*. Amhuinns Rudel. Oder was von ihm übrig war.«

»Michael MacAllister war Amhuinns Stellvertreter«, sagte Harland leise. »Er war der Werwolf, der sich bereit erklärte, den Hexenmeister Amhuinn bei einem inszenierten, geplanten Angriff zum Werwolf zu machen.«

Eine unethische und völlig illegale Verwandlung, die so viele schreckliche Dinge in Bewegung gesetzt hatte. Und trotz allem, trotz der Gräueltaten, die ihr vermeintlicher Freund begangen hatte, konnte sie verstehen, warum Harland auf die Jagd nach Schuldigen gegangen war. Warum er MacAllister verantwortlich machte, weil es sonst niemanden mehr gab, dem er die Schuld geben konnte. Denn wenn Harland das war, wonach es aussah – ein hybrider, magischer Wolf –, mussten an ihm Experimente durchgeführt worden sein. Als *Kind*. Und all diese Morde waren passiert, weil er jemanden gebraucht hatte, der dafür bezahlte.

»In der Akte stand, MacAllister hatte eine Frau und zwei Kinder, aber dass Oren sie alle getötet hätte«, sagte P leise. »MacAllister war der einzige Überlebende.«

Gänsehaut zog sich über Sages Körper, und als sie schluckte, war ihre Kehle so trocken, dass sie fast würgen musste. Es gab einen Hinweis, den sie schon seit Tagen direkt vor der Nase gehabt hatte. Als Harlands Augen – die nicht gelb waren, er hatte wohl die seiner Mutter – ihrem Blick begegneten, wusste sie sofort, dass es die Wahrheit war.

»Er hat Oren ein Gedicht vorgetragen. Wie du es mal für mich getan hast«, brachte Sage kaum im Flüsterton heraus. »Ist das eine Familientradition?«

SAGE

»Er hat uns als Kindern vorm Einschlafen Gedichte vorgetragen. Meiner Schwester und mir.«

Das Foto auf dem Nachttisch in MacAllisters Hütte: eine Frau und zwei Kinder.

»Er hält mich für tot«, sagte Harland leise. »Selbst jetzt ist ihm sicher noch immer nicht bewusst, dass ich die Person bin, die ihn jagt.«

»Wie bist du entkommen?«, fragte Berion.

»Als Oren Rinallis vor zehn Jahren auftauchte, um Amhuinn zu töten, war ich vierzehn Jahre alt. Genau wie Lucy, auch wenn ich sie damals als Lily kannte. Ich weiß, in schmuddeligen Jeans und abgewetzten Hoodies sehe ich jünger aus. Dann fing er an, alle umzubringen, die sich ihm nicht unterwarfen.« Er verzog das Gesicht zu einer Grimasse. »Sie glaubten wirklich, sie könnten es mit ihm aufnehmen. Ich glaubte es auch. Er war allein, und wir waren so viele. Mit nur einem Schwert in jeder Hand stand er da und schlug plötzlich zu. Er war so schnell, dass manche sich noch nicht mal vollständig verwandelt hatten, als sie starben. Wie bei unserer Nachbarin: Ihr Kopf und eines ihrer Beine waren noch menschlich, aber ihr anderes Bein und ihre Arme waren bereits die einer Wölfin und ihre Eingeweide hingen auf den Boden herunter. Ich rannte weg und schaffte es, in eine kleine Öffnung unter unserer Hütte zu kriechen, die ich immer als Versteck genutzt hatte, wenn ich mit Freunden spielte. Sie war gerade noch groß genug für mich. Dort kauerte ich mich zusammen, zu verängstigt, um irgendwas zu tun. Ich sah, wie meine Schwester sich verwandelte und auf seinen Rücken stürzte, wie das Blut aus ihrem Hals spritzte. Ich sah, wie meine Mutter sich vor sie warf, um sie vor einem weiteren Hieb zu schützen, aber das Schwert ging durch beide hindurch. Es war mein Vater, der auf die Knie fiel und sich als Erster ergab.«

Sage sah Harland nicht an, während er erzählte, sondern schaute zu P. Gemeinsam lauschten sie der Geschichte, die sie beide als Orens Vergangenheit akzeptiert hatten, und überlegten, ob das ihr Verhältnis zu ihm verändern würde, wenn diese ganze Sache vorbei war.

»Und dann?«, fragte Hozier, vielleicht, weil sie wusste, dass sie gerade nichts sagen konnten.

»Ich habe mitangesehen, wie er um Gnade winselte. Ich hörte, wie er sich von meiner Schwester und mir lossagte. Meine Mutter und er hatten sich in der Kommune kennengelernt und dort geheiratet, sie waren beide bereits Wölfe, aber wir wurden als Menschen geboren. Sie hatten uns Amhuinn angeboten, uns als Babys freiwillig für seine Experimente zur Verfügung gestellt. Und nun kehrte mein Vater sich von uns ab, bezeichnete uns als Monster. Als widernatürlich und abartig. Obwohl *er uns an ihn ausgeliefert hatte!*« Harland schrie wieder, und Spucke flog überallhin. »Obwohl er aus uns das gemacht hatte, was wir waren!«

»Harland«, setzte Sage an. Denn selbst nach allem, was passiert war, tat er ihr unendlich leid. So viel Schmerz. Er war ihm ins Gesicht geschrieben.

»DAS IST NICHT MEIN NAME!«, brüllte er wütend.

»Liam MacAllister«, sagte P leise. »Das ist dein wirklicher Name.«

»War Lucy ...«, begann Sage, konnte aber nicht weitersprechen.

Er schüttelte bitter den Kopf. »Sie kam schon als Werwölfin in die Kommune, eine Ausreißerin. Sie gehörte zu den Glücklichen. An all denen, die schon verwandelt waren, konnte Amhuinn keine Experimente durchführen. Er brauchte Menschen. Aber sie wusste, was er tat. Wie er war. Kannte seine … Grausamkeit gegenüber allen, die ihn verärgerten. Ich kann es ihr nicht verübeln, dass sie auch weggerannt ist.«

»Und Salina hat Lucy nicht erkannt?«, fragte sie. »Sie haben sich doch mindestens einmal für den Artikel getroffen.«

Mit einem schmerzhaften Stich wurde ihr klar, dass auch Lucy ihren wahren Akzent versteckt haben musste. Genau wie Harland. All die Jahre, in denen sie sie gekannt hatte.

Er zuckte gleichgültig mit den Schultern. »Anscheinend nicht. Vermutlich ist es schwer, verängstige Kinder wiederzuerkennen, sobald sie erwachsen sind. Ich bin das Risiko erst gar nicht eingegangen und habe mit Magie mein Alter und meine Erscheinung verändert.« Dann wurde seine Miene ernst. »Tut mir leid wegen der aufgeplatzten Lippe und den zwei Veilchen«, gestand er plötzlich. »Du bist wie aus dem Nichts aufgetaucht und warst schneller, als ich erwartet hatte. Du wolltest Salina retten. Ich musste mich irgendwie verteidigen, ohne auch dich umbringen zu müssen.«

Ihr fiel die Kinnlade herunter. Oren hatte darauf beharrt, dass sie Salina nicht getötet haben konnte, weil sie keine schweren Verletzungen aufwies, wie man sie bei einem Kampf um Leben und Tod erwarten würde. Aber sie hatten nie in Erwägung gezogen, dass sie versucht hatte, ihr zu helfen.

Sie wollte sie retten.

Und hatte versagt.

Eine weitere Wölfin.

Ein weiterer Tod, an dem sie die Schuld trug?

Wenn sie jetzt zusammenbrach, würde sie nie wieder aufstehen.

»Ich hab dir danach noch einen weiteren Hinweis gegeben und angedeutet, dass du in jener Nacht auch mit dem Killer in einen Kampf geraten sein könntest. Es war totaler Zufall, dass du aufgekreuzt bist«, sagte er.

»Moment mal«, meldete sich Berion mit einer erhobenen Hand zu Wort. »Es war Vollmond. Die einzige Nacht im Monat, in der ihr ganz zum Werwolf werdet. Wieso erinnerst du dich an all das?«

Harland sah Berion an, als würde sich dieser absichtlich dumm stellen. »Ich kann mit meiner Magie selbst an Vollmond bei Verstand bleiben. Es war eines der ersten Dinge, die Amhuinn uns beigebracht hat. Eine Gabe unserer hybriden Natur. Und etwas, das er überaus schätzte. Während alle anderen um uns herum sich bei Vollmond völlig verloren, blieben wir geistig anwesend. Überlegen. Salina und ich wurden so gute Freunde, dass sie mich einlud, den Vollmond mit ihr zu verbringen. Dann musste ich nur noch warten, bis sie sich verwandelte, um sie anzugreifen. Ich war viel größer als sie. Es war leicht. Einfacher, als wenn ich sie angegriffen hätte, während wir beide unsere menschliche Gestalt hatten.«

»Aber warum dieses ganze Theater?«, wollte Sage wissen. »Warum hast du dich überhaupt mit ihnen allen angefreundet?«

Er zuckte erneut mit den Schultern. »Ich hatte von Anfang an vor, sie für die Rolle, die sie bei den Experimenten gespielt haben, zu töten. Zwar haben sie persönlich keine an uns durchgeführt, aber sie haben Amhuinn auch nicht aufgehalten. Dass sie einfach weggeschaut haben, macht sie ebenso schuldig. Aber ich wusste nicht, wo sie alle steckten. Ich brauchte Hilfe, um sie ausfindig zu machen, und mir war klar, dass sie wussten, wo die anderen jeweils wohnten und arbeiteten. Mit Darren war es am schwierigsten. Letztendlich habe ich ihn getötet, weil er nur so wenig Informationen rausrückte. Als du mir mit Lucy dieses unglaubliche Geschenk gemacht hast, hat sie mich sehr schnell zu Salina geführt, und von da aus ging die Kette weiter. Ein paar gut platzierte Fragen, und schon plauderten sie die Adressen ihrer Freunde und Freundinnen aus. Außer Darren, deshalb war die Lücke zwischen ihm und den anderen am längsten. Mit der Zeit wurde es aber leichter.« Er schmunzelte. »Ich wurde besser.«

»Beim Essen, am Abend, als Mhairi starb, hattest du nasse Haare. Du hast gesagt, du wärst im Regen patschnass geworden und hättest dich umgezogen, bevor du zum Abendessen gekommen bist.«

»Sie hat voll rumgezappelt. Hat in der Dusche herumgespritzt. Du kannst von Glück reden, dass sie mir bereits die Adresse für Patrick Tappers Laden gegeben hatte. Du brauchst also kein schlechtes Gewissen haben, weil auch du sie am selben Abend bei Tisch ausgeplaudert hast.« Er fing an zu lachen. »Ich wusste, dass ich noch vor euch an Patrick rankommen musste. Als wir eure Wohnung verlassen haben, habe ich Danny glauben lassen, dass ich allein sein wollte, und bin direkt zum Laden, während ihr Mhairi aufgesucht habt.«

»Was du ihm angetan hast, hätte echt nicht sein müssen.« Sage schüttelte den Kopf. »Das war völlig ... unnötig.«

»Er war ein Kämpfer. Und ein guter noch dazu. Das war wohl kaum meine Schuld.« Er lachte noch einmal. Schrill und laut. »Der Idiot hat eine solche Sauerei veranstaltet, dass sein Blut sein Kundenregister zerstört hat. Mit allen Adressen. Einschließlich der von MacAllister. Kannst du das fassen? Wenn der Mondball nicht schon fast vor der Tür gestanden hätte, hätte ich den Verstand verloren.«

Niemand sagte ein Wort. Es gab dazu nichts zu sagen. Doch Harland schien es nicht zu bemerken und redete weiter. Jetzt, da er auf Touren war, konnte er nicht mehr aufhören. »Ich habe darauf geachtet, dass du mich immer kurz vor oder nach dem

Auffinden einer Leiche gesehen hast, damit du dich erst gar nicht fragen würdest, wo ich zu der Zeit gewesen bin. Ich habe meine Rolle gespielt, so getan, als wäre ich entsetzt, und meine Hilfe angeboten, wo ich konnte. Dieser Junge hat einen Oscar verdient!«

»Wann hast du ihn zum ersten Mal verdächtigt, P?«, fragte Hozier.

»An genau dem Abend, beim Essen«, gab sie zu. »Du hast gesagt, du würdest dich wegen der Schreibweise an Mhairis Namen erinnern. M-H-A-I R-I. Das ist die schottische Schreibweise. Und ich hatte an dem Morgen gerade erst meine Notizen geordnet und noch einmal ein paar Sachen über MacAllisters Kindheit in Edinburgh gelesen. Es war nur ein komischer Zufall. Und dann am nächsten Abend auf dem Markt hat Sage mir erzählt, dass du ihr mit schottischem Akzent ein Gedicht vorgetragen hast. Wir haben darüber gelacht ... aber es gab mir irgendwie zu denken.«

»Oh!« Er riss aufgeregt die Augen auf. »Hat dir der Salbei gefallen? Ich fand, das war eine witzige Idee.«

»Völlige Verschwendung.« Sage konnte sich den verächtlichen Kommentar nicht verkneifen. »Ich hatte zu keinem Zeitpunkt Angst, Harland. Nicht mal, nachdem ich die Raben bemerkt hatte, die du mir auf den Hals gehetzt hast.«

Sie redete nicht weiter, aber obwohl sie es nicht aussprach, verkrampfte sich sein Kiefer: Sie war jederzeit in Sicherheit gewesen. Und zwar nicht, weil Harland beschlossen hatte, ihr Leben zu verschonen, sondern weil Oren ihn nur selten in ihre Nähe hatte kommen lassen.

»In derselben Nacht hat Rhen superspät angerufen, als Sage bereits ins Bett gegangen war.« P lenkte die Aufmerksamkeit wieder auf sich. »Er wollte wissen, ob du vielleicht bei uns wärst, weil du die Party verlassen hattest. Er und Danny dachten, du würdest schmollen, aber als Kat einen Blick in dein Zimmer geworfen hat, war es leer. Sie konnten Kat nicht sagen, warum sie sich Sorgen machten, aber Sage hatte sie gewarnt, nirgends allein hinzugehen. Ich nehme mal an, dass die Raben dir verraten haben, wo sie war. Und dann bist du uns zum Markt gefolgt.«

Harland nickte langsam. Er sah fast beeindruckt aus.

»Du hast es schon den ganzen Tag lang gewusst?«, fragte Sage P. »Und heute Abend, sogar als er bei uns in der Wohnung war?«

P schenkte ihr einen traurigen Blick. Sage machte ihr keinen Vorwurf daraus, dass sie das Geheimnis bewahrt hatte und weiterhin freundlich zu jemandem gewesen war, der so viele auf so fürchterliche Weise umgebracht hatte. Es tat ihr nur unendlich leid, dass P mit alldem allein hatte klarkommen müssen.

»Er konnte mir nichts anhaben«, flüsterte P. »Ich war die Einzige, der keine Gefahr drohte. Außerdem war ich mir auch noch nicht hundertprozentig sicher, oder vielleicht wollte ich es einfach nicht glauben, bis wir hier ankamen. Und dann hat er die ganze Zeit zu MacAllister hinübergeblickt.«

»Oh, P ...«

»Ja, ja, so tapfer!«, fauchte Harland.

»Du wusstest, dass wir der Kommune einen Besuch abgestattet hatten. Du wusstest, dass wir ihren Standort aus dem Archiv hatten. Warum bist du nicht in die Wohnung geschlichen, als P nachts außer Haus war, hast mich im Schlaf umgebracht, dir die Informationen geschnappt und bist wieder gegangen?«

Er blies wieder die Nasenflügel auf, doch zum ersten Mal zögerte er.

»Ich konnte das Risiko nicht eingehen, dass sie zurückkommt, bevor ich die Papiere gefunden habe. Sie wäre mir sicher entwischt und hätte Oren informiert.«

»Ja, klar«, grummelte Hozier.

»Wie bitte?«

»Mag ja sein, dass alles andere nur gespielt war, aber nicht die Art, wie du Sage ansiehst«, sagte sie verächtlich und trat näher

heran. Sie war so klein, dass sie ihm kaum bis zum Bauch reichte.
»Du hast versucht, Zweifel an Oren zu säen. Aus Eifersucht. Auch wenn du diese Masche für deine Rolle genutzt hast, hast du es todsicher auch so gemeint. Du wolltest sie nicht töten, weil du dich an die Hoffnung geklammert hast, sie könnte dich eines Tages doch noch haben wollen.«

»Hozier«, sagte Sage leise, als Harlands Wangen fleckig wurden.

Berion stupste sie mit der Hüfte an, eine kaum merkliche Bewegung, die aber als Warnung ausreichte. Hozier hatte etwas vor, und Berion wusste, was es war. Vielleicht war es Teil ihrer Zusammenarbeit? Eine Art Arbeitsteilung für ihre gemeinsamen Aufträge? Berion war der Stärkere von den beiden. War sie die Ablenkung?

»Nein«, sagte die Hexenmeisterin herausfordernd. »Er hatte seine *fünfzehn Minuten Ruhm*. Aber jeder Star muss sich irgendwann seinen Kritikern stellen. Und jetzt werde ich meine Meinung zu der Aufführung hier abgeben. Mittelmäßig. Bestenfalls eineinhalb Sterne. Und das auch nur wegen der harten Arbeit der Nebendarstellerin.« Sie zeigte auf P.

»Halt den Mund«, knurrte Harland.

»Ganz abgesehen davon, dass die Inszenierung ein wenig ausgelutscht ist«, fuhr sie fort und rümpfte die Nase, während sie sich in dem schmutzigen Lagerraum umsah.

»Halt die Klappe!« Und mit einer plötzlichen Bewegung hielt er das Messer, das an seine Seite geschnallt war, in der Hand.

Sage reagierte instinktiv und wollte nach vorne springen, um Hozier zurückzuziehen, doch im selben Moment ging ein Ruck durch sie. Es fühlte sich an wie ein Schlag direkt in den Magen. Sie würgte und beugte sich vornüber.

»Sage?«, keuchte P und schnellte nach vorne. »Was ist los?«

»Silber«, krächzte sie.

Berion blickte verwirrt. »Das kann nicht sein. Bei Harland ist nichts ...«

Er verstummte. Sie blickten alle zu Harland, der tatsächlich blass aussah. Der Werwolf hatte keine Krämpfe, würgte nicht und verlor auch das Gleichgewicht nicht, aber die Hand an dem Ledergriff zitterte. Er nutzte seine ganze Magie, um die Wirkung des Silbers abzuwehren.

Dann geschah alles in Zeitlupe.

Hoziers Blick fiel auf Berion, und sie nickte ihm unauffällig zu. Mit einem zuckersüßen Lächeln wandte sie sich wieder Harland zu. Was auch immer Hozier sagte, Sage hörte es nicht, weil sie in genau dem Moment so heftig würgen musste, dass ihre eigene Galle hochkam.

Aber das war nichts im Vergleich zu dem, was auf einmal um sie herum losbrach. Hoziers Provokation hatte funktioniert, denn Harland stürzte sich mit ausgestrecktem Dolch auf sie, und während er gleichzeitig dadurch abgelenkt war, seinen Brechreiz unter Kontrolle zu bringen, griff Berion an. Sage stolperte zur Seite, und ein violetter Blitz schoss so grell durch den Raum, dass sie nichts mehr sah.

Sie hörte einen lauten Schmerzensschrei, gefolgt von noch mehr Gebrüll, und allmählich wurde alles um sie herum wieder scharf.

Dann begriff sie.

Der Schmerzensschrei kam von ihr.

SAGE

Der silberne Dolch steckte bis zum Griff gleich unter ihrem Brustbein.

Sie lag auf dem staubigen Boden und P schwebte über ihr und bewegte den Mund, aber Sage konnte über das Brüllen in ihren Ohren hinweg nichts hören.

Dann sah sie Hozier, die auch zu kreischen schien.

Nur Berion fehlte.

Als sie sich vor Qual schreiend aufbäumte, bemerkte sie gleich hinter den aufgestapelten Tischen zwei Gestalten auf dem Boden und wusste, dass Berion mit Harland um sein Leben kämpfte. Um ihrer aller Leben.

»Wir müssen ihn rausziehen!«, kreischte P Hozier zu.

»Das könnte alles noch schlimmer machen!«, gab Hozier ebenso panisch zurück.

»Die Klinge ist aus Silber! Das wird sie auf jeden Fall schneller umbringen!«

Und dann spürte sie einen weiteren so entsetzlichen Schmerz, dass sie glaubte, sie würde jetzt sterben. In diesem kurzen Moment begegnete sie Harlands Blick. Offenbar hatte er begriffen, was passiert war, und erstarrte unter Berions Gewicht. Als sie den Kopf wegdrehte, bemerkte sie den Dolch in Hoziers Hand, den die Hexenmeisterin aus ihrer Brust gezogen hatte. Er löste sich sofort in roten Dunstschwaden auf.

Sobald der Dolch verschwunden war, ließ das Brennen augenblicklich nach, und ein dumpfes Pochen trat an seine Stelle.

In ihrem Augenwinkel waberte jetzt ein überwiegend violetter Glanz – Berion hatte also gewonnen. Von magischen Fesseln gebunden lag Harland da und wehrte sich nicht mehr. Er starrte nur noch. In ihre Richtung.

»Du musst stillhalten«, befahl Hozier. Wie immer drückte ihre Stimme Stärke aus – eine wilde Unerschütterlichkeit, die Sage inzwischen von der kleinen Hexenmeisterin kannte –, nur diesmal verrieten Hoziers Augen sie. Denn in ihnen sah Sage auch unbändige Angst. »Ich bin keine gute Heilerin. Ich habe nie ...«

»Holt ihn«, krächzte Sage. Sie bekam keine Luft. Ihre Brust brannte erneut höllisch, aber es war eine andere Art von Feuer und fühlte sich noch vernichtender an. »P. Finde ihn.«

P keuchte auf. »Oren kann sie heilen! Er hat es schon mal getan!«

»P.« Berions Stimme klang ganz nah und nachdrücklich, als er Harland gefesselt auf der anderen Seite des Raums zurückließ. »Los! Geh durch jede Wand, bis wir ihn finden. Ich müsste den Großteil der Droge aus seinem Körper herausziehen können. Schnell! Hozier, tu, was du kannst, bis wir wieder zurück sind!«

Auf Hoziers Nicken hin eilten sie aus dem Lagerraum. Doch dann blickte sie wieder mit verängstigter Miene auf Sage hinunter. »Du hältst gefälligst durch.« Ihre Unterlippe zitterte. »Denn ich werde *nicht* diejenige sein, die ihm sagt, dass du nicht mehr da bist.«

»Sag ihm ...« Sage verschluckte sich an der Luft, die sie kaum einatmen konnte. »Es hat mir nie etwas ausgemacht ...«

»Ich weiß«, brachte Hozier sie zum Verstummen. »Er weiß das.«

Denn sollte sie sterben, ehe sie es ihm persönlich sagen konnte, sollte er wissen, dass sie zu jeder ihrer Entscheidungen stand, ganz gleich, was Harland ihnen erzählt hatte.

Sage war sich nicht sicher, ob es Minuten, Stunden, Tage oder vielleicht sogar Jahre waren. Sie hatte keine Ahnung, wie lange sie dort lag und kleine, schwache Atemzüge einsog. Die würden sie bestimmt nicht mehr lange am Leben halten können, denn sie spürte, wie ihre letzten Kräfte langsam erloschen, während die verzweifelten Reste einer schwindenden Magie sich abmühten, sie zum Bleiben zu zwingen.

»Ich glaube, es ist zu spät«, flüsterte sie. Ihr tropfte Blut übers Kinn.

Hozier schüttelte wild den Kopf, kniff die Augen fest zusammen und drückte ihre zitternden Hände an Sages Brust.

Sage war bereit.

Nein, eigentlich nicht. Aber sie wusste, dass es nicht mehr lange dauern würde. Wusste, dass sie es nicht vermeiden konnte. Sie wollte Hozier versichern, dass es in Ordnung war, aufzugeben. Dass es kein Aufgeben war. Sie hatte eine unmögliche Aufgabe aufgebürdet bekommen, und Sage machte ihr keine Vorwürfe.

Dann war ein Krachen zu hören. Sie schreckte auf, sengender Schmerz schoss erneut durch ihren Körper. Harland war weiterhin in Berions Magie gefangen und wimmerte. Stöhnte ihren Namen, aber niemand beachtete ihn.

P schwebte wieder in der Nähe ihres Kopfs. Ein weiteres vertrautes Gesicht tauchte neben ihr auf. Er hatte seine Maske abgenommen, und Entsetzen entstellte seine wunderschönen Züge. Dann fiel er auf die Knie und starrte auf das Blut, das sich unter Hoziers Fingern sammelte.

»Was ist passiert?«, wollte Oren wissen und blinzelte hektisch, als würde er versuchen, seine letzte Benommenheit abzuschütteln.

»Eine silberne Klinge«, presste Hozier hervor, ohne in ihrer Konzentration nachzulassen. »Sie hat zwar ihr Herz verfehlt, aber ich glaube, dass sie die obere Lunge durchbohrt hat.«

»Eine silberne Klinge?«, wiederholte er verwirrt. »Aber keiner von uns hatte ...« Er riss erschrocken die Augen auf.

»Harland hat den Dolch geworfen«, stieß Hozier durch zusammengebissene Zähne hervor. »Es war seiner.«

»Es war meiner«, flüsterte Oren.

Sicher wusste er bereits, dass Harland der Killer war – P und Berion hatten es ihm bestimmt gesagt –, doch er wirkte wie vor den Kopf gestoßen. Ein Anblick, von dem sie nicht gedacht hätte, dass sie ihn jemals zu Gesicht bekommen würde: ein Oren Rinallis, dem es vor Schock die Sprache verschlagen hatte. Er sah blinzelnd auf sie herunter und erfasste das ganze Ausmaß ihrer Verletzung. Dann wandelte sich seine Miene zu weiß glühendem Zorn.

Ehe er hochfahren und Harland hier und jetzt ein Ende setzen konnte, streckte sie die Hand nach ihm aus. Ihr lief eine Träne die Schläfe hinunter, als sie die Wahrheit erkannte: Sie hatte Angst. »Bleib bei mir.«

Er schluckte, sein ganzer Zorn war verschwunden und der Schock kehrte zurück.

»Ich kann meine Magie nicht spüren«, sagte er mit erstickter Stimme. »Was auch immer er mir gegeben hat, hat auch meine Magie betäubt.«

»Ich weiß nicht, wie ich sie heilen kann, Oren!«, ächzte Hozier. Sage spürte, wie die Hände der Hexenmeisterin vor lauter Anstrengung immer heftiger zitterten.

Er stieß einen erstickten, wütenden und frustrierten Laut aus und schlug neben ihrem Kopf mit der Faust auf den Boden.

»Berion!«, brüllte er, obwohl der Hexenmeister direkt neben ihm stand.

Aber Berion brauchte offenbar keine Aufforderung, denn plötzlich waren noch mehr Schreie zu hören. Diesmal kreischte nicht sie, sondern Harland auf. Im selben Moment verschwand auch P – vielleicht, um Harland anzuflehen. Sage wusste es nicht. Nur das Blut, das in ihrer Kehle hochstieg, kümmerte sie noch.

Ihre Sicht verschwamm, ihre Atmung wurde schwächer. Sie würgte, keuchte.

»Hozier!«, drängte Oren. »Rette sie!«

»Ich versuch's ja!«

»Dann streng dich mehr an!«, schrie er zurück. Selbst ohne seine Magie schien er zu wissen, zu spüren, dass das Ende nahte.

»*Rette sie!*«

Sie wollte ihn an der Schulter packen, verfehlte diese jedoch, und so schlossen sich ihre Finger stattdessen um seinen Kragen und zogen ihn näher heran, bis sein Gesicht direkt vor ihrem war. Sie konnte ihn riechen. Zedernholz. Das Aftershave, das er immer trug. So seltsam. So tröstlich in einem Augenblick von so schrecklicher Angst und solchem Schmerz. Sie wollte dieses Gefühl der Sicherheit festhalten. Wollte nicht von ihm getrennt sein. Aber …

»Wenn ich …«, presste sie mit erstickter Stimme durch das Blut hervor. »Wenn ich gehe …«

Oren schüttelte den Kopf. »Du gehst nicht, Sage. Ich werde das irgendwie schaffen …«

Sie wollte sein Handgelenk packen, griff jedoch erneut daneben. »Und wenn du mich einfach sterben lässt?«

Sein Gesicht verschwamm vor ihren Augen, und ebenso dieses Haar in verschiedenen Schwarz-, Weiß- und Grauschattierungen.

»Warum sollte ich das tun?«

»Wenn ich jetzt sterbe, bleibe ich jung«, sagte sie heiser. Das war etwas, das sie insgeheim mehr und mehr gestört hatte. Sie hatte versucht, nicht zu viel darüber nachzudenken, doch in letzter Zeit hatte sich dieser Gedanke in all ihre ruhigen Momente geschlichen. War das der Ausweg? Die Antwort auf ein unlösbares Problem? »Dann kann ich für immer bei dir und P bleiben. Als Geist.«

Ihre Gedanken wurden fast von Harlands Schreien übertönt, als Berion aus ihm herauszupressen versuchte, was er in Orens Whisky getan hatte. Aber sie hatte nur Augen für Oren. Mit einem gequälten Ausdruck im Gesicht schüttelte er den Kopf. Da begriff sie, dass auch er darüber nachgedacht hatte. Nicht nur sie hatte sich gefragt, wie lange sie noch hatten, ehe sie nicht mehr mit ihm Schritt halten konnte.

»Ich will nicht alt werden, während ihr beiden ohne mich jung bleibt«, gestand sie. Weitere Tränen liefen ihr übers Gesicht.

»Ich weiß«, erwiderte er, und seine Stimme klang ebenfalls heiser. Sie spürte seine Hand auf ihrem Haar, spürte, wie sie zitterte, als er sich bemühte, sanft zu sein. »Das will ich auch nicht.«

»Dann lass mich jetzt sterben.« Sie hatte ihren Frieden damit gemacht. Es war nicht ideal. Es gab noch so viel, das sie tun wollte. Noch so viel Leben zu leben. Aber sie würde das alles opfern, um mit ihnen jung zu bleiben. »Ich werde zurückkommen. Ich versprech's.«

»Ich kann nicht.« Er klang zutiefst unglücklich, kniff die Augen zusammen und zwang sich, das Richtige zu tun. Wenn sie ihn doch nur überzeugen könnte. Sie legte ihm eine Hand an die Wange. Verschmierte sie mit ihrem Blut.

»In meinem Leben hat es nur wenig Gutes gegeben, Sage. Du warst meine Rettung. Du und P. Euretwegen hat sich meine Rückkehr ins Unten angefühlt, als würde ich *nach Hause* kommen. Wenn ich dich jetzt sterben lasse, tue ich es nur, um dich für immer an meiner Seite zu haben.«

»Genau darum bitte ich dich«, flüsterte Sage. »Bitte.«

Etwas tropfte auf ihr Gesicht. Etwas Feuchtes. Sie zuckte zusammen. Regnete es von der Decke? Als sie aufsah, stellte sie fest, dass es Hozier war. Eine Träne als Antwort auf ihre leise Unterhaltung. »Oh, Oren«, raunte Hozier.

Oren beachtete sie nicht. »Gute Freunde sehen nicht dabei zu, wie der andere stirbt. Sie retten einander. Deine Worte.«

Sage hustete. Schmeckte Eisen. Ihr lief etwas Nasses aus dem Mund. Er riss die Augen auf, kehrte in die Wirklichkeit zurück. Und ihre Chance war verflogen. Sie hatte ihn so lange am Reden halten wollen, bis es zu spät war, doch das hatte nicht geklappt.

»Bitte.« Mit verzweifeltem Blick wandte er sich an Hozier, und seine Stimme brach. »Bitte rette sie.« Etwas in ihr zersprang. Hozier schüttelte den Kopf. Sie konnte es nicht. Sie wusste nicht, wie.

Aber ...

»Oren!« Berions Stimme drang wie ein Ruf von Gott zu ihnen herüber. Er erschien neben ihnen, sein weißes Haar wie Engelsflügel geschwungen und mit einem triumphierenden Lächeln im Gesicht. »Halt still!«

Zuerst klang es wie ein immer lauter werdendes Summen, als Berion all seine restliche Kraft heraufbeschwor. Gänsehaut überzog ihre Arme. Doch dann fing Orens Körper an, einen ganz leichten, schwach schimmernden violetten Dunstschleier auszustrahlen.

Oren entfuhr ein angespanntes Keuchen, und seine Brust hob und senkte sich vor Schmerz. Auch Berion schien unter der Anstrengung jeden Augenblick zusammenbrechen zu können.

So schnell, wie es begonnen hatte, hörte es auch wieder auf, und Oren nahm einen letzten lauten Atemzug.

Er hob die Hände, die endlich wieder golden glänzten.

»Das wirst du noch irgendwann bereuen.« Sie zwang sich zu einem Lächeln, aber es war bitter. Das Blut zog sich bereits in ihren Körper zurück, und sie konnte freier atmen. »Wenn ich im Sterben liege, werde ich dich daran erinnern.«

Sage konnte die Wärme in ihrer Brust spüren, dieses vertraute Gefühl, wenn seine Magie ihr Innerstes berührte. Er hob ihren

Körper auf seinen Schoß und presste eine Hand auf ihre Wunde, auf die Hozier gerade noch gedrückt hatte. Heißes rotes Blut quoll durch seine Finger.

Sie umklammerte seine Handgelenke, um sich für die volle Wucht seiner Magie zu wappnen, die gleich durch ihre Adern strömen und sie zurück ins Leben zwingen würde. Mit einer blutigen Hand drückte Hozier ihre Schulter und ließ sie wissen, dass sie für diesen letzten Augenblick brennender Qual an ihrer Seite war.

»Wenn es so weit ist, werde ich es bestimmt noch mehr bedauern, als ich es jetzt schon tue.« Jetzt entwischte auch ihm eine Träne und lief ihm die Wange hinunter. Er beugte sich vor und küsste sie leicht auf die Stirn, seine Entschuldigung dafür, was er gleich tun würde. Als er sich wieder aufrichtete, strahlte sein Lächeln zugleich Hoffnung und Kummer aus. »Aber zuerst will ich dich *leben* sehen.«

»Die Lunge ist geheilt, die Wunde geschlossen. Aber nur gerade so eben. Wir müssen aufpassen, dass sie nicht wieder aufreißt, bis sie ordentlich verbunden werden kann.« Orens Stimme klang weit entfernt. Sage konnte seinen warmen Körper an ihrem Gesicht spüren, während er sie weiter zärtlich in den Armen hielt. Aber etwas hatte sich verändert. Die Angst in seiner Stimme war verschwunden und durch etwas anderes ersetzt worden. Rasende Wut. »Nimm sie, Hozier.«

Sie spürte, wie sie herumgeschoben wurde. Es fühlte sich so an, als wäre sie jemand anderes, als wäre es nicht einmal ihr Körper. Die Welt verschwamm. Sie hatte keine Schmerzen mehr, sondern fühlte sich einfach nur unfassbar schwer.

Sie wollte nicht, dass er sie losließ. In seinem Armen war sie sicher.

Dann stieg ihr der blumige Duft von Hoziers Parfüm in die

Nase, und sie beruhigte sich wieder. Starke Arme legten sich um ihre Schultern.

Mit einem Satz war Oren aufgestanden, und selbst durch ihre schweren Lider sah sie etwas in seiner Hand erscheinen. Eine lange silberne Klinge.

Prompt bäumte sie sich auf. Sie spürte, wie es durch sie hindurchschoss, obwohl sich gleichzeitig der Schlaf wie ein erdrückendes Gewicht auf sie legte. Ihr war schon wieder speiübel.

»Gleich ist es vorbei«, besänftigte Hozier sie, die sie auf ihrem Schoß festhielt. »Nur noch ganz kurz, und dann lässt er ihn wieder verschwinden.«

Von der anderen Seite des Raums konnte sie erneut Schreie voller Wut und Angst hören, als die Klinge durch die Luft sauste.

Ein dumpfer Aufprall.

Und dann verstummte das Schreien.

Und sie fiel in einen tiefen Schlaf.

SAGE

»Oh, Sage!« Ps Stimme drang in ihr Bewusstsein. »Kannst du mich hören?«

»P?« Ihre Kehle fühlte sich wie Schmirgelpapier an.

»Ich dachte schon, du würdest nie wieder aufwachen.« Sie klang den Tränen nahe. »Du warst vier Tage lang bewusstlos. Oren sagte, du bräuchtest Zeit, um dich zu erholen, aber ... Ich dachte ... «

»Vier Tage?« Zumindest gelang es ihrem benebelten Hirn, diese Information zu entschlüsseln. Ihre Augenlider fühlten sich unendlich schwer an. Sie schloss sie wieder flatternd. »Über den Vollmond?«

»Es war schrecklich«, gab sie zu. »Wir wussten nicht, was wir tun sollten. Schließlich ist Hozier zu MacAllister gegangen. Sie hat uns nicht mal davon erzählt. Sie meinte, es wäre sicherer so, weil Oren und Berion ... na ja, wie auch immer, sie hat ihm erklärt, dass du nicht aufgewacht bist. Dass wir nicht wissen, was wir an Vollmond tun sollen.«

»Und?«

»Er meinte, dass sie die ganz alten Werwölfe mit Elixieren betäuben, wenn die Verwandlung zu schmerzhaft ist, damit sie während der Transformation durchschlafen – und erst ein oder zwei Tage später aufwachen. Wir wussten nicht, ob wir ihm vertrauen können und was passieren würde, wenn du dich wirklich hier verwandelst ... in dieser Wohnung ... «

»Oh nein.« Eine Träne sickerte aus ihren geschlossenen Augen. Sie wünschte, sie könnte aufhören zu weinen. Es gab ihr das Gefühl, schrecklich schwach zu sein. Aber sie konnte den Gedanken nicht ertragen, dass P erneut ihre Verwandlung hatte mitansehen müssen.

»Es ist alles in Ordnung«, flüsterte P. »Oren hat keinen von uns mitkommen lassen. Er hat dich persönlich weggebracht. Hat euch aufs Land geshiftet und ist dann die ganze Nacht bei dir geblieben. Du bist nicht aufgewacht. Und als du dich wieder in deine menschliche Form verwandelt hast, hat er dich in eine Decke gewickelt und hierher zurückgebracht.«

»Oh mein Gott.« Trotz der Schmerzen und ihres benebelten Zustands war ihr das peinlich.

»Er hat die Decke über dich gelegt, bevor du dich zurückverwandelt hast.« Sage konnte P lächeln hören. »Deine Privatsphäre gewahrt. Und das Wolfsblut scheint auch bei deiner Genesung geholfen zu haben. Hozier kommt jeden Abend, um die Wunde zu säubern und frisch zu verbinden. Sie ist jetzt fast ganz verheilt, und die letzten Stiche haben sich gestern aufgelöst.«

Sage blinzelte durch ihre Benommenheit, schaffte es aber endlich, ein klein wenig zu lächeln. »Ich dachte, Heilen wäre nicht ihr Ding.«

P grinste. »Oren und Berion haben bei der Vorstellung, deine Brust zu berühren, während du bewusstlos bist, einen roten Kopf bekommen. Oren hat die ganze Zeit vor der Tür herumgelungert, für den Fall, dass es ein Problem gibt. Doch die Wunde ist perfekt verheilt.«

Sage versuchte, sich aufzusetzen, doch der dumpfe Schmerz in ihrer Brust war zu viel und sie fiel auf ihre Kissen zurück.

Sie überlegte, wie viel Zeit vergangen war. »Dann ist heute …«

»Der zweite Weihnachtsfeiertag«, bestätigte P mit einem Nicken, und obwohl sie die menschliche Bezeichnung benutzte, war beiden klar, was das im Unten bedeutete.

»Ich hab das Julfest verpasst?«

»Es war ganz ruhig. Berion und Hozier sind zum Abendessen vorbeigekommen. Ich habe auch alle anderen eingeladen, aber ...« Sie schüttelte den Kopf. »Sie stehen unter Schock und können es nicht fassen, dass sie Harland vertraut haben. Nach der Sache auf dem Mondball hatte keiner so richtig Lust zu feiern. Aber Cypress hat Blumen geschickt«, schob sie hinterher und versuchte, fröhlich zu klingen. Doch Sage wusste, dass es nur aufgesetzt war. »Juniper und Willow haben an Heiligabend vorbeigeschaut, um zu sehen, wie es dir geht. Und Danny und Rhen rufen immer mal wieder an.«

»Dann haben sie jetzt also keine zu große Angst mehr?« Sie lächelte schwach. »Haben sie gehofft, auf Hozier zu treffen?«

»Juniper meinte ... na ja ... Harland hatte ihnen lauter Sachen erzählt, die Oren angeblich über sie gesagt hätte, was gar nicht stimmte. Sie haben alle ein echt schlechtes Gewissen, weil sie von der Bildfläche verschwunden sind.«

Sage seufzte. Sie hatte ihnen das nie übel genommen. Sie hatte einfach ... alles tat weh. Ihr Körper. Ihre Brust. Ihr Herz.

»Du bist wahrscheinlich die einzige Werwölfin auf der Welt, die einen silbernen Dolch überlebt hat. Niemand wird das je glauben. Und die Narbe! Die ist ... warte, bis du sie siehst.«

Sage hob eine Augenbraue hoch, und langsam verzog sich ihr Gesicht zu einem Lachen. P stimmte mit ein, und auch wenn Sage sich vor Schmerz krümmte, waren sie für einen Moment einfach wieder zwei Teenagerinnen, die in ihrem Zimmer kicherten. Wie in einem Fieberwahn. Denn wenn sie aufhörte zu lachen, würde sie erneut anfangen zu weinen – und das wollte sie auf keinen Fall.

»Ich hätte sterben sollen«, sagte Sage nach einer Weile.

»Ich weiß«, erwiderte P. Und Sage wusste, dass sie verstand. Sie wünschte sich so sehr, sie könnte Ps Hand nehmen.

Sie räusperte sich, um das Thema zu wechseln. »Was ist noch auf dem Ball passiert?«

»Oren hat dich und Hozier hierhergeshiftet und ich bin geflogen, dann ist er zurück zum Ball, während wir es dir hier bequem gemacht haben.«

»Und?«, drängte sie P zu erzählen, was sie offensichtlich vermied.

»Oren hat die ganze Sache beendet. Er hat den Feueralarm ausgelöst, damit alle das Rathaus verlassen, MacAllister und seinem Rudel aber befohlen zu bleiben, wo sie waren. Dann hat er es Berion überlassen, ihnen mitzuteilen, was Harland uns erzählt hat. MacAllister hat reagiert, wie vermutlich jeder Vater reagieren würde, der seinen Sohn für tot gehalten hat und dann herausfindet, dass er noch am Leben war, aber jetzt doch wieder tot ist, nachdem er versucht hat, ihn umzubringen.«

»Und dann?«

»Berion hat gesagt, dass er sie niederknien und um Gnade hat winseln lassen.« Sie schluckte. »Er hat jeden Einzelnen von ihnen gezwungen, einen Blutschwur darauf zu leisten, dass sie nichts davon gewusst hatten, dass Harland Orens ersten Besuch überlebt hatte. Dass keiner von ihnen ihm bei seiner Flucht oder bei irgendwas, das er seitdem getrieben hat, geholfen hat. Und er hat MacAllister ein zweites Mal gezwungen, sich von seinem Sohn loszusagen.«

»Ist einer von ihnen gestorben?« Denn ein Blutschwur würde sie umbringen, sollten sie gelogen haben.

P schüttelte den Kopf. »Sie haben alle die Wahrheit gesagt.«

Sage nickte. Wenn sie ehrlich war, hatte sie nichts anderes erwartet. Harland bei dem Mord an ihrem Alpha zu unterstützen ... nun ja ... das war mehr als unwahrscheinlich.

»Was hatte Roderick zu alldem zu sagen?«, fragte sie. »Ist er schon dazu gekommen, mir meine Probezeit zu verweigern?«

»Ah, was das betrifft.« Jetzt räusperte P sich. »Dafür kannst du dich bei Berion bedanken. Er hat den Großteil der Verhandlungen übernommen. Du weißt doch, wie er ist. Er kann jeden bezirzen. Roderick hat sich bereit erklärt, deine Probezeit ganz zu überspringen.« Sage erstarrte und Ps Schmunzeln wurde zu einem breiten Grinsen. »Du bist drin, Sage! Du hast es geschafft!«

»Nein.« Sie hörte die Worte kaum. »Das kann nicht …«

»Doch. Wirklich!« P hüpfte beinahe durch die Gegend. »Oren hat gesagt, dass er es schon bei einer Teambesprechung angekündigt hat. Es ist offiziell. Du fängst im neuen Jahr Vollzeit mit neuen Fällen an.«

»Aber du hast die Hälfte der Arbeit gemacht, P. Am Ende warst du es, die alles herausgefunden hat. Du solltest den Job bekommen, nicht ich.«

So wie P lächelte, wusste sie, dass sie es nur für sie getan hatte. »Freundinnen für die Ewigkeit«, flüsterte P. »Das haben wir immer gesagt.«

An ihrem ersten gemeinsamen Abend im Unten, als Sage sie mit nach Hause genommen hatte, hatten sie sich neue Freundschaftsschwüre geleistet. Keine Geheimnisse mehr. Sie würden einander bei allem unterstützen. Sie schluckte dieses schreckliche zähe Gefühl hinunter.

»Hat er gesagt, wie es im Arcānum angekommen ist?«

P zuckte mit den Schultern. »Ein paar waren nicht begeistert, aber überraschend viele haben sich erkundigt, mit wem du zusammenarbeiten wirst. Oren hat der Diskussion sofort ein Ende gesetzt und gesagt, ihr zwei hättet euch bereits darauf geeinigt, dass ihr weiter ein Team bleibt.«

»Wie geht es ihm?«, fragte Sage. Er war nicht in der Wohnung, sonst hätte sie ihn inzwischen vor der Tür herumwuseln hören.

Ps Lachen erstarb. »Die erste Nacht war hart«, sagte sie verlegen. Sie streckte die Hände aus, fast so, als wollte sie sich entschuldigen. »Ich kann ihn ja nicht berühren und trösten. Er hat sich geweigert zu gehen oder in Har… im Gästezimmer zu schlafen. Bis er schließlich eine Decke auf dem Sofa angenommen hat, war die Sonne schon aufgegangen und er roch wie das Innere einer Whiskyflasche. Ich konnte nichts anderes machen, als hier zu sitzen und so zu tun, als würde ich ihn nicht weinen hören.«

Sage starrte P an.

»Ich glaube, dass er zum ersten Mal in seinem Leben mit roher Gewalt nicht weitergekommen ist. Weder er noch Berion. Harland hat den Mund nicht aufgemacht, und sie konnten weder durch Einschüchterung noch Folter irgendetwas aus ihm herausholen. Ein Hindernis, das er nicht mit Gewalt aus der Welt schaffen kann – dieses Konzept ist ihm fremd, oder? Und wie es der Zufall so wollte, war dieses Hindernis ausgerechnet sein eigener Dolch in deiner Brust. Ich glaube nicht, dass er jemals darüber hinwegkommen wird.«

»Das ist doch nicht seine Schuld.« Sage schüttelte den Kopf.

»Nein«, stimmte P ihr zu. »Ich bin schuld. Weil mir nicht aufgefallen ist, dass Harland ihn eingesteckt hatte. Oren hat mir den Dolch anvertraut.«

»Mir ist es auch nicht aufgefallen«, erwiderte Sage sofort. Sie würde auf keinen Fall zulassen, dass P die Schuld auf sich nahm. »Keinem von uns.«

P sah beschämt auf ihre Finger hinunter.

Sage runzelte die Stirn. »Wie ist Berion dahintergekommen, wie Orens Magie wieder freigesetzt werden konnte?«

»Gar nicht.« P blickte mit gequältem Gesichtsausdruck wieder auf. Ihre Miene verriet Sage alles, was P nicht laut aussprach. Sie war es gewesen. Weil sie sich an Harland als einen Freund gewandt und ihn angefleht hatte, ihre gemeinsame Freundin nicht sterben zu lassen. P hatte fertiggebracht, was Berions und Orens

Drohungen und rohe Gewalt nicht geschafft hatten – sie hatte Harland dazu überredet, preiszugeben, wie Orens Magie befreit werden konnte.

Doch nach vier Tagen ohne einen Bissen zu essen knurrte jetzt Sages Magen.

P stand sofort auf – es war ein perfekter Vorwand zu gehen und gab beiden die Chance, sich wieder zu fassen. »Ich hol dir was zu essen.« Sie drehte sich zur Wand.

Aber gerade, als sie hindurchgleiten wollte, blickte sie noch einmal zurück. »Das mit Harland tut mir leid.«

»Mir auch«, flüsterte Sage.

»Irgendwann, wenn wir beide so weit sind, reden wir darüber, okay?«

Sage nickte. »Aber nicht heute.«

P lächelte und schüttelte den Kopf. »Nicht heute.«

DANKSAGUNG

Ich danke …

Erstens: dem Großen Mann im Himmel dafür, dass er meine verzweifelten Gebete erhört hat, es auf die Longlist für den *Chicken House*-Kinderliteraturwettbewerb 2021 zu schaffen, von der Shortlist gar nicht zu reden. UND ÜBERHAUPT FÜR DIESES FERTIGE BUCH.

Zweitens: Barry Cunningham. Ich kann mich nur verschwommen an den Anruf erinnern, als du mir mitgeteilt hast, dass ich auf der Shortlist gelandet bin. Aber ich weiß noch ganz genau, dass ich etwas falsch verstanden und daraufhin wild drauflosgeplappert habe und dass mir erst nach dem Gespräch aufgegangen ist, wie völlig bescheuert ich geklungen haben muss. Das ist mir immer noch peinlich. Aber die gute Nachricht ist trotz allem: MEIN FERTIGES BUCH WURDE VERÖFFENTLICHT!

Drittens: Kesia Lupo, die mein eingereichtes Manuskript für den Wettbewerb gelesen, es nicht gleich zur Seite geworfen hat und später so freundlich war, mir bei der Präsentation von Überarbeitungsvorschlägen und all dem zu helfen.

Viertens (ja, ich bleibe bei dieser Aufzählung): Rachel Leyson. Ihr habt ja keine Ahnung, wie viel diese Frau mit mir durchgemacht hat, weil ich ohne Ende an meinem Schreiben gezweifelt habe. Und doch hat sie nie die Geduld mit mir verloren und mich immer unterstützt. Entschuldige die ganzen verpassten Deadlines. Danke dir für *alles*.

Fünftens: allen bei Chicken House, mit denen ich hinter den

Kulissen zu tun hatte und die so viel Arbeit und Positivität in alles Übrige gesteckt haben. Der anderen Rachel, Laura, Ruth, Elinor. Und Micaela Alcaino für das fantastische Buchcover.

Sechstens: meiner Agentin Lydia Silvia, die immer freundlich ist, mich immer unterstützt hat und von der ich weiß, dass sie mir bei allen Dingen, mit denen ich an sie herantrete, den Rücken stärken wird.

Siebtens: vielen Menschen an der *Golden Egg Academy*, aber ganz besonders Imogen Cooper und Charlotte Maslen dafür, dass sie in ihren Kursen mit so viel Leidenschaft und Hingabe ein Umfeld geschaffen haben, in dem man sich unterstützt und ermutigt fühlt. Und Tilda Johnson für das unschätzbare Mentoring während der kurzen Zeit, in der wir zusammengearbeitet haben.

Achtens: meinen geliebten veganen Eiern, ihr seid meine allerbesten Freundinnen. Sowie Hazel, Davina und beiden Debs. Ich weiß, ich bin im Gruppenchat zu nichts zu gebrauchen und verschwinde oft MONTATELANG von der Bildfläche, aber ich danke euch für eure unermüdliche Unterstützung und stehe auf ewig in eurer Schuld. Hab euch lieb!

Neuntens: Becky dafür, dass du dich durch mein allererstes Manuskript gequält hast, das ich dir mit sechzehn gegeben habe. Obwohl es schrecklich war, hattest du dennoch die Güte, dieses hier zu lesen. Und Sophie dafür, dass ich dir willkürliche Szenarien unterbreiten durfte und du mir geholfen hast, wirre Sätze neu zu ordnen. Und dafür, dass du mir Wortalternativen vorgeschlagen hast, als wärst du ein menschliches Synonymwörterbuch. Ich kann es nicht erwarten, dass du mich darauf hinweist, Orens absoluter Horror vor menschlichen Gefühlen würde mir vollkommen entsprechen, woraufhin ich dich sofort auf diesen Kommentar aufmerksam machen werde.

Zehntens: meiner Mum. Sie wird persönlich beleidigt sein, wenn ich sie hier nicht irgendwo erwähne.

Elftens: Marvy. Unser Haus ist ein Zoo, aber du warst als Erste hier, auf der Sofalehne oder am Ende des Betts zusammengerollt, die ganze Zeit, während ich diesen Text geschrieben habe. Jedes Mal, wenn ich genervt geknurrt oder aus lauter Frust geweint habe, hast du dich schnurrend auf meine Brust gesetzt. Du hast mir zugehört, wenn ich dieselben Zeilen immer wieder laut vorgelesen habe, bis ich mit dem Ergebnis zufrieden war. Im Ernst, du hast dieses Buch vor allen anderen gelesen. Und Major, weil die ewig langen Spaziergänge, wenn ich mit dir Gassi gegangen bin, mir geholfen haben, logische Fehler in der Handlung auszumerzen. Marmalade und Perseus haben mich ehrlich gesagt nur abgelenkt, aber jetzt muss ich euch wohl alle nennen.

Letztens: Jasper. Für jeden Abend, jedes Wochenende und jede Schulferien, in denen du mich in Ruhe hast schreiben lassen. Dafür, dass du der Grund für all das bist. Alles, was ich tue, ist für dich. Ich hab dich lieb.

EIN DIEBISCHES IRRLICHT UND EIN ATTRAKTIVER AGENTEN-DÄMON

Lily S. Morgan
HOW TO CATCH A MAGICAL LIGHT (NEW YORK MAGICS 1)
Klappenbroschur
368 Seiten
ISBN 978-3-551-58512-7

DIE 21-JÄHRIGE ARLYN DORELL IST DIE BESTE DIEBIN NEW YORKS. Dass sie ein Irrlicht ist und unsichtbar werden kann, macht sie geradezu unfassbar. Doch als bei ihrem neusten Coup ein Drachenwandler außer Rand und Band gerät, kann sie nur knapp dem dämonischen – und sehr attraktiven – Special Agent Marlon Heaton entkommen, der es schon lange auf sie abgesehen hat. Und ihr Pech hält an. Ein Unbekannter, der hinter das Geheimnis ihrer Identität gekommen ist, beginnt sie zu erpressen. Um nicht aufzufliegen, muss sie ein wertvolles Artefakt aus dem Magical Bureau of Investigation stehlen. Dafür gibt sie sich selbst als Agentin aus und wird so zur neuen Partnerin ... ihres Erzfeinds Marlon Heaton.

WWW.CARLSEN.DE

MORD IM ELITE-INTERNAT

Lily S. Morgan
THIS BOOK KILLS
Klappenbroschur
448 Seiten
ISBN 978-3-551-58544-8

DIE STIPENDIATIN JESS PASST NICHT BESONDERS GUT IN IHR ELITE-INTERNAT. Sie blüht nur in einem Kurs richtig auf: Kreatives Schreiben. Aber dann wird der steinreiche Hugh Henry Van Boren getötet – und zwar auf genau dieselbe Art wie eine Figur in Jess' neuester Geschichte. Und damit nicht genug: Jess erhält eine anonyme SMS, in der ihr für die Inspiration gedankt wird … Um mehr herauszufinden, braucht Jess Verbündete. Doch fast alle in Ihrem Umfeld hatten ein Motiv, und Jess hat keine Ahnung, wem sie noch vertrauen kann. Ihr wird klar: Wenn sie dieses Rätsel nicht löst, wird sie die nächste sein.

WWW.CARLSEN.DE

Carlsen-Newsletter: Tolle Lesetipps kostenlos per E-Mail!
Unsere Bücher gibt es überall im Buchhandel und auf carlsen.de.

Wir behalten uns die Nutzung unserer Inhalte für Text- und Data-Mining im Sinne von § 44b UrhG ausdrücklich vor.

Alle deutschen Rechte 2025 bei Carlsen Verlag GmbH,
Völckersstr. 14–20, 22765 Hamburg
Originalcopyright © 2024 by Amie Jordan
Published by Arrangement with Chicken House Publishing Ltd.,
Frome, Somerset Ba11 1ds, England
Originaltitel: »All the Hidden Monsters«
Dieses Werk wurde vermittelt durch die Literarische Agentur
Thomas Schlück GmbH, 30161 Hannover
Umschlagillustration: shutterstock © Bernulius/ ivan_kislitsin/ mouu007
Umschlaggestaltung und -typografie: Giessel Design
Aus dem Englischen von Ann Lecker
Lektorat: Franziska Leuchtenberger
Herstellung: Derya Yildirim
Satz: Dörlemann Satz, Lemförde
ISBN 978-3-551-58582-0